JN143194

二 見 文 庫

鼓動

キャサリン・コールター／J・T・エリソン／鈴木美朋＝訳

THE DEVIL'S TRIANGLE

by

Catherine Coulter and J.T.Ellison

ランチと笑い（それもたくさんの）、近況報告や仕事の話、そしてドン・ペリニヨンを目当てにわが家へやってくる、次のすばらしき作家仲間たちに。

ナイリー・ベルヴィル、アリソン・ブレナン、ジョージー・ブラウン、デボラ・クーンツ、キャロル・カルヴァー、J・T・エリソン、バーバラ・フリーシー、トレイシー・グラント、アン・ハーン、ブレンダ・ノヴァク、ヴェロニカ・ウルフ、ジャーミー・ワージントン。

キャサリンより

キャサリンと、わたしたちの驚きに満ちた旅に。
そして、いつものように、ランディに。

J・Tより

わたしたちの村の住人たちへ。すべてをうまくまとめてくれてありがとう！ギャラリー・ブックスのすばらしい仲間たち、とくにルイーズ・バーク、ジェニファー・バーグストロム、ローレン・マッケナ、イレイナ・コーエン、クリスティン・ドワイヤー、そして本を多くの人の手に渡すため、ただ努力するだけでなく、品位とユーモアを持って仕事をしているチームのメンバーに、心から感謝します。

ロバート・ゴットリーブとスコット・ミラーは、正真正銘、この業界で最高のエージェントです。いつも支援をありがとう。

次にあげる方々は、本書の執筆にあたって、大いに助けてくれました。カレン・エヴァンズ、ローラ・ベネディクト、エイミー・カー、アリエル・ローホン、シェリー・セイント、ジェフ・アボット、ジョーンとジェロームのタシー夫妻、そしてJ・Tの最愛の人であるランディ・エリソン。彼はわたしをヴェネツィアへ取材に行かせてくれ、サン・マルコ広場で何時間も過ごし、柱の陰やバルコニーから悪党を撃っていました。愉快で、とても役に立つ人よ！

鼓　動

登場人物紹介

ニコラス・ドラモンド	FBI特別捜査官。特別チーム〈闇の目〉を率いる英国貴族
マイク・ケイン	FBI特別捜査官。〈闇の目〉メンバー。ニコラスの相棒で恋人
ベン・ヒューストン	FBI特別捜査官。〈闇の目〉メンバー
グレイ・ワートソン	FBI特別捜査官。〈闇の目〉メンバー
ルイーザ・バリー	FBI特別捜査官。〈闇の目〉メンバー
リア・スコット	FBI特別捜査官。〈闇の目〉メンバー
ロバート・クランシー	FBI専属パイロット
キンバリー・トライデント	FBI専属パイロット
アダム・ピアース	天才ハッカー
フォックス/キツネ	世界一の腕を持つ泥棒。ニコラスとマイクのふたりとは旧知
グラント・ソーントン	フォックスの夫。英国王の元護衛兵
カサンドラ・コハテ	ジェネシス・グループの共同代表
エイジャクス・コハテ	ジェネシス・グループの共同代表。カサンドラの双子の兄
ジェイソン・コハテ	コハテ兄妹の祖父
ヘレン・コハテ・メインズ	コハテ兄妹の母親
ディヴィッド・メインズ	コハテ兄妹の父親
アップルトン・コハテ	コハテ兄妹の高祖父
リリス・フォレスター・クラーク	ジェネシス・グループの業務責任者。殺し屋
エリザベス・セント・ジャーメイン	アップルトン・コハテの伝記作家
メリンダ・セント・ジャーメイン	エリザベスの娘
マイロ・ザッカリー	FBI特別捜査官。ニコラスとマイクの上司
レーシー・シャーロック	FBI特別捜査官
ディロン・サビッチ	FBI特別捜査官

第一部

鼓動

天候を制する者は世界を制するだろう。

重力を制する者は宇宙を制するだろう。

時間を制する者は決して現れないだろう。

——未来学者　トーマス・フレイ

プロローグ

一五一九年四月三十日
フランス　アンボワーズ　クロ・リュセ

陽の光とともに、ダ・ヴィンチの命も消えかけていた。

フランチェスコ・メルツィは窓辺に立ち、アンボワーズ城の尖塔を眺めていた。友人であり、師であり、愛人でもある男に別れを告げるのは耐えがたかった。だが、目の前の現実から逃れるすべはない。ダ・ヴィンチに残された時間はせいぜい数日なのに、大量の著作はいまだ整理されていないのだ。

メルツィの愛人は、血のように赤いベルベットの上掛けの上で、何個もの枕にもたれていた。眠っている彼は、安らかな気配に包まれている。うっすらとした靄に取り巻かれたようなその様子に、メルツィはダ・ヴィンチがもう長くないことを実感した。

室内が薄暗くなってきたので、メルツィはさらに蠟燭をともし、テーブルの前へ行った。残った木箱はあと三個。どれもひどく古びていて、板は染みで汚れ、ひびが入っている。メルツィは、厨房へ軽食に行く前に、もうひと仕事することにした。衰弱したダ・ヴィンチは、もはや自力で厨房まで歩いていくことはできない。あとで食事を運んできても、この老いた巨匠はなにも口にしないだろう。

メルツィには、紙に書かれている文章や図版の意味をすべて理解できるわけではなかったが、ダ・ヴィンチの非凡な才能と創造力に感服しつつ、じっくりと目を通した。時代の先を行き過ぎた男、それがレオナルドなのだ。

背後で、弱々しいが温かい声がした。「おお、死に臨むにはまだ早いな」

メルツィははじかれたように立ちあがり、ベッドのかたわらへ行った。「お目覚めですか」

ダ・ヴィンチは力なくほほえんだ。「あいにく、またすぐに眠ってしまいそうだ。進み具合はどうだ？」

「あと三箱です。ご気分はいかがですか？」

微笑がひきつった。「死にそうな気分だ。友よ、おまえを置いていくのは残念だが」

「お願いですから、そんなことはおっしゃらないでください。そんな言葉は聞きたくありません。先生はぼくの心のなかで永遠に生きつづけます」

「老人にはうれしい言葉だ。さて、どこまで進んだ？」

メルツィはテーブルへ行き、開いたばかりの二折判の手稿本を取った。表紙に描かれている絵がなにかは、すぐにわかる。怪物じみた稲妻が、表紙全体を占めている。ダ・ヴィンチがささやいた。「おお、わたしの雷電だ。こちらへ持ってきてくれ」

彼の両手はひどく震えて手稿本を支えることもできないので、メルツィは開いて膝に置いてやった。

本のページには、さまざまな数字や線描画や、稲光のスケッチが描いてあった。

メルツィは尋ねた。「これはなんですか?」

にわかにダ・ヴィンチの口調が切迫したものになり、瞳に火がともった。「よく聞け。これは処分せねばならぬ」

「処分?　先生の作品は、一枚たりとも処分などできません。ご冗談でしょう」

「冗談ではない。これらの設計図は――概念は、この世のものではない。よこしまな者がこれを見て、この仕掛けを造りあげてしまったら、世界は終わりだ」

「どういう意味ですか?」

ダ・ヴィンチは咳きこみはじめ、手稿本を胸に抱きしめた。細かな血のしぶきが羊皮紙に飛び散った。メルツィは急いで水差しから盃に薬用酒を注いで師のもとへ持ってきた。

「どうぞ。楽になります」

「薬などいらぬ」ダ・ヴィンチは苦しげに言った。「フランチェスコ、約束してくれないか。これは一枚残らず焼き捨てるのだ。そうだ、いまわたしの目の前で燃やしてくれ」

「まず薬用酒をお召しあがりください。おおせのとおりにいたしますので」

　メルツィはダ・ヴィンチに薬用酒を飲ませ、テーブルに盃を置いた。

「これを灰にする前にお尋ねします。これはなんですか？」

　師匠の瞳はあいかわらず明るく輝いていた。「ラ・マッキナ・ディ・フルミネ」

「雷を生むからくり、ですか？」

「そうだ《シ》」

　表紙に稲妻が描かれているのは、そういうことだったのか。メルツィは畏怖の目で羊皮紙を見つめた。

「つまり、天候を自由に変えることのできるからくりを考案なさったのですか？」

「いや。まだ思いつきにすぎぬ。古代の神話から着想したのだ。ゼウスと雷の絵を依頼されたときにな。依頼は断ったが、ゼウスが有していたとされる力に、わたしは魅せられた。万物は自然現象によって生じる。では逆に、自然現象を自在に生じさせることはできないものか？」

「自然現象を生み出す方法を発見なさったのですか？　たとえば大嵐の力を思いのままに操る方法を？」

葡萄酒に混ぜた薬はてきめんに効いたようだが、ダ・ヴィンチはかぶりを振って、眠気にあらがった。「その仕組みについては、危険すぎて詳しく話すわけにはいかない。相手が友人のおまえでもな。天候を制することができれば、世界を制することができるのだ。だから、早くそれを燃やしてくれ。頼む」

メルツィはしかたなく暖炉の前へ行き、手稿本を一ページずつ火にくべた。ちらりと振り返ると、ダ・ヴィンチは眠っていた。ふたたび、メルツィは悲しみに襲われた。次のページを燃やそうとして、思わずまじまじと見入った。ダ・ヴィンチの諸作と同様に、そのページもすばらしかった。

ダ・ヴィンチがまた咳きこみはじめ、口から血をあふれさせた。メルツィは手稿本をテーブルに起き、師であるダ・ヴィンチのかたわらへ行き、顔を拭い、体にそっと腕をまわした。手稿本はあとで燃やせばいい。いまは、愛する男を抱かずにはいられなかった。

1

一週間前の六月中旬
イタリア　ヴェネツィア

キツネはリアルト橋の上から、運河の小波に日差しがきらきらと反射するのを眺めた。彼女は観光客がどっとやってくる夏が来る前の、ヴェネツィアの早朝が好きだった。昨日の残りもののパン屑をつつく鳩の群れや、係留されたゴンドラの列が海から押し寄せる大波に揺れるのを見やる。嵐が近づいているはずだ——空気の味でわかる。腕時計に目をやる。そろそろ行かなければならない。クライアントからは、水上タクシーでサン・ザカリアの桟橋へ行き、そこからある民家まで歩くように指示されている。

とうに水上タクシーに乗っていなければならない時刻だが、キツネは尾行されていないかどうか、橋の上で確かめていた。怪しい者は見当たらなかったが、一時間前に飛行機《エプロン》が着陸したときから、複数の視線を感じていた。空港の駐機場で、ひとりの姿をちらりと見かけた。男だった——黒いサングラスをかけて、だぶついたワークジャケットを着ていた。ほかにもいるはずだが、どこにいるのだろう？　こんなふうに——撃ってくれとばかりに——見通しのよい場所にいるのはいやだし、手に持った大きな筒も目立つ。それなのに、不審な人物は見当たらない。

キツネは屈んでサンダルのストラップをとめなおした。視界の隅に、あの男が見えた。マルコ・ポーロ空港で見かけた男にまちがいない。同じサングラスとワークジャケットのままだ。どうやらあまり有能ではないらしい。ホテル・ダニエリの左側の路地に突っ立って、のんきな顔で爪楊枝を嚙んでいる。ほかの監視役はどこにいるのだろう？　ヴェネツィアまでだれもあとをつけてこなかったことはたしかだ。確信がある。だったら、なぜいまさら監視がつくのだろうか。なんらかの理由があって、クライアントに信頼されていないからだ。キツネはむらむらと怒りを覚えた。信頼されていないとすれば、それはキツネの名に対する侮辱だ。それとも、この大きな筒の中身を知っている者がいて、狙っているのだろうか？

ああ、やはりいた。ふたり目の男が桟橋のそばにたたずんでいる。目深にかぶった帽子、皺の寄ったジーンズに革のすり切れたブーツ。どちらの男も三十代で筋肉質、ありふれた作業着に身を包んでいる。ごろつきだ。ひとりは背が高く、もうひとりは低い。古い新聞漫画のマットとジェフを思わせる。ほかに、怪しい者はいないようだ。このふたりだけ？　それもまた侮辱だ。そのとき、ミスター小男の頭上の小さな看板が目についた――〈ラッセ小路〉。

キツネは、ヴェネツィアの複雑な街路についてあらかじめ調べてきた。泳ぐより走るほうが速いのだから、準備しておくのは当然だ。

いま一度、ふたりの男を観察した。どちらもよほど腕力に覚えがあるのか、自信たっぷりに見えるが、キツネならふたりを始末できる。それも簡単に。

だが、それはいますべきことではない。いまはそのときではない。

ふたりの男の存在が気になった。なぜ突然クライアントに疑われることになったのだろう？　キツネは守秘義務を絶対に守ることで現在の信用を築きあげた。依頼されたものはかならず手に入れるが、クライアントの事情は詮索しない。謙遜するそぶりもしない。自分はどんなものでも、どこにあるものでも盗むことができると、平然と言ってのける――現に英国王室の王冠を飾るコ・イ・ヌール・ダイヤも盗んだ。ただ、あの血塗られたみごとな宝石のせいで、キツネは命を落としかけた。手放さなければならなかったのは残念だ。

今回の仕事の報酬は高額だ。半分の五百万ユーロは、いつものように前金として四つの銀行口座に分割して振り込ませた。残りの五百万ユーロは、注文の品と引き換えに受け取ることになっている。明朗会計そのものだ。それなのに、なぜあのふたりのごろつきに尾行させるのだろう?

泥棒稼業の長いキツネは、うなじのちりちりするような感覚を無視できなかった。筒の重みを感じ、キツネはそれをしっかりと抱きかかえた。

街にひしめく建物の隙間から吹いてきた風が、狭い運河をそよそよと抜けていく。キツネは歩きつづけた。小さな橋を渡り、歩道を進み、岸辺にゴンドラを着けた船頭たちの前を通り過ぎる。彼らは不思議そうにキツネを見あげる。グラントには、きみの身のこなしは人とちがうんだ、まれに見るほど優美で尊大なんだよ、と言われた。きみは見た目そのままだ——強くて危険で。そう言うと、グラントはキツネを抱き寄せ、長い髪をなでながらこめかみに唇を当てて、さらにささやいた。きみに手を出すのはよほどの無鉄砲か愚か者だ、と。十カ月前に結婚した彼の緑色の瞳が、キスをするときにはほとんど黒に変わるさまを思い出すと、キツネは心臓に温かな衝撃を感じる。もうすぐ夫に会える。戦利品をクライアントに渡してしまえば、もうここに用はない。

最初にやるべきことは三日前にすませてあった。泥棒人生のなかでも五指に入るほど楽しい盗みを成功させたのだ。髪を漆黒に染め、濃い茶色のコンタクトレンズを着け、一時的に肌の表面を二段階ほど暗い色に染めた。面倒な作業だったが、おかげでイスタンブールの雑踏にすっかり溶けこむことができた。トプカプ宮殿の管理局は、トルコ軍指揮官のフルシ・アカルの署名が入った偽造の信任状を信じ、指示どおりにキツネを宮殿の警備員に雇った。キツネは三カ月以上の時間をかけて、ハーレムから聖遺物展示室の特別警備をまかされるまでになった。聖遺物展示室には、モーセゆかりの品が展示されていた。

一日中、ヘッケラー&コッホMP5サブマシンガンを構えているせいで、両腕がだるくなった。首と肩にストラップをかけていても銃は重く、十二時間ぶっつづけで気を抜くひまもない仕事はこたえた。熱気と埃っぽさと、王宮の宝物がずらりと並んだ部屋に出入りする観光客の群れにはまいったが、それでもキツネの担当した場所からは、ボスフォラス海峡のすばらしい眺めが見えた。陽光にきらめく水面はダイヤモンドをまいたようで、海風はひんやりと心地よく、写真を撮ろうと観光客が集まった。キツネは、絶対に写真に写りこまないよう、細心の注意を払った。うっかりフェイスブックに写真を投稿されようものなら、当局のインターネット監視システムに顔認証され、化けの皮がはがれてしまう。

キツネはふたたび考えた。正体不明のクライアントは、この手のなかにあるものが奇跡の力の具象だとほんとうに信じているのだろうか？　ただの古ぼけた棒きれではなく、実際にモーセが出エジプトの際に使った杖だと？　〝アロンの杖〟とも呼ばれているが。なんと呼ばれているにせよ、いまキツネが抱えているものは世界中で捜索されているものであり、値段のつけられないほど貴重な工芸品だ。宮殿の閉館後に聖遺物展示室に忍びこみ、警報装置の配線を切断したあと、照明つきのケースからこの杖を取り出して逃げた。思い返すと、会心の笑みが浮かぶ。

いまでは漆黒の髪でも茶色の瞳でもなく、肌の染料も落とした。生来のブルーの瞳と白い肌、褐色の髪に戻った。

そう、なにひとつ証拠は残さず、完璧に仕事を遂行した。これまでで最高の成功例のひとつだ。けれど、この自分、〈フォックス《キツネ》〉には、まだ仕事が残っている。

国際的な報道機関は、いまだにトプカプ宮殿の盗難事件をトップで扱っている。いまは絶対に、レンズに捉えられるような危険を冒してはならない。戦利品を届けて残りの五百万ユーロを受け取り、カプリ島へ帰って、オーストラリアかアメリカか、とにかくヨーロッパから遠く離れた場所へグラントを誘おう。彼はこの三カ月、イギリスの政府要人の護衛でアフガニスタンにいたから、休息が必要だ。

これから向かう家は、盗品の受け渡しのためだけに利用する。何度もこの方法を使っている――たいてい、住人が旅行中の空き家を利用する。現住所をキツネに教えてくれるクライアントなどめったにいない。今回はだれが盗品を受け取りにくるのだろうか。

運河沿いに曲がりくねった路地を進み、街の奥深くへ入っていく。やがて、昔ながらの簡素なヴェネツィア風住宅が見えてきた――二階と三階にベランダがある赤煉瓦造りの家が、細い路地と運河に挟まれて建っている。

キツネは階段をのぼり、濃いグリーンのドアをノックした。少し待つと、古びた木のドアがあいた。ダークスーツにシルバーグレーのネクタイを締めた初老の男が、キツネを招じ入れた。

家のなかは静まり返っていた。キツネは男についていき、中央に大理石の噴水がある小さな中庭に出た。男は噴水の右側にある客間にキツネを案内した。キツネが客間に入ったあと、ドアが閉まった。

室内は無人で、静寂が垂れこめていた。そのとき、どこかそれほど離れていないあたりで――おそらく二階だ――男と女の声がした。早口のイタリア語。クライアントだろうか？　ふたりの言葉ははっきりと聞き取れたが、意味がわからない。

女の声は明瞭で、興奮があらわになっていた。「わたしも見たいわ。ゴビ砂漠の砂が——砂の津波が北京を襲うのを」

「動画で見られるさ」男が平然と言った。「あの砂だぞ、信じられるか？　おじいさまはそんなにすごいのか？」

「すごいわ、わかってるでしょ。そのあとのことはこの目で見られる。三日後に出発するのよ。いろいろ片付いたら」

男が感に堪えない様子で言った。「ぼくたちがゴビ砂漠をすっからかんにするんだ、想像できるか？」

キツネはじっと聞き耳を立てていた。かぶりを振る。ゴビ砂漠をすっからかんにする？　北京を大量の砂で覆う？　この男女の祖父が？　あまりに奇想天外で、にわかには理解できない。イスラエルの民をエジプト軍から逃がすため、杖を掲げて紅海をふたつにわけるモーセが脳裏にひらめいた。絵画や映画で何度も描かれた、だれもが知っている光景だ。ほんとうにあったことだと信じている人々も多い。だが、キツネはちがう。

キツネは、節くれだった古い棒きれの入った筒を脇にしっかりと抱えた。一五一七年にオスマントルコがエジプトに侵攻した際に奪い、厚かましいのかだまされやすいのか、アロンの杖だと主張しているしろものだ。キツネに言わせれば、本物だろうが偽物だろうが、どうでもいいことだ。一千万ユーロがあれば、それなりの期間南のビーチでのんびりできる。ふたたびモーセの姿を想像する。ただし、杖を掲げてゴビ砂漠の砂をさっとわけるモーセを。奇妙な光景だ。

男女の声がだんだん聞こえなくなった。

ほどなく客間のドアがあき、男が入ってきた。小柄で髪は黒っぽく、無表情な黒い目をしている。ダークスーツの仕立てはよく、ブーツもきちんと磨いてあるが、この男はクライアントではなさそうだ。どことなく粗野な雰囲気があり、下っ端がめかしこんでいるだけのように見える。この男もごろつきなのだろう。ただし、多少の権力を持っている。キツネを尾行させたのもこの男かもしれない。先ほど話していた男女は、この男に取引をまかせ、品物を自分たちのもとへ運ばせるつもりなのだろう。キツネとしては、それで問題ない。報酬さえもらえればかまわない。

男は小さな机の前へ行き、銀のライターを取ると、煙草に火をつけた。灰色の煙を吐き、まずまずの発音の英語で言った。「アントニオ・パッツィだ。あんたはフォックスだな。ブツは持ってきたか？」

「もちろん」キツネは筒を机に置いて後ろにさがった。パッツィは上着のポケットから細いナイフを取り出し、筒の上端に切れ目を入れ、逆さまにした。待ち受ける手のなかに、厳重に包装した品物がすべり出てきた。男は品物をうやうやしく机に置き、包装をはがした。目を見開いてまじまじと品物を見つめ、だが触れようとはしない。しばらくしてようやくキツネの顔を見ると、ヤニで黄ばんだ歯を見せてにっと笑った。

「このお宝をトプカプから盗むことができるとは思っていなかった。あんたは評判どおりだな。おれのボスたちもよろこぶよ」

キツネが見ていると、男は机の上の小さなボタンを押した。とたんに、ドアが閉まる音がして、ボートのエンジン音が聞こえてきた。いまのはキツネがまちがいなく依頼の品を持ってきたことをクライアントに知らせる合図だったのだろうか？　そして、クライアントは立ち去ったのか。パッツィは白い横長の封筒をキツネに差し出した。

「残りの五百万ユーロだ。もう帰っていいぞ」

べつにキツネはこのままここにぐずぐずして、歯の黄色い脂ぎった男と一杯飲むつもりはない。いますぐ封筒をあけたかったが、男はにやにやしながらキツネをドアのほうへ連れていこうとした。そのとき、キツネはなじみのある悪寒をうなじに感じた。すぐさま全身を緊張させて身構える。ドアの外であのふたりの男が待ち構えているのでは？　パッツィは小さく敬礼をすると、いきなりキツネを追い越し、外に出てドアを勢いよく閉めた。鍵をかける音がした。次の瞬間、今度はキツネの背後のドアがあいた。マットとジェフがそれぞれ銃を構えて入ってきた。

「まあ、うれしい驚きね」キツネはイタリア語で言い、コブラのようにすばやくマットの足に飛びかかった。マットはキツネが逃げると予想していたのだろう、一瞬たじろいだ。キツネは彼の足をすくって突き飛ばした。彼はつかまるものを探して両腕を振りまわしたものの、椅子に倒れこんだ。キツネはすかさず立ちあがった——マットは左側で体勢を立てなおそうともがいている。右側にいるジェフは、ベレッタの銃口をキツネの胸に向けた。

キツネはとっさに両膝をつき、二挺のワルサーPPKを抜き、狙いも定めずに両腕を交差させて引き金を引いた。同時にジェフが発砲した。キツネが立っていたら死んでいただろう。だが、死んだのはジェフのほうだった。胸から血を流し、四肢を広げて仰向けに倒れていた。マットのほうは仕留めることができなかったが、彼の取り落とした銃が赤いベルベットのソファの下にすべりこんだ。マットははじかれたように立ちあがり、両手を拳に握って突進してくると、キツネの銃をたたき落とそうとした。素手でキツネを殺すつもりなのだ。その動きはたしかに敏捷だが、キツネのほうが上手《うわて》だ。一瞬ののちに、マットはひたいに穴を穿たれ、床に倒れていた。

キツネはこれまでずっと銃を使ったことがなかったが、数カ月前からグラントに射撃を教わっていた。グラントの教え方はうまかった。彼はキツネの腕前に満足し、二挺のワルサーをくれた。まるで今日必要になるとわかっていたかのようだ。キツネは心のなかでグラントに礼を言い、念のため右手に握った銃を鍵のかかったドアのほうへ向けながら、中庭に通じるドアへ歩いていった。耳をすませたが、なにも聞こえない。あたりは静かだった。静かすぎる。まるでだれかが聞き耳を立てているかのように。急いでここを出なければならない。

そのとき、どなり声がした。ドアをぐいと引き開け、長い廊下を走っていくと、突き当たりに階段があった。家は古くて狭く、壁はひんやりとした灰色の石だ。キツネはしかたなく階段を駆けのぼった。

背後から足音が追いかけてくる。どなり声がだんだん近くなってきた。キツネは屋上に飛び出した。ここまで高くのぼると、周囲の家々の屋上が見えた。ヴェネツィアの住宅は密集し、街中を縦横に流れている細い運河に仕切られている。

男たちが屋上へ駆けのぼってきたが、キツネは眼下の淀んだ運河に目を落とさず、階段から聞こえるどなり声も無視した。そして、隣の家の屋上に跳び移った。耳元を銃弾がかすめたのを感じ、伏せて横にころがると、すかさず立ちあがって隣の屋上を目指した。背後から男が追いかけてくるのが、音でわかった。追っ手の足は速く、どんどん追いあげてくる。キツネは屋上の端へ急ぎ、もう一度跳んだ。ピンクと赤のゼラニウムがこんもりと植わったプランターに危うく足を引っかけそうになりながらも、石のタイル敷きの屋上にすべりこんだ。

男はどなり声をあげ、発砲しながら追いかけてくる。開いた窓のむこうで人々が悲鳴をあげ、ゴンドラの船頭たちはキツネたちを見あげて叫び、旅行者たちは滑空する鳥のように軽やかに屋上から屋上へと跳び移るキツネをぽかんと見つめた。家々の屋上からは物干しロープが運河まで垂れさがっている。キツネは電線に触れないように注意した。うっかりつかもうものなら、運河に落ちる前に感電死してしまう。

振り返って確認すると、追いかけてきたのはパッツィだった。意外なほど足が速いが、そろそろ体力の限界らしく、足取りが重くなっている。彼は腹立たしげにわめき声をあげ、ふたたび発砲した。銃弾はキツネのシャツの生地を切り裂き、腕をかすめた。おそろしく痛い。血が流れだし、手を赤く濡らした。まずい。

キツネは最後に力を振り絞り、物干しロープをつかんで跳びおりた。赤煉瓦の外壁に衝突し、肺から空気が一気に抜ける。キツネは水上タクシーのデッキに降り立った。操縦士があんぐりと口をあけてよろよろとあとずさった。キツネは操縦士を運河に突き落とし、エンジンをかけてボートを出した。背後からどなられ、罵られたが、キツネは振り返らなかった。右手で左上腕の傷を押さえた。

ボートはサン・ザカリア駅の脇を猛スピードで抜けた。もう自由だ。ラグーンに出たキツネは、さらにボートのスピードをあげた。

息があがって出血していたが、立っていられるし、冷たい水しぶきを浴びて風に髪をなびかせ、つかのまひと息つくことができた。サイレンの音が聞こえるけれど。そろそろ警察が現れるだろう。ボートを乗り捨てなければならない。空港まで三十分で行けるが、自殺行為だ。空路で脱出するわけにはいかない。

考えて、キツネ。

南だ。南のリミニへ行って、そこで船を替えて、カプリ島を目指せばいい。

キツネはガソリンをチェックした。すばらしい。ほぼ満タンだ。鳴り響くサイレンをあとに、海峡を抜けて外海へ向かう。しばらくして、パッツィから受け取った白い封筒をシャツの内側にしまってあることを思い出した。とにかく、報酬は満額手にしたのだ。いや、まさか。封筒を破り、なかを見ると、たたんだ紙が一枚入っていた。広げると、狐の死骸の下手な絵が描いてあった。腕が焼けるように痛い。紙を丸めて海に放り捨てた。彼らは五百万ユーロがそんなに惜しいのだろうか？　それにしても、なぜ自分を殺そうとしたのだろう？　まあ、問題はそこではないし、どうでもいいことだ。仕返しはきっちりさせてもらうから。

2

イタリア　ヴェネツィア

カサンドラ・コハテはカウチに横たわり、窓辺でラグーンを眺めている双子の兄エイジャクスを見ていた。死んだ泥棒のことを考えているのだろうか？　パッツィが海峡へ運び、重りをつけて海に捨てた泥棒のことを？　そのとき、ヴィラの外壁に打ち寄せる波の音に混じって、大小のサイレンの音が聞こえてきて、ふたりははっとした。いったいどうしたのだろう？

エイジャクスの携帯電話が鳴った。彼は電話に出て、話を終えると、カサンドラに向きなおった。「リリスだ。パッツィの手下がふたり死んだ。フォックスを取り逃がしたそうだ。だが、例の品は受け取ったから、もうすぐここに届けにくるらしい。あの女を始末できなかったいいわけを山ほど携えてくるはずだ」

カサンドラは言った。「わたしは不確定要素が嫌いなのよ、エイジャクス。あの女は重大な不確定要素だわ」

エイジャクスは少し考えた。「警察《ポリッツィア》に逮捕されては困る。ぼくたちの友人が手出しできなくなったら致命的だ。リリスはあの泥棒のことは知りつくしている。癖も、変装の方法も。夫と住んでいる場所も。すぐに捕まえるから、心配するな」

ドアをノックする音がした。カサンドラが応じた。「どうぞ」パッツィが入ってきた。じっとりと汗をかき、洒落たスーツは破れて汚れ、顔にかかる髪はくしゃくしゃだ。パッツィはあいさつもなしに歩いてくると、カウチの上のカサンドラの足のそばに品物の筒を置いた。上体を起こし、来《きた》るべき罰を黙って待った。彼はカサンドラよりエイジャクスを恐れている。エイジャクスを悪魔だと思っている。パッツィは、エイジャクスが彼をうっかり侮辱した男の胸をナイフで刺すのを目の当たりにしたことがあった。そのときエイジャクスはナイフを胸から抜くと、男の顔で血を拭い、鞘に戻した。それから、なにごともなかったかのようにパッツィと話をつづけた――痙攣している男を挟んで。

パッツィは、エイジャクスの妹が美しいだけでなく冷酷なのかどうか、はっきりとは知らないが、おそらくそうなのだろうとは考えていた。並んだ双子は息を呑むほど美しく、たがいに生き写しだ――ブロンドに青い瞳、見るからに力強く、生まれながらに裕福で、特権を与えられて育った。ふたりとも危険極まりない。妹のほうが兄より賢いのだろうか？　それもパッツィには定かではない。はじめてカサンドラと会ったとき、おそらくほかの男と同じように、パッツィもひと目で欲情した。しかし、足元の土塊《つちくれ》を見るような目を向けられた瞬間に萎えた。パッツィは、カサンドラにとって自分がほんとうにただの土塊にすぎず、邪魔になったらすぐに払い落とされると、心の奥底で自覚している。

やはりエイジャクスはパッツィの心臓にナイフを突き刺し、顔で血を拭うのだろうか？　パッツィは、あのフォックスという女は並外れていた、一分もしないうちに手下ふたりを殺したうえに、屋根から屋根へ軽々と跳びまわって逃げおおせたことが、いまだに信じられないくらいなのだと言いたかった。フォックスに銃弾が当たったことはまちがいない。だが、双子にそう言ったところで許してもらえないこともたしかだ。パッツィは、落ち着けと自分に言い聞かせた。とにかく品物は持ってきたじゃないか。

パッツィはふと、カサンドラの頭の上の壁にかかった額縁に目をやった。凝った装飾をほどこした重厚な額縁のほうが、枠のなかの小さな羊皮紙より目立っている——羊皮紙に描かれた細密な稲光の絵は古いものらしく線が薄れ、上端に黒い染みが点々と散っている。奇妙な絵だ。ダ・ヴィンチ本人の作だという噂だが、パッツィは信じていなかった。もし事実なら、このふたりはどこかからこの絵を盗んだのだ。つまり、だれかに盗ませたということだ。ふたりのためにこの絵を盗んだ者も殺されたのだろうか？

いや、いまは貴重な盗品よりフォックスを取り逃がしたことについて考えるべきなのではないか。そう気づいたとたん、動悸がしてきた。喉元にこみあげてきた酸っぱいものを呑みくだす。妻は、なぜこのような恐怖と隣り合わせの人生を選んだのかと、パッツィに尋ねたことはない。答えを知っているからだ。報酬がべらぼうによく、パッツィは金さえもらえればなんでもやる男だ。

パッツィにとって永遠にも思えるほど長い待ち時間は、実際にはほんの数秒だった。エイジャクスが発したのは、たったひとことだった。「それで？」

カサンドラはパッツィを見ていなかった。品物の入った筒だけを見つめている。

パッツィは努めて背筋を伸ばそうとした。「できるだけのことはしたんです。あのフォックスって女はおれの手下をふたり殺して、家の屋上づたいに逃げた。もちろん追いかけました。女を撃ちはしましたが、でも逃げ足が速くて」絞り出すように言った。「逃げられちまいました」うなだれて身構える。

エイジャクスが静かに言った。「おまえには大金を払ってるんだぞ、パッツィ。それなのにしくじったのか」

「すみません。できるだけのことはしたんですが」

しばらく重苦しい沈黙がおりたあと、エイジャクスがおもむろに口を開いた。「あと一度だけチャンスをやろう。あの女はすべてを台無しにしかねない不確定要素だ。あれほどいろんなことを知っている泥棒を信用するのは愚か者だけだ。ぼくたちは愚か者ではない。いま言ったように、あと一度だけチャンスをやる。今度彼女を始末できなかったら、おまえの命をもらうよ。わかったかい、パッツィ？」

パッツィの心臓が大きく跳ねた。死なずにすんだのだ――今回は。「承知しました。なにをすればいいんでしょう？」

エイジャクスが計画を伝えた。

カサンドラが補足した。「憲兵隊《カラビニエリ》と警察にお友達がいるから、手をまわしておきましょう。あの家はわたしたちとはまったく関係のない、ただの受け渡し場所よ。まずいものはなにひとつ残していない。リナルディの一家は今日の午後遅くに帰ってくるわ。パッツィ、リナルディ家をみな殺しにして、家のなかを荒らしなさい。警察のお友達に、フォックスのしわざだと言うのよ。たしかシニョーレ・リナルディはヴェネツィア議会の議員でしょう。そんな重要な市民を殺されたとなったら、犯人を捜せと大騒ぎになるわ」

リナルディ家をみな殺し？　彼らに罪はないが——死にたくない。パッツィはこうべを垂れた。「承知しました。すばらしい計画です。ただちに取りかかります」

「抜かりなくね、パッツィ」カサンドラがパッツィにほほえみかけた——その微笑の冷たさに、パッツィは骨の髄まで凍った。「失敗したら、あなたは首のない死体となって大運河《カナル・グランデ》に浮かぶことになるわ。さあ、行きなさい。成功したという知らせ以外は聞きたくない。フォックスを捜し出して始末すること。ほら早く」

エイジャクスがいつものように低くなめらかな声で言った。「二度とぼくたちをがっかりさせるなよ、パッツィ。リリスも怒るだろうな」

リリス。もうひとりの地獄から来た悪魔だ。

パッツィが出ていったとたん、カサンドラは筒にそっと触れた。早くもパッツィとリナルディ家のことなどすっかり忘れていた。これはほんとうにモーセのものだったのかしら？

エイジャクスがカウチのかたわらへやってきた。「あけてみるか？」

「あけたらどうなるか知ってるでしょう。あなたとわたしがふたりでこれに触れたらどうなるか」

「ああ。これからそれを確かめるんだ。覚悟はいいか？」

カサンドラは不安と興奮に手を震わせながら、ゆっくりと筒を開封した。「杖そのものに触れないようにしなくちゃ。預言ははっきり言っている。ふたり一緒でなければだめだと。わたしたちはコハテの血を引く最後の双子よ。杖の力をよみがえらせることができるのは、わたしたちだけ」

エイジャクスはカサンドラの頬をぴしゃぴしゃとたたいた。「わかってるよ。ぼくたちは生まれてからずっと預言を聞かされて育ったようなものだ」

カサンドラはうやうやしい手つきで、幾重もの包装をはがしていった。「これがほんとうにオスマントルコがエジプトから奪ったものなら、わたしたち見当違いの場所で聖櫃《せいひつ》を捜していることになるわ」

エイジャクスが言った。「エジプトに聖櫃があるかどうか、もうすぐわかる。結果がどうであれ、五百万ユーロの出費はそれだけの価値があったと思うよ」

カサンドラは注意深く何枚目かの麻布をはがした。パッツィは丁寧に杖を包みなおしたようだ。「本物であることを心から願っているけれど、やっぱりお母さまがだまされたとは思えないの」

「時間がかかりすぎだぞ、カサンドラ。早くあけてくれ」

最後の一枚は、ほかのものよりやわらかな白い麻布だった。それを取り去り、ふたりは茶色い木の棒を見おろした――アーモンドの木だと母親からは聞いている。長さはおよそ百二十センチで、上端に近いところが大きく節くれだち、そこから枝が伸びてきそうに見える。

カサンドラは手を伸ばし、危うく指先で触れそうになった。「もっと杖に呼ばれている感じがすると思っていたのに。お母さまはそう言っていたわ」

「手に持ってみなければ、本物かどうかわからないよ」

「そうね。一緒に持つのよ」ふたりの手が杖の上で止まった。「一、二、三」

ふたりは両手で杖をつかみ、縦にした。ふたりの両手はぴったりと並び、しっかりと杖を握っている。

物心ついたころからずっと聞かされている預言によれば、ふたりの両手で杖を握れば、たちまち節からつぼみのついた枝が伸び、花が咲くはずだった。だが、つぼみも花も現れない。ただの古ぼけた不格好な杖のままだ。

カサンドラは泣きたくなった。「偽物よ」

エイジャクスが言った。「まあ、おまえだって本物だとは最初から信じていなかったんだろう？　やっぱりお母さまは正しかったことが、これでわかったな」机へ歩いていき、巻き尺を取り出して杖の長さを測った。頬をゆるめる。「これは八センチほど長すぎて、聖櫃には入らないよ。トプカプもこれが偽物だと知っていたはずだ」杖を取り、膝でふたつにへし折ると、窓から運河に投げ捨てた。

杖が下の水面に落ちる音が聞こえた。カサンドラは広い部屋の隅にあるバーへ行き、小さな冷蔵庫をあけてヴーヴ・クリコの栓を抜いた。二個のグラスに注ぎ、一個をエイジャクスに渡した。

「トプカプなんかくそくらえよ。よくも長年、嘘をつきつづけてきたものだわ。でもいい知らせがひとつある。エジプトに聖櫃がないとはっきりしたことよ」

ふたりはグラスを軽く合わせ、シャンパンをひと口飲んだ。

「フォックスの死を願って」エイジャクスが言った。「必要不可欠だったいまの実験につながる糸はあの女だけだから、切っておかなければならない」

ふたりはグラスを空けた。

しばらくして、ノックの音がした。

「どうぞ」カサンドラは応えた。

ドアがあき、背の高いほっそりした女が入ってきた。細い顔のまわりで金髪が波打っている。

エイジャクスがその女、リリスに歩み寄り、両腕を取って笑顔で顔を見おろした。

リリスが言った。「トプカプから届いたものはどうせ偽物だったんでしょう」

「案の定だよ」エイジャクスは両手をリリスの顔へ移し、そっと頬をなでた。「やけにうれしそうだな、リリス。どうしたんだ？」

「あと二日以内に嵐が起きるわ」

「すばらしい知らせだ」

たしかにいい知らせだが、リリスのほうがカサンドラより先に知ったのはおかしい。カサンドラは今夜、祖父に電話をかけて状況を確認するはずだった。エイジャクスを見やると、あいかわらず〝双子御用達の殺し屋〟に腕をまわしたままだ。リリス・フォレスター・クラークは小説『ダ・ヴィンチ・コード』で有名になったスコットランドの小さな町、ロスリンの出身だ。カサンドラは、あのキリスト教信仰の要地でなぜこんな悪魔の申し子が生まれたのだろうと、ついまた考えてしまった。リリスとエイジャクスは四年ほど前から愛人関係にあり、信頼しあっているが、エイジャクスのほうに主導権があることは、カサンドラも知っていた。それはまちがいない。エイジャクスはリリスの〝操る人《ハンドラー》〟であり、彼女を〝ぼくの最終兵器〟と呼んでいつくしんでいる。カサンドラは、エイジャクスとリリスに戦略をまかせている。カサンドラの知るかぎり、リリスが失敗したことはない。それなのに、なぜエイジャクスはフォックスの件をリリスではなく、間抜けなパッツィにまかせたのだろう？

カサンドラは、リリスがグラスにシャンパンを注ぎ、自分たちのほうへ笑顔で振り返るのを見ていた。リリスはグラスを掲げた。

エイジャクスが言った。「ぼくたちの運命をまっとうするために、聖櫃をコハテの手に取り戻すために。そして、ぼくたちの母に。お母さまが正しかったことを証明しよう」三人はグラスを傾けた。「リリス、テレビをつけてくれ。トプカプ宮殿の盗難事件について最新のニュースを見たい」

リリスはテレビをつけた。枢機卿が、アロンの杖の盗難が聖書のコミュニティにどう影響するのかを語っていた。

さらにシャンパンを口に含む。リリスはシャンパンの味わいも、喉をすべり落ちていく感触も大好きだ。エイジャクスを見て、彼の双子の妹に目を転じる。ふたりともアスリートらしく、強靭な体の持ち主だ。現場の内外にかかわらず、いつも完璧なコンディションを保つことが重要だと、ふたりが考えていることはリリスも知っている。もちろんふたりともまだ三十歳にもなっていない。リリスはもう三十六歳で、それは大きな違いなのだが、リリス自身は認めたくなかった。

カサンドラが信頼してくれていないことはわかっている。ただ、カサンドラはそのことをうまく隠している。とくにエイジャクスの前では。おそらく、リリスがエイジャクスよりカサンドラのほうをいとおしく思っていると告げても、カサンドラ本人は信じてくれないだろう。この地球上でリリスがカサンドラより愛した人間は、幼くして無駄死にした弟のベンジーだけだ。ベンジーを殺した酔っぱらいの運転手は、早くも六日後にエジンバラ近郊の採石場の底で死体となった。

リリスはシャンパンを飲みながら、カサンドラが身振り手振りを添えてエイジャクスに話すのを眺めた。聖櫃を故郷に取り戻すと話すカサンドラの声は興奮にあふれていた。カサンドラは〈ジェネシス・グループ〉の顔だ。傷ひとつない美しい顔。彼女の知性と魅力は考古学界でも有名だ。その魅力と美貌の陰に、リリスすらときどきたじろぐほどの根深い冷たさが隠れていることを知る者は少ない。創世記《ジェネシス》・グループとはこのうえなくぴったりな名前だと、リリスはずっと思っている。なにしろ歴史がすごい。この資金力に恵まれた国際的考古学研究財団は、一九二〇年代に双子の高祖父、アップルトン・コハテによって創立された。当初から、グループは世界中の発掘事業を経済的に援助し、予算不足の現場に資金を提供してきた。この四十年ほどで、考古学界に対するグループの支援額は激増した。グループは世界各国で敬意を集め、礼遇されている。

カサンドラは若くして大きな責任を担っている。エイジャクスは夜、双子の妹がカメラの前に出るときに彼女の身を守るのはリリスの責任だということを、リリスの体の奥深くまで教えこむ。

リリスは、有名な宝物の盗難について驚き嘆く人々のコメントを聞いている双子の笑い声を聞いていた。捜査機関は、犯人の手がかりすら見つけていないそうだ。

3

イタリア　カプリ島　現在

キツネはとにかくグラントのもとへ帰りたかった。夫と離れているときの鉄則で、プリペイドの携帯電話で連絡を取ると、彼がキツネに負けず劣らず、殺し屋を仕向けたクライアントに怒っているのが伝わってきた。ふたりでクライアントの身元を調べあげ、罰をくだすことになるだろう。

ソレントからカプリ島まで、観光客に混じって水中翼船に乗った。もちろん、金髪のかつらで変装し、ショートパンツにゆったりとしたブラウス、足元はビーチサンダル、肩には白いセーターをかけ、白い丸縁のサングラスをかけた。キツネは島を出入りする際に、ありのままの姿ではなく、そのときどきで異なる扮装をすることにしている。

キツネはようやく島の東側のなだらかな斜面にあるヴィラに帰り着いた。師の〈ゴースト〉から相続した、まばゆく輝く白い楽園だ。ときどきゴーストに会いたくなるが、弟子が今回の仕事で大失敗を犯したことを知ったら、彼は怒りでキツネの四肢をもぎ取るだろう。

つかのま足を止め、ナポリ湾のきらめく海面を眺め、ヴィラに目を戻した。ヴィラは四方を屋根のない、白と黒のタイル張りのベランダに囲まれている。数本の古代の石柱が、まるで地面から生えたかのように立ち、二階を支えている。建物のなかは広々として、窓が多く明るい。十代のころ、ここではじめてマルベイニーと昼食をともにした自分がどんなにおどおどしていたか、いまでも覚えている。いまやこのヴィラが自分の家なのだ。安全というだけでなく、安心と愛情の象徴となっている。グラントがいるから。

ところが、キツネの大切なこの場所は空っぽになっていた。家中が荒らされ、派手な格闘があったことが見て取れる。間に合わなかった。グラントの姿はない。

キッチンのカウンターに一枚の紙が置いてあった。黒く太い文字で、次のように印字されている。


ヴェネツィアへ帰ってこなければ、亭主を殺す。

キツネは紙をくしゃくしゃに握りつぶした。怒りと恐怖で、目がくらんだ。この家をどうやって見つけたのか？　どうやって？　キツネもグラントも、つねに用心している。そのとき、大きな音がしてキツネは目をあげた。テレビがついている。どういうこと？　キツネは自分の目を疑った。

画面にニコラス・ドラモンドの顔が映っていた。キツネは急いで音量をあげた。

キツネが必死に家を目指していたころ、イラン人がアメリカ合衆国の大統領と副大統領を暗殺しようとしていた。そして、ドラモンドとケインが――またしてもドラモンドとケインだ――犯人グループを一掃したのだ。いつも嵐の中心にいるように見えるあのふたりが。キツネの個人的な経験から言っても、あのふたりはたいてい勝利する。

突然、暗殺を阻止したニュースが中断し、異常な光景が画面に映った。高さ数百メートルほどの渦巻く砂の壁がゴビ砂漠から北京へまっすぐ向かっている。この世のものとは思えないほど恐ろしい眺めだ。有史以来、北京を襲ったどの砂嵐もくらべものにならない。キャスターによれば、これが現在発生している砂嵐の中心らしい。砂漠の砂が原因不明の巨大な竜巻でかきまわされ、規模と速度を増しながら数キロもの範囲に広がり、北京を呑みこもうとしているという。

キツネは不意に、ヴェネツィアで耳にした奇妙な会話を思い出した。いまのいままで自分の身を守るのに精一杯で、あの会話について考えていなかった。いや、はっきり言えば忘れていたが、いま現実とは思えない現象を目の当たりにして気づいた。

女「わたしも見たいわ。ゴビ砂漠の砂が——砂の津波が北京を襲うのを」

男「動画で見られるさ。あの砂だぞ、信じられるか？　おじいさまはそんなにすごいのか？」

女「すごいわ、わかってるでしょ。そのあとのことはこの目で見られる。三日後に出発するのよ。いろいろ片付いたら」

男「ぼくたちがゴビ砂漠をすっからかんにするんだ、想像できるか？」

偶然とは思えない。全財産を賭けてもいい。ゴビ砂漠の砂嵐とトプカプ宮殿から盗んだアロンの杖は、関係がある——でも、どんな関係があるのか？　ふたつを結びつけるものはなにか？

自分ひとりの手には負えないと、キツネはにわかに悟った。キツネを殺そうとしたのは、ゴビ砂漠をすっからかんにすると予言したあのふたりで、あのふたりがアロンの杖をほしがったクライアントなのだ。杖は偽物だったにちがいない。なぜなら、聖書の教えでは、杖は聖櫃に入っているという。杖が本物なら、聖櫃もトプカプ宮殿になければおかしい。

いますぐヴェネツィアに戻らなければならない。グラントを救出しなければ。でも、どうやって？

そのとき、アイデアが浮かんだ。

プリペイド携帯を取り出し、ずいぶん前から記憶している番号を押した。すぐに上流階級のアクセントのある深い男の声が応答した。「ドラモンドだ」

「もしもし、ニコラス。マイクも近くにいるんでしょう？」

「ああ」

「キツネよ。ちょっと力を貸してほしいの」

4

ニューヨーク州ニューヨーク市
連邦合同庁舎《フェデラル・プラザ》二十六番地二十二階
連邦捜査局《FBI》ニューヨーク支局
〈闇の目〉本部

ニコラスがマイクの腕をつかみ、〝キツネからだ〟と、声に出さずに口だけ動かして告げた。ふたりは動きを止めた。ベンとルイーザ、グレイ、リアが、新しい職場でわいわいと場所を取りあったりパソコンのプラグをコンセントに差したりしたあげく、やっと落ち着いたところだ。ニコラスがスピーカーのボタンを押した。

「キツネ、またきみから連絡があるとは驚きだな。ぼくたちになにを助けてほしいんだ？」

やわらかなスコットランド訛りのある声は、ふざけているわけではなく、気取っているわけでもなく、ただため息が混じっていた。切羽詰まったようなキツネの声が返ってきた。「わたし、ほんとうに困ってるの。夫が――グラントが誘拐されたの。連中はわたしをヴェネツィアに呼び戻して、殺すつもりよ」

マイクはニコラスと目を合わせた。「キツネ、マイクよ。ご主人が誘拐された理由を聞かせて。だれがあなたの命を狙ってるの？」

ニコラスが言った。「きみはなにかを盗んだんだろう？　そして、クライアントを怒らせた。まじめな英国護衛兵と結婚して、きみも真っ当な人間になったと思っていたが。さて、教えてくれ、キツネ。なにを盗んだんだ？」

「この電話は安全じゃないわ。待って、切らないで、ニコラス。グラントはもう護衛兵じゃないの」キツネはいったん言葉を切り、すぐにそれまでより落ち着いた声で言った。「わたしはいつもどおりにやった。これは盗みの話じゃないのよ。もっと重大で、恐ろしいことが起きてる。早くテレビをつけて」

マイクは言った。「いま新しいオフィスに引っ越してきたところなのよ、ちょっと待って。よっぽど重大な話なんでしょうね、キツネ。そうじゃなきゃ、今度会ったときにぶっ飛ばすからね」

キツネが言った。「どうぞそうして、マイク。早くテレビをつけてよ」

ニコラスとマイクが会議室へ入ると、ちょうどルイーザが巨大な壁掛け式テレビを設置し、CNNをつけたところだった。六人は画面に映っている光景を見てあんぐりと口をあけた。恐ろしいどころではない。映画の特殊効果のように、現実離れしている。全長数キロの砂嵐が北京に襲いかかろうとしている。だれもが衝撃で黙りこんでいた。

マイクは静かにチームのメンバーに言った。「キツネがニコラスの携帯に電話をかけてきたの。みんな、キツネの話を聞いてメモを取って」全員がリアルタイムのすさまじい映像から目をそらさずにうなずいた。

「よし、キツネ」ニコラスが言った。「いまゴビ砂漠で発生した砂嵐がものすごい勢いで北京に向かっているところを見ている」

「ただの砂嵐じゃないのよ、ニコラス。みんな死んでしまうわ、窒息してしまう。屋内に避難しても無駄。砂は建物のなかにも入りこんでくる。何時間も前からおさまらないの。はじまりも不意打ちのようだった。北京は砂に埋れてしまう」

「キツネ」マイクは言った。「わたしたちには打つ手がないわ。恐ろしい自然災害には――」

キツネがさえぎった。「そこなのよ。おそらく、これは自然災害じゃない。だからあなたたちにヴェネツィアまで来てほしいの。どうしてあんな砂嵐が起きたのか、なぜ起きたのか、調べなくちゃ。グラントとわたしのためじゃないわ、それはわかるでしょう？」早口で、たたみかけるようにしゃべる。ひどく怯え、うろたえているのだ。ニコラスはマイクに向かって片方の眉をあげてみせた。ふたりの記憶にあるキツネとはぜんぜんちがう。怖いもの知らずで、敏捷で、抜群に頭の切れるキツネとは。

マイクは言った。「不意打ちのようにはじまったの？　そんなことってありうるのかしら」

グレイ・ワートソンがノートパソコンを開いていた。モニターとテレビの両方を見ている。そのまましゃべらせつづけろと、ニコラスに向かって手を振る。キツネの電話を逆探知しようとしているのだ。無駄だな、とニコラスは思った。全財産賭けてもいい、どうせプリペイド携帯だ。

キツネが言った。「衛星がとらえた広域画像を見たでしょう？　多勢の人が命を落とすのよ。砂嵐のスピードが速すぎて、避難できない。路上で、車のなかで、人が死んでいくわ」

ニコラスは言った。「もちろん、それはわかる。だが、自然災害じゃないとどうして言いきれるんだ？」

「人工の砂嵐だからよ」

室内のだれもがぴたりと動きを止めた。眉をあげ、問い返そうと口をあける。だが、ニコラスは片方の手をあげて制した。「北京ではしょっちゅう砂嵐が起きている。たしかに今回の砂嵐は恐ろしい規模だが、まったくありえないことではないだろう？」

「前代未聞のスケールなのよ。北部の十一区は遮断されてる。警報が出たけれど、手遅れだった」

マイクは言った。「でも、砂嵐を人工的に作り出すことなんてできるわけがないでしょう。ありえない」

ニコラスがタブレットを取り、ＮＡＳＡの地球観測衛星アクアにアクセスし、送られてきた映像を大きなモニターに映して全員に見せた。マイクはそれを見て、心臓が喉元にせりあがってきたような気がした。衛星がとらえた映像は、地上から撮影したものよりはるかに恐ろしい。高さ数百メートルの砂の壁が摩天楼に襲いかかり、建物のあいだを埋めていく。幹線道路も街路も深さ六メートルの砂に埋もれている。これはとてつもない、巨大な砂の津波なのだ。

マイクにはあの砂嵐のなかが想像できず、そこにいる人々のために祈った。キツネがふたたび口を開いたとき、心底怯えていることが伝わってきた。

「聞いて。今回、わたしがクライアントに依頼されたものは、大量生産の工業製品じゃなかった。工芸品のようなもの。歴史上、重要な品だったの」

「具体的には？」

「電話じゃ危険だから言えない」

「わかった。クライアントの名前は？」

「それがわからないの。ただ、クライアントが今回の砂嵐に関与していることはたしかよ。絶対に人工的に発生させたものなの。あなたたちとは、過去にはいろいろあったけど――」

「いろいろあった？　それって、あなたが何度もわたしたちを殺そうとしたってこと？」

キツネはさらに早口でしゃべりつづけた。「あら、コ・イ・ヌール・ダイヤと供述書は渡したでしょう、約束どおりに。わたしは、約束は守るの。ねえ、協力してくれたら、だれがこの砂嵐を起こしているのかわかるわ」

ニコラスは検索サイトにアクセスし、〝盗品〟と入力した。リストの先頭には、一週間前にイスタンブールで起きたトプカプ宮殿の盗難事件に関する複数の記事が並んだ。

マイクは口笛を吹いた。「トプカプからアロンの杖を盗むことができるのは、あなたくらいよ。あそこはトルコ軍が警備しているでしょう。よくもまあ、やってのけたものね」

沈黙が返ってきた。それがすべてを語っている。

ニコラスは言った。「クライアントについてもう少し教えてくれるかな。身元がわからなくても、なにか手がかりがあるだろう。だれが背後にいるのか、調べる糸口があるはずだ」

「クライアントにはじかに接触できないの。わたしのルールは知ってるでしょう——連絡はすべて一時的に設定したメールアカウントを通じておこなう。相手のアカウントの詳細や電話番号はわかるけれど、さっき確認したら、どっちも通じなくなっていた。連中はうちに書き置きを残していったの——ヴェネツィアに戻ってこなければグラントを殺すって。つまり、彼らはヴェネツィアにいる。ねえ、問題はわたしが盗んだ品物じゃないのよ、それがなにを意味するかってことなの」

「どういうことかな」

「あなたたち、聖櫃って知ってる？」

5

ニコラスは、うろうろと行ったり来たりしているマイクを見ていた。マイクはぶつぶつとひとりごとを言い、なにかを強調したいときに両手を振る。〈闇の目〉の仕事について、ふたりのあいだで最初の衝突が起きていた。

「なあ、マイク、どうしてだめなんだ？」

「だってキツネを助けるために――」

「――彼女の夫を助けるためでもある」

「つまり、あなたはイタリアのヴェネツィアまで何千ドルもかけて泥棒を助けにいくってわけね。ちなみにわたしは一度もイタリアに行ったことない」

「――泥棒だけでなく、その夫を助けにいくんだ。有能な元護衛兵をね。ぼくは護衛兵で嫌な人間に会ったことがない」

マイクはかぶりを振った。「はいはい、またイギリス自慢ね。だけど、ザッカリーは激怒するでしょうね。ディロンなんか首が吹っ飛ぶほど大笑いしそう。わたしたちがキツネを助けるために――」

「――それと、彼女の夫を助けるために」

「ええ、そして、そのどちらもアメリカの国民じゃない。正当な理由がひとつもないわ。それに、ゴビ砂漠の砂嵐が人工的なもので、それもキツネのクライアントのしわざだなんて、本気で信じてるの？　しっかりしてよ、ニコラス」

「聖櫃の件だけど」ニコラスは穏やかな声で言った。「そんなものが実際に存在すると、きみは信じるか、マイク？」

マイクはぴたりと足を止めた。「信じない。ええ、理解できない。神話、伝説のたぐいでしょう。『インディ・ジョーンズ』の脚本家の夢物語」

「そのとおりだが、ぼくは個人的に以前から信じているんだ。長いあいだ行方がわからなくなっているだけだと思ってる」

「ニコラス、それって聖書の寓話でしょう。不思議な遺物の伝説ならいくらでもあるわ。そう、伝説よ、神話。さっきも言ったけど、単純な物語が何度も繰り返して語られてきたってだけ。だって三千年前はテレビがなかったからね」

ニコラスはマイクにほほえみかけた。興奮したマイクを眺めるのは楽しい。正直なところ、彼女の姿を見て声を聞くだけで、ぐっとくる。けれど、マイクのことはよくわかっている。ここは慎重に行かなければならない。心のなかでは最新の航空機でヴェネツィアへ飛ぶ準備はできているのだが、まだマイクに告げてはならない。彼女もヴェネツィアが気に入るのはわかりきっているのだが。

「ほとんどの伝説には根拠があるものじゃないか？　たとえ非常に古いものであっても。考えてみてくれ、マイク。いまぼくたちは、はじめて自由にやっていい、リスクを冒しても真実と正義とアメリカ国民のために――そしてイギリス国民のために――闘えと、許しを得たんだ。官僚的な窮屈さから自由になったんだ。想像してくれないか、聖櫃、アロンの杖、人工的な砂嵐。最高じゃないか。ぼくたちの新しいチームの初仕事にふさわしい」

「キツネが危険な女だってことを忘れたの？　わたしたち、何度も彼女に殺されかけたのよ。キツネは嘘つきで、ずるくて――」

「まあそうだね。でもマイク、キツネはたしかに約束を守る」

「そうそう、あなたは前からキツネに甘かったのよね」

「甘いんじゃないよ。プロとして一目置いているんだ。前回、キツネは約束を守っただろう。まあ、ちょっとは甘いのかな」

「わかった。キツネはたしかに約束を守った。でもザッカリーにどやしつけられるわ。ひょっとしたら手錠をかけられて、ヴェネツィアへ行く許可なんか、まず出ない」

「ザッカリーがゴビ砂漠の砂嵐が人工的なものかもしれないと考えれば、許可も出るさ。ザッカリー直々に飛行場まで送ってくれるぞ」ニコラスはにんまりと笑った。「時間の無駄だ。ぼくたちの新しい力がどこまで通用するか試してみよう」

ニコラスとマイクは上司のオフィスへ階段をのぼっていった。そのあいだずっと、マイクはニコラスより自分自身に向かって、ヴェネツィアへ行くべきでない理由をつぶやいていた。

ザッカリーのオフィスに入る前に、マイクは振り返ってニコラスの顔を見あげた。「キツネがほんとうのことを話していると思う？　さっきの話は全部事実だと思う？」

ニコラスは両手でマイクの顔を挟み、ためらいなく答えた。「思うよ」

見ていると、マイクはついに心を決めたらしく、うなずいた。「わかった。ちょっと考えてみる。この件は慎重な計画が必要よ」

マイロ・ザッカリーとディロン・サビッチは、ザッカリーの会議室でニコラスとマイクの新しいチームについて話しあっていたところだった。壁のテレビに映っているのはＣＮＮで、壊滅的な北京の状況を伝えている。

ニコラスはドアの枠をノックした。

「もう戻ってきたのか？」サビッチがふたりを招じ入れた。

ザッカリーが眉をひそめた。「新しい部屋になにか問題でもあるのか？」

マイクは言った。「部屋は申し分ありません。その話をしにきたんじゃないんです。信頼できる情報源から、このゴビ砂漠から北京に襲いかかった巨大な砂嵐は自然災害ではないとの知らせを受けました」深呼吸する。「人工的に発生させたものだそうです」

ザッカリーとサビッチは、ぴたりと動きを止めた。

ザッカリーがかぶりを振りはじめた。「冗談だろう？」

「いいえ、冗談ではありません」ニコラスが言った。

サビッチが興味津々でソファの上で身を乗り出した。「人工的に発生させた？　たしかに、昔から多くの科学者が気象の制御について研究してきた。現在では人工降雨は数十億ドル規模の産業になっている。先週もカリフォルニアの旱魃《かんばつ》をなんとかするために、人工降雨の話が持ちあがったばかりだ。霧を発生させて一帯を冷却すると、樹木が枯れるのを防ぐ一助になる。気象制御はとくに目新しい話ではないよ。むしろ世界的に実用化されている」

ザッカリーが言った。「だが、北京で何千人もの命を奪うほど大規模な砂嵐を発生させられるものか？　ニュースは聞いただろう――内陸のハリケーンのようなものと言っていた。ただし、雨やトルネードではなく、砂のハリケーンだ。そんなものを発生させることが可能だとして、だれが得するんだ？　意味がないだろう」

サビッチはしばしほかの三人を見つめ、おもむろに尋ねた。「信頼できる情報源から人工の砂嵐だと聞いたそうだが。その情報源とはだれだ？」

ニコラスが答えた。「キツネです」

ザッカリーが訊き返した。「ヴィクトワール・クヴレル、またの名をフォックス。あのキツネか？　メトロポリタン美術館を爆破しようとしたキツネ？　きみたちを殺そうとしたキツネ？　あれが？」

マイクが言った。「まさにそのキツネです。ジュネーヴでニコラスを爆死させようとしたキツネですよ。それにくらべればメトロポリタン美術館の爆弾なんか小さくて、簡単に信管を抜けるものだったわ。キツネは今回、わたしたちに取引を持ちかけてきたんです。わたしたちがこの人工の砂嵐を発生させている者を捜し出すのに協力するかわりに、わたしたちに彼女の命を助けろと」

「――それから、彼女の夫の命も」

「わかった」サビッチが言った。「おしゃべりはもう充分だ。今回キツネはなにを盗んだせいでトラブルに巻きこまれることになったんだ？」

「トプカプ宮殿からアロンの杖を盗んだんです」

「冗談はよせ」ザッカリーが言った。

マイクは答えた。「いいえ。これは現時点では、コ・イ・ヌール事件以来最大の歴史的遺物盗難事件です。コ・イ・ヌール事件同様、われわれなら杖を奪還できると確信しています。想像してください、達成すればFBIの信用度はますます高まる。トプカプに杖を返還できれば、トルコとも友好関係を結びなおすことができる。それに、もしかしたら、ほんとうにもしかしたらですが、杖を奪還する過程で、あの伝説の聖櫃を発見できるかもしれない。杖は聖櫃のなかにあるとされています。ありえないことではありませんよ」

ザッカリーがかぶりを振った。「きみたちはFBI捜査官だ、インディ・ジョーンズではない」

ニコラスが言った。「どちらにもなれる可能性があります」

サビッチはノートパソコンでキツネの資料を呼び出した。「じつにもったいない話だ、キツネが犯罪者だなんてな。並外れた才能の持ち主なのに。なにがあったんだろう？　取引が失敗したのか？　だとすれば、なにが原因か？」

　ニコラスは言った。「キツネは、クライアントがだれなのかわからないと言っていました。でも、問題はそこではありません。すべて順調に進んでいたのに、なぜかクライアントがキツネを殺そうとした。キツネには理由がわからない。そして、夫までも誘拐された。キツネを誘《おび》き寄せるためです」

　ザッカリーは思案顔であごをこすった。しばらくして口を開いた。「わかった。では、そのクライアントがだれか、なぜ杖を盗ませたのか、聖櫃とは関係があるのか、調査してくれ。そして、それがゴビ砂漠の人工的な巨大砂嵐にどう結びつくのかも解明するんだ。これはきみたちの最初の任務だ。かならず成功させろ。チーム全員でヴェネツィアへ行く必要はないだろう。目立つからな。グレイとベンはニューヨークに残してくれ。ふたりの技術が必要になったら、安全なテレビ電話で連絡を取りあえばいい。ところで、きみたちはキツネも助けようとしているようだが――」

　マイクの声には、かすかにためらいが聞き取れた。「――彼女の夫もです――イギリス人ですけど」

　サビッチは笑った。「なるほど。キツネたちの救出を正当化するには、彼女をアメリカへ連行して、いつまでも刑務所で過ごしてもらうことを計画に入れる必要があるな。まあ、キツネを逃がさないようにするのは気象制御よりよほど難しいが」ニコラスとマイクに向かってうなずく。「幸運を祈るよ」

ニコラスは言った。「われらが若き天才ハッカー、アダム・ピアースを連れていきたい。いまニューヨークの姉の家にいるから、一緒の飛行機に乗れます。リアとルイーザにも来てもらいます」じつは、すでにアダムにはメールを送っていた。三人とはテターボロ空港で待ち合わせすればいい。

ザッカリーがうなずいた。「よし。時間の勝負だ。手っ取り早くすませろ」

ニコラスとマイクが出ていき、ドアが閉まると、ザッカリーはサビッチに言った。「あのふたりはまるで子犬だ。命懸けでやるようなことをやらせずにいると、靴を嚙みちぎったりソファの詰めものを引っぱり出したりする」

サビッチは笑い声をあげた。「今回の任務はちょうどいいんじゃないかな」

「フォックス、いやキツネに関しても、あのふたりにまかせておけば大丈夫だろう。キャラン・スローンに電話をかけて、承認を得ておく。副大統領の承認があればなにかと安全だ」

サビッチはミッキー・マウスの腕時計に目をやった。「そろそろ出かける時間だ」ふたりは握手をかわした。

ザッカリーが言った。「東のディズニーランドまでいい旅を。ところでサビッチ、ふたりはなにもかも包み隠さず話したと思うか?」

「まさか」サビッチは足を止めた。「でも、ニコラス・ドラモンドとマイク・ケインになら、命も委ねられる。もしふたりがなにをやっているのか知りたければ、テレビをつけてニュース速報を見るしかないんじゃないかな」

6

テターボロ空港の駐機場には、三機のビジネスジェット機が待機していた。そのうち二機は、機体の上部が白、下部がブルーで、尾翼は星条旗柄、窓の上には〈UNITED STATES GOVERNMENT《合衆国政府》〉とロゴが入っている。白とブルーの機体のうち一機は、サビッチがワシントンＤＣに帰るためのものだろうと、マイクは思った。

一行は高級機の前を通り過ぎて〈闇の目〉の専用機へ歩いた。

マイクは言った。「うちの専用機もなかなかいいね。目立たないようにっていうのが見え見え。ほら、白地に赤いラインだけって――気分が高揚するわ」

「まあ、とにかく輸送機には見えないよな」

タラップのそばにＦＢＩのパイロットとアダムが立っていた。パイロットは振り返ってマイクたちにほほえみかけた。ニコラスより少し歳上で、にこやかな笑顔のついた消火栓のような外見の男だ。ニコラスは、彼と一緒にパブをはしごするのは遠慮したいと思った。

「ドラモンド捜査官、ケイン捜査官。新任パイロットのロバート・クランシー捜査官だ。クランシーと呼んでくれ。空軍を経てＦＢＩに入った。十年間、中東で戦闘機に乗っていたが、除隊してＦＢＩの専属パイロットになったんだ」

　クランシーは子どもを自慢する父親のように機体をたたいた。「こいつはステルス戦闘機並みとは言えないが、ときどき眠気覚ましに横転《バレル・ロール》させてもいいぞ。とにかく、当機へようこそ」

　ニコラスは、機体のむこうからもうひとりのパイロットが現れたことに気づいた。機体に両手をすべらせている——濃い褐色の髪をショートカットにした、長身でスリムな女性だ。クランシーが鋭く口笛を吹くと、彼女は振り返った。「副操縦士のキンバリー・トライデント捜査官だ。いま最終チェックをしている」

　トライデントが大声で応えた。「トライデントと呼んで。ポセイドンでもいいわ。偉くなった気分がするから」

「彼女のほうが、おれよりＦＢＩ歴が長いんだ」クランシーが言った。「長官は、トライデントならいざとなったらティーカップで飛ぶこともできると思ってる。おれたちふたりとも今回の任務に興奮しているんだ。今日はヴェネツィアへ飛ぶんだろ？」

「そうなんだ」ニコラスは言った。「何時間くらいかかる？」

クランシーは準備運動のようにその場でぴょんぴょん飛び跳ねている。「八時間くらいだ。急いでるなら、あと三十分は縮められるが。トライデントとおれが機内を案内しよう。ああ、ほかのメンバーも来たようだな。じゃあ、早速乗りこもうか」

機内もステルス戦闘機クラスではなかった。マイクは、濃い茶色の革の座席、丸い窓、天然木を使った内装を眺めた。充分、豪華ではないか。マイクはニコラスににっこりと笑ってみせた。「わたしたち、当分つましくやらなきゃね」

トライデントが手荷物を持ったリアとルイーザを連れてキャビンに入ってきた。全員で握手を交わした。

ニコラスは言った。「はじめまして、トライデント捜査官。〈闇の目〉へようこそ」

トライデントは、クランシーほど濃厚ではないが、南部訛りがあった。「このチームを許可したのは大統領の英断だったわ、ドラモンド捜査官、ケイン捜査官。ミスター・ザッカリーが今回の任務のパイロットを募集していると聞いて、クランシーもわたしも真っ先に手をあげたのよ」

クランシーが言った。「このベイビーには最新の機能がそろってる。機内の装備は長官専用機に負けないぞ。通信システムは完璧に暗号化されているから、電話のやりとりで心配することはない。Wi-Fiは、この飛行機専用の国家安全保障局《NSA》の衛星二機を中継するように設定されているから、絶対に安全だ。食料と飲みものはギャレーにある。キャビンアテンダントはいないから、自分たちで好きにやってくれ」

「わかった」ニコラスは言った。「ヴェネツィア行きのメンバーを紹介する。鑑識の専門家、ルイーザ・バリー特別捜査官。爪楊枝一本からDNAを解析できると評判だ。長距離ランナーでもあって、炭水化物をせっせと食べないと、ひょろひょろになってしまう」

ルイーザが言った。「トライデント、あなたもランナーでしょう？　せっせとアスファルトの路面を走ってる仲間はひと目でわかるわ」

トライデントがうなずいた。「ええ、でもヴェネツィアでは、追いかけられでもしなければ、走るチャンスもなさそう」

マイクは言った。「こちらはリア・スコット特別捜査官。通信担当よ。携帯電話の電波が届かないシベリアのバーで飲んでる男と連絡を取りたければ、大丈夫、リアが方法を考えてくれる。あとで、彼女にこの飛行機の暗号システムを確認させて。リアに気に入られれば、ピアスを貸してくれるかもよ」今日のリアは、両耳に合計六個のピアスをつけている。今日は任務なので鼻ピアスをつけていない。だが、彼女がへそにリングを着けていても、ニコラスは驚かないだろう。リア・スコットのようなパンクスだろうが、捜査官として有能であれば服装に目くじらを立てないザッカリーはすばらしいと、ニコラスは思っている。

トライデントがリアに言った。「そのTシャツ、いいなと思ってたの。背中に二重螺旋のイラストが描いてあるけど、ロザリンド・フランクリンってだれ？」

「リアが話しだしたら二時間はかかるわ」マイクが口を挟んだ。

「こちらはアダム・ピアース」ニコラスは言った。「うちのチーム専属の誘導ミサイルとコンピュータの専門家だ。ピアスもしていないし、長距離ランナーでもないが、イングランド銀行のシステムをハッキングして、あいさつがわりのクランペットを置いてくることもできる」

トライデントは、脂じみた金髪に鋭い茶色の瞳のやせた若者に目をやった。「わたしの息子でもおかしくないわね」と言い、アダムの手を握る。

「先週、二十歳になったばかりなの」リアが言った。「もうティーンエイジャーでなくなってくれてありがたいわ」アダムの腕をぽんとたたいた。

ニコラスが言った。「アダムはまだ正式な捜査官ではないが、ぼくたちは彼がいずれ決心してくれるんじゃないかと思ってるんだ。アダム、この前会ったときにくらべて背が伸びたんじゃないか」

アダムが応えた。「もううんざりだよ。成長するしかやることがない。おれたち、ほんとうにキツネを捕まえにいくの？」

もう知っているのか、とニコラスは思った。「フォックスは氷山の一角だ。あとで全部説明する。では、みんな、シートベルトを締めよう。クランシー、トライデント、この鳥を東に飛ばしてくれ」

7

イタリア　ローマ
ジェネシス・グループ本社

　カサンドラは堂々とした態度で演壇に立ち、マスコミが落ち着くのをにこやかに辛抱強く待った。カメラのフラッシュ攻勢にも、まばたきひとつしなかった。カサンドラは最高の訓練を受けている。ジェネシス・グループの顔であり、スポークスマンである彼女は、記者会見が重要であることを心得ている。写真を撮られまくるくらい、どうということはない。

　エイジャクスが右後ろに立っていた。退屈しているのか、そわそわしているが、そんなことでは困る。カサンドラは彼の腕をつねった。エイジャクスは引きつった笑みを投げ返してきた。それでも背筋を伸ばし、微笑のようなものを浮かべてみせた。女たちはエイジャクスをセクシーで危険な男だと見なす。それはまちがいではない。男たちは彼を抜け目がなく冷酷だと信じている。それもまちがいではない。

ローマの美しい太陽の光が会見場のガラスの壁に反射していた。カサンドラはついに手を振って聴衆を静かにさせ、最後にもう一度、原稿に目を落とした。目の前に並ぶ顔をしばし黙って眺め、訓練で習ったとおり、ひとりひとりと短い時間ではあるが目を合わせた。咳払いをし、洗練された優美な声をマイクに通した。「みなさま、今日はお集まりいただき、ありがとうございます。わたくしどもは、ジェネシス・グループの創立者であり、先見の明の持ち主であり、エイジャクスとわたくしの高祖父でもあるアップルトン・コハテを、ここに記念したいと存じます。百年近く前のこの日、彼はジェネシス・グループを立ちあげました。わたくしどもがいまでも彼の使命を世界中に広げつづけておりますことは、大きな誇りでございます。

今日、みなさまにお知らせしたいのは、わたくしどもがアップルトンのヴィジョンを持ちつづけているということです。わたくしどもはチェコ共和国ネザビリツェのマルコマンニ族墳墓の発掘事業に一千万ユーロを寄付いたしました。この古代ゲルマン人の遺物の発掘をさらに進めることは、この大昔の文明について非常に貴重な発見をもたらすでしょう。

ジェネシス・グループは、過去の謎の解明をなによりも重視しております」カサンドラは身を乗り出してマイクに唇を近づけると、記者たちと目を合わせた。「わたくしたちはみな同じ地球に暮らす同じ人間です。過去に生まれた文化を埋もれたまま、忘れ去られたままにしておいてはなりません。わたくしたちがどんなふうにここまで歩んできたのか理解したい。そのためには、わたくしたちの祖先を理解することです。わたくしたちの祖先がたがいに敵対していようが、あるいは同盟していようが、彼らを理解することが唯一の道なのです。

そのような発見を継続していくには、考古学はほかの科学と結婚しつづけていかなければなりません。今日は、わたくしどもがポーランドの考古学研究所と新しく提携し、事業を開始することをご報告いたします。ここでアグニェシュカ・プルパノヴァ・レクザンスカにマイクを渡し、プロジェクトの概要を説明していただきます。ただ、その前にまず――」

黒ずくめの若い男がシャンパンとフルートグラスを二個、カサンドラに渡した。カサンドラはシャンパンの栓を抜き、二個のグラスに注ぎ分けると、一個をプルパノヴァ・レクザンスカに渡した。彼は日焼けした初老の男で、カサンドラと演壇に並んでいるのがまったくそぐわなかった。カサンドラは彼にほほえみかけた。「過去に。そして、現在とわたくしたちの未来に」シャンパンをたっぷりとひと口飲む。レクザンスカもほほえんでカサンドラにつづいた。

カサンドラは喝采を浴びながらステージの袖へ歩いていった。レクザンスカが口を開いてもいないのに、もう彼のことは忘れていた。エイジャクスがついてきた。ふたりは会議室の裏手の廊下に出た。

エイジャクスが言った。「おまえは、ほんとうは人づきあいが嫌いなくせに、カメラの前に出たとたんに世界を魅了する。お母さまの仕込みが上手だったんだな。マスコミはおまえに夢中だ」

「わたしたちがなにを目論んでいるのか知ったら、それもどうなるかしらね」

メールの着信音がしたので、エイジャクスは携帯電話をチェックした。「リリスが待ってる。ニュースがあるそうだ」

「悪いニュースでなければいいけど」

カサンドラは、並んだ窓のむこうにそびえるパンテオンのドームを眺めながら、オフィスまで長い廊下を歩いていった。今日は青空が広がっている。砂の海に呑みこまれて窒息している北京とは大違いだ。世界の終末のはじまりだと言う者がいれば、天罰だと信じている者もいる。だが、だれに対する天罰なのかをあえて口にする者は、ほかの国はさておき、中国にはいないだろう。

カサンドラは、思いがけず良心の呵責を感じてはっとした。北京で三千人が窒息死している。カサンドラはすぐさま罪の意識を握りつぶした。ゴビ砂漠の大量の砂が北京に移動した。自分たちの思惑どおりに。そしてまもなく、本物のアロンの杖と、その力を蔵した聖櫃が見つかるはずだ。

子どものころは、いつか母親が聖櫃を発見すると信じていた。だが、ヘレン・コハテは志半ばでこの世を去った。そのときの痛みはカサンドラの胸の奥深くに居座り、決して消えることはない。双子には祖父がいるが、そろそろ寿命を迎えてもおかしくない。祖父が亡くなれば、コハテ家の人間は双子だけになる。結婚して子どもをもうければ、話はべつだ。ただ、変な話だが、カサンドラは自分もエイジャクスも子どものいない人生を送るのだろうと、心の底に不安を抱きながら確信している。

だから、どんなに大量の死者が出ても、受け入れるしかない。エイジャクスは北京の惨事について、後ろめたさすら感じていないのだろうか？　カサンドラは彼の横顔をちらりと見やった。表面上、エイジャクスは落ち着いているように見える――だからといって、ほんとうに落ち着いているとはかぎらない。それでも、彼は祖父に似てコンピュータの天才だ。一方、カサンドラは母親似だ――意欲的で強い意志を持ち、ひたすら目標を目指す。ふたりとも、欲深で役立たずの父親とは大違いだ。

エイジャクスのオフィスで、リリスが待っていた。白い革のソファに浅く腰掛けている。カサンドラとエイジャクスが入っていくと、リリスは立ちあがった。

カサンドラは、エイジャクスがリリスの目に興奮を見て取り、頬をゆるめるのを見ていた。「やったのか？」エイジャクスが尋ねた。

リリスはガラスのコーヒーテーブルの中央に置いてある小さな衛星電話を指さした。

「グレゴリー博士と彼のチームが現場にいるわ。ニュースがあるの」

双子は並んでソファに座った。「よし、聞こうじゃないか」

リリスが衛星電話のマイクのスイッチを入れると、モニターが明るくなった。男の顔が少しずつはっきりと映し出されてきた。長年、晴れだろうが雨だろうが野外で過ごしてきたために皺だらけになった顔が、三十四歳にしては老けて見える。薄くなりかけている褐色の髪は、舞いあがる砂埃で灰色がかっていた。

「マイソール・ベースキャンプのヴィンセント・グレゴリーだ。エイジャックスとカサンドラか？　われわれはいま発掘現場にいる。貴重な発見をしたところだ——テント二張、道具箱。すべてわれわれが外で使っていた古いGのロゴが入っている。そもそも、ここからはなにも見つからないだろうと思っていたんだ。正しい位置がわからなくなっていたから。だが、なぜか試しに掘ってみたほうがいいような気がして、掘ってみたところ、大当たり。主脈を発見したぞ」グレゴリーは言葉を切り、深呼吸した。「おそらく、ここがきみたちの母上の最後の発掘現場だ」

カサンドラは口もきけなかった。ついに、母親が最後にいたとされている場所を発見したのだ。ヘレンがこの地球上で最後にいた場所。エイジャクスの首の脈が速まったのが見え、声にも興奮が聞き取れた。

「写真を送ってくれ、グレゴリー」

「安全なメールアカウントに送ってある」

リリスがエイジャクスにノートパソコンを渡した。エイジャクスはそれを壊さんばかりの勢いで開いた。彼が母親の最後の居場所を知ってどんなによろこんでいるか、カサンドラにはそれだけでよくわかった。メールは届いていた。エイジャクスは深呼吸をしてから開いた。

画像には、グレゴリーが言ったとおりの光景が写っていた。なかば砂に埋れた濃いブルーの鞄、散らばったまま日差しを反射している道具、テントのワイヤー。

電話からふたたび声がした。「エイジャクス、いま二枚目の写真を送った——人骨も発見したんだ。だれのものかはわからない。とりあえず、現場を急いで掘らなければならない。一応、できるだけ安定した足場は造ったが、いつまでもつかは疑問だ。ここの砂がしょっちゅう風で舞いあがるのは知っているだろう」

カサンドラに聞こえたのは、〝人骨〟という言葉だけだった。エイジャクスの手を取り、指が白くなるほど強く握りしめた。

二枚目の写真が届いた。おびただしい数の骨が散乱し、どれがどこの骨かわからない。だれの骨かわからない。

どうかお母さまじゃありませんように。どうかお母さまじゃありませんように。

もう一通、メールが到着した。グレゴリーが言った。「いまライブ映像を送った」

そこになにが映っているのか、カサンドラは怖くてたまらず、声が出なかった。ごくりと唾を呑みこむ。「わかったわ、グレゴリー博士、全部見てみましょう」

母親が消えたとされるゴビ砂漠の発掘現場を探して、もう十年以上がたつ。見ただけで母親の頭蓋骨だとわかるだろうか？　いや、そんなふうに考えてはだめだ。母親が命を懸けて探した貴重な品のことだけを考えなければ。聖櫃のことだけを。聖櫃はまだ砂のなかで発見されるのを待っているのだろうか？　アロンの杖をなかにしまったままで。

現場には日差しが降り注いでいた。むき出しの岩、巨大砂嵐で空中に巻きあげられて取り残された砂。カメラは、それぞれの遺物が発見された場所に差した小旗をゆっくりと映し出していく。

これというものはないように見えたが、そのとき——カメラが右を向き、突然それが映った。地中深くに掘られた穴。手順に従って慎重に掘り進められたような、四角い穴だ。母親が掘ったものだと、カサンドラにはわかる。あの穴にお母さまが埋まっていたの？　お母さまの骨が？　母の死を証明するものが見つかったという現実に耐えられるかどうか、カサンドラには自信がなかった。

カメラが大きな頭蓋骨に焦点を当てた。どう見ても男性のものだ。ヘレンは華奢で、美しい骨格の持ち主だった。カサンドラは目を閉じ、いままで一度も存在を信じたことのなかった神に感謝した。

「グレゴリー博士、鞄を見せて」自分の声がしっかり落ち着いていることに満足した。

グレゴリーは染みだらけのキャンバス地の鞄にカメラを向けた。「ほら、古いGのロゴがある。オレンジのテントも。テントは五年前から、黄色のものに変えている。ここがそうだ、まちがいない」

エイジャクスはカサンドラの目を見て言った。「もっと掘ってくれ、グレゴリー。砂粒ひとつ残さず掘り返すんだ。ぼくたちの飛行機はもう待機している。明日の朝にはそっちに着くよ」

「今夜、進捗状況をまた動画でメールするよ。よかったな！」

動画が急に止まり、ヴィンセント・グレゴリー博士の顔も消えた。

　リリスは、双子が冷静に見えることに感心していた。ふたりにとって母親が大きな影響力を持っていたことは知っている。その母親がおそらく亡くなった場所を、たったいま見せられたのに。

　エイジャクスがようやく口を開いた。リリスは、彼の声に悲しみではなく驚きを聞き取った。「あそこがお母さまの消えた場所なんだな。おそらく聖櫃もある。これからジェネシス・グループがどうなるか想像してみろ。カサンドラ、考えてみてくれ。聖櫃を発見したら、重大な変化が起きる。聖櫃の力を思い浮かべろ。ぼくたち一族だけが、その力に火をつけることができる。一世紀にも及ぶ苦労と努力の末にね」

　エイジャクスはソファに背中をあずけた。「正直言って、ほんとうに見つかるとは思っていなかった。今日は記念すべき日だ」そう言うと、急に真顔になった。立ちあがってリリスのほうへ歩いていく。そして、彼女の両手を取った。「フォックスから連絡があったのか？」

「残念ながら、まだないわ。ヴェネツィアの警察が捜してる。国際刑事警察機構《インターポール》もレッド・ノーティスを出したわ。容疑者の逮捕と引き渡しを要請する手配書よ。いくらフォックスでも、遠くへは逃げられないし、いつまでも隠れてはいられない。それに、大事な旦那もわたしたちがあずかってるし。あのふたりはほんとうに愛しあってるから——」

「当たり前でしょう」カサンドラは言った。「結婚してまだ数カ月しかたってないんだから」

「ええ」リリスはうなずいた。「腕利きが五人がかりで拘束したのよ。鎮静剤を注射して、カステル・リゴネのあなたたちの城に運んだわ。フォックスを始末したら、旦那のほうもさっさと殺してしまいましょう」

エイジャクスはリリスにすばやくキスをし、指の関節で頬をなでた。リリスがひるんだのを、カサンドラは見逃さなかった。「まかせたぞ、ぼくのかわいいリリス。さあ、行け」

リリスが部屋を出ていくと、エイジャクスはカサンドラに手を差しのべた。「おいで、荷造りをしよう。ゴビ砂漠へ出発するぞ」

「その前に、おじいさまに電話をかけなくちゃ。ご自分が作り出した恐るべき砂嵐がなにをもたらしたかお知らせしたら、きっと感激するわ」

8

一九〇八年　シベリア・ツングースカ川の近くで大規模な爆発が発生。二千百五十平方キロメートルに及ぶ森林で六千万から八千万本の樹木がなぎ倒された。原因は小惑星か隕石の衝突、あるいはニコラ・テスラ・コイルではないかと言われている。

バミューダ・トライアングル

ジェイソン・コハテは、タイ北部からキューバを経由して直輸入している最高級のコーヒー、ブラック・アイボリーを飲んでいた。豆は月に一度、部下が運んでくる。ジェイソンは一日に一杯しか飲まないと、厳しく決めている——それ以上飲むと、心臓が喉元に跳びあがってくるような気がするのだ。

ジェイソンは、世界各国の現地時間を表示している時計を見やり、イタリアのものに目をとめた。そろそろ双子から電話があるはずだが。

もうひと口コーヒーを飲み、周囲に並んだモニターを眺め渡した。高さ三メートルのものもあれば、三十センチほどのものもある。映像も、海や空、世界中の都市、宇宙から見た大気圏などさまざまだ。それだけでなく、計算式やコンピュータによるモデリングの画像、世界中に広がっている天候の変化のパターンを映しているものもあった。

モニターはほとんど壁全面を占めている。ジェイソンは唯一の統括者として、部屋の中央で快適な車椅子に座っていて、とくに観たいモニターがあれば、すぐにそこへ移動できる。この統括センターはジェイソンの自慢だ。死火山である島の中央の地下に広がる空間。ここで、ジェイソンは一族のビジネスを指揮している。ここで、次はどこで嵐を起こすか決定する。ゴビ砂漠の砂嵐はジェイソンの挑戦であり、目的はコハテ家にさらなる富をもたらすことではなく、愛娘へレンの最後の発掘現場を見つけることだった。どうしてもその目的を達成しなければならないと思っていた。いまは自分の計算が精確だったのかどうか、連絡を待たなければならない。

なぜ双子はまだ連絡をよこさないのだろう？　もちろん、こちらから電話をかけてもいいのだが——どのみち、衛星の所有者は自分なのだから、どこにでも移動させて地上の様子を確認することはできる。いや、やはりこちらから電話をかけるわけにはいかない。双子が十六歳になったときに取り決めたルールに反する。

ジェイソン・コハテは座り心地のいい椅子の背にもたれ、残りのコーヒーを飲んだ。バミューダ・トライアングルと呼ばれる海域のまっただなか、海図に載っていないこの島から、自分は世界中の空を、雲を、海を支配している。

気象を支配している。

かつては月の重力を操ることを夢見ていたが、実現する前に寿命がつきるだろう。ひょっとしたら双子が生きているあいだに、可能になるかもしれない。ああ、あの双子。ふたりとも才能に恵まれていることはたしかだが、愛するヘレンがずいぶん前に気づいていたことは正しかったと認めなければならない。あの双子は慈悲というものを知らない。それがなにを意味するのかをわかっていない。しかも、わかりたいとも思っていない。ふたりが十七歳のとき、母親の指示でトルコはアンカラの発掘現場で二週間を過ごすことになった。ふたりの仕事は、ヘレンの友人であり、すばらしい人格者だったリーダーのデミル博士の助手として発掘のコツを学び、指示されたとおりに働くことだった。ふたりは当初、行くのをいやがった。

ある朝、デミル博士が毒蛇に嚙まれてテントで死んでいるのが見つかった。ヘレンは、発掘隊のメンバーから双子の拗《す》ねた態度について話を聞く前から、テントに蛇を入れたのがふたりだと気づいていた。双子は次の飛行機でイングランドへ帰された。一見デミルの死を悼《いた》んでいるようだったが、ヘレンはふたりがオックスフォードへ戻り次第コカインを再開するだろうと考えていた。

ヘレンが行方不明になって十年がたったいま、双子が娘や自分の望んだような人間には決してならないという事実を受け入れる必要がある。あのふたりの世界を見る目はゆがんでいる。彼らの天才的な知能をもってしても、矯正することはできない。双子は、世界は自分たちのものだ、ほしいものを手に入れるためなら人の命を奪ってもいいと考えている。なにかを自分たちのものにすると決めたら、優秀な知能でそのことを正当化し、どんな手を使っても奪う。それがたいしたものではなくても、手に入れることがまちがっていても、他人が傷ついたり命を落としたりしても、絶対に思いどおりにする。ふたりは莫大な富と力に恵まれている。恵まれすぎているのだ。富と力が結びつくと、あのふたりには毒になる。それでもジェイソンは、双子が変わってくれないか、自分たちの力を善いことのために使ってくれないかと、いまだに思うことがある。しかし、そのたびに思い出すのが、心臓をナイフでひと突きにされて路地で死んでいたオックスフォードの女子大生だ。地元の警察は、エイジャクスがその学生と半年以上前から交際していたことを突き止めた。だが、エイジャクスが彼女を殺したのか？　証拠はなにひとつ見つからなかった。カサンドラが、自分の若い恋人とともに、エイジャクスのアリバイを証言した。奇妙なことに、その三カ月後にその若者も事故で死んでしまった。ヘレンは、エイジャクスがカサンドラの協力を得て若者を殺したのだと確信していた。そして、双子の魂が真っ黒だ――深い闇がある――と、さめざめと泣きながらジェイソンに相談した。双子は自分たちのしたことに後悔の念も罪の意識も抱かず、逮捕されずにすんだことにほっとしているだけなのだ、と。ヘレン自身はすでにあきらめていたが、ジェイソンが希望を捨てていないことを知っていた。

ジェイソンに過去を変えることができたら、ヘレンに対して冷酷きわまりなかったデイヴィッド・メインズとは結婚するなと、もっと強硬に反対するだろう。それでも、ヘレンは耳を貸さないだろうけれど。不実な夫が子どもたちを通して一族に冷たい血を注入したのだと、ヘレンがついに認めたのは、最後にゴビ砂漠の発掘に出かける前だった。

突然、近接センサーが作動し、赤いランプが光った。船が接近しているらしい。

ジェイソンはすぐさま、みずから設計した電磁気ネットトが隙間なく島を包囲しているか確認した。何者も島に近づけてはならない。ここは優れた遮蔽《クローキング》システムで守られているが、長年のあいだには、接近しすぎた飛行機や船をやむなく海に沈めねばならなかったこともある。つねにクローキング・システムの改良に努めた結果、いまでは嵐を起こすシステムをコンピュータにプログラムしている。さっそくプロトコルを起動すると、稲妻が海面を直撃するのが見えた。島の周囲の海が荒れはじめ、空が暗くなっていくのを見守る。たまたま島に近づきすぎてしまった小さなレジャー用ボートは、不意の荒波に対処できず、さっさと針路を変えてあっというまに姿を消した。

ジェイソンはしばらく嵐を放っておいた。急に発生した嵐がまた突然おさまったりすれば怪しまれる。それに、玄関の前から荒れる海や空を眺めるのは楽しい。自分が起こした嵐を見おろすたびにイギリスを思い出し、そぼ降る冷たい雨や、足元に渦巻く濃いグレーの霧がなつかしくなる。

島を包む渦巻きを眺める。荒々しく美しいそれは、自身が作り出したものだ。祖父のアップルトン・コハテが、友人かつパートナーの電気工学者ニコラ・テスラと同様に切れ者だったことに疑いの余地はない。ジェイソンの父アレクサンダーと母バベットも頭脳明晰だった。だが、自分こそが遺伝子の大傑作だ。自分の使命を考えれば、それは幸運なことだった。

ところが、その遺伝子の傑作も年老いた。若さを取り戻すことはできない。体の節々の痛み、心臓の痛み、両手の関節炎を受け入れなければならない。まだ二十代で、健康な双子とはちがう。あの双子――いつもふたり一緒だ――あの双子を、どうすればいいのだろう？　あの傲慢さには驚くばかりだ。ふたりが聖櫃を捜すのは、世界を統べる力がほしいからにすぎない。あのふたりのような無慈悲な人間が、先祖のなかにいたのだろうか？

先ほど有線テレビのニュースで、カサンドラが一千万ユーロをポーランドの考古学者たちに寄付したと発表しているのを観た。カサンドラのことは自分自身のようによく知っているが、それでもやはり、彼女がうわべは誠実で魅力的であること、どうやらメディアにはもてはやされていることには、感心せざるをえない。外から見れば、双子は由緒正しい家系に生まれ、申し分ない教育を受け、経験豊富で優秀な考古学者だ。だが、そうではないことを、ジェイソンは知っている。ふたりの心と魂の中身を間近に見てきたからだ。

客観的に考えれば、ジェイソンも自分の動機が純粋ではないことを認めるしかない。若いころから聖櫃がほしくてたまらなかった。触れただけで永遠を手に入れることができるのだ。関節の痛みはなくなり、弱った心臓のために服薬する必要もなくなる。神の手を取り、望みをすべて叶えることができる。目の前のさまざまな科学技術など、時代遅れの子どもの遊びにしか見えなくなるだろう。いままで何度も嵐を発生させてきたのも、嵐による災害で得た金を気前よく寄付してきたのも、すべては聖櫃を捜し出すためだった。自分が聖櫃の所有者だったら、世界を治め、人々を導き、敬愛されるはずだと、ずっと信じていた。

突然、電話が鳴り、小さなホログラムがその上に現れた。かけてきたのは双子ではなく、助手だった。ジェイソンはスピーカーのボタンを押した。科学技術と映像技術を結びつけ、ホログラムを発明したのは、とにかく自分だ。さほど難しいことではなかった。

「どうした、バーンリー？」

「三十分後にこちらへ船が到着します。嵐をゆっくりと終息させられるでしょうか？」

「大丈夫だ。南側のルートを取るよう伝えてくれ。先ほど邪魔者を追い払わなければならなかったから、風下の海はまだ荒れている」

「承知しました。それから、お孫さんがお話ししたいとおっしゃっています。替わってもよろしいでしょうか?」

「おお、もちろんだ」

双子の美しい顔が現れた。あいさつのあと、カサンドラが口火を切った。彼女が話を終えるころには、ジェイソンはふたりのしたことに対する驚きと怒りを抑えきれなくなっていた。「トプカプ宮殿からアロンの杖を盗ませただと? なぜ事前に相談してくれなかった?」

エイジャクスが答えた。「おじいさまを驚かせたかったんだ。ぼくたちは――」

「いいや、おまえたちはなにも考えていない。あんなものを盗んで、いったいなんの役に立つ? トプカプの杖は偽物だと証明したかったと言うのか? 偽物に決まっている。ひとこと相談してくれていれば教えてやったのに。しかも、その泥棒をヴェネツィアに呼び戻して殺すために、夫を誘拐しただと?」ジェイソンはふたりをどなりつけたかったが、理を説くためになんとか冷静さを保った。

カサンドラが美しくきびきびとした声で言った。「まちがいのないやりかただと思いますけど。ただ、ちょっと運が悪かっただけです。使った男が無能だったんです。わたしたちはばかではありませんわ、おじいさま。それに子どもでもない。泥棒の始末はします」言葉を切り、満面に笑みを浮かべる。「ゴビ砂漠の砂嵐のご成功、おめでとうございます。グレゴリー博士は、母の最後の発掘現場を発見したと確信しているようです」

ジェイソンの望んでいたとおりだった。「なぜすぐに報告しなかった?」

エイジャクスが言った。「だって、おじいさまはいつも手順どおりにぼくたちの行動を報告しろとおっしゃるじゃないですか。そのとおりにしただけです」声がいまにも笑いだしそうだ。してやったりと思っているのだろう。「カサンドラとぼくは、これからゴビ砂漠へ向かいます。できるだけ早く、発見したものについてご連絡します」

「わかった」ジェイソンは現地の様子を思い浮かべた。「注目しているぞ」

ホログラムが消え、ジェイソンはモニターに背を向けた。いまなら頭のなかにあふれてくる思い出の数々に、存分に涙を流しても大丈夫だ。心臓がかごのなかの小鳥のように暴れている。「あとにしてくれ」ジェイソンはつぶやき、動悸を止める錠剤を飲みこんだ。目を閉じて深呼吸し、薬が効くのを待った。

9

大西洋上空

ニューヨーク上空を離れると、ニコラスは席を立って両手を打ち鳴らした。「いまから八時間のフライトだ。時間はたっぷりあるから、キツネとグラントの救出計画を練って、ゴビ砂漠の砂嵐が人工的なものかどうか考えよう」

リアは左耳のピアスのひとつをいじっていた。「それだけでいいの？」

笑い声があがり、マイクが言った。「みんな、油断しないで。着陸三十分前になったら、わたしたちルールを破ることになるわ。〝掟破《おきてやぶ》り〟は、ニコラスのミドルネームだもの。デズモンドのあとにつけるの」

「冗談だろ」アダムが言った。「デズモンドなんてミドルネームなの？」

全員がまわりを見て、にんまりと笑った。

「順調だな」ニコラスが言った。

アダムが言った。「そもそも〈闇の目〉を立ちあげたのはそのためだろ、心置きなくルールを破るため」

マイクは眼鏡をはずしてレンズを拭いた。「良識の範囲でね。アダム、あなたにはキツネがここ四カ月なにをしていたか、詳しく調べてほしいの。グラント・ソーントンとの結婚も含めて。それから、彼女のクライアントがグラントをどこに連れていったのか」

ニコラスが言った。「ヴェネツィアのどこかに隠しているとは思えないな。アダム、ソーントンについては、ぼくも調べてある。彼は護衛兵を辞めたあと――犯罪者と結婚したからだろう――フリーランスとして仕事を請け負うようになった。〈ブルー・マウンテン〉という企業と契約している。護衛や警備を専門にしている企業で、特殊部隊の元隊員を使っている」

アダムが言った。「キツネを逮捕するの？」

「たぶんね」とマイク。

「えー、おれはキツネを刑務所に入れたくないな。結婚しておれの子どもを産んでほしい。すっごく賢い子が生まれると思わない？　おれの子どもたちが世界を制するんだ」

「あんたがあの女のほしいものを持ってるうちはうまくいくかもしれないけど」リア

が言った。「なくなったらお払い箱」

「アダム、キツネを偶像視するな。彼女はそういうのを嫌うんだ。よし、みんな、安全なテレビ電話でニューヨークのベンとミーティングをするぞ。聖櫃とアロンの杖の来歴について、ざっと講義してくれる。全員が同じ情報を共有しておかなければならないからな」

アダムがしばしコンピュータのキーボードをたたくと、大画面モニターにベンの顔が現れた。

ルイーザが言った。「お疲れさま、ベン。ずっともやもやしながら、わたしたちの連絡を待っていたんじゃない？　あら、三万五千フィート上空からだと、あなたの髪もそんなに赤く見えないわ」

リアが声をあげて笑った。「ルイーザ、この前あんたがベンと競走して負けたのは、足首を捻挫したあとで、ベンの髪に目がくらんだからじゃなかったっけ」

また笑い声があがった。ニコラスは言った。「ベン、聖櫃と杖について教えてくれ。最初から頼む」

「教科書っぽく説明するぞ。神はモーセに十戒を授けたあと、モーセと彼の兄のアロンに聖櫃を作って、十戒を刻んだ石版を収めるように命じた。それから、マナの入った壺をモーセに与えて、聖櫃に入れるよう指示した。杖も同様に入れさせた」

「待って、マナってなに？」アダムが尋ねた。

「特別なパンみたいなものだ。魔法の食べものと言ってもいい。決してなくならない。永遠に補充される。つまり、食べても食べても、すぐにまた壺はいっぱいになる」

「すごい魔法がかかったパンってことね」マイクが言った。

「そのとおりだ、マイク。さて、エジプトから脱出したイスラエルの民は六十万人以上とされている。壺一個分のマナが、それだけの人々を養えたのか――何日間、養ったのか？　まあ、細かいことは気にするな。理屈は置いておいて、神話と魔法を信じることにしよう。イスラエルの民は荒野をさまよっているあいだ、マナを食べて生きていたってことになってるんだ。

　彼らは聖櫃を運んだ。アカシア材の箱で、金細工で豪華に飾られていた――智天使像とか日時計とか、そういうものでね。イスラエルの民にとって、聖櫃はただの箱ではなく、魔除けなんだ。文字どおり、神の力を秘めている。イスラエルの民は聖櫃とともに戦い、そのたびに勝利した。ここに興味深い伝説がある。紀元前一〇七〇年にペリシテ人が聖櫃を盗んで領地に持ち帰った。その直後、彼らは〝黄金の鼠〟と呼ぶものに攻撃された」

ルイーザが言った。「それってたぶんペストでしょ」

ベンはうなずいた。「聖櫃に近づいた者はひとり残らず病死したと書かれている。戦いに負け、領地を失い、作物もだめになった。ついには、これほどの禍《わざわい》に耐えなければならないくらいなら聖櫃など返してしまえということになって、荷車にくくりつけて送り返した。

ここからがおもしろいんだ。預言には、モーセの一族だけが——コハテ人《びと》、レビ族とも呼ばれるが——命を失うことなく聖櫃を扱えると明言されている。コハテ人はモーセの直系の子孫だ」

「で、聖櫃はどこにあると考えられているの？」マイクが尋ねた。

「いい質問だ。聖櫃について、まったく言及されない時期が長いことつづいたんだ。最後に聖櫃があったとされているのは、ソロモンの神殿だ。ダビデ王——ダビデとゴリアテの話のダビデ王が、聖櫃をエルサレムに運ばせた。その後かなり長いあいだ、聖櫃はエルサレム神殿に安置してあったと伝えられている。エルサレムは紀元前五八六年に破壊され、それ以降、聖櫃の行方はわからなくなってしまった。多くの歴史学者は、エジプト人が手に入れたのではないかと考えているが、真実はだれにもわからない」

リアが言った。「でも、エジプト人が聖櫃を持っていても、黄金の鼠に殺されたんじゃない？」

「いいとこ突くね。ぼくにはわからないけど」とベン。

アダムが尋ねた。「どうしてアークと呼ばれてるの？　ノアの方舟《アーク》とはちがうの？」

「ちょっと待ってくれ。調べてみる」ベンはパソコンのキーボードをたたき、しばらくして答えた。「どうやら、アークとはもともとなにかを入れる器のことらしい。箱も舟も、本質的には入れものだろう。この場合のアークは、聖なるものを入れた箱ってことだな」

ニコラスが言った。「〝契約の箱〟という呼び名だと、ちがうものみたいだが」

何人かがうめいた。マイクがニコラスに鉛筆を投げた。ニコラスはそれをキャッチし、耳の後ろに挟んだ。「よし、ベン、今度は杖について頼む」

「モーセは杖を神からじきじきに受け取った。モーセと兄のアロンは、その杖で奇跡を起こして、イスラエルの民をエジプトから脱出させた。岩を水に変えたそうだ。どうやったらそんなことができるのか、ぼくには想像もつかないけれどね。杖が蛇を貪ったという伝説もある。だが、杖も聖櫃と同様に、行方がわからなくなってしまった。

話はここで現代に飛ぶ。さっきも言ったように、聖櫃はソロモンの神殿に安置されていた。そこを最後に、聖櫃を見た者はいなかった。ところが、一五一九年、オスマントルコのスルタン、セリムがエジプトを征服したときに、アロンの杖だけを手に入れてイスタンブールへ持ち帰ったと言われている。それ以来、杖はトプカプ宮殿に保管されて、三十年前から聖遺物として展示されている」

「でもペストの大流行は起きなかったよね？」アダムが尋ねた。

「ああ、起きていない」

マイクが言った。「まともな歴史家のなかに、それが本物だと考えている人はいるの？」

「当然、トルコ政府は本物だと言っている。ただ、なぜ聖櫃と分けられたのか、説明がない。それで本物と言えるのか？」ベンは肩をすくめた。

ルイーザが言った。「ずっと杖を保管していたその博物館は、どんなところなの？」

「ちょっと待って――よし。トプカプ宮殿はオスマン帝国のスルタンの王宮だったが、十九世紀半ばにスルタンが放棄した。一九二四年に博物館となって公開されたんだ。何重にも敷かれた警備は非常に厳しいと評判で、トルコ軍が管轄している。杖は一九七〇年代から聖遺物の展示室にあった。もっとも警備が厳重な場所だ。キツネがほんとうにあそこから盗んだのなら、じつに有能だと言わざるをえない」

「キツネについてぼくたちがよく知っていることのひとつが」ニコラスが言った。「彼女を甘く見てはいけないってことだ。メトロポリタン美術館のやり口を知っているから、彼女がトプカプからどうやって杖を盗んだのか、だいたい想像はつく」

「警備員として雇われたんだ？」リアが言った。

「だろうね」

ベンが言った。「まあ、なんにしてもすごいな。あの有名なトプカプの警備を破ったんだから」

アダムが言う。「おれの心は決まったね。やっぱり彼女と結婚したい」

ベンは笑った。「まだ本人と会ったことがないだろう、アダム。ぼくたちはみんな会ってる。キツネは変装の名人だし、長期間、別人になりすますことができる。仕事中は一意専心なんだ。リアの言うとおりだと思うね。おそらくキツネは博物館の警備員になって潜入した」

マイクは言った。「〝衝撃と畏怖〟作戦を取るタイプの泥棒じゃないものね。パズルを解くように、トプカプ宮殿を攻略したのよ。彼女は決してあきらめない。だから、最高の腕を誇る泥棒になれたのよ」

「そして、いまだに捕まらない」ニコラスがつけくわえた。

アダムが尋ねた。「クライアントってだれだろう?」

「心当たりがなくはない」ニコラスは腕時計に目をやった。「あと七時間でヴェネツィアだ。三十分間、時間をやるから、その後ブリーフィングをしよう。そのあと、仮眠を取ってくれ。この先なにが待っているかわからない。数日は闘いがつづくとすれば、いまのうちに休んでおいたほうがいい。では解散。ありがとう、ベン。よかったら、きみも少し眠るといい」

ベンはため息をついた。「ぼくは前からヴェネツィアに行ってみたかったんだけどな」

10

ゴビ砂漠
マイソール・ベースキャンプ

カサンドラとエイジャクスがゴビ砂漠に到着すると、発掘が中断された。発掘隊は、主人を待つ使用人のように並んで立っていたが、興奮のあまりそわそわしていた。

発掘リーダーのヴィンセント・グレゴリー博士が、車に駆け寄ってドアをあけた。そして、カサンドラを引っぱり出すようにして降ろした。

「いい知らせがある。きみたちにじかに伝えたかったんだ。見つけたとたん、発掘を中断した。嵐が近づいているから、急がなければならないんだが、とにかく見てくれ」

カサンドラの胸の鼓動が激しくなった。十九歳のとき、母からの最後のメッセージがこの場所から発信されたのだ。携帯電話から聞こえてくる声は雑音が混じり、はっきりと聞き取れなかったが、母の美しい顔は輝いていた。あのとき、母は嵐が近づいていると言っていた。それを最後に、十年間、母の行方はわからなかった。すさまじい嵐が静まったあと、現場へ赴くと、母が掘っていた場所は砂に呑みこまれ、地下数十メートルに埋まっていた。それ以来ずっと、ジェネシス・グループはその場所を捜してきた。

発掘現場の西の端にはロープが張られていた。遠くの空は、迫り来る嵐のせいで赤く染まっている。だが、さしあたって太陽は出ている。カサンドラは、現場に近づくにつれて、なにかがきらきらと輝いていることに気づいた。

「あれは――」

ヴィンセント・グレゴリーは、口が両耳まで裂けんばかりに満面の笑みを浮かべていた。「金色に光るものを見つけて、すぐさま作業を中断してしるしをつけたんだ。あそこになにか大きなものが埋まっている。スキャナーには、立方体の物体が映った。サイズもどんぴしゃだ」

ついに、ついに――本物だろうか？　カサンドラはかすれた声でつぶやいた。「聖櫃なの？」

グレゴリーがブラシを差し出した。

カサンドラはひざまずいた。聞こえる。蜂の羽音が。何百匹もの蜂が、地下でブンブンと羽音を立てている。ブラシでそっと土を払うと、湾曲した金色の物体の端が現れた。蜂の羽音が大きくなった。カサンドラは、ますます慎重に砂を払いつづけた。

エイジャクスが隣にひざまずいた。「翼だ」とささやく。「智天使の翼だ」

カサンドラは顔をあげた。「聞こえる？　蜂の羽音が」

グレゴリーが尋ねた。「なにか音がするか？」

エイジャクスが軽く翼に触れた。「温かい。温もりが伝わってくる」

カサンドラは残りの砂を払っていた。「エイジャクス、羽音がどんどん大きくなるわ」

「どんどん熱くなっているけど、音は聞こえないな」

聞こえないに決まっている。もともとカサンドラにしか聞こえないのだ。「信じられない」翼の下に指をすべりこませ、そろそろと持ちあげ、胸に抱きしめた。「ああ、なんてこと」

「どうした？　なにかおかしいのか？」だが、エイジャクスもすでにわかっていた。金色の翼が生えているはずの天使像の本体がない。

「聖櫃はもっと下にあるんだ。急いで砂をどけよう。カサンドラ、どいてくれ」

チームはただちに作業を再開した。

カサンドラは翼を抱いたまま、エイジャクスと立ちすくんでいた。「これが呼んでいるのが聞こえたの。あなたは温もりを感じた。残念だけど、エイジャクス、この下に聖櫃は埋まっていないわ」

グレゴリーが顔をあげた。小さなプラスチックのスコップで砂をすくっていたふたりの考古学者も、彼につづいた。「どうしてわかるんだ？　金の塊が折れてちぎれたりするか？」

「わからない」カサンドラは金の翼をきつく抱きしめた。「感じて、エイジャクス。これに触れて、金が発する熱を感じて。あなたを呼んでる。わたしに歌いかけているわ。まちがいなく聖櫃の一部ではあるの。聖櫃はここにあった、それは断言できる。でも、もうここにはないの。そう感じるわ」

エイジャクスが言った。「この翼は、聖櫃から取れてしまったんだ。ここに聖櫃があったことはたしかだ。捜索をつづけてくれ」

考古学者はようやく大きな木枠《クレート》を発見した。地中から取り出すと、腐りかけた木の板に、ジェネシスの頭文字のGのロゴが残っていた。

グレゴリーはしゃがみこんだ。「見つけたと思ったのに……じつは、見つかった人骨はきみたちの母上のチームメンバーのものだった。ただし、数が合わない。女性ひとり分が足りないんだ。遺体から集めた衣服やアクセサリーなどの遺留品から考えて、きみたちの母上はここにはいない」

　カサンドラは、つかのまよろこびに興奮したが、その気持ちはすぐにしぼんだ。

「でも、そんなことがあるかしら？　グレゴリー博士、あなたの思い違いではないの？　だったら、母の骨はどこにあるの？」

「わからない。とにかく、母上の骨がほかのメンバーのものと一緒になかったのはたしかだ。もうひとつ――メンバーの骨はほとんど無傷だ。死因がわかるような痕跡がまったく見当たらない。銃弾による傷、骨折の跡などがない。しかし、なんらかの外的な要因で亡くなった。それにしても、母上の骨がないばかりか、聖櫃もないとは」

　エイジャクスが言った。「ということは、母が聖櫃を運び出したにちがいない。でも、どこへ持っていったんだ？　なぜぼくたちになにも教えてくれなかったんだ？　なぜ翼だけを残したんだ？　それに、ほかのメンバー全員の遺体も」

　カサンドラには、どの答えもわからなかった。頭が真っ白になっている。

　一瞬、エイジャクスはグレゴリーの喉をかき切ってやりたいという表情になったが、すぐに冷静さを取り戻し、肩をすくめた。「だれかが裏切った――メンバーは毒を盛られたんだ。そうとしか考えられない。即効性の毒だ。そして、彼らはその場で倒れた。ここから聖櫃を盗んで母をさらった者は、預言の内容に精通していて、母がいなければ聖櫃をあけられないと知っていたはずだ。母はいまも生きているかもしれない」

「そうだ、生きているかもしれない」グレゴリーはそう言ったが、本気でそう信じているようには見えなかった。「ここでなにがあったのか――謎だ。ほんとうに残念だが」

技術者のマッチオが立ちあがり、汚れた両手をパンツではたいた。「ここにはなにもないな。クレートだけだ」

砂嵐がすぐそばまで近づいてきたので、全員でテントへ避難した。助手たちがクレートを引きずってきた。

カサンドラは、狭いテントのなかをうろうろしているエイジャクスを見守った。ぶつぶつと罵詈雑言をつぶやいているが、泣き叫ぶような風の音に邪魔され、彼の声は聞こえなかった。空が暗紅色に染まっていることは、見なくてもわかる。

エイジャクスは落ち着きを取り戻すと、ふたたび口を開いた。「お母さまはここにいない。聖櫃もない。ぼくたちの苦労は無駄だった。無駄だったんだ!」水筒をテントの壁に投げつけた。カサンドラは静かにそれを拾い、ふたをはずして中身をごくごくと飲んだ。テントのなかは安全とはいえ、あらゆるものに砂が入りこんでいる。カサンドラは水筒をエイジャクスに渡した。

「お母さまはゴビ砂漠から出ていったとしか考えられないわ。お母さまみずからそうしたのか、チームのメンバーを殺しただれかに無理やり連れ去られたのかわからないけれど。やることはまだたくさんあるんだから、ひとつひとつ片付けるまでよ。おじいさまに連絡して、捜索をやりなおしましょう」

エイジャクスは悪態をつき、簡易ベッドに寝転んだ。「わかった。おじいさまに電話しろ。失敗したと伝えて、何万人もの命が無駄に失われたという泣き言を聞いてやれ。でも、次にどこを捜すって言えばいいんだ？」

「失敗じゃないわ、エイジャクス。聖櫃の一部は発見したでしょう」カサンドラは金の翼を取って胸に抱き、母親が赤ん坊をあやすように揺さぶった。「何者かが力ずくで聖櫃を奪って、チームのメンバーを殺したことはわかってる。おじいさまが砂嵐を起こさなければ、それすらもわからなかったのよ。おじいさまも満足してくださるわ」

「あのじいさんはどうせぼくたちを責める。おまえだってわかってるだろ。自分の気に入らないことは、全部ぼくたちのせいにするんだ」

「だったら、おじいさまには黙ってればいいわ」

テントのポールをノックする音がして、興奮した目つきのグレゴリーが入ってきた。

「急いで来てくれ」

双子は分厚いコットンのスカーフで顔を覆い、砂嵐のなかに踏み出した。ロープ沿いにグレゴリーを追う。二張のテントの前を過ぎると、三張目のテントの前で、マッチオがクレートと並んで立っていた。

「グレゴリー博士に、クレートをあける前にX線写真を撮れと言われたんだ」

グレゴリーがたたみかけるように言った。「なかになにかが入っているが、よくわからないんだ。あけるなら、きみたちと一緒にあけたかった」タブレットを掲げ、X線写真を双子に見せた。クレートの端に、十字架のようなものが詰まっているように見える。

エイジャクスがカサンドラの手を握った。「あけてくれ。早く」

木の板は非常に古く、簡単にはがすことができた。カサンドラは、そこに金属の光を見て取った。マッチオが、クレートいっぱいに詰まっているさらさらの砂のなかから、なにかを取り出した。

グレゴリーがまじまじと見つめる。「ただの古い土壌サンプラーだ。これで土壌のサンプルを集めるんだ」それを放り捨てようとした。

エイジャクスが制止する。「待て、グレゴリー、注意してくれ。なかになにか入ってるぞ」

マッチオは土壌サンプラーをテーブルに置いた。エイジャクスは、なかから一枚の紙を取り出した。

「エイジャクス、早くして」

エイジャクスは慎重に紙を広げ、目を輝かせてカサンドラを見た。「地図だ。お母さまの手描きの地図だ」

カサンドラは、一面に地形図が描かれた紙を見おろした。中央から、幾重にも波上に広がる等高線が描かれている。エイジャクスが言った。「同心円がだんだん小さくなっていく。標高を表しているんだ。つまり、これは山だな。ひっくり返してくれ、カサンドラ。慎重に」

裏には、手書きのメモがあった。これもヘレンの筆跡だが、どことなく奇妙だった。ヘレンはいつも整然として無駄のない筆記体で文字を書いていたのに、このメモ書きの文字は、やたらと曲線が大きい。言葉遣いも古臭く、滑稽なほどだ。それでも、カサンドラは両手を震わせてメモ書きを読みあげた。

聖櫃の真の在り処がどこかという問いに対する答えは、ローマ教皇の手紙のなかにある。愛する子どもたちよ、この知識を賢く使いなさい。

「どこにあるんだ?」グレゴリー博士がつぶやいた。

カサンドラは笑みを浮かべてまたそっと紙を裏返し、地図の隅に書いてある数字を指した。「緯度と経度。エイジャクス、これはカステル・リゴネよ。聖櫃は故郷にあるの」

11

イタリア　ヴェネツィア

キツネはサン・マルコ広場を突っ切った。長い金髪のウィッグにクリーム色の麦藁帽子をかぶり、ショートパンツにサンダルで、観光客のグループについていく。ガイドがサン・マルコ寺院の前で立ち止まり、聖マルコについてだらだらと説明をはじめた。キツネは広場でパンをくれる旅行者のまわりに群れている鳩たちを眺めた。

子どもたちが甲高い声をあげながら鳩の群れに走り寄り、驚いた鳩たちが逃げていった。

予定では、ドラモンドとケインが一時間以内に到着する。つまり、まもなく彼らがカラビニエリの姿で応援に来るということだ。規律に従うマイク・ケインが抜かりなく手配しているだろう。

キツネはいつものように、周辺を観察して脱出路を確認するため、早めに来た。広場から抜ける道はいくらでもある。ちょうどいい抜け道を見つけたので、広場のカフェに入り、日陰の席に座った。そばで小さな楽団が観光客相手にイタリア音楽を演奏している。

しばらく待つことになる。キツネはサングラスをはずし、あたりに目を配りはじめた。

ドラモンドとケインの安全は守らなければならない。自分の命が危険にさらされても。あのふたりには、それだけの恩がある。

12

水上タクシーが岬をまわり、何カ所もの船着き場からのびていく小路と煉瓦の壁からなる雑然とした世界が見えてきて、マイクははじめてヴェネツィアの魅力に気づいた。操縦士は街の中心へボートを進めていく。マイクは、これほど現実離れした場所は見たことがないと思った。まるで大勢のエキストラが行き交っている映画のセットのようだ。なにもかもがとても古く、無秩序に配置されている。このすばらしい街は、昔からずっと姿を変えずに残っているのだ。

やっぱりオマハとはちがう。マイクはそう思って笑い、かすんだ空を仰いで、えもいわれぬ香り、魔法の香りを吸いこんだ。ニコラスがほほえんでマイクの手を取った。

「ヨーロッパへ来たのは、これで二度目だろう。でも、残念だが、きみは観光客ではないからね。仕事が一段落したら、また来よう、マイク」

「約束する？」

「もちろん」ニコラスは、蒸し暑い八月になると、この魔法の香りは消えてしまうのだと言った。マイクは、それでもかまわないと思った。印象派の絵のようなこの世界に、どっぷりと浸ってみたかった。

床に座りこみ、ノートパソコンを開いていたアダムが顔をあげた。「キツネの言うとおり、空港から蒸気客船に乗ってこなくてよかった――ホテルまで一時間かかるみたいだ。こっちのほうが速い」

ニコラスは髪をなびかせ、にんまりと笑った。「水上タクシーのほうが楽しいしね。蒸気客船はのんびりしすぎなんだ」

リアが言った。「迎えをよこすなんて、キツネも親切ね」

マイクはヴェネツィアの美しさをいったん忘れることにして、ケースからグロックを取り出した。それをレザーのホルスターに入れ、腰の右側でベルトにとめた。ニコラスが片方の眉をあげた。「ちょっと早すぎないか、マイク?」

「これからキツネに会うのよ。しかも彼女は何者かに狙われている。その何者かは、いますぐにでもゴンドラでわたしたちに向かってくるかもしれない。船着き場で待ち構えている可能性だってある。だから、全員が武装すべきよ。いますぐに」

「たしかにそうだな」ニコラスは船首を離れ、船室のベンチに座ると、準備に取り掛かった。グロックを頑丈なレザーのホルスターにしまってベルトにとめ、やわらかい革ジャケットをはおった。まだ射撃訓練を受けたことのないアダムを除き、全員が武装した。ニコラスは、遅かれ早かれアダムに教えてやらねばと考えた。アダムにも自分の身を守れるようになってもらわなければならない。

ルイーザが船首のマイクのそばへ来た。「わたしも昔からヴェネツィアのにおいが好きなの。海のにおいに、ボートのエンジンのガソリンのにおいが混じってるのよね」

「ヴェネツィアははじめてじゃないの？」

「父が外交官だったの。世界中を巡ったわ」ルイーザはある一点を指さした。「あそこがわたしたちの泊まるホテル。サヴォイア＆ヨランダ。あそこに泊まったことはないな。母はダニエリを気に入ってたから。この街には、たくさんの観光客が来て、目に映るものすべてにうっとりして楽しんでる。ここで人の命が狙われているなんて信じがたいわ」

水上タクシーはスピードを落として狭い水路に入り、ホテルのそばの船着き場へ近づいていった。

マイクは言った。「みんな、おたがいから目を放さないで。今日はなにが起きるかわからない。でも、みんなに無事でいてほしいの」

アダムがマイクの脇腹を肘でつついた。「ちょっと、ママ、おれたち仲よくしなきゃだめなの？」

「みんな用心してるよ、心配しないで」

マイクはアダムの腕を軽くパンチした。「まじめな話よ」

「心配よ。あなたはまだ未熟だもの、アダム。青いアボカドみたいなもんよ」

ルイーザが笑った。「上陸すればしっかりするわ、そうでしょう、アダム？」

「おれはアボカドが好きだよ」アダムはごくりと唾を呑みこんだ。

ニコラスはサン・ザカリアの船着き場に目を走らせた。「ぼくたち全員が一緒に上陸しないほうがよかったんだがな。考えておくべきだった」すぐ後ろに立っているマイクに言った。

「いまさら言っても遅いわ。だれかが待ち構えていれば、ふたりずつ上陸しても殺られたでしょう」

ニコラスは全員に聞こえるよう、大声で言った。「着いたぞ」

おそらくキツネみずからが選んだ無口な操縦士がボートをもやった。マイクが陸にあがるとき、操縦士はトランシーバーでだれかと話していた。ニコラスが言った。

「キツネにぼくたちが到着したと報告しているんじゃないか。みんな、用心してくれ。なにが起きるか予測がつかないからな」

ホテルは濃い色のスタッコ塗りの建物で、古く温かみがあり、見るからに居心地がよさそうだった。内装も広告どおりだ――木とガラスを基調に、落ち着いた感じがする。フロントで一行を出迎えたブロンドの女性は、ニコラスの顔から目を離せないようだった。ニコラスは身を乗り出し、早口のイタリア語で話しかけた。

残りの四人は少し離れ、ロビーを見渡した。マイクは、数人のグループが入ってきたとたんにぴたりと足を止め、くるりと背中を向けてまた出ていったことに気づいた。自分たちはたとえ月に行ってもひと目で警官とわかるのだろう。

ニコラスが鍵を配り、指示を出しはじめた。

「リア、通信機器の準備を頼む。故障がないか確認してくれ。アダム、インターネットに接続してくれ。Wi-Fiの中継機を使って、通信状況をよくするんだ。暗号化は徹底的にやること。このへんはオープンネットワークのアクセスポイントだらけだ。ルイーザ、鑑識の仕事がないうちは、キツネから目を離すな――彼女に会えたらね。ぼくたちのことも見守っていてくれ」ニコラスは言葉を切り、眉をひそめた。「マイクだけが三階の部屋で、あとは二階だ。荷物を置いたら、十五分後にぼくの部屋に集まってくれ。受付にコーヒーを頼んでおいた。カフェインをとって、仕事開始だ」

　全員がエレベーターホールへ向かった。マイクとニコラスは、同じエレベーターに乗った。「きみだけ三階でかまわないかな」

「ええ、観光旅行じゃないもの、大丈夫。ただ、時差ボケがきついわ。顔を洗って、ベッドに倒れこみたい。十五分くれるんでしょう、それだけあれば充分」

　ニコラスはマイクのおとがいに手を添え、すばやくキスをした。「まあね。手荷物をほどくのを手伝おうか。やけに重そうだ」

　マイクはキスを返し、ニコラスの頬をなでた。「あなたって、ほんとうに先を読むってことをしないのね。細かいことはよく考えるのにね、ニコラス。十五分なんて、あなたにとってても足りないでしょう」

　ニコラスは小声で悪態をついた。マイクの言うとおりだ。マイクのことは細かいところまで大好きなのだが。彼女はニコラスの頭のなかを読み取ったらしく、声をあげて笑った。「荷物を置いたら、みんなが来る前にあなたの部屋へ行くわ。それから、いよいよキツネと対面ね」マイクがニコラスに向かって人差し指を振ったと同時に、エレベーターのドアがするすると閉まった。

　マイクはもう一階分のぼり、エレベーターを降りて自分の部屋に入った。壁は濃い茶色で、小さなバルコニーのむこうは隣のホテルの壁だ。バスルームは狭く、マイクはちゃんとお湯が出ますようにと祈った。「まったく、あのブロンドの受付ときたら。設備も眺めも最高の部屋をあてがってくれたわ」

荷物を置き、顔を洗って髪をひとつにまとめた。ベッドに腰をおろす。マットレスが岩のように硬い。仮眠どころではない。眼鏡を拭き、ブリーフケースを取ると、階段をおりてニコラスの部屋へ行った。

ニコラスが笑顔でドアをあけた。マイクは部屋に入ったとたん、気絶しそうになった。広々としたスイートルームで、二カ所のバルコニーからはラグーンを一望できる。白でアクセントをつけた贅沢なグレーの大理石の壁、そよ風にふわふわと揺れる白く薄いカーテン。二部屋の寝室には、それぞれマイクのニューヨークのアパートメントより広いバスルームがついている。

マイクはバルコニーに出て、すばらしい景色を眺めた。「旅費の内訳を詳しく報告しなければならないってわかってる？　ここの部屋代、経費として申請できないわ」

ニコラスがぶつぶつとなにか言った。マイクは振り返り、バルコニーの手すりに両肘をのせた。「なんて言ったの？」

「ただで部屋をアップグレードしてくれた」

「ああ、あの受付のミズ・ブロンドね。キーカードと一緒に、電話番号もくれた？」

じつはそのとおりなのだが、ニコラスはかぶりを振った。バルコニーに出て、右側を指さした。「ほら、マイク、サン・マルコ広場がすぐそこだ。旅行者と鳩であそこはいっぱいになる。まずいな」

「ええ、でもしかたないでしょう？」

ニコラスは黙ったまま、広場の入口を見ていた。

マイクが言った。「わたしの部屋は物置小屋みたいだけど、一応は安全よ。ここは建物の正面を向いていて、窓も大きくて、外から丸見えだわ」

ニコラスはマイクのそばへ行って抱き寄せた。海水とライラックの香りがした。

マイクはニコラスの肩に頭をあずけた。「ニコラス、今回は——なにが起きるか、まったく予想できないわ。たくさんの観光客が集まってくる……旅行シーズンだから、わかりきっていたけれど。でも、銃やナイフを持っている人間が紛れこんでいるかもしれない。キツネの敵の顔すらわからないのよ。カラビニエリに連絡を取るよう、リアに指示してくれたのは賢明だった。トラブルが起きる前に知らせておくのはいいことだもの」

「ぼく自身もカラビニエリには電話をかけておいた。自分たちの街をＦＢＩが走りまわるのは気に入らないだろうけれど、いざとなったら協力してくれるはずだ」

マイクはひとりの人物を指さした。「あの男を見て」

ニコラスは、ホテル・ダニエリのゴンドラ乗り場の脇から、まっすぐこっちを見ている男に気づいた。ニコラスと目が合うと、男は爪楊枝をくわえておもむろにその場を離れた。

「なるほど、見張られているな」

「キツネの味方かしら？」

「いや。キツネの味方はぼくたちだろ」

「あなたにしては気の利いた皮肉ね」

「まあね」ニコラスはにっこり笑ってみせた。「ケイン捜査官、そろそろ冒険に出かける時間だ」

13

ニコラスは一年前にもヴェネツィアを訪れたばかりだが、今回のほうがさらに人出が多い。ホテルの玄関に立ち、人混みを眺めた。この環境で任務を遂行しなければならないとは悪夢だ。キツネがなぜサン・マルコ広場を待ち合わせ場所に指定したのか、ニコラスにはわかる。群衆に紛れて、だれひとり顔も知らない敵から隠れることができるからだ。同時に、一般市民が人質に取られたり、殺されたりする可能性もある。

腕時計を見て、背後のメンバーたちを振り向いた。「アダムはここに残れ。あとのみんなは出発するぞ。キツネとの約束の時間は四十五分後だ。それだけあれば、広場を隅々まで観察して、それぞれ位置に着くことができる」

マイクが言った。「タンクトップとショートパンツじゃないわたしたちは目立ってしまうわ。ジーンズとシャツでも、銃を隠すためにジャケットを着なければならないもの。この陽気で、昼日中からジャケットを着てるのは変よ。でも、しかたがないから、せいぜい悪目立ちしないようにしましょう。みんな、準備はいい？」

リアが言った。「はい、これでおたがいやりとりできる」

全員が小さなイヤフォンを装着し、シャツの襟に着けた極小のマイクのテストをした。

マイクが言った。「テスト。ワン、ツー」

リアがうなずき、ニコラスとルイーザの機器も試した。「よし、みんなの声がはっきりと聞こえる。あたしは全員の声を傍受するね」

ニコラスは言った。「カラビニエリのサルヴァトーレ・ルッソ少佐に電話をかけておいた。部下を派遣してくれるそうだ。ぼくたちの顔写真も送ったから、いまごろ近くでぼくたちが出てくるのを待っているはずだ。ルッソ少佐が賢明にも部下たちを制服姿でよこしてくれることを願うよ。キツネの敵もやりにくいだろう」

リアが言った。「あたしはドゥカーレ宮殿のバルコニーから、広場全体とみんなを見てるからね」

「わたしはふたりの少し後ろからついていく。カバーするわ」

「ルイーザ、ぼくたちとカラビニエリがおたがいの存在を確認して、広場に敵がいないことを確かめたら、いよいよキツネと会うぞ。みんな、防弾ベストは着ているな?」

全員がうなずいた。「慎重にね。無理はしないこと」リアが腕時計を見た。「さあ、行って。ちゃんとキツネを見つけてよ」敬礼し、ドアから出ると、あっというまに観光客のなかに姿を消した。

一分後、残りの三人もホテルを出て、右へ進んで橋を渡った。ホテル・ダニエリを右手に見る。自撮り棒を売りつけようとする移民たちや、いきなり立ち止まってため息橋の写真を撮ろうとする人々をよけながら、次の橋を渡ると、ドゥカーレ宮殿の入口がある。短い階段をのぼると、そこはサン・マルコ広場の東端だ。

広場は広大で、壮麗だった。周囲の建物は、ヴェネツィアが全盛期にどれだけ栄えていたか示す証左だ。右手にそびえるドゥカーレ宮殿はおとぎ話のお城のようだ。あふれる色彩、音、そして大勢の人々。

「ぼくたちは観光客には見えないかもしれないけれど」ニコラスはマイクの耳元でささやいた。「だれもぼくたちなんか見ていない」

マイクはぴしゃりと返した。「あの男は見てる」

ニコラスは右側に目をやった。ホテルのバルコニーから見た男が、あいかわらず爪楊枝をくわえたまま、宮殿の隅の薄暗がりに立っていた。

「左にも」

ニコラスは左へ目を転じ、黒いサングラスをかけた男が、カフェの小さな丸テーブルを前に座っていることに気づいた。目は隠れていても、こちらをじっと見つめていることは明らかだ。三人は歩きつづけた。

「ほかにもいるか？」

「あちこちにいるわ。キツネの手下かしら、それとも敵？」

ニコラスはふと足を止め、ひざまずいて右のブーツの紐を結びなおした。自分たちを背後から尾行している男たちを観察する。武装しているようだ。

ふたたび立ちあがった。「わからないな。用心しろ、マイク」

「ホテルでキツネと会うべきだったかも」

「群衆のなかに紛れこんだほうがまだいい。ぼくがキツネでも、やっぱり広場を選んだだろうな」

三人は歩きつづけ、観光客相手にTシャツやオープンミトンや道化のマスクを売っている屋台の前を通り過ぎた。

サン・マルコ寺院の鐘が鳴りはじめた。マイクには、リアのつぶやき声が聞こえた。

「うー、うるさい。みんなの声も聞こえないよ。鐘にはなるべく近づかないで」

「了解」マイクは答えた。

左へ曲がって広場のメインエリアに出ると、そこは数えきれないほどの老若男女と鳩でいっぱいだった。ニコラスが数えたところ六軒あるカフェの外に並んだテーブル席では、人々がエスプレッソやプロセッコを飲み、ポテトチップスをかじっている。バシリカのツアーの順番を待つ列が、広場のなかまでのびている。人が多すぎる、これじゃあわたしたちにはコントロールできない、とマイクは思った。

「あそこを見て、ニコラス。麦藁帽子をかぶった長い金髪の女がいるわ。キツネよ。いま合図してきた」

テーブル席の女は、ニコラスの記憶にあるキツネにはぜんぜん似ていなかった。広場に集まっている観光客のように、すっかりリラックスしている様子でワインをちびちびと飲んでいた。やがて、キツネは背筋をのばし、かぶりを振りはじめた。

「くそっ」ニコラスはマイクに向かって早口で言った。「危険だ。中断する。ここではなにかあったらぼくたちの手に負えない。中断する。繰り返すぞ、ルイーザ、リア、中断する」

キツネはまっすぐニコラスを見ている。ニコラスがその目に恐怖を見て取った直後、広場で銃声があがった。

14

ニコラスは右へ跳び、マイクを突き飛ばした。

悲鳴があちこちであがり、銃弾が広場を飛び交いはじめた。

イヤフォンからリアの叫び声がした。「撃ったやつの顔を見た。ルイーザ、左へ行って、柱二本分。そこにジーンズと黒いTシャツの男がいる」

ニコラスはマイクに向かってどなった。「リア、ぼくたちには全体が見えない。銃弾はどこから発射されてるんだ？」

「あたしにもわからない。みんなが走りまわってるから。銃撃犯を見失っちゃった。ルイーザがひとり捕まえたけど」

マイクが叫んだ。「キツネがいない！」

「わたしが見てる」ルイーザが大声で応じた。「わたしの右三十メートルくらいを通過して、広場を出ようとしてる。ちゃんと尾行してるわ。本人はわたしに気づいていない」

リアは落ち着いた声でしゃべりつづけた。「バルコニーにあとふたり、銃を持った男がいる。ひとりはあなたたちの右側頭上。もうひとりは、広場正面。ふたりとも黒っぽい髪、三十代、ジーンズと黒のTシャツ、防弾ベストなし」

マイクとニコラスが隠れている柱に銃弾があたり、ふたりの腕にとがった漆喰の破片がばらばらと降ってきた。腕は幸い、ジャケットに覆われている。

さらに銃弾が飛び、悲鳴があがった。観光客が散り散りに逃げ、広場の周囲に並ぶ商店やカフェに飛びこんでいく。マイクはヨーロッパ風のサイレンの音を聞いたが、カラビニエリや警察の姿はない。ルッソ少佐は、応援を配置するとニコラスに約束したのではなかったのか。彼らはどこにいるのだろう?

耳元でニコラスの声がした。「マイク、柱から離れて、あのふたりの狙撃犯を捕まえるぞ。きみは左側へ走れ。ぼくがカバーする。いいか?」

「わかった」

「よし。広場の西の端を突っ切って、小路へ入る。ここから十二メートルほど先だ。三、二、一、行け」

マイクは狭い場所から銃を構えて飛び出した。ニコラスの発射した弾が飛んでいく。

マイクは敵の放った一発が肩をかすめたのを感じ、応戦した。弾ははずれたが、とにかく小路にはたどりついた。ここからなら、広場全体を見渡せる。

リアが言った。「マイク、十時方向のバルコニーに狙撃手がいる」

マイクは流れるような動作で振り返りざま発砲した。バルコニーから男が転落し、マイクから十メートルほど離れた地面に激突した。

「リア、ニコラスがまだ柱の陰にいるの。白いグランドピアノのそば。彼を解放してあげてくれる?」

「わかった。ニコラス、あなたの真上に狙撃手がひとりいる。もうひとり、広場の反対側にも。真上のほうをあたしが殺るから、正面にいるほうはそっちにまかせる。金髪で、黒いサングラスをかけてる」

ニコラスはどなった。「いったいカラビニエリはどこだ?」

「ひとりも姿が見えない」リアが答えた。「でも、こっちに向かってるみたい。サイレンが聞こえるでしょ?」

「あれは警察だ、カラビニエリじゃない。わかった、リア、真上のやつを頼む」

リアの銃声が聞こえ、地面に男が落ちてきたのが見えた。ニコラスは柱の陰から出ると、正面のバルコニーに向かって発砲しながら走った。男が悲鳴をあげ、銃を放り出して倒れた。

「これで五人——たぶんもっといる。ニコラス、あたしだけじゃ足りない。もうひとり、上から一緒に敵を捜してほしい。あなたがバルコニーにあがってくれない?」

「わかった」ニコラスはマイクに大声で言った。「カバーしてくれ、ぼくは上にあがる」

ニコラスは広場に飛び出し、全力で走った。カフェのテーブルに跳び乗り、それを踏み台に、さっきまで狙撃手がいたバルコニーにのぼった。両手を石材ですりむいたが、なんとか幅の狭い欄干を乗り越えることができた。すかさず広場のほうを向く。ここからなら、広場全体の様子が見て取れる。六人目の敵がいた。黒い髪を長く伸ばした男が、マイクの右側から銃を構えている。ニコラスは狙いをつけて引き金を引いた。男は叫び声をあげ、手首をつかんで地面に落ちていく銃を見ていた。

一瞬、男の怒った表情が見えたのち、姿が消えた。どこへ向かったのか定かではないが、ニコラスは男を捜し、南側の狭いバルコニーを走った。バルコニーは広場の一辺に沿っている。男はすぐに見つかった。べつの銃を持っている。広場の反対側にある建物のバルコニーを、ニコラスと平行に走りながら、ときどき発砲してきた。

マイクに向かって叫ぶ。「マイク、ぼくと反対側のバルコニーを見ろ。男がいるだろう？　黒い長髪の男だ。撃てるか？」

「ここからじゃ無理だけど、広場に出れば撃てる」

「リア、マイクのカバーを頼む。ルイーザ、いまどこにいる？」

息を切らした声が返ってきた。「キツネを追いかけてる。見失ったわ。たぶん船に乗ったのね。引きつづき捜す？」

「頼む。こっちはぼくたちにまかせて」

ニコラスは数発の銃声を聞き、狭いバルコニーの端からマイクを見た。マイクは反対側のバルコニーに向かってまっすぐ両腕を伸ばしていた。バルコニーの端から長髪男の体が半分ぶらさがっている。死んでいるようだ。

ニコラスは動きを止めた。これで六人。あと何人いるのだろう？

イヤフォンからうめき声が聞こえた。

「だれが撃たれた？　だれだ？」

マイクが叫んだ。「リア！」

柱にぐったりともたれ、手で肩を押さえているリアがニコラスにも見えた。十五メートル離れていても、彼女の顔が真っ青になっているのがわかる。

「いたた、マイク、弾はベストのすぐ上に当たったみたい。あたし――」リアは右側にずるりとくずおれ、うつ伏せになって動かなくなった。

ニコラスは叫んだ。「いま行く――」

いきなりあごに拳が飛んできた。ニコラスは後ろによろめきながら、マイクの悲鳴を聞いた。さらに下腹を殴られ、もんどりを打ってバルコニーの欄干から転落しそうになった。なんとかざらついた石材をつかんだものの、またマイクの叫び声が聞こえた。攻撃してきた人間は逃げていく。敵がまたひとり。

地元の警察が広場になだれこんできた。その後ろからカラビニエリの兵士がつづく。リアのもとへ行かなければ。ニコラスは体勢を立てなおそうとしたが、ざらざらした欄干で手のひらをひどくすりむいたせいで、指が血ですべった。いったん力を抜き、再度勢いをつけて上体を振りあげ、壁のでっぱりをつかんだ。地面は十メートル下だ。落ちれば痛いどころではない。

そのとき、銃声があがった。ニコラスはそちらへさっと首を巡らせ、そばのバルコニーから男が地面に落ちるのを見た。ニコラスと男の距離はわずか三メートルほどしかなかった。いつのまにか敵が接近していたのだ。

だれかが命を救ってくれた。マイクでもルイーザでもない。

背中にだれかの手のひらを感じた。「わたしの腕につかまって」聞き覚えのあるやわらかなスコットランド訛りの声が言った。

ニコラスは、淡いブルーのガラス片のようなキツネの瞳を見あげた。

「キツネ。こんなところで会えるとはうれしいね」

「わたしの腕につかまって。落ちるわよ、ニコラス」

ニコラスはざらざらした石の壁から手を離し、キツネの腕をつかんだ。力を貸してもらい、すぐにバルコニーの上に戻ることができた。着地はぶざまになってしまった。立ちあがったときには、キツネの姿はなかった。

そよ風に吹かれた煙のように、彼女は消えた。

15

「リアを頼む」ニコラスはマイクに叫んだ。群がってくる人々を無視し、広場へ階段を駆けおりる。マイクと一緒にドゥカーレ宮殿へ走った。

「キツネがいない。見失ったわ」イヤフォンから切羽詰まったルイーザの声が聞こえた。

「わかってる。ホテルに戻ってくれ、ルイーザ、早く。アダムの無事を確認して、カラビニエリのシステムをハッキングしろと伝えてくれ。サルヴァトーレ・ルッソ少佐のコンピュータに侵入するんだ。こんなふうにぼくたちを目立たせて標的にして――ぼくたちを見捨てたんだ。カラビニエリがどこまで絡んでいるか、いや、絡んでいるとすればその理由を知りたい。アダムにルッソの通信履歴を調べろと指示してくれ。いやな予感がする。頼んだぞ」

サン・マルコ広場は、騒音と悲鳴とどなり声に満ち、カオスと化していた。人々がふたたび外に出てきて、携帯電話やiPadでそこらじゅうを撮影している。

ニコラスはたちまちカラビニエリに取り囲まれ、石の柱に追い詰められて胸に銃口をあてられた。カラビニエリは口々にイタリア語で叫んでいる。ニコラスは両手をあげた。

「アメリカのFBIだ」イタリア語でどなり返す。「左の胸ポケットに身分証が入っている。同僚のひとりが撃たれた。あなたがたを待っていたのに、なにをぐずぐずしていたんだ？　もっと早くに来るはずじゃなかったのか」

つかのまイタリア語が飛び交ったのち、若い中尉が前に進み出て、ニコラスの胸ポケットから手荒く身分証を取り出した。

彼は革のケースを開き、中身をじろじろと見つめてから、ニコラスに返した。

「マルコ・カルドーニ中尉です。われわれはあと一時間後に来る予定でした。しかし、銃声を聞いて、すぐに駆けつけたのです」

「サルヴァトーレ・ルッソ少佐からは、この時刻にはご自身が部下とともにここへ来ると聞いていた。もう手をおろしてもいいか？」カルドーニがうなずいたので、ニコラスは言った。「少佐はいまどこにいるんだ？」

「わかりません。それより、あなたがたのせいで多くの死者が出ました。もしそのなかに観光客が含まれていたら、大変なことになります。どうしてこういうことになったのか、ご説明願います」

「広場を偵察していたときに、いきなり狙撃されたんだ。防御するのにこっちも必死だった」ニコラスは、バルコニーからうろたえた様子で手を振っているマイクを見あげた。「うちの捜査官がひとり負傷した」

「先ほど救急隊が階段をのぼっていきました。銃撃がはじまったときに、だれかが一一八番に通報したんでしょう。負傷した捜査官はひとりだけですか?」

「ぼくの部下についてはひとりだけだ。狙撃犯の数はわからない。少なくとも七人、ひょっとしたら八人いたかもしれない。全員、死んだのか? そうであってほしいね」

イヤフォンから静かな声がした。「ルイーザです。アダムは無事よ。リアは大丈夫?」

ニコラスは答えた。「いま手当を受けている」中尉に向かって言った。「部下の搬送先は?」

「サン・ジョヴァンニ・エ・パオロ病院。ここから五分です」

ニコラスは病院名をルイーザに伝えた。「マイクとぼくもあとで行く。ルイーザ、アダムにホテルに残って引きつづき情報を捜せと指示してくれ。きみはこっちへ戻って、カラビニエリの捜査に協力してくれ」

カルドーニが言った。「だれと話しているんです？」

「FBIの優秀な鑑識官だ。ルイーザ・バリー特別捜査官。彼女がきみたちに協力する。病院までいますぐ案内してくれ」

カルドーニは背筋を伸ばし、いかめしくいばった口調で答えた。「あいにくですが、シニョーレ、今回の件に関与した方全員に供述していただかなければなりません。それから、一部始終の再現を――」

「もう一度言うぞ、カルドーニ。ぼくは同僚と病院へ行く。きみのボスには、病院で会おうと伝えてくれ」ニコラスはくるりと背を向け、ぶつぶつと文句を言っているカルドーニを残してドゥカーレ宮殿へ向かった。

「マイク、リアは大丈夫か？」

「大丈夫じゃないわ、ニコラス。リアが言ったとおり、弾は胸の上部に当たったの。ちょうど防弾ベストから露出しているところ。これから病院へ搬送される。意識がないの」

「おりてきてくれ。一緒に病院へ行こう」

中尉がニコラスの背後に現れた。「わたしがご案内します。こんな騒ぎを起こしておきながら逃げないでいただきたい、ドラモンド捜査官。上官がお話をうかがいたいと言っています」

「結構。ルッソ少佐か？」

カルドーニはうなずいた。

「こっちも少佐に訊きたいことがある。では、案内してくれ。そのほうが早く病院に着く」

マイクが小走りにやってきた。マクベス夫人のように、血まみれの両手をこすりあわせている。

「カルドーニ中尉、マイク・ケイン特別捜査官だ」

マイクは中尉に詰め寄った。「あってはならないことが起きたわ。あなたたちはどこにいたの、中尉？」

カルドーニは流暢な英語で答えた。「お嬢さん《シニョリーナ》、われわれは予定どおりの時刻に到着したんだが」

「シニョリーナ特別捜査官って言いなさいよ」マイクは片方の腕をさっと広げた。

「こんなこと、あってはならないでしょう」

「たしかに。あってはならないことだ。旅行産業が打撃を受ける」

マイクはすんでのことでカルドーニを殴るところだった。

「行くぞ」ニコラスが言った。

カルドーニが先に立ち、一行は角を曲がって橋を渡り、スピードボートに乗りこんだ。「歩くより速いので」ボートはエンジンのうなりをあげて動きだした。

16

イタリア　ヴェネツィア
サン・ジョヴァンニ・エ・パオロ病院

ニコラスとマイクが救急センターに到着したときには、リアは手術室にいた。カルドーニ中尉がふたりを待合室に案内し、ルッソ少佐に電話をかけてくると言って出ていった。サイドテーブルに小さな〈ネスプレッソ〉のマシンがあった。ニコラスがふたり分のエスプレッソを淹《い》れるのを、マイクはぼんやりと見ていた。いつもマイクはコーヒーをブラックで飲むが、ニコラスは彼女の様子を見て、砂糖を三袋入れた。

ふたりは黙ってコーヒーを飲んだ。ニコラスは紙コップを置き、両手で頭を抱えた。いつものように、ニコラスが広場であったことを頭のなかで再現し、自分を奮い立たせていることは、マイクにはわかっていた。

マイクはことさらきっぱりと言った。「聞いて、ニコラス。これはあなたのせいじゃない。役立たずのカラビニエリが来なかったからよ、きっとそのルッソって少佐がわざとそうしたの。それに、キツネも武装した連中が広場にいたのを知ってたはずだし、知ってたのなら、わたしたちに警告すべきだった。わたしたちが気づいたのよ、キツネが気づかないわけがないでしょう？　つまりそういうこと。キツネのせいにしましょうってことよ。うん、そう考えれば、わたしはすっきりする」

ニコラスは顔をあげ、引きつった笑みを浮かべてみせた。「わかったよ、キツネのせいにしよう。ぼくたちがまだ生きているのが不思議なくらいだ。もしリアが助からなかったら――」

マイクは当たり前のように言った。「助かるわ。リアは若くて体力もあるし、鍛えてるもの。すぐにここへ搬送されて、手術を受けているし。大丈夫よ」

「耳のピアス、全部はずされたのかな？」

マイクは我慢できずに笑った。「へそピアスは残しておいてくれるといいな」しゃっくりが出た。「出血がひどかったわ、ニコラス。バルコニーの大理石の床が血まみれだった」

きみの手も。出血を止めようとしたんだろう。ニコラスはマイクの両手を見た。先ほど洗ったので、リアの血はもうついていない。「ああ、リアは助かる。ぼくたちは運がいいからな」

ふたりはしばらく黙っていた。仲間が撃たれたショックも、リアが助からないかもしれないという恐れも、それ以上口にすることができなかった。

マイクがふたたび口を開いた。「わかりやすい話よ。カラビニエリは、わたしたちが来るのを知っていたのに、銃を持った人間たちを野放しにした。わたしたちを、とくにキツネを拘束したかったからよ」

「今回、キツネはよほど手強いやつを敵にまわしたんだな」

「これがきっかけで彼女も自分のキャリアの選択を見なおすかしら？」

「それはないだろうね」

「こんなことになるとは予想外よ、ニコラス。〈闇の目〉という名前どおり、わたしたちは秘密裡に動かなければならない。それがそもそもの計画でしょう。でも、敵はわたしたちが来るのを知っていた。わたしたちを待ち構えていた。観光客が巻きこまれて、負傷者や死者が出ようがかまわないという考えだった。あんなに何人もの人間に銃を持たせて」

「ぼくの頭を吹っ飛ばそうとしたやつは、キツネが殺した。キツネはぼくがバルコニーに戻るのに手を貸してくれたが、すぐに消えた」

マイクは口笛を吹いた。「だからルイーザはキツネを見失ったのね。広場にわざわざ戻ったんだ」信じられないほどととのったニコラスの顔をじっと見つめる。「個人的な意見だけど。キツネがあなたを助けたのは、そのあごのくぼみが好きだからよ」

ニコラスは目を天に向けた。「味方がぼくたちしかいないからだよ」

「アダムがなにか役に立つ情報を見つけられるといいんだけど。たとえば、キツネのクライアントの正体とか」

「アダムに見つけられなければ、地球上のだれにも見つけられないよ」

「あら、そんなことないわ。あなたがいる」

「きみはぼくを買いかぶりすぎだ――」

マイクはシッと言ってニコラスを黙らせ、携帯電話を取り出した。「そろそろニューヨークにニュース速報を送らなくちゃ」

ところが、発信するより先に、手のひらのなかで電話が二一二という見慣れたエリアコードを表示して鳴りはじめた。マイクは応答した。「ちょうど電話しようと思っていたんです」

ザッカリーはいきなり言った。「きみたちじゃないと言ってくれ」

「は？」

「テレビを観ていないのか？　ツイッターは？　〝速報。サン・マルコ広場で銃撃戦〟。七人が死亡、ひとりが地元の病院へ搬送。観光客にけが人はなし」

「残念ながら、わたしたちです。奇襲されました」

「わかった。よほどの理由があったんだろう。だが、それよりも、きみたちは全員無事なのか？」

「リアが撃たれました。防弾ベストから露出しているところを撃たれたんです。いま手術中です。ニコラスとわたしは、病院でルイーザを待ってます」

ザッカリーは長いあいだ黙っていた。「グレイがきみたちを見守っていたが、突然、通信が遮断された。だから連絡が取れなかった。アダムは無事なんだろうな？」

「はい、ホテルで仕事をつづけています」

マイクはスピーカーフォンにした。

「ちょっと待ってください」ニコラスが言った。「ぼくたちを見守っていたら、通信ができなくなったとおっしゃいましたか？」

「そのとおりだ。衛星のシステムがダウンして、通信が遮断された。ちなみに、銃撃がはじまる前だ」

「おかしいですね。ぼくたちの通信機器は、ずっと正常に動作していました」

「グレイにも理由がわからない。とにかく、たったいまようやくきみたちに連絡が取れるようになった。つまり、衛星のシステムが復旧したということだろう」

ニコラスは言った。「何者かが妨害したのかもしれません。意図的に、ぼくたちの様子がそちらにわからないようにした。その何者かは、まちがいなくキツネのクライアントです。そのほかに、キツネを殺そうとし、ぼくたちも殺そうとする者がいるとは思えませんので」

ニコラスもマイクもザッカリーも、大きく深呼吸した。マイクが目をあげると、ルイーザが待合室に駆けこんできた。アダムもいる。マイクはふたりに片手をあげてみせ、ザッカリー、と口だけ動かした。

ザッカリーが言った。「きみを信じていいのか、ドラモンド？　それとも、きみはわれわれの目が届かないように、勝手に通信を切ったのか？」

「いいえ。絶対にそんなことはしません」

マイクは言った。「わたしたちは通信を切ったりしていません。ニコラスが言ったように、奇襲されたんです。ご存じでしょうけど、カラビニエリが広場に来て、わたしたちの援護をする予定でした。でも、彼らは現れなかった。どうして現れなかったのか調査します」

ニコラスは補足した。「すべては敵の力の大きさを物語っています。通信機能をダウンさせ、ぼくたちを孤立無援にし、殺そうとした。事態は深刻です。ぼくたちがここへ来るのを知っていたのは、カラビニエリとキツネだけです。だが、今回の奇襲はキツネのしわざではない」

「銃撃戦が終わるころに、ようやくカラビニエリが来たんです。彼らはニコラスを現場に足止めしようとしました」とルイーザ。

ザッカリーが言った。「わたしも介入する。きみたちが勾留されたり、また邪魔されたりしないように、取り計らおう」

ベンが割りこんだ。「リアは大丈夫か?」

マイクはきっぱりと言った。「大丈夫よ、ベン。でも、正直に言うわ。かなり危なかった」

ザッカリーが言った。「リアの父上に電話をかけておく。おそらく、そちらへ行くだろう。リアの容態は逐一報告してくれ。いいか、きみたちはいつも、アダム・ピアースなら月に相手がいても通信できると言っていたな。また衛星システムがダウンしようが、かならず連絡はよこせ」

17

一九八九年、ハリケーン・ヒューゴがサウスカロライナを直撃。最大風速七十メートルの暴風により、死者四十九名を出し、被害総額は百億ドルにのぼった。

バミューダ・トライアングル

ジェイソンはノートの新しいページを開き、日誌を書きはじめた。一族のこの伝統はずっと大切にしてきた。いつかだれかがこの日誌を読み、自分がなにを創造したのか、なぜ創造したのかを理解してくれるのではないかと、望みをかけているのだ。

一日のできごとを書きこみ、上等な革の表紙を閉じると、衛星〈ノース・スター〉のシステムをチェックした。今日はもうくたびれた。

小さな呼び出し音が聞こえた。

ジェイソンは目をあけた――しばらく目を閉じていただけで、ほんとうに眠っていたわけではない。

長年の助手の声が告げた。「双子からお電話です」

「モニターに映してくれ、バーンリー」

双子の顔が現れ、ジェイソンを見つめた。

カサンドラが言った。「こんにちは、おじいさま」

エイジャクスがつづいた。「こんにちは」

「なんだ？　なにか見つかったのか？」

「発掘現場を発見しました。資材や、聖櫃からちぎれたと思われる金の智天使の翼もありました」カサンドラは言葉を切り、興奮をあらわにしてつづけた。「おじいさま、わたしには翼がブンブン鳴っているのが聞こえました。エイジャクスは温もりを感じたんです。あれは本物です、すばらしいわ」

ジェイソンは慎重に尋ねた。「おまえたちの母親は見つかったのか？　チームのメンバーは？」

カサンドラの目が潤んだ。「お母さまの骨だけがなかったんです。ほかの人の遺骨は残っていたのに。なぜみんなが亡くなったのかはわかりません。まるで、突然あの場で倒れたかのようなんです。毒殺されたのではないかと思います。でも、だれがやったのかはわからない。聖櫃はなかったけれど、とにかく智天使の翼は手に入れました」

「ヘレンと聖櫃がどうなったのか、手がかりはないのか？」

カサンドラは手の甲で目を拭った。「あります。グレゴリー博士が古いクレートを掘りあげたら、なかから地図が出てきました。お母さまの手描きです」一枚の紙を掲げる。「聖櫃の隠し場所ではないかと思います。でも、お母さまははっきりと描いてくださらなかった。地図はスキャンしてそちらにお送りしました」

ジェイソンがボタンを押すと、目の前に地図が現れた。

エイジャクスが言った。「ごらんのとおり、山の地図です。それも、ただの山じゃない。うちの山です」

「カステル・リゴネか？」

「はい」

「しかし、あそこは掘りつくしたぞ。隅々まで調べたあげく――」

エイジャクスにさえぎられた。「つまり、調査が足りなかったということですよ。お母さまは、ぼくたちに見つけてほしくてこの地図を残した。見つけることができるのはぼくたちだけだと知っていたんです。お母さまは、なんとか死を免れて、ゴビ砂漠から聖櫃を持ち出してイタリアへ帰ったのではないでしょうか。今日、ぼくたちもカステル・リゴネへ帰ります」

カサンドラがかぶりを振った。「わたしはそこまで確信がないんです。だれにも知られずに聖櫃を持ち帰って埋めることなどできるかしら。わたしたちにわかっているのは、神殿から聖櫃が盗まれて、ゴビ砂漠の砂嵐のなかで行方がわからなくなったということだけです。証拠はあります――聖櫃からもがれた智天使の翼です。おじいさま、さっきも言ったように、わたしは翼のエネルギーを感じたんです。翼はわたしを歓迎してくれた。おじいさまは、教皇グレゴリウス十世の手紙の内容は事実だとお考えですか？」

ジェイソンは答えた。「われわれ一族は、手紙のとおり、聖櫃をクビライ・ハーンに贈ろうとしていた教皇からポーロ兄弟が盗んだと考え、その仮説にもとづいて捜索をしてきた。どうやらおまえたちは、その仮説が事実であったという証拠を発見したようだ。トプカプ宮殿から杖を盗むという愚行は犯したが、智天使の翼は見つけたわけだからな」

エイジャクスは憤慨した顔で後ろによろめいた。カサンドラにそっと腕を押さえられ、冷静さを取り戻した。「ぼくは、そうは思いません。ぼくたちにわかるのは、翼が聖櫃から折り取られたということと、聖櫃がここに埋まっていたということだけです。その理由は？　わからない。まったくわからないんです。おじいさまにはおわかりですか？」

ジェイソンは言った。「聖櫃がゴビ砂漠にあった――それも長い長いあいだ、そこにあったということは認めよう。発掘隊のメンバーが亡くなった原因を示すような手がかりは見つかっていないのか？　あるいは、ヘレンがどこに消えたのか、わかるようなものはないのか？」

カサンドラが答えた。「なにも見つかっていません。そこが腑に落ちないんです。さっきも話したとおり、お母さまがゴビ砂漠を脱出したのなら、なぜわたしたちに連絡をくださらなかったのか？　わたしたちはお母さまの子どもです。お母さまのもとへ行きたかったのに」

エイジャクスが言った。「お母さまはだれかに追われていたのかもしれません。発掘隊のメンバーを毒殺した人物に。ただ、それも定かではない。正直なところ、ぼくはなにを信じればいいのかわからないんですよ、おじいさま。確実なのは、お母さまがいなくなったこと、聖櫃も消えたこと、発掘隊全員が死んだことです。ただ、お母さまは地図を残してくださった。そしてその地図は、聖櫃がカステル・リゴネにあると暗示している」

カサンドラは言った。「おじいさま、十年前にもお母さまの発掘現場を始末するために、おじいさまが砂嵐を発生させましたね？　お母さまが安全な場所からふらふら出ていくわけがない。だとすれば、お母さまはいまでもゴビ砂漠にいるんじゃないでしょうか。そして、聖櫃もお母さまのもとにある。お母さまは隠れているのかもしれないし、それともだれかに捕らえられて、わたしたちに連絡できないのかもしれない。もう一度、砂嵐を起こせば――」

ジェイソンはかぶりを振った。「これ以上、ゴビ砂漠で砂嵐を起こすことはしない。ヘレンがいた場所を捜すために、ここ最近だけで何度も砂嵐を起こした。とくにこの前の砂嵐はあれだけ巨大だったから、次は調査が入る恐れがある。そんな危険は冒せない」

エイジャクスが言った。「おじいさまがあんなに大きな砂嵐を起こす必要はないとお考えだったことは知ってますよ。でも、あれだけのものでなければ、お母さまの発掘現場は見つけられなかったはずです。まちがいなく、あれでよかった。もう一度だけ砂嵐を起こせば、今度こそもっと深くまで――」

「北京で三千人以上の死者が出たんだぞ。いまではもっと増えているかもしれない。成功の可能性と、被害の大きさや犠牲者の人数を天秤にかければ、砂嵐を起こすわけにはいかない。わたしには、もう一度砂嵐を発生させる利点が見えないのだ。それに、次の作戦がもうはじまっている。大変な禍を引き起こすことになるのは、わかっているじゃないか」

「でも——」

「カサンドラ、おまえはジェネシスの貸借対照表を見せてくれたな。われわれが生き残るためにはさらに資金が必要だ。それも急がねばならない。おまえたちがあのポーランドの考古学者に大金を注ぎこんでしまったからな」

エイジャクスが言った。「メキシコ湾沿岸をハリケーンに襲わせるんですか？　原油の先物価格が下落していますが、買いますか？」

ジェイソンは言った。「計画は始動している。まだ時間はたっぷりあるから、住民が避難する時間もある。おまえたちは予定どおりにカステル・リゴネへ帰れ」

「でも、おじいさま、聖櫃はイタリアへ持ち帰られていないかもしれません」

「城に戻れ。もう一度捜しなおすんだ。それから、智天使の翼をここへ持ってきなさい。自分の目で確かめたい」

ジェイソンはホログラムを消し、椅子に座った。愛娘ヘレンのさまざまな姿が頭に浮かび——やがて、ひとつの映像になった。椅子の背にもたれ、目を閉じる。まだやるべきことはたくさんある。

ジェネシス・グループの真の目的を隠すために、自分とヘレンがどんなに努力したか。そして、これ以上は望めないほど成功したのだ。ところが、双子がすべてを台無しにするかもしれない——まさか、あんな偽物の杖をトプカプ宮殿から盗むとは。ふたりがあんなことをするとは予測できなかった。予測できたとしても、止められるすべなどなかったのではないか。

すでに疑惑は持ちあがっていて、真相に近づこうとしている者たちがいる。それに、トプカプ宮殿から杖を盗んだ泥棒はどうなったのだろう？　いまどこにいるのか？　双子に尋ねるのを忘れてしまった。

いま準備している嵐に関して、最新の気象情報を確認した。怪しまれてはいないようだ。どの天気予報でも、ハリケーンは沿岸部から大西洋に抜け、アメリカ本土に上陸することはないと告げている。

それはまちがいだ。

だが、ジェイソンは、フロリダ州北西部を狙うはずだったハリケーンの針路を変更することにした。双子が次にどんな禍をもたらすか、予測がつかないからだ。ハリケーンの針路を修正し、世界の注目をそらしたほうがいい。

しばらくして、ジェイソンは作業を終えた。椅子にもたれ、目をこする。疲れ果て、気が滅入っていた。三千人の命が失われたのに、ヘレンの居場所はいまだにわからない。いつかわかるときが来るのだろうか。

18

イタリア　ヴェネツィア
サン・ジョヴァンニ・エ・パオロ病院

カルドーニ中尉が、上官と思しき男を伴って待合室に入ってきた。

ニコラスはカルドーニの後ろにいる男の顔を見て、ルッソ少佐だろうと思った。

ルッソは気をつけの姿勢で立ち、みごとな英語で言った。「サルヴァトーレ・ルッソ少佐だ。われわれが予定の時刻に広場にいなかったことで、ご立腹だとうかがった。じつは、非常事態が起きて、そちらに召集されていた」

ニコラスは言った。「その非常事態は片付いたんだろうな？」

「もちろんだ。サン・マルコ広場の事件については、現在調べている。迷惑をかけて申し訳ない。一般市民にけががなかったことに、心から安堵している」

マイクは立ちあがり、ジャケットを脱いで、銃弾がかろうじて体をはずれながらもジャケットとシャツを引き裂いた跡を見せた。「うちの捜査官が手術を受けているの。

これを見て。ほんとうに危なかったのよ」

ルッソはいらだちをあらわにマイクのほうを向き、冷たい声で言った。「シニョーラ、わたしの言葉が理解できなかったかな？　たったいま、こちらの事情は説明したはずだが」厚かましくも肩をすくめた。「残念なことだ」

マイクはふたたびジャケットをはおった。「これ以上お話しすることはないわ。わたしはリアの様子を聞きにいってくる」ドア口で立ち止まる。「ルッソ少佐、うちのボスのブラッドリー大統領は、そっちで非常事態が起きたとかいう話をよく思わないでしょうね」そう言い残し、すたすたと出ていった。

ナイスショットだった。ルッソ少佐はぎょっとし、ようやくうなずいた。

ルッソ少佐は案外、小心者なのかもしれない。ニコラスは一歩詰め寄った。「ケイン捜査官の言うとおりだ。きみたちは約束を破ったんだ、ルッソ少佐。なぜこんなことになったのか、説明を求める」

「さっき話したとおりだが、もう一度繰り返すか、ドラモンド捜査官？　この事件はじつに深刻だ。フォックスという泥棒が、きみたちをはめたように見えるが。どうやら彼女が、きみたちだけでなく、広場にいた人々全員を危険にさらした張本人だろう」

「フォックスは無関係だ」

ルッソは嘲笑を隠さずに言った。「まさか、本気でそう考えているわけではなかろう。フォックスは危険な犯罪者だ。ヴェネツィアでも、市議会議員夫妻を殺害した疑いで手配されている。彼女を逮捕できれば、わたしにとって――この国にとって思いがけない利益になる。今回の銃撃の黒幕は彼女以外にありえない」

ニコラスは、キツネが優美な発音のイタリア語で悪態をついたことを思い出した。あのときキツネは、盗品引き渡し場所の所有者を殺した犯人にされたと話していた。ニコラスは黙っていた。

ルッソは両手を拳に握っていた。「ご同行願おう、捜査官。イタリア人七名が死亡し、アメリカ人はひとりも死んでいない。暴力的な死をこうむったのはわれわれであり、そちらではない。異議があるなら申し立ててくれ」

「ぼくに言わせれば、ぼくたちはきみの国のもっとも凶悪な犯罪者を七名、みずからの命を危険にさらして始末したんだが。いや、礼は結構だ」

ルッソは背筋を精一杯伸ばした。胸につけた何個ものメダルが仰々しく輝いた。

「ドラモンド捜査官、詳細が明らかになるまで、あなたを勾留する。弾道分析にかけるので、銃もあずかる」カルドーニに向かってうなずいた。カルドーニがロッソの顔からニコラスへ目を転じる。ニコラスは顔をしかめた。カルドーニが一歩前に出た。

ニコラスは声をあげて笑った。「いいや、ぼくは勾留されるつもりはないよ、ルッソ少佐。銃を渡す気もない。ぼくたちはいまだに危険にさらされているのでね、丸腰でいるわけにはいかないいんだ。しかも、協力してくれるはずのきみたちがあてにならないとあってはね」

「わたしの言うとおりにしてもらおう、ドラモンド捜査官。ここの責任者はわたしで、あなたではない。待て、だれに電話をかけているんだ？」

「ボスに。合衆国大統領だ」

ルッソは石のように固まった。「一介の警官がなぜ大統領と個人的な知り合いなんだ？」

「ぼくは彼の命を救ったんだ。新聞で読まなかったか？」

ルッソはいますぐニコラスを撃ち殺したいと思っているようだが、ニコラスが嘘をついているのかどうか、彼には確かめようがない。ニコラスは、対抗されて不利になったルッソの目が怒りで燃えているのを見て取った。ルッソは咳払いをして譲歩した。「電話をかける必要はない」

ニコラスはルッソの顔をじっと見つめた。やはり、ルッソは自分が国際問題の種になったら上官になにを言われるか恐れているようだ。ニコラスは電話を切った。「危険がなくなったと判断したら、きみとまた会ってもいい。弾道分析をするのはそれからだ。こちらはルイーザ・バリー捜査官、ＦＢＩ屈指の優秀な鑑識官だ。友邦のよしみで、現場検証を手伝ってほしいと丁重に依頼すれば、協力してくれるかもしれないぞ」

「よろこんで協力するわ」ルイーザが言った。

「ぼくたちの連絡先は知っているな」ニコラスは、あらためてルイーザとともにドアへ向かった。

「ドラモンド捜査官、おわかりいただけないのか。これは上からの命令だ」

ニコラスは肩越しに冷たい視線を投げた。「〝上〟とはだれだ？」

ルッソはふたたび怒りをあらわにしたが、なんとかこらえてうなずいた。「好きにしろ――今日のところは。もうひとつ言わせてもらえば、今日のあなたがたは、秘密の組織としては最低の仕事ぶりだったな」

ニコラスは肩をすくめた。「大統領に告げ口したければそうしろ。大事な捜査チームがはじめてイタリアの土を踏んだのに、きみたちが〝緊急事態〟の対処に忙しくて協力できなかったと知ったら、さぞ驚くだろうな。外交問題にしたければ、どうぞ電話をかけてくれ。ぼくは負傷した同僚の様子を見にいく。ではご機嫌よう」

マイクがにやにやしながらアダムと廊下で待っていた。「お見事ね。これでわたしたち、逮捕されずにすみそう？」

「ルッソはぼくたちを鉄格子のなかに放りこみたくてたまらないらしい。いや、ぼくを撃ち殺したいみたいだが、合衆国大統領が出張ってきて自分の立場が危うくなるのは、やはり怖いようだ。アダム、連中がホテルできみを襲わなくてほんとうによかった」

アダムは青ざめていた。こくりとうなずく。

マイクがアダムを抱きしめた。「リアは大丈夫よ、待ってなさい。ニコラス、あなたがあの偉そうな男をパンチしなかったことには感心したわ。ほんとうに、大統領に介入してもらえばいいのよ、じきじきにね」

「さて、これからどうする？」ルイーザが尋ねた。「とりあえず、ここでリアの手術が終わるのを待つんでしょう。そのあとは？」

「キツネを捜さなくちゃ。まだヴェネツィアのどこかにいるはずよ」

「あんたたちの話を聞いてると」アダムが口を挟んだ。「むこうから接触してくるような気がする」

ニコラスは腕時計を見た。「そのとおりだ、キツネのほうから接触してくる。ひとまずリアの容態を訊いてこよう」

マイクが言った。「ザッカリーから、リアのお父さんがこっちへ向かってると連絡があったわ」

「よかった」ルイーザが言った。「リアの容態を確認してから、コーヒーでも飲んで時差ボケを撃退しましょう」

ニコラスたちに対応した看護師は笑顔だった。親指をあげてみせ、イタリア語でまくしたてるように話した。

ニコラスは看護師に礼を言い、ほかの三人に言った。「リアは持ちこたえそうだ」

19

リアの顔は真っ青だった。胸から肩にかけて圧迫包帯で覆われ、左腕は吊られていた。ショートカットの金髪は逆立ち、首に赤黒い痣がじんわりと広がっている。だが、ニコラスとマイク、そのあとからアダムとルイーザが入ってくるのを見て、ぱっと顔を輝かせた。

ニコラスは、リアの耳にあいかわらずピアスが並んでいるのを見てほほえんだ。

「みんな」リアの声は麻酔のせいでかすれていた。

「お疲れさま」マイクはベッドの脇の椅子に腰をおろした。リアの右手を取る。「銃弾の前に飛び出すなんて、なにを考えてたのよ」

「これから六週間、ギプスで腕を吊って、みんなを待たせたいって考えたのかも。鎖骨が折れて、銃弾は危うく肺をかすめたって言ってた。防弾ベストのすぐ上から入って、貫通せずにななめ下にもぐってたんだって。めずらしい角度だよね。お医者さんは、十万年に一度のできごとだって」

ニコラスが身を乗り出してリアのひたいにキスをした。「きみが狙撃手に気づいてくれなかったら、マイクもぼくもいまごろ死んでいたかもしれない。ありがとう」

マイクは言った。「あと二、三日入院しなければならないけど、びっくりするニュースを持ってきたの。お父さんがこっちへ来るんですって。明日の朝早くには会えるわ」

リアがささやいた。「あたしのために、そんなことしてくれたの？」

「ザッカリーだよ」ニコラスはふたたび身を屈め、リアの手を取って顔を見つめた。「ルイーザから聞いたが、きみとお父さんはチェスの好敵手なんだってね。真剣勝負をやってるうちに、時間があっというまにたつだろう」ニコラスはリアの左耳に並んだ銀のピアスのうちひとつに、指でそっと触れた。「きみのこのファッション、お父さんはどう思ってるんだ？」

ルイーザがマイクの後ろから言った。「ちなみにリアのお父さんはルーテル派の牧師だけど、リアが十代のころに反抗していても、ピアスも含めて放っておいただろうって言ってた――ついでに言うと、うちのリアはちがった、大人になるまで待ったって」

リアが小さな声で言った。「お金を稼げるようになったら、もっといいピアスが買えるって思ってたから」

看護師が入ってきた。「すみませんが《ミ・スクーズィ》、そろそろ面会は終えてください。患者さんを休ませてあげないと」

ニコラスは、すぐには動かなかった。「アダム、ルイーザとホテルへ帰れ。マイクとぼくはもう一度、ここのカラビニエリとルッソ少佐について、ザッカリーに相談しなければならない。きみたちまでここに残って、ザッカリーのどなり声を聞く必要はないよ」

ルイーザが屈んでリアの頬にキスをした。「おやすみ。明日の朝、また来るね」

アダムが言った。「かっこいいピアスを売ってるネットショップを探してくるよ」

リアの声がだんだん小さくなった。「ピアス代は必要経費で落とせるかな」

ルイーザは、アダムと病室を出ながら言った。「わたしももう疲れちゃって、いますぐここで眠れそう」

ザッカリーにルッソ少佐の話をしなければならないので、ニコラスは彼のプライベート用の番号に電話をかけた。ボイスメールにつながった。「〝今年、うちのパイパーは学校の演劇で木の役ではなくお姫さま役をまかされました。女優のキャリアを着々と積みあげています〟」

ニコラスはにやりとした。「ザッカリーにしては素っ頓狂だね。彼がこんなことをするとは意外だ」

マイクはニコラスの肩を軽くパンチした。「奥さんに会ったことがある。ザッカリーってほんとうにおふざけが好きなんだって。つまらない冗談で奥さんと子どもたちを閉口させてるらしいわ」

ふたりは病院からヴェネツィアの夜の暗がりへ出た。顔に当たる夜気がやわらかい。商店が閉まり、レストランが無人になり、観光客がベッドに入ったいま、街は静まりかえっている。

「外は気持ちいい。頭をすっきりさせたかったの」マイクはしばし立ち止まり、ひとけのない広場を見まわした。「とても静かね、ニコラス」

広場から複数の腕のようにのびている小路や、そばの運河からラグーンへ流れていく水のもったりとした面《おもて》が見える。

マイクは視界の隅に人影をとらえた。その影はじっとしている。マイクはグロックに手を伸ばした。

ニコラスがすぐにマイクのそばへ来てささやいた。「どうした？　なにか見えたか？」

「よくわからないけど。人影が見えた。ただ、じっとしてるの。わたしたち、見張られてるみたい。嫌な予感がするわ、ニコラス」

そのとき、ふたりの頭上がぱっと明るくなった。

ふたりの姿は四方にさらされた。ニコラスに手をつかまれ、マイクは彼とともに運河の隣の小路へ走り、張り出したバルコニーの下に飛びこんだ。何発もの銃弾がそばを飛んでいく。「どこから狙われてるのかわからない」銃で反撃し、またバルコニーの下に隠れた。「予備のマガジンはあと一個しかないわ。あなたは？」

「ぼくも同じだ。とにかく集中的に撃って、当たることを祈ろう」

通信機器はなく、応援も頼めず、たったふたりで何人いるかわからない敵と対決しなければならない。マイクは二発連続して発射した。悲鳴はあがらず、さらに銃撃が激しくなった。「いまごろ病院にいる人たちが大騒ぎしているはずよね。警察はどこにいるの？　ニコラス、正直言って、わたしは広場で暴れていた連中は一掃できたと思っていたんだけど」

「犯罪者と銃器が不足してるって話はどこへ行っても聞かないだろう？」

さらに銃弾が飛んできて、ふたりを間一髪でかすめて壁やバルコニーに当たった。

ふたりはしゃがみ、壁に背中を押しつけた。「こんな街、大っ嫌い。みんながわたしたちを殺そうとする」

　ニコラスが一点を指さした。「あそこにひとりいる」

　マイクはため息をつき、引き金を一度引いた。六メートルほど離れた建物の上にしゃがんでいた男が、声もあげずに運河に転落した。

　ニコラスはマイクの肩をぎゅっと握った。「見事だ。あと何人いるだろう？　わからないな」

　ヴェネツィア全体が息をひそめているかのように、広場はしんと静まりかえっていた。マイクとニコラスも息を詰めている。ニコラスはゆっくりと息を吐き、集中を絶やさずに周囲に目を走らせた。「まさか、ひとりしかいなかったのか？　大胆なのもいいかげんにしてほしいね。こっちはふたり、しかもＦＢＩだぞ」

　マイクは思わず笑った。ニコラスが本気で気分を害しているようだったからだ。

「ええ、わたしたちは地球上でだれよりもタフなふたり組よ。大丈夫、敵はまだいるわ」

「カバーしてくれ、広場のなかをもっとよく見たい」ニコラスは身を屈めたまま、運河にかかった小さな橋のほうへじりじりと移動した。またひとり、狙撃犯の姿が見えた。マイクの背後に銃口を向け、忍び寄ろうとしている。ニコラスは銃を構え、軽く引き金を引いた。銃声が響き渡り、男の姿が消えた。発砲せずに、暗がりに溶けこんでしまったようだ。くそっ、しくじった。

警察はどこだ?

ニコラスは、広場の北側でなにかが動いたことに気づいた。男がふたり、そばを駆け抜け、ニコラスとマイクを挟むように広がった。つまり、狙撃犯のグループは少なくともあと三人いる。

左側へ五メートル移動したほうが安全だ。ニコラスが走りだそうとした瞬間、右側からたてつづけに五発の銃弾が飛んできた。二挺の銃から発射されたようだ。ドイツの銃、ワルサーPPKのような小口径だ。イタリア人犯罪者のくせに、なぜドイツの警察用拳銃なんか使うんだ?

狙撃犯グループのひとりが立ちあがったと同時に、ふたたびドイツ製の銃の発砲音があがり、立ちあがった男はくずおれた。

マイクのほうを見ると、ニコラスと同じようにグロックを構えて広場を見渡している。

「いまよ」女の叫び声がした。キツネだ、とニコラスは思った。キツネがいつのまにか暗がりから現れ、広場のあちこちへ向かって銃を連射していた。ニコラスはマイクのもとへ戻り、彼女の手を取り、運河に沿って走った。銃弾が背後の地面や水面に当たる音がした。男の悲鳴があがった。ふたりは前方に落ちてきた男を飛び越え、よろめきもせずに角を曲がった。

全身に熱いアドレナリンが大量にまわり、マイクは闘志に燃えていた。「ニコラス、いまの男を撃ったのはだれ？　広場からだれが撃ったの？」

「キツネだ」

「嘘。キツネって何者？　わたしたちの守護天使？」

「そうかもな。今日一日で、ぼくの命を救ってくれたのはこれで二度目だ」

「どうする？　キツネひとりに犯人グループの残りを全部まかせるわけにはいかないでしょ。でも、弾がほとんどない」

「ぼくもあと数発だけだ」

さらに六発、小口径の発砲音がして、不意に静かになった。小路の端に打ち寄せる小さな水音だけが聞こえた。それから、羽のように軽やかな足音が近づいてきた。キツネだ。

低い声が言った。「水上タクシーに乗って。あなたたちのために残しておいたわ。

あとでホテルに行くから。それから、ニコラス、マイク。ホテルまでの道中で殺されないようにね」

そして、ふたたびキツネは消えた。

甲高いサイレンの音がした。やっと警察が到着したのだ。

ニコラスは、遅ればせながら警察が来たことに安堵したが、彼らと話をするつもりはなかった。面倒だ。マイクの手を取り、運河に停泊している水上タクシーへ走った。ふたりが乗船すると、操縦士はなにも言わずエンジンをかけた。翼のように水しぶきをあげながら、ボートが動きだした。

ニコラスがもう一度振り返ると、水上タクシーをもやっていた支柱のそばで、キツネがふたりを逃がすべく、むこうを向いて立ちはだかっていた。

ニコラスは繰り返した。「今日一日で二度目だ」

水上タクシーが急に曲がり、マイクの顔に水がかかった。マイクは目を拭いながら笑い声をあげた。「命を救ってくれた犯罪者に対して、どう報いたらいいのかしら?」

「まずは、彼女がどんなことに巻きこまれたのか確かめるとしよう」

20

ルイーザが自動販売機で買ったキャンディを手に、ロビーでふたりを待っていた。ふたりの様子を見て目をみはる。「いったいなにがあったの?」

「また殺されそうになったの」マイクが答えた。「しばらく大変だったんだけど、キツネが現れて、また助けてくれた。助けてくれたのが警察でもカラビニエリでもないってことに、ほんと腹が立つ」

「広場でも応援に来なかったしね。きっと、キツネのクライアントに賄賂をもらって、見て見ぬふりをしてたのよ」

ニコラスはルッソ少佐のことを考えていた。「まちがいなく幹部のなかに買収された人間がいる、と考えてもいいだろう」

マイクが言った。「今日だけで二度、わたしたちを殺そうとした連中がいるのに、イタリアの警察関係者はひとりとして現れなかった。ということは、わたしたち、孤立無援だってことを受け入れないとね」

ルイーザがエレベーターのボタンを押した。「キツネが来てくれてよかった。このままワンダー・ウーマンに変身するのかな」

「そりゃあ、わたしたちを助けるのも当然でしょう。そもそもわたしたちをこんな事態に巻きこんだのは彼女だもの。こんな事態ってどんな事態かよくわからないけれど。あらっ、ニコラス、大丈夫？」

ニコラスは凍りついていた。マイクのジャケットの肩の新しい破れ目をじっと見つめる。我慢できず、マイクのジャケットとシャツの襟元を広げて上腕の傷を調べた。

「重傷ではなさそうだ」ほっと息を吐く。「部屋に戻って手当をしよう」

マイクは破れたジャケットを見おろした。「いままで気づかなかった」ニコラスの顔を見あげる。「いまになって痛くなってきた。それってどうなの？」

ルイーザが言った。「ひどい傷ではなさそうよ、マイク、よかったね」

ニコラスはマイクのシャツを元どおりに戻し、ジャケットの前を閉めた。「きみは親切な受付係にあてがわれた三階の部屋で眠らなくていいよ。ぼくのスイートは寝室が二部屋ある。居間も広いから、捜査本部にできる。いやだとは言わせないよ、ケイン捜査官。べつの階にいたらきみを守れない。ルイーザ、救急箱を持ってきてくれないか？　ケイン捜査官の傷を消毒しなければならない」

　十分後、四人はニコラスのスイートルームに集合し、ルームサービスを注文してくつろいだ。マイクはニコラスに腕の傷の手当をしてもらいながら、アダムとルイーザに病院の外で銃撃された話をした。痛みに悲鳴をあげたくなかったので、ときどき歯を食いしばりながら早口でしゃべった。

「よし、終わったぞ」ニコラスがそう言ったときには、マイクもほんの数分しかかかっていないとわかっていても、二年ほど時間が過ぎたように思えた。「ステリストリップ（伸縮性のある創傷閉鎖テープ）は便利だな。二、三日で傷がふさがるだろう。ほら、アスピリンを飲んで。がんばったから、あとで看護師さんが飴をくれるよ」

「ハハハ、おもしろい」

　マイクは、アダムが持ってきたダイエット・コークでアスピリンを飲みくだした。

「リアの手術が終わるのを待っているあいだ、グレイに電話をかけてニューヨークで衛星通信システムがダウンした原因がわかったか、訊いてみたんだ。まだ調べている途中らしいけど、使っている衛星になんらかの異変が起きて、電波が届かなくなったらしい。完全にダウンしてる。何者かにシステムをいじられたのかもしれないし、宇宙ゴミが衝突したのかもしれない。まだわからないんだって」

マイクの腕の痛みは、ありがたいことに鈍痛に変わりはじめていた。「でも、それだけじゃわたしたちに連絡できなかった理由にならないわ。携帯電話は影響を受けないでしょう」

「そうなんだよ。グレイは、どのモニターも四十分間にわたってなにも映らなかったと言ってる。もっと詳しいことがわかったら連絡が来ることになってるんだ。

おれもシステムのダウンについては調べたんだよ、ニコラス。でも、いまのところなにもわかっていない。データがないんだ。ちょうどその時間帯のデータが消されていた。おれたちの通信機器も使えなくなっていたら、小規模な電磁障害だと考えられただろうけど——もしだれかが指向性電磁障害を生じさせていたとしても、同じことが起きるからね。でもこの調子じゃ、なにがあったのかわからずじまいかもしれないな。とにかくおれが調べたかぎり、システムにバグはなかった。たとえば、だれかがコーヒーポットのコンセントを抜いて、しばらくしてコーヒーがちゃんと入ってないことに気づいて、またコンセントを入れた感じ」

「調査をつづけてくれ、アダム。グレイに連絡してくれてよかった。引きつづき頼む。もしだれかが故意にぼくたちを孤立させようとしたのなら、痕跡があるはずだ。ただ、偶然の事故とは、ぼくには思えない」

「組織的に仕組まれた感じがするわ」ルイーザが言った。「アダム、キツネの追跡をどうするか、マイクとニコラスに話をして」

「あっちがおれたちを監視してるなら、そのうち会えるよ」

「ごめん」マイクは言った。「話すのを忘れてた。キツネにあとでここに来るって言われたの」

「よかった。キツネが来たら、GPSの発信器をつけてもらうよ。リアがうちの最新の体内摂取タイプを持ってきてる。おれたちがキツネの居場所を知っておくことは、本人にとっても有利だと思うんだ。だから、キツネにうまいパスタを食べてもらわなくちゃ。そうしたら、ポンッ！——それからだいたい七十二時間、キツネがどこにいてもわかる」

「キツネは来るだろうけど」マイクは言った。「でも、今日の大騒ぎを思うとねえ。わたしたちが自負してるほど役に立つのか、キツネも考えなおしてるかもよ」

ドアをノックする音がした。スコットランド訛りの濃い女の声が言った。「ルームサービスです」

全員の目がドアを向いた。

ふたたびノックの音がして、今度は切羽詰まったイタリア語が聞こえた。

「お願いだからドアをあけて《アプリ・ラ・ポルタ、ペル・ファヴォーレ》」

「またかしら。待って、ニコラス、なにか引っかかる」マイクはグロックを抜いた。ニコラスとドアを挟んで立つ。ルイーザも銃を抜き、アダムの前に立った。

　ニコラスがドアをあけ、銃口を女に向けた。

　女はキツネだった。ホテルのスタッフの制服を着ている。彼女はほほえんで「ありがとう《グラッツェ》」と言い、部屋に入ってきた。

「ぼくたちの食事は？」ニコラスが銃をホルスターにしまいながら尋ねた。

「さっき確認したら、あと二十分かかるって言われた。悪いけど、勝手にわたしの分も追加させてもらったわ」

　マイクは言った。「へえ、もう長いブロンドはやめたんだ。でも、これもほんとうの姿じゃないんでしょう」

「ええ。ホテルに入るために、観光客ではなく地元イタリア人になりすますことにしたの」キツネは褐色のかつらをぽんと軽くたたいた。「あなたたちのお仲間のこと、ほんとうにお気の毒だった。治りそう？」

「ええ。ありがとう、キツネ。わたしたちを守ってくれて、命を救ってくれて」マイクは言葉を切った。「銃の腕前もたいしたものね。あなたは銃が嫌いなんだとばかり思ってた」

「嫌いよ。大嫌いだけど、グラントに——夫に、ときには役に立つこともあるから、射撃を練習すべきだと言われたの。だから、夫に銃の撃ち方を習って、ワルサーPPKをもらった。結構気に入ってる」

ニコラスが言った。「グラントに会って握手したいよ。きみにちゃんと教えてくれてありがとうと言いたい。座ってくれ、キツネ。なにがあったのか、最初から話してくれないか」

キツネは前屈みに座った。「時間がないの。グラントを人質にとられてる。誘拐されたの」声がほんの少しだけひび割れたが、キツネは自分を励ますようにかぶりを振った。「連絡用のメールアカウントを作れと言われたわ。誘拐犯からは、たった一通メールが届いただけ。サン・マルコ広場で待っていると——今日のことよ。それ以降、接触がない」

ニコラスはキツネをじっくりと見つめた。不安そうな目をしているが、自分のことではなく夫が心配でたまらないのだ。きっと、夫と自分の命を引き換えにする覚悟を決めているのだろう。

「わたしがあなたたちを呼んだことを、なぜか敵は知っていた。どんな方法を使った彼らは広場でわたしたちが落ちあうのを待ち構えて、いっぺんに始末しようとした。いるとは考えられない。生きているかどうかもわからないわ」キツネはそんな言葉を口にしたくはなかったはずだ。率直すぎて、もうだめかもしれないと思わされる。キツネはいまにも卒倒しそうだが、気丈にふるまっている。前進しなければならないからだ。グラントは彼女が前に進むことを願っている。キツネ自身も。

マイクは言った。「あなたのクライアントがカラビニエリとつながっていることは、もちろんわかるでしょう？　たぶん買収したのよ」

「最初はわかってなかった。でも、銃撃戦がはじまったのに、カラビニエリが現れなかった時点で気づいたの」

またドアをノックする音がした。マイクはニコラスにカバーしてもらい、ドアをあけた。今度こそ食事が届いた。マイクはスタッフに気前よくチップを払い、カートを部屋のなかへ押したが、腕に痛みを覚えてかすかに顔をしかめた。自分は幸運だ——こんな傷、なんでもない。

テーブルにトレイを置く。「さあみんな、召しあがれ」

ニコラスはカルボナーラをひと口食べた。さらにひと口。ミッドタウンの東四十三番街の〈ピエトロ〉に負けないくらいおいしい。

「キツネ、手はじめにトプカプ宮殿から話してくれ。どうやってアロンの杖を盗んだのか聞きたい。値段のつけられないしろものだろう。きみが値段のつけられない貴重品を警備の厳しい博物館から盗んだのはこれがはじめてじゃないけれどね」

キツネはニョッキを咀嚼《そしゃく》した。「上層部がわたしを警備員に雇えって現場に命令したって言えば充分かしら。わたしね、緑色の制服とM5が結構似合うのよ」

「警備員になったのね。警備をしながら、チャンスを待った。そして、職員全員のルーティンやスケジュールを覚えた。準備がととのった時点で、監視カメラの映像をループさせて、赤外線監視装置を切って警報器が鳴らないようにして、本物の杖と同じ重量の代替品と取り替えた」

キツネはほほえんだ。「あなたもこの業界に転職しなさいよ、マイク。泥棒の思考回路を持ってる」

「あらうれしい」

「ちょっと待ってくれ」ニコラスが口を挟んだ。「トプカプ宮殿はトルコ軍が警備している。よくトルコ軍を出し抜けたな」

「アカル将軍の署名は模倣しやすい、とだけ言っておくわ。実際に杖を盗むのは簡単。

トプカプのセキュリティは穴だらけよ、博物館はどこもそうだけど。それより、グラントのことを相談したいの。どうすれば彼の居場所がわかるのか。彼を助けられるのか」

「では、キツネ」ニコラスは言った。「まずは、北京を襲った砂嵐が自然災害ではないという根拠について話してもらおうか」

21

キツネはうなずいた。「わかった。わたしは最近、ゴビ砂漠で起きた砂嵐について調べたの。すると、パターンがあることに気づいた。三年ほど前から、数カ月おきに砂嵐が同じ場所で繰り返し発生していた。ニコラス、メールをチェックしてみて。ここへ来る前に、資料を送っておいたから」

ニコラスはポケットから携帯電話を取り出し、安全なＦＢＩのメールアプリを開いた。「どうしてぼくの非公開のアドレスを知ってるのか、訊かないでおくよ」

「あのねえ、ニコラス。アメリカが本気で世界の食物連鎖のトップの座を維持したいのなら、全捜査官に同じパターンのメールアドレスを割り当てるのは、どんなに複雑に暗号化しようが危険な道だって理解しなくちゃ」

ニコラスはアダムに携帯電話を放った。「アダム、転送してくれ」

ルイーザが尋ねた。「でも、ゴビ砂漠で砂嵐を発生させるなんて、目的はなに？

そもそも天候を操作しようとするのはなぜか？　どうしてそんなことが可能なのか？　たとえば競争相手に損害を与えるために、嵐を起こす方法を発明したとか？　やっぱりお金のためかしら？」

キツネが言った。「普通はそう考えるでしょうね。でもわたしは、お金よりもっと大きな目的があって、砂嵐をシステマティックに起こしているんじゃないかと思ってる。クライアントがわたしにトプカプ宮殿からアロンの杖を盗ませたのも、砂嵐に関係しているんじゃないかと思う」

「ゴビ砂漠は広いわ」マイクは言った。「きっとたくさんの宝が眠っているんじゃないかしら」

キツネはうなずいた。「モンゴル帝国は広大だった。多くの都市がモンゴルに破壊され、黄金や宝物が消えた。ニコラス、電話でも話したけれど、わたしはクライアントがゴビ砂漠で聖櫃を捜していると思うの」

「ゴビ砂漠で？」アダムはわけがわからないようだ。「どうして？　だって、インディ・ジョーンズはゴビ砂漠には行かなかったよ」

マイクが言った。「まあ、アダムの言うとおりね。もっと詳しく話して。あなたのクライアントはなんのためにゴビ砂漠で聖櫃を捜しているのか？　そして、なぜゴビ砂漠なのか？」

キツネはずばりと答えた。「聖櫃の力を欲しているのよ。つまり、神の力。アロンの杖は聖櫃に収められているって話を知っているでしょう？　聖櫃の力は人の想像など及ばないと、なにかで読んだわ。聖櫃の持ち主は無敵になれる。わたしの読みが当たっていれば、彼らはすでに気象を操作する方法を知っているし」

アダムはノートパソコンから顔をあげた。「キツネの言うとおりだ。砂嵐には一定のパターンがある。そういう目で見なければ、なかなか気づかないようなパターンだけれど。砂嵐が発生するのは、いつも同じ地域だ」

「どうしてそれがわかったの？」

キツネはゆっくりと答えた。「証明はできない。ただ、心からそう確信しているだけ。直感と呼んでくれてもいいわ。

クライアントに依頼されて杖を盗んだのに、彼らはわたしを殺そうとした。なぜか？　わたしの職業がとくに尊いものだと思われていないのは承知してるわ。でも、行動規範ってものがあるでしょう。彼らはそれを破った。その理由はわからない。五百万ユーロをケチりたいわけじゃないってことはたしかだけど。わたしは与えられた仕事をきちんとやってのけた。クライアントが迷惑をこうむることはありえない。それなのに、なぜわたしを殺そうとしたのか？」

マイクは言った。「放っておくとまずい〝ほつれた糸〟だからでしょう」

キツネはうなずいた。「それはそうだけど、きっとそれだけじゃなくて――」

アダムが手をあげた。「どうして砂嵐が聖櫃捜しと直接関係があると思うの？　証拠はある？」

「たったひとつだけ。トルコでトプカプ宮殿の警備をしていたとき、ＶＩＰツアーのなかにひとりの女性がいた。宮殿博物館の館長が案内していたの――これってめずらしいことよ。その女はブロンドで、背が高くて、引き締まった体つきをしていた。顔は見えなかったし、話し声も聞こえなかったけれど、館長は下にも置かない歓待ぶりだった。いまでも覚えてるけど、館長は躍起になって少しでも早くその女を宮殿内に連れこもうとしていた。あとで聞いた話では、彼女はほとんどの時間をアロンの杖の前で過ごしたそうよ。で、三十分もしないうちに帰っていった。警備員たちは彼女の噂ばかりしていた。ぜひ一度寝てみたいとか、男がどういう話をするかわかるでしょ。彼女のことを失われた宝物《ハジネ・アヴジシ》と呼んでる連中もいた。プロのトレジャー・ハンターをそう呼んだりするのかもしれない。それよりなにより、彼女は聖櫃の専門家だと言われていた。その夜、訪問者名簿を確かめてみたの。ところが、彼女が来ていた事実は消されていた。抹消されていたの。完全に。

もちろん、どういうことかだれかに尋ねることはできなかったけれど、彼女の訪問にはなにか裏がありそうな気がしてならなかった。彼女の正体は、結局わからずじまい。でも、聖櫃と関係があるということはわかる。それがたぶん、わたしが狙われてる理由。

よく言われるけど、自分がそうだからわかるってことがあるでしょう。わたしは、あの女も犯罪者、プロだと思う。杖の下調べに来たのよ」

「似顔絵を描ける？」

「さっきも言ったように、顔は見えなかったの。でも、どこか引っかかるところがあって。おそらく、人脈豊富で、お金も影響力も持っている。あの館長がへつらう様子を見てたらわかるわ。あの女がクライアントなのか？　わたしにはわからない。だから、あなたたちに手伝ってほしいの」キツネは大きく息を吸った。「もうひとつ、大事な手がかりがある。杖と報酬を交換する場所で、男と女が話している声が聞こえた。ニコラス、そのときのことはもう教えたでしょう」

ニコラスはジャケットのポケットから小さなノートを取り出し、読みあげた。「『わたしも見たいわ。ゴビ砂漠の砂が――砂の津波が北京を襲うのを』『動画で見られるさ。あの砂だぞ……おじいさまはそんなにすごいのか？』『すごいわ、わかってるでしょ。そのあとのことはこの目で見られる……三日後に出発するのよ……いろいろ片付いたら……ぼくたちがゴビ砂漠をすっからかんにするんだ、想像できるか？』」

ニコラスはキツネを見た。「きみは、この男女が聖櫃を捜すためにゴビ砂漠の砂を吹き飛ばしたと考えているんだな？」

「ふたりは、アロンの杖はもう手に入れた」キツネは言った。「でも、さっき言ったように、杖は聖櫃のなかにあるとされている。これはいったいどういうこと？」

22

アダムは考えていた。コードを組み、暗号化し、イタリア人には決してわからない特殊な裏口を作って、サン・マルコ広場の有線監視カメラの映像をハッキングしようか？　狙撃犯グループの身許はわかるだろう。そこから、キツネのクライアントまでたどることができるかもしれない。いや、イスタンブールのブロンドを捜そうか？そのブロンドが鍵を握っていることはたしかだ。

そのとき、キツネの言葉が聞こえた。「ゴビ砂漠の砂嵐の話をしていたのは、男と女だった。いま思えば、ふたりとも若そうな声をしていた」

アダムはダークネットにアクセスした。ここではダーク・リーフと名乗っている。もとはエターナル・パトロールというハンドルネームを使っていたが、ＦＢＩに協力するようになった時点でその名は葬った。ニコラスに頼まれて定期的に警察の仕事をして、売り出した新しいハッカーネームの信頼性を高めた。ダーク・リーフは反体制者であり、いくつものウェブサイトをダウンさせ、サーバーを攻撃したハッカーとして、匿名者の集うウェブの世界の有名人になった。ダーク・リーフの評判はさらに広がり、犯罪者たちのあいだでも知られるようになっている。作られた虚像ではないかと疑う者はひとりもいない。

メッセージウィンドウが開き、四人のハッカーが彼ら独特の言語であいさつをしてきた。

ちす！
ども
WYB？

アダムもキーボードをたたきはじめた。ハッカーらしく、ダーク・リーフではなくDLという省略形で名乗る。いまだれかが肩越しにモニターを覗いても、意味のない文字や記号や数字が並んでいるようにしか見えないだろう。しかしアダムにとって、ここは自分の世界であり、どこよりも心地よくいられる空間だ。

近況報告や自慢話をしばらく交わしたのち、アダムは〝ハム〟と名乗っているハッカーを非公開のチャットルームに誘った。モニターの右上にべつのウィンドウが開いた。黒い背景に黄色い文字が並ぶウィンドウのほかは、グレー表示に変わった。

DL：最近GR8Tとしゃべったやついる？
ハム：あいつISISに入った
DL：はあ？
ハム：嘘だよ。まだコンスタンチノープルにいるって聞いたけど。でも、ほんとかどうだか
DL：連絡取りたい。協力してくれる？
ハム：いいよ

ハムはログアウトした。アダムは親指の爪を噛んだ。五分後、ふたたびハムのハンドルネームが現れ、もうひとつべつの名前も表示された。

ハム：ほら、お捜しの人物だ

アダムが礼を言う前に、ハムはログアウトした。そのうちなにかを要求しに戻ってくるはずだ。そういうものだ。ハッカーの世界でもビジネスの対価は払わねばならない。

アダムは新しい入室者に話しかけた。

DL：はじめまして。手伝ってほしいことがある
GR8T：どんなこと？　金は？
DL：ちゃんと払う。トプカプ宮殿の監視カメラの映像がほしい
GR8T：軍事レベルのセキュリティだ。金がかかる
DL：いくらかかってもいい。頼む

GR8Tはチャットルームから消えた。長い数字の羅列が現れた。アダムはその口座に五千ドルを送金した。保証金だ。ほどなく、モニターの中央にデータファイルのアイコンが現れ、ゆるゆると円を描くように漂いはじめた。アダムは内容を確かめてダウンロードした。さらに二度のクリックで残りの二万五千ドルを送金し、チャットルームからログアウトした。

ありがたいことに、ハッカーの行動様式はわかりやすい。現金をちらつかせれば、なんでもしてくれる。アダムは、ニコラスが〝銀行〟を用意し――ふたりでふざけてそんなふうに呼んでいる――十万ドルまでは経費として自由に使わせてくれることに感謝している。おかげで、ダークネットで仕事をしやすくなった。ハッカーたちも、ダーク・リーフに仕事を依頼されれば、それなりの報酬が支払われると承知している。だれもが満足する。

GR8Tから届いたファイルをあけ、またべつのIPアドレスでトプカプ宮殿のファイアウォールにこっそり裏口を作って侵入し、厳重に保護されている監視カメラの映像を開いた。

アダムは手早く作業を進めた。この方法がうまくいくように願った。そうでなければ、〝銀行〟の金の四分の一を捨てたことになる。多くの博物館では、監視カメラの映像データを一日ごと、あるいは一週間ごとに破棄する。キツネの説明のとおりであれば、二週間前までさかのぼる必要がある。

運はアダムに味方した。トプカプ宮殿の監視カメラの映像データは消去されていなかった。宮殿のセキュリティ部門は心配性ぞろいなのか、過去のデータをすべて保存してあった。

やがて、当該期間のデータが見つかった。

すぐにコピーし、裏口から出ると、システムに侵入したことを知られないよう、いっさいの痕跡を残さずに裏口を消し、リンクを切った。

データを盗む作業は五分とかからずに終了した。

自分がいましたことをニコラスに報告すべきだろうか？　いや、もう少し待とう。なにも教えてやらなくても、ニコラスならトプカプ宮殿を訪れたブロンドの身許を割り出すことができるかもしれない。彼らはまだしゃべっている。スコットランド訛りのあるキツネの声が耳に心地いい。アダムは、ＦＢＩの最新の顔認証データベースに監視カメラの映像に映っている人物が記録されていないか、検索しはじめた。

キツネが目撃した女が犯罪者なら、データベースで見つけられるはずだ。

検索をかける一方で、アダムは新しいウィンドウを開き、ヴェネツィアの有線監視カメラのシステムに侵入した。今日のサン・マルコ広場の狙撃事件はどうでもいい。キツネが殺されかけた日になにがあったのかを知りたい。

ヴェネツィアの監視カメラシステムは、毎日その日のデータを消去していたが、古いデータを捨てたアーカイブは簡単に見つかった。二十四時間分のデータをダウンロードしてシステムから抜け出すと、映像を十倍速で再生し、屋根から屋根へ跳び移るキツネの姿を捜した。

　あきらめかけたとき、キツネが漆黒のクロウタドリのように宙を飛んでいる映像が見つかった。一時停止して巻き戻し、建物の端から飛び立つキツネをうっとりと見つめた。キツネは弧を描いて飛び、十五メートル先のボートに着地した。カメラを切り替えると、弾丸に追われながら、運河からラグーンへ全速力で脱出するキツネが映っていた。アダムは低く口笛を吹いた。最初は、キツネはたんに幸運だったのだと思ったが、それはまちがいだった。彼女はほんとうに有能なのだ。

　そのとき、気がついた。いま見つけなければならないのは、キツネを追っていた男のほうだ。映像を巻き戻し、カメラを切り替え、銃弾が発射されたと思われるあたりを拡大した。案の定、建物の端から男の顔が現れ、無傷で逃げていくキツネを見ていた。アダムは男の顔のスクリーンショットを撮り、グレイに送ると、みずからもブロンドの顔をデータベースで検索しつづけた。

　三十分後、パソコンが鳴った。一致する顔があったのだ。だが、それはアダムが期待していたものではなかった。

　掘り当てたのは、黄金だった。

23

満面の笑みを浮かべたアダムが、リビングルームに入ってきた。「さあみんな、集合してくれ。パパからびっくりプレゼントがあるぞ」

ひとしきり笑い声があがったあと、マイクが尋ねた。「パパ、なにをくれるの？」

「キツネがトプカプ宮殿で見かけたブロンドを見つけたんだ。ニコラス、あんたがMI5の友達につなげてくれたおかげで、見つけることができた──MI5の顔認証データベースのなかに、彼女がいたんだ。名前はリリス・フォレスター・クラーク」

アダムはキツネにプリントアウトしたスクリーンショットを渡した。「この女だろ？」

キツネは眉根を寄せ、女の顔に指先で触れた。

ニコラスが尋ねた。「見覚えはあるか？」

「ええ、どこかで見た覚えがある。でも、ずいぶん前のことかもしれない。ちょっと考えないと思い出せそうにないわ。でも、その名前──リリスって、めずらしい名前なのに、聞き覚えがあるの」

マイクはアダムを抱きしめ、唇にまともにキスをした。「あなたをチームに入れるよう、ニコラスを説得してよかった」

「わっ！　ちょ、ちょっと待ってよ――」またパソコンが鳴った。「ねえねえ、これを見て。もうひとりも見つかった。キツネ、あなたが屋根から屋根へ飛び移ってる映像を手に入れたんだ。それに、あなたを追いかけた男が映っていた。ええと、名前はアントニオ・パッツィ。ヴェネツィア在住だから、すぐに捜し出せるよ。地元警察の網に引っかかるはずだ。広場で撃ち殺されていなけりゃね。いや、もし死んでいたら、かえって見つけやすいな」

粒子の荒い写真が二枚、一同のあいだでまわされた。

キツネはパッツィの顔を眺め、アダムを見あげた。ゆっくりと立ちあがり、アダムの前へ来ると、両手で彼の顔を挟んだ。「いい子ね。世界最高の男と結婚していなければ、あなたと結婚したかったわ、アダム」キツネもマイクのようにアダムの唇にキスをした。「あなたは天才よ。ありがとう」

「ぼくは、キスはしないよ」ニコラスが言った。

「わたしはあとでしてあげる」ルイーザが言った。「あなたがわたしのためになにかしてくれたらね」

アダムは口が耳まで裂けんばかりに、にんまりと笑っていた。「ルイーザ、キスでマイクを負かすのは大変だよ」

「ぼくらがなんのためにアダムに大金を払っているのか思い出せ」ニコラスはアダムの腕をパンチした。

「ねえ、なんか食べるものない？　腹ぺこだよ、脳味噌も飢えてる」

「さっき食べたばかりでしょ」マイクは笑った。「ごめん、忘れてた。あなたはまだ成長期だった。ミニバーにポテトチップスがあるわ」キツネに向きなおり、写真を指差す。「あなたが杖を届けた男にまちがいない？　あなたを追いかけて殺そうとした男？」

キツネはうなずいた。「ええ、まちがいない。アントニオ・パッツィ。ねえ、アダム。トプカプ宮殿のブロンドだけど……うん、思い出したわ。だけど、まさかあの子だなんて。

あれはずいぶん前、まだわたしがほんの小娘だったころのことよ。この女はわたしより少し歳下なの。ダークブラウンの豊かな髪を覚えてる。当時はぽっちゃりしてたけど、子どもだったものね」

「スコットランドのロスリンで知り合ったのか？」

「ええ。よく覚えてるわね、ニコラス」

ニコラスはなにも言わず片方の眉をあげてみせた。

「もちろん覚えてるに決まってるか。とにかく、リリスは近所に住んでたの。学校も同じだった」キツネは眉をひそめて写真を見つめた。「こんなことってあるかしら。偶然だとしたらすごいわ」

「調べてみるよ」アダムは両手からポテトチップスの屑を払い落とし、キーボードをたたきはじめた。「見つけた。リリス・リー・フォレスター・クラーク、三十六歳、スコットランド・ロスリン出身。ケンブリッジ大学卒、専攻は考古学――彼女はあなたのコピーみたいだね、キツネ。おっと、なにこれ？　彼女はＭＩ５に四年間勤務していたらしい。現住所はロンドン。現在はローマに本社があるジェネシス・グループの社員だ」

「ジェネシス・グループって？」マイクが尋ねた。

キツネはまだ両手で写真を握っていた。「現在、世界最先端の考古学研究財団よ。影響力があって、資金力も豊富。世界中の発掘現場を援助している。

たしかに本社はローマにあるけど、もともとロンドンでスタートしたの。百年以上前にアップルトン・コハテという人物が設立した。世紀の変わり目に設立した研究所を、子孫が代々引き継いできた。コハテ一族は、考古学界では一目置かれている」キツネは言葉を切った。「これで、いろいろなことが腑に落ちたわ」

アダムはジェネシス・グループのウェブサイトにアクセスした。モニターを一同のほうへ向けて洗練されたデザインを見せ、会社概要を読みあげた。

「ジェネシス・グループは世界屈指の考古学研究財団であり、年間で十億ドルを越える寄付を集めている」

キツネは言った。「アップルトン・コハテが聖櫃を発見するためにジェネシス・グループを設立したということは、古美術業界では常識よ。たしかに、彼が研究所を作ったそもそもの動機はそれだった。コハテはツタンカーメン王の墓を発見したハワード・カーターと同時代の人で、発掘現場にいたの。彼は一生を通して、あちこちの重要な発掘に参加した。そのほとんどは、聖櫃が埋まっている可能性があるとされている現場だった。エリザベス・セント・ジャーメインというイギリス人作家が書いたコハテの伝記に、そう書いてあったわ」

ニコラスはゆるゆると首を横に振っていた。「エリザベス・セント・ジャーメインか。以前から家族ぐるみのつきあいをしていた。エリザベスは二週間ほど前に、突然亡くなったそうだ。みんな驚いている」言葉を切る。「キツネ、つまり聖櫃捜しがいまでもつづいているというわけか。そして、現在ジェネシス・グループを経営しているコハテ家の人間が、きみを雇ってアロンの杖を盗ませた。その理由は？　杖が聖櫃のありかに関する手がかりだからじゃないか？」

キツネはかぶりを振った。「いいえ、コハテ家がクライアントだとすれば、杖が偽物であることを確認するために盗ませたんだと思う。トプカプ宮殿の杖が偽物だったら、本物はまだ聖櫃のなかにあることになる。聖櫃がどこにあるのかはわからないけれど」

そもそもわたしを巻きこんだ意味がわからない。わたしはプロの仕事をした。ここ数年でも最高の部類に入る成功だった。それなのに、なぜ彼らはリスクを冒してわたしを殺そうとするの？　わたしを誘き寄せるために、グラントまで誘拐した。あげくのはてにこの事態よ」と、両腕をニコラスたちに向けて広げた。

ニコラスは肩をすくめた。「そんなに不思議なことじゃないと思うよ、キツネ。彼らにとって秘密は絶対に守らなければならないことだから、きみの口を封じなければならない。危険をつぶしておきたいんだ。自分たちの正体は決して知られてはならない。そのためには、きみを殺すしかないだろ」

アダムはポテトチップスをたいらげ、袋を傾けて屑を口に流しこむと、口元をぬぐった。「よし、元気が出た。今度はどこをハックすればいい？」

「そのウェブサイトに、ぼくたちの知りたいことが書いてある。ジェネシス・グループの現在の総裁はだれだ？」

キツネが言った。「調べるまでもないわ。わたしが知ってる。カサンドラ・コハテ・メインズとエイジャクス・コハテ・メインズ。双子の兄妹なの。二十代後半、聡明で容姿端麗」

マイクはモニターから目をあげた。「資金集めが得意みたいね。こんなに資力があるんだもの。実際に会ったことはある？」

「しばらく前に、ロンドンで一度だけ——六年、いいえ八年ほど前。ふたりとも考古学を学んでいた。エイジャクスはコンピュータの達人で、結果が出そうな発掘場所を探す仕事をしている。双子はいつも一緒にいるわ。でも、たしかカサンドラはもっと若いころ、ほんの短いあいだ結婚していたことがある。夫がどうなったのか知らないけど。考古学の世界の隅っこにいると、いろいろ噂を聞くの」

「どんな？」マイクが椅子から身を乗り出した。

「精神的に不安定、と言えばいいのかしら」

「その双子は――やばいの？」アダムが尋ねた。

キツネは肩をすくめた。「まあ、気まぐれで、なにをしでかすかわからなくて、怒りっぽくて――とくにエイジャクスのほうね――それでも、ふたりとも頭がいい。あの双子がわたしのクライアントだった可能性は？　そうね、ありうるわ。ヴェネツィアに住まいのほかにも不動産を持ってる」

「なるほど」マイクが言った。「つまり、双子はあなたに姿を見せたくなかった。知り合いだし、アロンの杖をほしがる理由も知られているから」

アダムが言った。「グループの予算はすごいよ。それにしても、こんなにばんばん使いつづけられるものかな。毎年、これだけの資金をどうやって集めてるのか、それが疑問だ。寄付集めのパーティか？　うちの国の凄腕の政治家だって、これだけの金額を何十年も集めつづけるのは無理だよ」

「気象操作の件は？　あのゴビ砂漠で起きた最悪の砂嵐とは、どう関係があるの？　コハテはなぜ北京を破壊したの？」

ニコラスはおもむろに窓辺へ行き、全員のほうを振り向いた。「彼らは砂嵐を含めた荒天を特定の場所に呼ぶ方法を知っているのだろうか？　もしそうだとすれば、彼らのやりたい放題だ。地球を人質に取っているようなものだからな」

「それも、神の力を横取りして」ルイーザが言った。「だれも彼らには敵わない」

「コハテ家はモーセの子孫と考えられている」キツネが言った。「コハテ族、レビ族。聖櫃は、彼ら一族の歴史の中心にある。昔からずっと、一族の使命は聖櫃を見つけることだった。それは秘密でもなんでもないわ。一方、現代はすばらしい科学技術がどんどん生まれていて――」

ニコラスは静かに言った。「とうとう、神の力と優れた科学が融合したのかもしれない」

24

「さて、これからどうする？」アダムが尋ねた。

「最初にやることは決まっている」ニコラスが言った。「ルイーザ、発信器と水をキツネに持ってきてくれないか」

キツネは大きすぎるビタミン剤のようなものをひと目見て、さっと立ちあがった。

「わたしは逃げたりしないわ。どこに逃げるの？　生き延びてグラントを見つけるために、あなたたちだけが頼りなのよ。これはなに？」

「経口発信器、と言っておくわ」ルイーザはそれをキツネに渡した。「あなたを守るためよ。絶対にあなたを見失わない。これから七十二時間はね」

キツネはしばしルイーザを見つめた。「わたしを守る？　わたしを守りたいの？」

「もちろんだ」ニコラスが言った。「きみは大事な餌だ」

「そうよね」キツネはほほえんだ。「カサンドラとエイジャクスと話したいわ」

ルイーザが言った。「はい、飲んで。しっかり飲みこむのよ。そうじゃないと胸焼けを起こすかも」

アダムが顔をあげた。「双子の住所はグランド・カナルだ」番地を言い、得意気に頬をゆるめた。

キツネが言った。「ヴェネツィアにいなければ、ローマにいるはずよ。ジェネシス・グループの本社に。車なら六時間かかる」

「飛行機のほうが速い」

「あなたの自家用機で、ニコラス？　恐れ入るわ。あなたがアメリカのFBIの捜査官だなんてねえ。でも、すばらしい選択だった。この短期間にマイクとなにをやってのけたか思い出してみて」

ニコラスは片方の眉をあげた。

「ニコラス、だれもがあなたとマイクの一挙一動に注目してるってわかっておかなくちゃ。あなたたちはただ人の命を救ったんじゃないのよ、アメリカ合衆国大統領の命を救ったの。ザーヒル・ダマリを倒して。たいした偉業よ。あなたたちは、多くの悪党にとって恐るべき脅威となった。あなたたちには、さらに大きな力が与えられたわけだし。ジェネシス・グループと闘うには、その力こそが必要なの。彼らの資金力、影響力、大勢の手下――油断は許されない」

マイクが言った。「では、いまから急襲しましょうか。双子の自宅を。ひょっとしたら幸運に恵まれるかも」

キツネはすぐさま制した。「ちょっと待って。いま思い出した。そう、ゴビ砂漠のすさまじい砂嵐――双子の母親は、十年前にゴビ砂漠で行方不明になったの。発掘現場で砂嵐に襲われた。現場の正確な位置はわかっていない。噂では、双子は大きなショックを受けたらしい。グループ全体が、毎年その日は休業するの」

「母親の名前は？」

「ヘレン・コハテ・メインズ。優秀な考古学者であり、人並みはずれた女性だった。わたしは学生時代に彼女に学んだの。一流の聖櫃研究者で、しばらく財団の理事長をしていたけれど、夫のデイヴィッド・メインズに日々の経営をまかせて、現場に出て聖櫃を捜すようになった。

噂では、双子は二十一歳のときに父親をグループから追い出して、実権を握ったと言われている。メインズの名前も捨てた。どれだけ父親を嫌って信用していなかったかわかるでしょう。いまは、カサンドラ・コハテ、エイジャクス・コハテと名乗ってる。デイヴィッドはたしかしばらく前に亡くなったはず」

マイクが言った。「そう、デイヴィッド・メインズは、この世にいないのなら、今回の件にはまったく無関係ね。ただ、わからないことがある。どうして世界屈指の聖櫃の専門家が、ゴビ砂漠に聖櫃が埋まっていると考えたのかしら。理由が見当たらない」

「それを考えると」ルイーザが口を挟んだ。「あの巨大な砂嵐と気象操作の謎に戻るわけね」

キツネが言った。「そういうこと。わたしにもわからない」

ニコラスが言った。「とにかく、パターンがあるということだけはわかりはじめたじゃないか。アダム、カサンドラ・コハテとエイジャクス・コハテについて調べてくれ。丸腰のままふたりを訪問するわけにはいかないからな。ふたりが関与しているのなら、ぼくたちやキツネを一度ならず二度までも殺そうとしたのは、彼らだということになる。しかも、キツネを捕まえるために、ご主人まで誘拐した」

アダムが答えた。「ジェネシス・グループのウェブサイトは充実してるね。最近の企業はどこもそうだけど。自分たちは情報を公開しています――ガラス張りですってわけ。たしかに、外からはそういうふうに見える。ジェネシスのファイルをひととおり調べてみたけど、いまのところ怪しいところはない。世界中に資産を持っていて、信じられないほど現金を持ってるみたいだ。実際の金の流れを追うには、裏まで見てみないと。表面上は、こんなに健全な経営は見たことがないってくらいだ。それも、何十億ドルって規模だよ。ああ、これも言っとかなくちゃ。リリス・フォレスター・クラークは、ジェネシスの業務責任者だって」

「あら興味深いこと」とキツネ。「コハテ家の歴史も調べてみることをおすすめするわ。ネットでいろいろ拾えるわよ」

ルイーザが言った。「ベンに電話をかけて、コハテ家の調査を頼んでみる」

「ルイーザ、ベンにロンドンのメリンダ・セント・ジャーメインに連絡するよう伝えてくれないか。エリザベスの娘なんだ。ジェネシス・グループの創業者アップルトン・コハテの伝記を書いた人の娘なら、なにか役に立つ情報を持ってるかもしれない。願わくは、ベンにお母さんの遺した資料を見せてくれるといいな。ベンにぼくの名前を出すよう言ってくれ」

「了解」ルイーザは後ろを向き、ニューヨークのベンに電話をかけはじめた。

ニコラスは背伸びをした。「さて、このリリスという人物だが。彼女についてもっと教えてくれ、キツネ」

「リリスはいつもわたしにつきまとって、気を引こうとしていたわ。わたしはあの子がそんなに好きじゃなかったから、できるだけ無視したりまいたりしていたけれど、なぜかかならず見つかるの。でも、当時はリリスも子どもだったし——わたしをいまでも覚えているかどうかは疑問ね」

「いや、きみだとわかっていなければおかしいよ。賭けてもいい、コハテ兄妹がアロンの杖を盗むためにきみを選んだのは、リリスがずっときみの足跡を追っていたからだ。いいか、リリスはMI5にいたんだぞ。きみときみの周辺に関する情報を好きなだけ手に入れることができた。きみの業績も知っていたはずだ。リリスはきみを妬んでいたのだろうか？　おそらくそうだ。

もうひとつ賭けてもいいが、リリスはきみの自宅も探し当てたはずだ。きみがグラント・ソーントンと結婚し、グラントが護衛兵を辞めたことも知っていたのか？　知っていたに決まっている。それから、トプカプ宮殿にきみの様子を見にいったはずだ」

「わたしがちゃんとやってるかどうか確かめに？」

「きみのクライアントが彼女のボスならね。うなずける話だろう。リリス本人に会ったら訊いてみよう。それから、きみにどんなに憧れていたのかも」

マイクは肩をすくめて水を飲んだ。「ニコラスの言うとおりなら、リリスは長年こっそりあなたを監視していたことになる。考古学を専攻した理由もそれかも。あなたが考古学を学んでいたから。アダムが言ったように、リリスはあなたのまねをしていたのよ」

キツネはしばらく黙っていまの話を呑みこもうとした。「コハテとジェネシス・グループとわたしを決定的につなぐものがなにか、それを突き止めないと」

ニコラスが言った。「いずれわかるよ。さあ、みんなそれぞれの仕事を頼む。ぼくはサビッチに連絡する。ちょっと考えがあるんだ」

25

マイクがザッカリーに現状を報告し、ルイーザがベンに仕事を依頼しているあいだに、ニコラスは寝室へ行き、サビッチに電話をかけた。ヴェネツィア時間で午前二時前ということは、サビッチ家では夕食の時間だろう。

サビッチは一度の呼び出し音で応答した。「ニコラス——リアの具合はどうだ？」

「大丈夫です。朝、父親が到着する予定です。あと二、三日は入院しなければなりませんが、そのあと父親が連れて帰るでしょう」

「ザッカリーから何度か電話がかかってきた。きみたちはサン・マルコ広場で銃撃戦をやって、カラビニエリのお偉方を敵にまわしたと聞いたが」

ニコラスは笑った。「ルッソ少佐ですね。現在、彼を調べています。ほんとうに緊急事態で来られなかったのか、だれかに命じられて来なかったのか。あるいは、みずからの意志で来なかったのか。いずれわかるでしょう」

「ニコラス、シャーロックよ。サン・マルコ広場の銃撃戦はこっちでもニュースになってる。あいにくあなたとマイクの名前も報道された。イタリア政府が騒ぎだしたから、副大統領が介入せざるをえなかったみたい。ディロン、副大統領がなんて言ったか教えてあげて」

サビッチが言った。「副大統領は、電話をかけてきたときもまだ怒っていたよ。現イタリア首相のジョルジオ・グラッソと電話で話したらしい。ただ、彼がそろそろ辞任するんじゃないか、彼には好感を持っているから残念だと言っていた。グラッソは公式に謝罪するそうだ。副大統領は、きみとマイクを全面的に信頼する、もう一度世界を破滅から救ってほしいと話していた。キツネとは会えたのか?」

「はい、ここにいて、捜査にも協力的です」

「へえ」シャーロックが言った。「彼女はヴェネツィアで殺人を犯したとして指名手配されてるそうだけど」

「はめられたんです。ぼくたちが考えているように深刻な事態が起きているのだとしたら、警告してくれたキツネは恩人ですよ」

サビッチが言った。「まさか、本気で世界が破滅すると考えていないだろうな」

「いろいろ込み入っているんですよ、サビッチ。正直に言えば、ぼくもまだ確信があるわけではない。それでも、重要な手がかりが見つかった。そこで、お願いがあります」

「なんだ」

「MAXに、気象を操作する技術に関して、これまでどんな試みがなされてきたか調べさせてほしいんです」

「わかった。MAXもよろこんでやるだろう」

アダムが部屋に入ってきたので、ニコラスはスピーカーフォンにした。「どうも、サビッチ捜査官。MAXには一九〇〇年ごろまでさかのぼらせれば充分ですよ」

「アダム、きみの声が聴けてうれしいよ。ゴビ砂漠の巨大砂嵐が自然に発生したものではなく、人工的に発生させたものだという考えに変わりはないのか?」

「はい。この十年間で、ゴビ砂漠の特定の場所で砂嵐が何度も発生しているのを確認してます」

ニコラスが補足した。「自然現象に決まったパターンはありえない。ところが、ゴビ砂漠の砂嵐に関しては、パターンがあるらしい。それで、砂嵐を発生させる技術の基礎になるような研究がなかったか、そこからなにかわかるんじゃないかと考えたんです。ひょっとしたら、気象を操作する技術がほんとうに確立しているんじゃないかと。

もうひとつお願いがあります、サビッチ。ＭＡＸに、ハリケーン・カトリーナで莫大な収益をあげた企業について調べさせてほしい。たとえば石油企業——あのとき、原油価格が高騰しましたからね。カトリーナの被害の深刻さを予測していれば、株を空売りしたり石油企業の株を買ったりして大儲けしているはずです」

サビッチは口笛を吹いた。「こう仮定してみよう。過去の研究が土台となって、気象をコントロールする技術が確立され、災害を起こしてそこから利益を得ている者がいる。もっとも可能性の高い候補者について心当たりはあるか？」

「候補者リストのトップはジェネシス・グループです。コハテという一族が所有する企業です。現在、アダムとグレイが彼らのシステムに侵入して調査しています」

「なにやら込み入った事情があるようだな、ニコラス」

「ええ。二分いただければ、できるかぎりご説明します」

「話してみろ」

「ことのはじまりは聖櫃です。キツネがぼくに電話をかけてきた理由もそれです」ニコラスは、ヴェネツィアに到着してからいままでの経過を手短に話した。

ニコラスがようやく息を継ぐと、サビッチが言った。「まるで悪夢だな」

「はい。こんなことが外に漏れたら、全世界がパニックに陥ります」

「わかった。MAXに、これまでの気象操作に関する研究について調べさせよう。研究の結果や、実際におこなわれた実験計画、それからカトリーナで儲けた者がだれか。ジェネシス・グループの潤沢な資金源になっていないか、調べろということだな」

「おっしゃるとおりです。できるだけ早く情報を手に入れていただければ助かります。感謝しますよ、サビッチ」

電話を切ったニコラスに、アダムが言った。「MAXをこの手でいじってみたいな。はいはい、そんなの無理だよね。とりあえず、調査をつづけるよ」

ニコラスも自分のパソコンで少しばかり調べものをした。興味深いものはなにも見つからなかった。いまでもMI5のコンピュータを自由に使えればよかったのだが。

午前三時近くになって、リビングルームに戻ると、アダムはノートパソコンにぐったりと覆いかぶさるように眠っていた。だれもが疲れきっている。そろそろ休んだほうがいい。ニコラスはキツネをルイーザの部屋で休ませることにした。「九時にこのスイートへ戻ってきてくれ。朝食をとって、次の行動を決めよう」

ニコラスは、すでにセカンドベッドルームへ向かっているマイクを呼んだ。「マイク」

マイクは振り返り、立っているのもやっとだと言わんばかりにセカンドベッドルームのドア枠にもたれ、力ない笑みを浮かべた。「ああ、長い一日だったね、ニコラス」とあくびをする。ポニーテールにした髪はほつれ、服はしわくちゃだ。そのうえ、負傷した腕を軽くさすっている。いまにも倒れそうだ。

ニコラスは片方の眉をあげた。「ああ。きみもそろそろ天使の翼をたたまないと。同じ部屋で眠ったほうが安全だと思わないか？　みんな出ていったから、たったふたりでは安全とは言えないだろう」

マイクはまだ腕をさすっていた。いまでは、ずきずきとかすかに痛むだけだ。みずからの命を差し出しても守りたい男を見つめる。彼のシャツも、自分の服と同じくらいしわだらけだ。無精髭も伸びているが、粗野な感じがいいと、マイクは思う。シャツの裾が半分パンツからはみ出ていても、マイクにとってニコラスは完璧だ。いますぐ飛びついて、唇の感覚がなくなるほどキスをしたかった。

だが、眼鏡をはずし、シャツの端で拭きはじめた。「今日はあなたがいろいろなアイデアを出してたわ、ニコラス。でも、いいことを教えてあげる」

「なんだ？」

眼鏡をかける。「これが今日最高のアイデア。ほら、競走よ」

マイクはニコラスを出し抜いてメインベッドルームに駆けこんだ。ベッドに飛びこみ、何度か跳ねると、寝室のなかを見まわした。「すごい、豪華ねえ。あのブロンドのファンがあなたを贔屓《ひいき》してくれたことに感謝しなくちゃ。電話くらいしてあげなさいよ、ニコラス。それくらいのお礼はしないとね」

「それ以上言うな」ニコラスは言った。「先にバスルームを使うか？」

「いいえ、お先にどうぞ」

ニコラスがバスルームから出てくると、明かりのついた寝室のベッドのまんなかで、マイクは服を着たまま仰向けに伸び、ぐっすり眠っていた。

「やれやれだな」ニコラスはマイクのバイカーブーツを脱がせ、ウエストのホルスターから銃をそっと抜くと、ブラウスのボタンをはずした。それから、大きなあくびをすると、自分とマイクの携帯電話を充電した。その隣に、マイクの眼鏡をそっと置く。そして、彼女の隣に這いこむと、あごまで上掛けを引っぱり、一分とたたないうちに眠りに落ちた。

午前七時、サビッチがニコラスに電話をかけてきた。ヴェネツィア時間の午前七時だ。四度目の呼び出し音で電話に出たのは、マイクだった。

「もしもし神様ですか、誓って言います、悪さはしていません」

サビッチは笑った。「おはよう、マイク。ニコラスに替わってくれ」

ニコラスはすぐさま目を覚ました。脳のシナプスが火花を散らしている。携帯電話をスピーカーフォンに切り替えた。「ぼくはおかしくないし、MAXはぼくを嫌ってますよね」

「おかしくないし、嫌ってもいない。まずはハリケーン・カトリーナの件だ。大儲けした企業はいくらでもある。石油会社から、ニューオリンズの建物や公共物を再建した建築会社まで、いろいろだ。きみの読みどおり、ジェネシス・グループはあのハリケーンのあとに、およそ十億ドルの利益を得ている。持っていた株の銘柄はさまざまだが、注意して見ていくと、あるパターンがあることに気づく。すべてそのパターンにあてはまるんだ――石油、ガス、公営の建設会社、家具や家電の販売チェーン、医療機器、まだある――ジェネシスは、ニューオリンズの再建に不可欠な企業に投資して、大当たりした」

「ただ、カトリーナでそれくらい儲けた企業はいくらでもありますね」

「しかし、よくよく観察すれば、明らかなパターンがある。ジェネシスは徹底的に研究して、主要産業の株を大量に購入しているようだ」

「そしてますます儲ける、と」

「気象操作の技術開発については、ＭＡＸは実用化されたものを見つけていない。ただ、科学的な研究例は大量にあった。とくに、雨を降らせる技術は——人工雨というやつだな——数十年前から研究されているようだ。だが、そのなかにピンと来るものはなかった。ところで、ニコラ・テスラを知っているか？」

「ぼくの知っている人物と同じなら。時代を先取りした天才。いまなら未来学者と呼ばれるタイプだ。電磁力を実用化して、一時はトーマス・エジソンと仕事をしていた。どこかの大爆発は彼が引き起こしたと噂された。まあそんなところです」

「そのとおりだ。彼の発明に、テスラ・コイルというものがあるな。きみがいま言ったとおり、テスラは電磁力と共振の研究をしていた。興味深いのは、テスラ・コイルは稲妻を発生させて電子風を吹かせると言われていたことだ。

一九〇八年、シベリアのツングースカ地方で、成層圏上部の電離層における電磁力の実験中に突如、大爆発が起きた。半径数十キロに及ぶ地域に被害が及び、数千万本の木がなぎ倒された。爆発の原因はテスラ・コイルではないかと噂された。この件は、気象を操作しようとする試みにつながるんじゃないか？　はっきりとは言えないが、テスラは気象を動かす可能性のある力をもてあそんでいたのかもしれない」

「そして、何者かがその技術を盗み、ひそかに開発した」

「ニコラス、このレベルで気象を操作できる技術など、SFの世界でなければありえない。いや、そう願いたいね。だが、あのゴビ砂漠の砂嵐は——とにかく、解明してくれ。ところで、率直に言うが、きみはすでに多くの敵を作っている——正体のわからないやつもいるが、カラビニエリのなかにも敵はいる。くれぐれも用心しろ。わたしになにかできることがあれば、いつでも連絡しろ。ああ、それからキツネを逮捕するんだろうな？」

「もちろんです。この件が片付き次第、手錠をかけたフォックスと飛行機に乗りますよ」

マイクは疑惑の目でニコラスを見やった。きっとディロンも同じことをしているにちがいない。

26

カサンドラは八時間、ぐっすり眠り、素敵な夢を見て目を覚ました——カステル・リゴネのトンネルの前に母親が立っている。聖櫃に片方の手をかけた母親はかすかな光をまとっているように見える。そのとき、静かで一定した飛行機のエンジン音が聞こえた。カサンドラは両腕をぐっと伸ばしてあくびをすると、コーヒーを淹れてくれたエイジャクスにほほえんだ。

ひと口コーヒーを飲むと、カフェインが脳にじんわりと広がっていくのがわかる。それから、飛行機の動きを感じた。「いまどのあたり?」

「あと一時間で着陸する」

「あの泥棒のことでニュースはないの?」

「リリスから電話があった。あいつらがまた取り逃がしたそうだ。でも、そんなことはぼくももう知っていたからね。帰ったらお仕置きだとリリスには言っておいたよ」

エイジャクスは笑みを浮かべた。ｉＰａｄを取り出す。「観光客はいつでも頼りになるよ。彼らの携帯電話がすべてを記録してくれる。見てごらん」

　カサンドラは動画を眺めた。最後まで観てつぶやいた。「どこに泥棒がいたのかわからない」

「リリスもわからなかったと言っていたよ。でも、あの泥棒は変装がうまいと聞いている。ＦＢＩに、パッツィの手下を殺られた」

「ルッソ少佐はなにをしているの？　なんて言ってる？」

「リリスが言うには、ものすごく怒っているそうだ。ニコラス・ドラモンドってＦＢＩ捜査官が小うるさくて、恥をかかされた、責められたんだって。リリスは笑ってたよ、ルッソは導火線に火がついてすぐにでも復讐したがってるから、彼を利用すればぼくらの問題が一気に片付くかもしれないって」

「ニコラス・ドラモンド」カサンドラはゆっくりと発音した。「アメリカの大統領の命を救ったイギリス人ＦＢＩ捜査官じゃない？」

「そのとおりだよ」

「でも、どうしてそのドラモンドがあの泥棒の味方をするの？　犯罪者を助けるために、わざわざ部下を引き連れてヴェネツィアまで来るなんて、どういうこと？」

「リリスは、ふたりのあいだに絆のようなものがあるんじゃないかと言っていた。ドラモンドはかつてキツネからコ・イ・ヌール・ダイヤを奪い返して、ニューヨークに持ち帰ったんだけどね。リリスは、ふたりがなんらかの契約を結んだと考えてる。それがなにかはわからないし、調べるすべもないけれど」

エイジャクスはカサンドラの隣に腰をおろし、脚を組んだ。コーヒーを飲む。「リリスの話では、パッツィの手下たちはヴェネツィアの遺体安置所に運びこまれた。パッツィは恐怖ですっかりうろたえているそうだ。リリスは、あいつが逃げないようになだめてくれた。ルッソ少佐には、パッツィにもぼくらにもつながる手がかりを漏らすな、漏らせば新しい愛人を二度と抱けなくなると、釘を刺しておいたそうだ。リリスがみずから処理するってね。ルッソはリリスの言うことを本気にしたようだ。あいつもそれくらいの頭はあるってことだね」

カサンドラは左右の指先を打ちあわせた。「リリスは自信たっぷりだけど、わたしたちはあいかわらず大きな危険にさらされている。ねえ、おじいさまはすでに大西洋に嵐を発生させたわ。嵐はこれからメキシコ湾へ向かう――またカトリーナのときのように、石油関連の株を暴落させて、わたしたちに必要な資金を手に入れるためにね。それに、世間の目が今日ゴビ砂漠であったことからそっちへ向けば、わたしたちの関与に気づかれずにすむ」

　エイジャクスがのろのろと言った。「おじいさまがぼくらの望むようにしてくれるとは思えない。もうぼくらを信頼しているとは思えないんだよ、カサンドラ。ぼくたちのやりかたを認めてくれるとも思えない。おまえだって言ってるだろう、おじいさまは、すべての寵臣が自分の言いなりになること、かしずくことを求める。ぼくらも例外じゃない」

　カサンドラはエイジャクスの腕をつかんだ。「あの老いぼれはおかしいのよ。長らく孤独に生きていたせいで、現実がわからなくなってる。自分の幻想のなかに生きてるのよ。自分が世界の創造主、全能の神だという世界にね。おじいさまにとって、現実は――わたしたちのいるこの世界は、もう存在していないのかもしれない。北京で大勢の人が犠牲になったとか、殊勝ぶったあの言い草には反吐が出るわ。だって、ゴビ砂漠の砂嵐以前に、あの人が犠牲者を気にかけたことがある？　いいえ、何十年にもわたっておびただしい数の人が死んだのに、自分とは関係のないことだった。映画のなかの死と同じ。悲劇に心を動かされたことはない」

「それを言ったら、ぼくらだってそうだろう。だから、おじいさまがぼくらを信用していないんじゃないかと思うようになったんだ。あの人は、良心ってものを持つようになってる」

カサンドラは肩をすくめた。「だからどうだって言うの？　ねえ、エイジャクス、わたしたちはその手のことに動揺してはだめなの。わたしたちはあの人とはちがう種類の神なんだから」

エイジャクスはその言い方が気に入ったようだ。身を屈めてカサンドラの頬にキスをした。「あの人に媚びなければならないのは不幸だ」と肩をすくめる。「でも、しかたがない。目的を実現するには、島へ行って、帽子を脱いで、おじいさまを愛している、おじいさまはすばらしいと、心にもないことを口走ってみせるさ」

カサンドラは座席に深く座り、曲げた両膝を抱きしめた。「おじいさまは、以前はこんなじゃなかったのにね。お母さまがゴビ砂漠で行方不明になる前は」拳で太ももをたたく。「エイジャクス、お母さまに会いたい。毎日、会いたくてたまらないの」

エイジャクスは窓の外を眺めた。周囲には雲しか見えない。祖父への怒りが再燃した。「あの老いぼれはお母さまをかわいがっていた。崇拝していたと言ってもいい。お母さまは磁石、道標となる星だった。でも、あいつにとってぼくらはなんの価値もない。ぼくらは智天使の翼と、聖櫃のありかを示したお母さま手描きのカステル・リゴネの地図を見つけたのに、まだ満足しない。あいつはどこを向いてるんだ？　これからどうするつもりなんだ？」

　カサンドラは激しい口調で言った。「老いぼれをうまく言いくるめて、金庫室に厳重に保管された気象操作のマニュアルを出させたら、すぐに殺して、わたしたちがあとを引き継ぐのよ」口をつぐむ。エイジャクスには、カサンドラが熟考に入ったことがわかっている。

「そうよ」しばらくして、カサンドラは口を開いた。「かならず方法がある」立ちあがり、通路を行ったり来たりしはじめた。ふと立ち止まり、窓の外に目をやった。

「すぐに決着がつくわ。泥棒の夫はいまどこにいるの？」

「リリスがカステル・リゴネの地下牢に閉じこめた。なんといっても特殊部隊出身だから、体力も腕力もある。だから、薬でおとなしくさせろと言っておいた。逃げられる心配はないよ。

　それからリリスには、泥棒にメッセージを伝えるように指示した——サン・マルコ広場で大失敗したんだからね。グラント・ソーントンを殺されたくなければ、ヴェネツィアのパッツィに会いにこいと、泥棒に伝えろと命じておいた」

「もっといい考えがある」カサンドラは笑顔で言った。「パッツィにはもう仕事をまかせられない。泥棒をカステル・リゴネまで誘き寄せる方法を考えないと。リリスに、泥棒に伝えさせて。姿を現さなかったら、夫のこの地球上での残り時間は制限されるって」

エイジャクスは眉をひそめ、しばらくしてゆっくりとうなずいた。「わかった。ニコラス・ドラモンド捜査官にも伝わるようにしろと、リリスに言うよ。かならずそいつが泥棒に付き添ってくる。一緒に来るはずだ。一石二鳥だよ」

27

イタリア　ヴェネツィア

朝食と大量のコーヒーをとったあと、キツネが言った。「アダム、いい考えがあるの――今朝、シャワーを浴びていて思いついたんだけど。わたしのうちには監視カメラがあって、グラントが誘拐されたときも、ほぼ一部始終を撮っていた。映像を確かめてみたんだけど、当然、グラントを誘拐した人間たちのなかに知った顔はなかったし、わたしは顔認証データベースにアクセスすることもできない。でも、あなたならできる。それから、昨日サン・マルコ広場で攻撃してきた連中の顔写真をルッソ少佐から手に入れることができれば、グラントを誘拐した男たちの顔と照合できる。同じ顔があれば、誘拐犯の身許がわかるでしょう？　完璧につながるわ」

マイクは尋ねた。「ルイーザ、写真は手に入れられる？」

ルイーザはにんまりと笑い、携帯電話を掲げた。「ルッソに逮捕される危険を冒す必要はないわ、ニコラス。死んだ狙撃犯の写真はもう全部手に入れたから」

キツネは、今度はルイーザに歩み寄ってキスをした。「さすが鑑識の専門家ね。ありがとう」

キツネは愚かではないし、すべてを他人まかせにするタイプでもないので、アダムにノートパソコンを持たせ、マイクが使っていないセカンドベッドルームへ移動した。ふたりは並んで座った。キツネはアダムの腕に手をかけた。「これからお願いすることは、内密にしてくれるとありがたいんだけど。いい?」

アダムはどうせニコラスに白状させられるだろうと思ったが、兄貴分の目を盗んでなにかをするせっかくのチャンスは逃したくない。「ええと、ニコラスやマイクをだますようなことじゃなければ、信用してくれてもいいよ」

キツネはアダムに笑顔を返した。「あなたやニコラスたちを危険にさらすようなことじゃないって約束する。秘密は守ってくれるわね?」

アダムはうなずいた。

「それでいいわ。このうちの防犯監視システムは広範囲をカバーしてるの。あちこちにカメラがある。すべての出入口と、隣近所の敷地内にもね」

アダムは片方の眉をあげた。

「用心するに越したことはないわ。カメラの映像データはアメリカのオハイオ州の安全なサーバーがバックアップしている。セキュリティはとても厳重。わたしがそのサーバーに侵入して、映像データにアクセスするあいだ、キーボードから目をそらしていてちょうだい」

アダムはキツネにノートパソコンを貸した。三分後、ファイルのダウンロードが完了した。キツネは位置情報タグがついているのは承知のうえで、アダムは詮索しないと信用しているのだろう。

キツネの肩がこわばっている。夫がすでに死んでいるのを心配しているのではないだろうか。アダムはなにも言わずにファイルを開いた。

「ほら」キツネが指さした。

アダムはモニターを眺めた。四人の男が映っていた。全員が褐色の髪にチノパンツをはき、シャツにベストを重ねた格好で――暑い日だったはずなのに、やけに厚着だ――崖っぷちの真っ白な屋敷を目指して長い通路を歩いている。

動画を一時停止し、キーボードをたたく。「まちがいなくプロだね」

男たちはきょろきょろあたりを見まわしたりしなかった。通路の突き当たりで扇形に広がり、四方から屋敷に近づいていく。

「顔のスクリーンショットは撮れる？」

「もう撮ったよ」

モニターの画像が変わった。画面が四分割され、それぞれにひとりひとりの顔がアップで映った。アダムはすでに、広場で死んだ八人の顔をルイーザから転送してもらっていた。照合はすぐに終わった――死んだ狙撃犯のなかに、キツネの自宅に侵入した四人がいた。

「大当たりだ。じゃあ、残りの紳士四人の身許を調べてみよう」アダムはＦＢＩの顔認証システムを呼び出した。それぞれの顔のひたいからあごまで赤い線が走りだし、基線を引いていく。やがて、それらの線が格子状にまじわり、コンピュータが照合に使うグリッド線になった。

「監視カメラの映像のこの先を見たい？」

「いいえ」キツネは答えた。「なにかヒントがないかと思って、もう何度も見たの。彼らは用心深かった。家のなかには監視カメラがないから、この四人が侵入して玄関から夫を引きずり出すまでの十五分間の映像はないの。どうやって彼の動きを封じたのか知りたいものだわ。きっと薬を使ったんでしょうけど。どうやって島に出入りしたのかも調べなくちゃ」

「ここはカプリ島だよね？」

キツネはゆっくりとうなずいた。

「大丈夫だよ、黙ってるから。おれの親父はアナカプリ島の稀覯本ディーラーと仕事をしていたんだ。すごく仲がよかった。子どものころ、姉のソフィと島へ行ったよ。小さなボートに乗って、男の人にロープでボートを引いてもらって、青の洞窟に入ったんだ」

アダムがいくつかのコマンドを打ちこむと、新しいウィンドウが開いた。「カプリには、公共の監視カメラとあなた個人の監視カメラと、合わせて何台あるのかな?」

「どっちもかなりの数になるわ。毎年、何万人もの観光客が来るから、治安の維持は大切だもの。裕福な人たちの自宅もあるから、セキュリティは重視されているの。うちにもたくさんカメラがある」

「それはよかった。できるだけたくさんのカメラにアクセスして、画像データを取りこむよ。島の出入口はどこにあるのかな?」

「メインはフェリーの発着場。その周囲に、個人用の桟橋がある。ほかにも、島の数カ所に船着き場があるわ。それから、ヘリコプターで出入りすることもできる」

「誘拐犯グループは公共の交通機関を使わなかったはずだ。意識のない人間を人混みのなかに連れていくわけにはいかないからね。個人用の桟橋と、ヘリパッドのカメラをチェックしてみよう」

キツネは目をみはった。十分もしないうちに、アダムは目当てのカメラにアクセスした。

アダムは島中を観察し、海岸線の地理的な特徴を確認していった。何カ所もの入江に、船が停泊している。島を周遊するモーターボートや観光客用の船が見えた。

「ほら、ここだよ。きみの家の真下で、ボートが待っている。ほんと、ここを早く見るべきだった」

全長が四十メートルほどもある大きなコーデカーサのヨットが、入江で小波に揺れていた。キツネとアダムは、小型の船外機をつけたゴムボートに乗った四人組がヨットに近づいていくのを見ていた。

アダムはゴムボートの中央を拡大した。グラント・ソーントンが意識を失ったまま横たわっていた。

キツネの声が切羽詰まった響きを帯びた。「ヨットの名前を知りたい。お願い」

「いま調べてる。一度に三つのアングルしか見えないんだ。ひとつ捨てないと」

「じゃあ、引いた映像はいらない。そこに映ってるものはわかってることだけだから」

アダムはヨットの上を拡大した。「まちがった方向を目指してるぞ。四人が逃げるまで時間がかかりそうだ。それにしても、すごい監視システムだね。顔認証データベースからは、ほかの四人の顔に一致する人物はまだあがってない。おかしいな。こいつらは犯罪者だろ、ボートの四人組と同じく前科のある連中じゃないのか。だったら、すぐ結果が出そうなのに」

キツネは言った。「交通機関の監視カメラ、とくに民間の飛行場のカメラに映ってないかしら」

アダムはしばらく考えた。「やってみるよ。アクセスはすぐにでもできる。もっと速くマッチングができるように、解析方法を変えてみよう。でも、ちょっと時間がかかる。あ、ほら、ヨットが出発する。よし、百八十度向きが変わる」ズームインする。「エリーシャン・フィールズ号。ヨットの名前はそれだ。これで追跡しやすくなるぞ」

アダムはべつのデータベースを開き、キーボードをせわしなくたたいた。「あった。見て、キツネ。百パーセントまちがいのない証拠だよ」モニターを指さす。「グレイがこの情報を見つけてくれた。案の定だよ。ヨットの所有者の〈ブラック・ダイヤモンド〉っていうのは、ジェネシス・グループがニューヨークの持株会社を通して作った金融会社だ。どうやら、ここがジェネシスの南北アメリカとカリブ諸国にある資産を管理している。キツネ、これを読んで」

　アダムはノートパソコンをキツネのほうへ押しやり、たったいま引き出した財務報告書を読ませた。

「ヨットは六年前にサウジアラビアの会社から買ってる。バミューダ船籍。ほんとうにグローバルな連中なのね」

　キツネはまばゆい笑みをアダムに投げ、彼の顔をつかんでまたキスをした。「一生、恩に着るわ、アダム。一生よ」

「またキスをしてるって、今度はなにをしてもらったんだ？　アダム、なにをしてる？」ニコラスが部屋に入ってきた。

　アダムはニコラスに生意気な笑みを向けた。「グラント・ソーントンを誘拐したやつらは、ジェネシス・グループが所有するヨットで連れ去ったよ。エリーシャン・フィールズ号っていうんだ」

28

マイクは両手をこすりあわせた。「ブラック・ダイヤモンドっていう金融会社ですって」思わず歓声をあげかけたが、キツネの無表情な顔を見て黙った。きっぱりと言う。「ご主人は生きてるわ、キツネ。いくらなんでも、あなたを捕まえる前に殺すなんて愚かなまねはしないでしょ。かならずご主人を見つけて、権力欲にまみれた連中を捕まえて——ちょっとニコラス、なんでばかみたいににやついてるの？」

「キツネ、リリス・フォレスター・クラークが、数年前からきみを監視していたことを確認したよ。案の定、彼女は数カ月前からさらに監視の目を厳しくしていた」

「どうしてわかったの？」

「グレイに電話をかけて、リリスの金の出入りを調べてもらった。ジェネシス・グループがリリスに支給したパソコンに、きみとグラントの写真が保存されていたそうだ。その写真は、きみがロンドンで若き芸術家に扮していたときのものだ。コ・イ・

ヌール事件よりもっと前だね。まちがいなく、きみを巻きこんだのはリリスだ」

「わたしにトプカプから杖を盗ませたのは、彼女自身の考えかしら。それとも、指示されたのかしら」

ニコラスはキツネに書類の束を差し出した。「自分の目で確かめてごらん。グレイが見つけたものをすべて送ってくれた——リリスはまだきみのことを調べたりなかったらしく、自費で調査員を——それも安くない調査員を雇っている。きみを知っていたから、きみときみの能力にあこがれていたから、コハテ兄妹にきみを推薦した。トプカプ宮殿からアロンの杖を盗むことができる人間がこの世にいるとすれば、それはきみだとわかっていたんだ」言葉を切る。「もうひとりいたが、知ってのとおり焼死した」

キツネはごくりと唾を呑みこんだ。「マルベイニーね」

「きみの師匠のゴーストだ」

ニコラスは頬を手でこすった。ひげを剃らなければならない。「リリスは半年前からきみについてさらに深く調べはじめている。そのうえで、ほとんど不可能な盗みをさせるためにきみを雇った。きみはみごとにやってのけた。だが、彼女はきみに報酬の残金を払うのではなく、殺そうとした」

マイクがおもむろに言った。「リリスの意志かもしれないし、コハテ兄妹があなたを危険の種だとみなして始末しようとしたのかもしれない」

ルイーザがバナナを食べながらのんびりと部屋に入ってきた。「ご主人をどこに連れていったのか突き止めないとね」

アダムはパソコンのモニターから目もあげなかった。「いま調べてる。いろんな仕事を同時にやってるんだ。ルッソのメールアカウントに侵入したけど、いまのところ収穫なし。しばらくおれを放っといてくれるかな、やることがたくさんあるんだ。顔認証システムに死んだ狙撃犯たちの残り四人とマッチするものがあれば、大声で呼ぶからさ」そこでようやく目をあげた。「キツネ、かならずグラントを見つけるよ。もう少し待っててくれ。いいアイデアがあるんだ」

ニコラスは全員に言った。「リビングルームに戻ってくれ。ジェネシス・グループの財務状況について、グレイがめったにない、興味深いことを見つけたんだ」

「どんな？」キツネが尋ねた。

ニコラスは答えず、眉根を寄せてモニターを見つめているアダムを指さした。一同はニコラスのあとからリビングルームに入り、めいめい思い思いの場所に陣取った。キツネは窓辺に立ち、しばし外を観察した。身に染みついた習性なんだろうな、とマイクは思った。

ニコラスが言った。「さて、これからほかのデータも財務状況と照合して――」

マイクは腰に両手をあてて彼を制した。「はい、そこまで。ねえニコラス、アダムがグラントの居場所を捜し当てたら、すぐに行動しなくちゃ。必要な情報はもう手に入れたでしょう。賭けてもいい、コハテ兄妹はグラントが囚われている場所にいる。ここでのんびりデータを集めている場合じゃないわ」

ルイーザが同意した。「わたしもマイクに賛成する、ニコラス。いますぐ急襲すべきよ。ぐずぐずしていたら、連中が次の手を打つわ。それか、ルッソ少佐がわたしたちをイタリアの刑務所にぶちこもうと小隊を引き連れてくるかもしれない」

そのとき、やったあ、という叫び声が聞こえた。つづいて、アダムがノートパソコンを頭上に掲げてリビングルームに駆けこんできた。「グラントを見つけたぞ。キツネ、やっぱりきみは賢いよ、民間の飛行場が鍵だった。あの入江からヨットを追跡したら、ナポリ郊外の小さな飛行場に行き着いた。そこから飛び立ったのと同じ機体番号の飛行機が昨日ペルージャに着陸した。ここから南西、ローマ方向へ四時間の街だ。格納庫に数台の監視カメラがあって、撮影された映像はまだ消去されていなかった」

アダムは動画を再生した。手錠をかけられたグラントが、ふたりの男に両腕をつかまれていた。薬で眠らされているのは明らかだ。男たちが狭い格納庫へグラントを引きずりこんだと同時に、画面が切り替わった。

キツネはこらえきれないように震える息を吐いた。「卑怯な連中。でも、あの人は生きてる。生きてるのね」

「この地域の衛星画像も取ってきた。運がよかったよ、ちょうど北のアヴィアーノにアメリカの陸軍基地があって、しょっちゅう飛行機を飛ばしてる。そうじゃなければ、イタリア政府に協力を頼まなければならないところだったよ。おれらに広場をめちゃくちゃにされたからには、快く手を貸してくれるとは思えないけど。で、これを見て。連中はプジョーに乗って西を目指した。悪いけど、そのあとはわからない」

ニコラスはアダムの肩を勢いよくたたいた。「よくやったぞ、アダム。でもぼくは、キスはしないぞ。ペルージャの近くにコハテ家の別宅でもあるのか?」

「ちょっと待って」アダムは少しキーボードをたたいた。「うん、あるね。カステル・リゴネって町に家がある。トラシメーノ湖っていう大きな湖のそば。すごく敷地が広いよ。ほとんど城だね」

キツネは早くもドアに向かっていた。「そこに彼らがいる。マイクの言うとおりよ

──グラントがいるなら、コハテ兄妹もいるはず。いますぐ出発しなきゃ」

ニコラスはかぶりを振った。「待て、きみたちの意見はもっともだ。グラントを助けにいかなければならない。だが、論理的に考えてくれないか。ローマのジェネシス本社で双子に事情聴取するのと、彼らの所有する城でいきなり対決するのとでは、まったく事情が異なる。きちんと計画を立てよう」

突然、電話が鳴った。ニコラスが応答した。「ルッソ少佐？」残りの四人は耳を澄ませた。ニコラスは電話を切り、ルイーザに向きなおった。「ルイーザ、きみのためにはべつの城を見つける必要があるようだ。ルッソ少佐が、きみの鑑識の専門知識を借りたいと、ご丁寧に依頼してきた。自前の鑑識が、がっかりするほど使えないらしい」

「でも──」

ニコラスは片方の手をあげて制した。「重要なことなんだ。ぼくたちが引き起こした混乱をいくらかでもおさめるには、彼に協力しなければならない。それに、きみが集めた証拠はぼくたちにも必要だ。コハテ兄妹の棺に釘を打ちこむためにね。それから、ルッソにも目を光らせてほしい。彼は信用できない。これはきみにしかできない仕事だ、ルイーザ。抜かりなくやってくれ」

ルイーザは不満そうだった。「わかった。それにしても、地球上で最高の鑑識官であることって、そんなに幸せでもないわ」ドアの前で振り向く。「ちょっと、いまのは笑うところなんだけど。冗談よ。連絡はまめにちょうだい。ルッソの仕事を片付けたら、すぐ合流するから」

ニコラスはアダムのほうを振り向いた。だが、アダムに先を越された。「わかってるよ、おれはここに残って、ルイーザを見守りながら、もっと証拠を集めろって言うんだろ」

「そのとおりよ、ありがとう、アダム」マイクが言った。「わたしたちが準備するあいだ、あなたはコハテ家の別宅について、できるかぎり情報を集めて」しばらく黙りこんだ。「グラントはべつの場所に移されるかもしれないわ、キツネ。いまから行っても、会えないかもしれない」

キツネはあいかわらずドア口で背中をこわばらせて突っ立っていた。「いいえ、会える。わたしにはわかるの。とにかくわかる」

アダムが言った。「コハテの自家用ジェットの番号がわかったよ――サイテーション・CJ3プラス。すごく豪華だ。いまどこにいるのかもわかるよ、フライトプランの記録を探そう」

「よし」ニコラスが言った。「城を急襲するために、きみの集めてくれた情報がほんとうに役立つよ」

29

二〇〇五年、カテゴリー五のハリケーン・カトリーナがニューオリンズを直撃した。洪水が発生して一八三六人が犠牲になり、被害総額は推定一〇八〇億ドルにのぼる。

バミューダ・トライアングル

ジェイソンは毎晩ニュースを観ていた。子どものころにすりこまれた古い習慣だ。テレビがめずらしく、観るだけでわくわくしていたころに。映画を除けば、毎晩のニュース番組だけが、自宅の裏庭以外の場所で起きているできごとを知る唯一の窓口だった。

ニュースならパソコンでも観ることができるが、座り心地のいい椅子と巨大なテレビのあるホームシアターへ行く。椅子に深々と身を沈め、新しい北京のニュースを観た。大量の砂が大都会を呑みこみ、吹き荒れる砂塵で何万もの人々が喉を詰まらせているのを観た。こうなることはわかっていたが、これほどの犠牲者が出たという事実に、胸の奥が痛む。魂が痛む。結局、なんのためにこんなことをしたのか？　運命などあらかじめ決まっていて、放っておいてもやってくるのに。

やがて、ニュースはヴェネツィアのサン・マルコ広場の銃撃事件に移った。報じられたのは概略だけだが、アメリカ合衆国政府の作戦行動が大失敗し、アメリカ人捜査官ひとりが入院したという。観光客が撮影した銃撃戦の映像が流れたが、最初から最後まで画面は揺れていた。それでも、銃撃のすさまじさや一帯を包んだパニックは、はっきりと伝わってきた。ジェイソンは、まじまじと画面を見つめた。信じられない。自身が招いた災害とちがい、これはよく知っている人間のやり口だと、見てすぐにわかる。なぜなら、親族だからだ。直感でわかる。この銃撃戦には、双子が関係している――双子のしわざだ。あの冷酷で未熟な愚か者たちのしわざだ。名誉あるコハテの名に、ふたりの母の名にふさわしくない双子の。ジェイソンの怒りと失望は激しかった。吐き気とめまいを覚え、急いでニトログリセリンの錠剤を舌下に含んだ。動悸が少しずつおさまっていく。

広場で殺されたのは、コハテ兄妹に雇われていた者たちだ。だれかに教わるまでもない。ああ、もはや取り返しがつかない。あとは、なるようになるだけだ。なるようになるとは、大きな禍が降りかかる、ということだ。すべて、カサンドラとエイジャクスがまたしてもろくでもないことを考えたせいで。なにもかも台無しだ、なんと不毛なことだと、ジェイソンはまた思わずにいられなかった。

もう許せない、とにかく許せない。口論にはうんざりだ。指示にそむかれるのもうんざりだ。これ以上、ふたりの勝手にはさせない。

砂漠に流れこむ川の水のように、時間はどんどん過ぎていく。時間切れになる前に、あと何人が犠牲になるのだろう。

コントロールルームに戻り、何台も並んだモニターの前に座った。気分が落ち着いてから、気に入っているアトランタの気象情報局の番組を一台のモニターで観た。話題はもちろん、少し前にプエルトリコ沖で発生した季節はずれのハリケーンだ。緊張感はない。ハリケーンは徐々に勢力を弱め、雨に変わってから大西洋に抜けるだろうと見られていた。

ジェイソンは、ニトログリセリンを舌で押さえた。選択の余地はない。すべきことをするまでだ。ヴェネツィアの不幸なできごとから気持ちを切り替えねばならない。

それも、いますぐに。すでに、メキシコ湾上の大気をかき混ぜ、コイルのレーザーで海水を温めている。

もっとも、ハリケーンを消滅させるという選択肢もないわけではない。だが、ジェネシス・グループが賞賛される考古学研究をつづけるためには何億ドルもの資金が必要であり、そのうえエイジャクスとカサンドラはおそらく警察に追われている。だめだ、やはり選択肢などないのだ。

いままでもずっと、カトリーナなどみずから引き起こした災害から現金がざくざくと流れこんでくるのをただ見守り、こうするしかないのだと正当化してきた。今回のハリケーンも必要悪で、どこを狙えばいいのかも正確にわかっている。

十分後、ハリケーンのプログラムを組みなおし、さらに強力なものにした。孫たちのしたことを隠すために嵐を利用するなど、まちがっていると思う。双子を守るために、みずからの魂を汚していることはわかっている。ただ、万一のことが起きれば、ボタンひとつでハリケーンの針路を変え、勢力を弱めさせることはできる。

ジェイソンはえんえんと世界中の天気を報じる番組を観ながら、自分が手をくだすまでもなく、凶暴なハリケーンや暴風雪、トルネードが世界中ではかりしれない被害をもたらしていることを思いつつ、カウンターに置いてあるファイルを取った。なかには、ヘレンからの私信が入っている。そのなかから、二十年近く前の今日、書かれたものを取り出した。ヘレンの期待や興奮が、便箋から飛び出してくるようだ。何度も読み返したので、便箋にはたたみじわがくっきりとついてよれている。ジェイソンは節くれだった指で、ヘレンの年齢にしては子どもっぽい、丸っこい文字をたどった。娘の文章を読むのはつらいが、何度も繰り返し読み、つかのま娘がそばにいるような気持ちに浸った。手紙は、双子に宛てられたものだ。ジェイソンは手紙を双子に読んでやったあと、安全な場所に保管していた。

娘の手紙を読むジェイソンの両手は震えていた。

一九九六年
ゴビ砂漠　マイソールの現場にて
カサンドラとエイジャクスへ

もうすぐ、あなたたちの母は世界一の考古学者だと言われるようになるかもしれません。それはなぜかというと……。

ふたりとも、子どものころカステル・リゴネの屋敷の地下にトンネルを掘っている人たちによく遊んでもらったわね。わたしたちが大事なものを捜していることは知っていたはずです。〝聖櫃〟という言葉も、何度も聞いたことがあるでしょう。わたしたちは、あなたたちが小さなころから、聖櫃とは特別な箱のことだと教えてきたわ。

知ってのとおり、わたしたちが長年捜しているものは、契約の箱です。いままで見つからなかったのがなぜか、わたしにも理解できなかった。なぜなら、教皇グレゴリウスがテンプル騎士団に聖櫃をうちの山に――ということは、もちろん、騎士団の山でもある――隠すよう指示した文書が手元にあるからです。彼らが指示どおり、大量の宝物と一緒に聖櫃を隠したことはわかっています。宝物のほとんどは発見されたけれど、聖櫃だけがなかった。そしてついに、わたしはその理由を知ったの。

わたしは教皇グレゴリウスが書いたもう一通の文書を発見しました。その手紙には、教皇の計画が実現しなかったのはポーロ一族が聖櫃を奪って、モンゴル帝国の中都（現在の北京）にいるクビライ・ハーンに贈ろうとしたからだと書いてありました。聖櫃が教皇のもとにひそかに保管されていたことを、なぜポーロ一族が知ったのかはわからない、とのことだった。つまり、聖櫃は騎士団の手に渡らなかったのです。

そんなわけで、わたしはポーロ一族の足跡をたどり、彼らが嵐に襲われたと考えられる場所へ行くつもりです。そのときの嵐によって失われた聖櫃が、砂漠のどこかに埋まっているのではないかと、一縷の望みをかけているの。あらゆる手がかりが、ある地点を指し示しています。聖櫃は、きっとそこにある。

コハテ家となんのつながりもないポーロ一族には、聖櫃を所有する権利などなく、窃盗者集団として処罰されました。わたしは処罰されたりしない。聖櫃はわたしを歓迎してくれるはず。

わたしはいま、敦煌でこれを書いています。砂嵐がやみ、青空が広がって空気がきれいになるのを待っているの。正午には、発掘場所へ出発できると思います。

これからはおじいさまがあなたたちを導いてくださいます。あなたたちも知っているように、おじいさまは嵐を起こす魔法使いです。あなたたちも大きくなったら、その方法がわかるようになるでしょう。

エイジャクス、カサンドラ、あなたたちには、おじいさまに学んで名誉ある家業を引き継いでほしいというのが、わたしのもっとも切なる願いです。天から与えられたすばらしい仕事を、高潔と恭順と有徳を求められる仕事を、決して忘れてはなりません。

そして、わたしのあとを継いで考古学者になってほしいと、心から願っています。一生懸命学んで、ジェネシス・グループのビジネスも理解してほしい。聖櫃はわたしの——わたしたちのものです。わたしが死んだら、財団には信頼に足る指導者が必要になります。つまり、あなたたちです。

発掘が成功するよう祈ってください。嵐を発生させるべきときと場所は、おじいさまがよくわかっていらっしゃいます。

では、そろそろ休みます。あなたたちを心から愛しています。幸運を祈っててね！

母より

愛をこめて

ジェイソンは手紙を折りたたみ、そっとファイルにしまった。さらに古い手紙を読むことにした。父親のアレクサンダーが、妻でありジェイソンの母であるバベットに書いた手紙を取り出す。ヘレンの手紙と同じく、人生を決めるきっかけとなったこの手紙は、何度読んでも飽きない。

一九六一年
キューバにて

愛するバベット

無沙汰を許してほしい。ジェイソンと大発見をしたのだよ。予想とちがって、アトランティスは見つからなかったが、なんと島があった。キューバの発掘現場からおよそ北東へ百五十キロほど離れた地点だ。父上のコイル、テスラ・コイルの実験をするのに、理想――まさに理想！――の場所なのだ。火山と砂浜があり、一時間で歩いてまわれる程度の小さな島だ。

われわれは船で発掘現場へ向かっていたんだが、機器が故障し、針路をはずれてしまった。そのとき、この島を発見したのだ。島の中心からは、電磁波を感知した。ジェイソンは――われわれのすばらしい息子は、その電磁波を利用してコイルをさらに強力にできると考えている。

この小さな島に上陸したわれわれは、じつに興味深いものを見つけた——古い船着き場と、山中に掘られたトンネルだ。まるで放棄された軍事基地のようだ。ソ連が対アメリカ用の基地を建設しようとしたのかもしれない。ところが、電磁波に邪魔されて建設が難航し、島を捨てて出ていったんじゃないかと、ぼくもジェイソンも考えている。だれが基地を建設しようとしたにしろ、われわれの計画にうってつけの場所だ。この島に、必要な機器を運びこみ、整備するつもりだ。ジェイソンは学校のためにいったんイギリスに帰るが、ぼくはここに残って基地の建設を監督する。

想像してくれ、われわれの仕事場ができるんだ。もはや隠れる必要はない。自然そのものが隠してくれるのだから。

きみの夫
アレクサンダー

ジェイソンは娘の手紙と同様に、この手紙も丁寧にたたんだ。父はこの島で亡くなった。ある日の午後、いつものように海岸を散歩中だった父が、岩場で心臓発作を起こして死亡していたのを発見したのは、ジェイソン自身だった。当時、ジェイソンたちはすでに世界最高の気象観測所を建設し、隠れ蓑となる電磁場を発生させることもできるようになっていた。最初は気球で気象を操作していたが、ほどなく最初の衛星を購入し、ジェイソンはコハテ家のビジネスを次のレベルに引きあげた。史上最高に安定したコイルを完成させ、ビジネスに不可欠な放電装置を開発したのだ。

島に残ろうと決意したのは、あのときだった。

いや、決意など必要なかった。父親が亡くなった時点で、ジェイソンはコハテ家の将来を背負わなければならなくなった。いま使っている、信じがたいほどのパワーを持つコイルを作りあげたころ、妻のダイアナが出産で亡くなった。風変わりなジェイソンを愛してくれたダイアナが遺した女の子を、ジェイソンはヘレンと名付けた。

長じたヘレンは、科学者にはならなかった――科学者の枠におさまらなかったのだ。彼女は創造者であり、ジェネシス・グループの創立者であるアップルトン・コハテも敵わないほど、強い意志を抱いた冒険者だった。聖櫃を捜し出すことの意味を真に理解していた。聖櫃が一族と世界になにをもたらすのかわかっていた。なによりも、ヘレンは根っから善良だった。ヘレンが何千年も埋まっていた古い秘密を発見することに熱意を注いでいたのを思い出すと、いまでも顔がほころぶ。

　はじめてヘレンが発掘現場へ出発した日、ジェイソンは死ぬまでこの島に住むと決めた。一族の技術を守るために、世界から隔絶したこの島の基地を住まいにした。ヘレンを守るため、一族に資金を供給しつづけるため、ジェネシス・グループに業界トップの地位を確保するため、みずから自由をなげうったのだ。

30

ニューヨーク州ニューヨーク市
連邦合同庁舎《フェデラル・プラザ》二十六番地二十二階
連邦捜査局《FBI》ニューヨーク支局
〈闇の目〉本部

ベンはもう一度ノートに目を通し、携帯電話を取り出すと、ルイーザから教わったロンドンのメリンダ・セント・ジャーメインに電話をかけた。こともあろうに、彼女は国会議員だった――まったく、ニコラスはイングランドの大物をひとり残らず知っているのだろうか？　メリンダの母親の伝記作家が亡くなったのは残念だ。しかも、亡くなったのはつい最近ときている。

メリンダ・セント・ジャーメインは、最初の呼び出し音で応答した。きびきびした美しい声で、ニコラスの歯切れのよい発音に似ている。ベンは頰をゆるめながら口火を切った。「ミズ・セント・ジャーメインですね。同僚のニコラス・ドラモンドにあなたの番号を聞きました。お母さまの資料を拝見したく、ロンドンのお宅にうかがいたいのですが」

「ニコラス！　母の葬儀にメッセージをいただいたわ。ご家族にも、心のこもったお花をちょうだいしたのよ。母の資料をごらんになりたいの？」

「ええ、拝見させていただけますか？」

　メリンダはしばし沈黙したのちに答えた。「いまちょっと忙しいのよ。どんな資料をごらんになりたいの？」

「お母さまは、アップルトン・コハテという人物の伝記をお書きになっていますね」

「ああ、そうね、書いたわ。たしか三年前に出版されたのよ。優秀だった母とちがって、わたしはチャーチル以外の歴史上の人物に興味が持てなくて。残念だけど、いまでも目に浮かぶわ、戦車のおもちゃで遊んでいるわたしを、眼鏡の上から不満そうに見ている母の顔が」メリンダが声を詰まらせた。「母の死は、ほんとうに突然だったの」

「お母さまはすばらしい方だったんですね。お悔やみを申し上げます、ミズ・セント・ジャーメイン」

「ごめんなさいね、まだ動揺しているみたいなの。それで、どうしてアップルトン・

コハテの伝記が必要なの？」

「われわれは、アップルトン・コハテが契約の箱を熱心に捜していたことや、ジェネシス・グループの創立者であることは知っています。しかし、ある事件の捜査で壁に突き当たっているんです。ニコラスは、お母さまの調査資料やメモなどに、コハテや彼の一族に関して新しい情報が含まれているのではないかと考えています。コハテの世界を手っ取り早く知りたいんです」

「なるほどね。家の裏の物置は、母のメモで天井まで埋まっているわ。どうぞ、自由に捜してちょうだい。どのみち、ちょっと整理しなければならないのよ、出版社からせっつかれていて……。ああ、あなたがたはご存じないわね。母はコハテの伝記に加筆したものを完成させていたの。コハテと彼の一族について、さらに深く掘りさげたものをね」メリンダはため息をついた。「出版社から、出版可能かどうか原稿を見たいと言われているの。でも、原稿を捜す時間がなくて。捜してくれる人さえいればおまかせしたいの」

「ありがとうございます、先生。ぼくはこれからニューヨークを発ちます。できるだけ早くうかがいます」

「先生はやめてちょうだい」

「はい、せん――わかりました」

「メリンダと呼んでね」

ベンはほほえみながら彼女の名前を繰り返し、電話を切った。それからニコラスに電話をかけ、これからロンドンへ飛ぶと告げた。

ニコラスは言った。「きみもメリンダを気に入るよ。じつに有能で、いずれはわが国を引っぱっていく人だ。感謝するよ、ベン。また連絡する。よろしく」


四十五分後、ニコラスとマイクとキツネは、アダムとルイーザに別れを告げた。ルイーザは、スペイン語は話せてもイタリア語は無理だ、イタリア人に混じって仕事をするのは大変だと、ぶつぶつこぼしていた。クランシーとトライデントは、きっかり十分後に飛行機を離陸させた。ふたりが訊きたいことを山ほど抱えているのは明らかだったが、すべて解決するまで待ち、ビールで祝いながら答えを聞くつもりでいるらしい。

着陸すると、レンタカーが待っていた。ほとんど新品のグレーのシュコダ・オクタヴィアだ。中型のマニュアル車で、三人でゆったりと乗ることができる。ニコラスは車が気に入った。ゲームの道具なのだから、快適なドライブができる性能は大切だ。

カステル・リゴネの地図は、携帯電話に開いてある。

ハイウェイに乗り入れながら、ニコラスはマイクがなにか考えていることに気づいた。「わたしたち全員が殺されずにグラントを救出する方法を考えなければならない。玄関をノックして、グラントに会いたいって言うわけにもいかないし」

キツネが言った。「彼らの目的はわたしよ」ニコラスを見やる。「ワルサーは二挺持ってる」

ニコラスは言った。「昨日サン・マルコ広場であんな目にあったということは、ぼくたち全員が狙われていると思ったほうがいい。キツネ、きみの銃の腕前はすばらしいけれど、ワルサーを持っていようが、きみを囮《おとり》にすることはできないよ。マイクの言うとおり、こっそり侵入する方法を考えよう」

田舎へ向かうにつれて、道路はどんどん空いていった。ニコラスはバックミラーに目をやり、スモークガラスの黒いセダンが数台後ろからついてくることに気づいた。

マイクが言った。「ニコラス、あの黒い車がいやな感じなんだけど、見える？　十五メートルほど後ろにいるわ」

ニコラスはほほえんだ。「ああ、ぼくも気に入らないなと思っていたんだ。よからぬことを考えているのか確かめてみよう」アクセルを踏みこむ。後ろのセダンもスピードをあげて追いかけてきた。

キツネが言った。「次を右、いまよ！　この道は知ってる」

ニコラスはハンドルを右に切り、狭い未舗装の道に車をすべりこませた。道はトラクターの轍だらけで、その理由はすぐにわかった。右も左もオリーブ畑なのだ。

後ろのセダンも、ぎりぎりで右折してきた。運転手は有能らしく、たちまち体勢を立てなおして猛スピードで追いかけてくる。

マイクが見ていると、セダンの助手席の窓があき、拳銃が出てきた。助手席の男は三発連射した。キツネが反撃する。二発目がセダンのサイドミラーを壊した。

「あいつらをまいて、ニコラス！」

「やってみる」ニコラスは車の尻を振ってジグザグに蛇行させ、狙いをつけにくくした。「ぼくの腰からグロックを取ってくれ、マイク。ポケットにマガジンの替えが入っている。急げ、また撃ってくるぞ」

マイクはニコラスのグロックとマガジンを取り、後部座席へ移ると、窓から発砲しはじめた。

「ニコラス、運転手はゆうべ病院の外の広場にいたやつに似てる。おっと、気をつけて！」

ニコラスは危うくハンドルを右に切りそこねたが、かろうじてシュコダをでこぼこ道に戻した。だが、セダンはそれほど運がよくなかったらしく、オリーブの木にぶつかった。それでもなんとか道に戻ってきた。

リアウィンドウに銃弾が命中し、ガラスが割れた。キツネがワルサーを構えてどなった。

「いいかげんにしてよね！」立てつづけにセダンに弾を撃ちこむ。フロントガラスにひびが入り、左右のヘッドライトがはじけた。セダンは左へそれ、また道に戻った。キツネが叫ぶ。「ニコラス、もうすぐ二車線の砂利道と交差するわ。曲がりくねった下り坂になる。気をつけてね、観光客に人気のある道だから。それに、急カーブが多いの」

ニコラスはタイヤをきしませて砂利道に入った。とたんに、前方に三台の車が見えた。三台はあわてて路肩に車を寄せてシュコダを通した。クラクションや大声の悪態が飛んできた。ニコラスは、セダンが赤いアルファロメオの横腹に接触し、ふたたびスピードをあげるのを見ていた。自身もアクセルを踏みこみ、バイクをはねそうになりながらもカーブを曲がる。と同時に、前方から走ってくる車列に危うく突っこみかけて急ブレーキを踏んだ。マイクとキツネはシートにたたきつけられた。

マイクはキツネの腕をつかまえた。「ちょっとニコラス、わたしたちを殺さないでよ」

ニコラスはバックミラー越しに、マイクににやりと笑ってみせた。

三人は銃弾に追い立てられ、激しく揺れるシュコダのなかで叫びながら坂をくだった。

キツネはグラントに教わったとおり、二挺のワルサーから切れ目なくリズミカルに弾を発射していた。三発連続でセダンのフロントガラスに当たり、三発目でガラスが完全に割れた。ガラスは車内に降り注ぎ、セダンは酔っ払ったかのように蛇行しはじめた。

「これで少しスピードが落ちるでしょ」

「よくやったわ、でもまだ追いかけてくる」マイクは言った。「前輪を狙って。完全に動けなくしてやらなくちゃ」

ニコラスは、キツネが新しいマガジンをワルサーに装填する音を聞いた。バックミラーに、ふたたび発砲しようと狙いを定めているマイクが映っていた。

大声で尋ねた。「もしかして弾が足りなくなりそうなのか?」

「そうよ、だからはずさないよう、できるだけまっすぐ走って。ニコラス、もうすぐ追いつかれそうよ。キツネ、タイヤを狙うの。エンジンでもいい。とにかくあいつらを止めたい」

突然、左側の未舗装の狭い坂道からべつの黒いセダンがおりてくるのが見え、ニコラスは心臓が止まるかと思った。このままでは衝突してしまう。「つかまれ！」

二代目のセダンがためらうそぶりもみせずに突っこんでくる。ニコラスは土壇場でアクセルを踏み、間一髪で衝突を逃れた。だが、後部パネルに接触され、シュコダはスピンした。タイヤが悲鳴をあげる。ニコラスは数年前に特殊部隊で教官に教わったとおり、意識を集中させた。ゆっくりと、ごくゆっくりとハンドルをまわし、わずかにブレーキを踏んでそっと放す。尻を振っていた車は、正常に戻った。

つかのま、二台の車は平行して走った。ニコラスは叫んだ。「踏んばれ！」ハンドルを左に大きく切り、シュコダをセダンにぶつけた。金属がこすれる不愉快な音がした直後、三人の目の前でセダンはつかのまななめにかしいで道をはずれたが、ふたたび体勢をととのえてシュコダの後ろについた。

ニコラスは精一杯やったが、いまでは二台のセダンに少なくとも四人の男が分乗して追いかけてくる。キツネとマイクは窓から交互に発砲し、飛んでくる弾をよけた。

マイクは叫んだ。「ひとりに当たったわ、死んでないけど、とりあえずそいつはもう銃を使えない。ほら、キツネもがんばって」

「運転手をやるわ。運転手を始末したい」

三発目が運転手に当たった。キツネは彼がハンドルにぐったりと覆いかぶさったのを確認した。セダンは派手にスピンして道路をそれ、鼻から溝に突っこむと、さらに二回転してオリーブ畑でひっくり返って止まった。

リアウィンドウに銃弾が当たってついにガラスが粉々になった。弾はキツネのすぐ横を飛んでいった。

キツネもマイクもとっさに伏せた。

ニコラスはキツネの声を聞いた。「いまの一発、わたしの髪をかすめたわ」

「がんばれ。曲がるぞ」ニコラスはシフトダウンし、かろうじて急カーブを曲がった。前方に葡萄畑と、道路で待っている車の列が見えた。

「二台目を早く追い払ってくれ。とんでもないことになる!」

二台目の運転手を仕留めたのはマイクだった。運転手は撃たれた拍子にアクセルを踏んでしまったらしく、セダンは加速した。助手席の男は、ハンドルに突っ伏した運転手を抱き起こそうと必死になるあまり、マイクに狙われていることに気づいてもいなかった。弾は男の首に命中した。キツネとマイクは、セダンが道をはずれて急な土手を転がり落ちていくのを見ていた。あと百メートル走っていれば、ワインを試飲しにきた観光客の列に突っこむところだった。

ニコラスはシュコダのスピードを落とし、胸の鼓動も静めようとした。「きみたちのおかげで助かった。連中の仲間が現れないか、気をつけてくれ」

シュコダはくだり坂をおりつづけた。やがて、ニコラスは路肩に車を寄せてエンジンを切った。まだ胸のなかで心臓がティンパニのような音をたてている。危なかった、ほんとうに危なかった。運転席から後ろを向く。「お姐《レディーズ》さんがた、よくやった、じつによくやったよ」

キツネが笑った。「あなたの運転も悪くなかったわ、お兄さん。グラントと同じくらい上手」

「レディ特別捜査官って言いなさいよ」と、マイクがニコラスの腕をぴしゃりとたたく。

ニコラスはマイクを見て頬をゆるめた。風で髪はくしゃくしゃに乱れ、目が潤んでいる。空も飛べそうなほど興奮しているにちがいない。キツネも興奮と緊張で目を丸くし、風に肌を紅潮させて、やはりマイクと一緒に飛んでいきそうに見える。ニコラスはマイクに万一のことがあったらという恐怖を抱いていたが、じわじわと安堵に包まれた。アドレナリンによる興奮が一気におさまったら三人ともぐったりするかもしれない。だが、まだ倒れるわけにはいかない。

マイクが言った。「アダムの様子を確認したほうがいいわ。なぜ高速でイタリアの田舎道をぶっ飛ばしてるのか、いまごろ不思議に思ってるはずよ」

ニコラスは、無事だったペットボトルの水を片手でふたりに渡した。「飲んでくれ」自分もひと口水を飲み、深く息を吸った。「まだアダムには電話しないでくれないか」

「なぜ？」

「敵はなぜぼくたちがここに来るのを知っていたんだ、マイク？　あらかじめ知っていなければ、さっきの二チームを配備することはできなかっただろう？」

キツネが答えた。「わたしたちは盗聴されてる。会話を聞かれてる。むこうはあなたたちを監視できるわ。失礼にも、監視してるのよ」

マイクは自分の頭をたたいた。「いままで気づいていなかったなんて、わたしはなんてばかだったんだろう――あのホテルの受付係よ。ニコラス、あの魔女があなたの部屋をアップグレードしたのは、あなたと寝たかったからじゃないわ。わたしたちの会話を盗聴したかったから、あのスイートルームをあてがったのよ。まあ、あの女は個人的にあなたと寝たいって思ったにちがいないけど」

「だけど、そもそもカラビニエリはぼくたちが来るのを知っていた。ぼくたちは応援を要請したじゃないか。でも来なかった」

「そうじゃなくて。わたしたちがキツネについてなにを知っているのか、わたしたちがどこへ行くのか、なにをするつもりなのか、そういうことを知りたかったのよ。それから、衛星の電波を妨害した。高い地位にある人物ならできるわ。たとえばルッソ少佐とか。まちがいない、ルッソはコハテの手下よ」

マイクは携帯電話をいじった。「わたしの携帯は暗号化してるから、待ち伏せされたことをアダムにメールする。リアがいれば、一瞬で敵の電波を混乱させてくれるのに」

「ぼくたちがカステル・リゴネに着いたらもっと監視を厳しくしてほしいと、アダムに伝えてくれ。いまからぼくたちの一挙手一投足に注目してほしいんだ」

「わかった。アダムが見張っててくれれば、わたしたちも助かる」

キツネが言った。「ねえ、ちょっと思いついたことがあるんだけど。カステル・リゴネはとても古い町で、あちこちにトンネルがあるの――エトルリア人の遺跡よ。ひょっとしたら、コハテの城の地下にもトンネルがあるかもしれない。アダムに調べてもらって、結果を急いで送ってもらえないかしら」

31

イタリア　カステル・リゴネ
コハテ城

カサンドラは、小さなカステル・リゴネの町を見渡す丘にそびえる城のバルコニーに立っていた。周囲には美しくのどかなウンブリアの風景が広がり、トラシメーノ湖の水面が午後の日差しに輝いている。カサンドラとエイジャクスは、十四世紀からこの自然豊かな丘にまたがる古い城塞で育ち、七十室ある部屋のどれも隅々まで知りつくしていた。何カ所もある塔のひとつには、町にときを告げる鐘が備わっている。子どものころ、エイジャクスがふざけて耳がじんじんするほど鐘を鳴らしたことがあった。

テンプル騎士団の物語が大好きなカサンドラは、彼らがこの城を、この町を故郷と呼び、迫害されて避難したという事実を光栄に思っていた。

好きな花はなにかと訊かれたら、いつもためらいなくテンプル騎士団の薔薇と答えた。いまでもカステル・リゴネのそこらじゅうに、その意匠を見かけることができる——ドアの上のまぐさ石や暖炉の周囲、石塀など、城や町のあちこちに彫りこまれている。

子どものころは、テンプル騎士団が大きな暖炉の前に集合しているところをよく想像した。彼らは、迫りくる死を覚悟しながらも、最期までたがいを強く信じ、忠誠でありつづけたという。

祖父は、娘が結婚した日に、この城を娘夫婦に譲り渡した。だが、夫婦はカサンドラとエイジャクスほどにはこの城を愛していなかったようだ。ふたりがほんとうに愛していたのは、城の地下に眠っているものだった。城の修復は双子にまかされた。

エイジャクスが隣へ来て、ウンブリアの甘い空気を吸いこんだ。「ぼくはずっと、テンプル騎士団の人々にも愛人がいたのだろうかと考えていた。いたと思いたいよ。彼らにも温もりや慰めが必要だっただろう」

「あなたとリリスみたいに?」

エイジャクスはカサンドラのほうを向いてかぶりを振った。「いまは聖櫃捜しに集中しよう」母親の地図を取り出す。「もっと詳しく書いてほしかったな。山の名前しか書いてないから、たいして役に立たないよ」

「でも、お母さまがなんとかここへ聖櫃を持ち帰ったと信じるしかないわ。ここに埋まっていると信じなければ、なにもできないじゃない？」

エイジャクスは、ずっと自分をいらだたせている疑問を口にした。「お母さまがゴビ砂漠から聖櫃を持ち出したのなら、お母さま本人はいまどこにいるんだろう？　なぜ聖櫃を置いて、またいなくなったんだ？」

「わたしたちに接触するのを恐れているのよ。見つかるのを恐れている。わたしたちに聖櫃を託すために、ここに置いていったのだと思う。作業員を増やしましょう、エイジャクス。もっと真剣に聖櫃を捜させなくちゃ。テンプル騎士団の宝物はもういいわ」

「この三十年、町の地下も含めてあちこち掘り返しただろう。それでも、テンプル騎士団が掘った秘密のトンネルはいまだに見つかる。うちの美術室だって、宝物であふれかえってるし」エイジャクスはため息をついた。「それにしても、ぼくらの栄光の宝物はどこにあるんだろう？　聖櫃はどこにある？」

十分後、カサンドラはヒノキ材の机の前に座った。家政婦がスイートオレンジの香りのオイルで磨いている机は、つややかに輝いている。ここはカサンドラ専用の書斎で、自身が選んだ温かみのある木材と大好きな中世のタペストリーでととのえた聖域だ。

机の中央に、智天使の翼が置いてある。これが本物であることを証明しなければならない。考古学界ではなく、エイジャクスと自分に証明するのだ。ゴビ砂漠でこのすばらしい逸品が見つかったことは、外に漏らしてはならない。

きっと母親も同じことをしたのだろうと思いながら、カサンドラは翼をじっくりと眺め、畏怖と愛情をこめて触れた。もっとよく目を凝らせば、翼は母の幻影を見せてくれるのではないか。

だが、いまはほかにしなければならないことがある。祖父がバミューダ海域からカリブ海へ移動させた嵐の新しい針路を知りたい。

机の下のボタンを押すと、紙のように薄い大きなスクリーンが机の上に立ちあがった。横幅は机の幅とほぼ同じだが、うっすらと透けているので、だれかが部屋に入ってくればすぐにわかる。入ってきた者には、スクリーンに映っているものが見えない。これを発明したのは祖父だ。テレプロンプターのような外見だが、スクリーンの映像はホログラフィのようで、空中に浮きあがって見える。スクリーンは四分割され、二面はジェネシス・グループの仕事用で、もう二面はバミューダ・トライアングルの祖父のコントロールルームにつながっているので、祖父が発生させた嵐をリアルタイムで監視できる。発生中の嵐の様子や、衛星の状況もわかる。

周回する衛星を眺めながら、カサンドラは祖父が作りあげたテクノロジーの力にあらためて目をみはった。前世紀末にニコラ・テスラとアップルトン・コハテによって、有名なテスラ・コイルの初期版をもとに開発された気象操作マシンがここまで進化したのだ。一族が受け継いできた書簡には、アップルトンがテスラにダ・ヴィンチの描いた〝ラ・マシーナ〟という機械の設計図と資料を見せたと書いてあった。テスラがダ・ヴィンチのアイデアをふくらませ、ふたりで試作を幾度となく繰り返し、一定の成功を収めた。

当初の方法では、制御されていない大きな気球を打ちあげ、強力な電界で熱した雲《うん》粒《りゅう》形成促進剤をばらまいた。さまざまな強さの嵐を発生させることができ、自然に発生した嵐を拡大することも可能だった。だが、アップルトンが求めたようなレベルまで、気象を自在に操作することはできなかった。

しかし現在では、祖父が設計した衛星と放電装置により、半径七十五キロ以内の大気に的確な電圧をかけ、その区域の気象条件次第で暴風や雷雨をピンポイントで発生させることができる。祖父の才能がなければ、最新のテクノロジーを駆使してアップルトンとテスラの概念を実用化することなど到底できなかったと、カサンドラは承知している。祖父が仕組みを説明してくれたので、カサンドラもその一部は理解していた。嵐を発生させるには、三基の衛星からレーザーを一点に照射して、大気に巨大な電荷をかける。それによって粒子間で連鎖反応が起き、結果として大規模な放電が起きる。つまり、巨大な稲妻が発生する。空中でファイアストームが起きるようなものだ。祖父が引き起こす爆発の渦が大規模な下降気流を生み、その周囲で上昇気流が発生する。空気が湿っていれば、大きな雨雲があっというまに形成される。湿度が低ければ、気流は地上に押し寄せる。海面上の大気は不安定になり、たちまち強力なハリケーンになる。

カサンドラも、よく晴れた空に金色のギザギザした突起のついた球を包んだ小さな雲が出現し、またたくまにふくらんでいくのを目の当たりにしたことがある。雲はまばゆく輝く火の球を包みこんだまま、竜巻のように回転しながら上昇し、暴風を起こした。嵐はみずからが生み出した風に乗って移動し、狙いどおりに激しいハリケーンとなって陸を直撃した。それは、うっとりするような光景だった。エイジャクスは充分に仕組みを理解しているので、まもなく祖父のあとを継ぐことになるだろう。実権を握って重要な判断をくだすのは、祖父ではなくエイジャクスと自分になる。

なんてすばらしいことだろう。祖父は長年のあいだに気象操作の技術に磨きをかけ、狙った地域に災害を発生させ、災害に影響を受ける保険や建築、資材関連の株を大量に空買い空売りすることで、ジェネシス・グループの財源をつねに潤してきた。蜘蛛の巣のように複雑なグループの金融部門は、ランドリー・ロジャーズという切れ者のアナリストがシンガポールで監督している。ロジャーズはイギリス人で、この仕事にふさわしく何年も前から腐敗した魂の持ち主だ。祖父が気圧を操る達人だとすれば、ロジャーズは市場を操作することに長けている。

アップルトンとテスラが生きていたら誇りに思うだろう。彼らの考え出した概念が――いや、ダ・ヴィンチの概念だ――百年もたたないうちに完璧に実用化されたのだから。

カサンドラは椅子の背にもたれ、スクリーンを眺めた。突然、金色の智天使の翼の端が日光を反射し、きらきらと輝いた。カサンドラは翼の端を人差し指でなぞった。羽根を模して黄金に彫りこまれた模様だと考えていたものが、明るい日差しを浴びて、さらにくっきりと見えた。これは模様ではない――黄金に彫りこまれているのは象形文字だ。

机の抽斗《ひきだし》から拡大シートを取り出し、翼を丹念に観察した。象形文字をはじめて見るわけではないが、読むことはできない。これは聖櫃が作られたときから彫りこまれていたのだろうか、それとものちにつけくわえられたものだろうか？

顔をあげたとき、書斎にエイジャクスが入ってきた。

「なにをしてるんだ？」

カサンドラは電話を指さした。「あなたを呼ぼうと思ってたの。これを見て。翼の端に、記号か象形文字のようなものが彫りこまれているの。どっちかわからないけれど。いつ彫りこまれたのかもわからないわ」

カサンドラは拡大シートをエイジャクスに渡した。彼は翼の上に屈みこんだ。顔をあげたエイジャクスの瞳は、翼と同じくらい輝いていた。

「楔形《せっけい》文字に見える。楔形文字は、モーセの時代より千年以上前から使われていた」

「モーセの時代のものだったらヘブライ文字でなければおかしくない？」

「そう考えるのが論理的だね。紙と鉛筆をくれ。解読してみる」

カサンドラは言われたとおりにした。エイジャクスは翼に顔を近づけ、紙に文字を書き取った。「解読するのに少し時間がかかりそうだ。でも、少しならいまでもわかる——いや、ぼくの思い違いだ。これはフェニキア文字だよ。そのほうが、筋が通ってるし、解読もしやすい。ほら、これは扉をあらわす。これは……」エイジャクスはふと言葉を切った。

「なに？　どうしたの？」

「武器だ」

カサンドラは、その文字をまじまじと見つめた。

エイジャクスはしばらく文字を書き写してから、双子の妹と目を合わせた。「これは警告だよ。〝この扉のむこうに強力な武器がある。扉をあければ死ぬ〟、と書いてある」

「どういう意味かしら？」

「聖櫃の力と関係がありそうだ。レビ人でもコハテ人でもない者たちに対する警告だろう。ぼくたちは大丈夫だ。だけど、聖櫃そのものを見つける手がかりにはならないな。ただし――」エイジャクスは黙って智天使の翼を見つめた。「ただし、翼がぼくたちを聖櫃の本体に導いてくれるかもしれない」

「不思議な力かなにかで？　あなたが温もりを感じて、わたしが羽音を聞いたみたいに？　ちぎれた翼が智天使を捜していると信じてるの？」

エイジャクスは肩をすくめた。「さあ。そもそもぼくは、南東の新しい現場で発掘をはじめるように指示したって言いにきたんだ。まだ徹底的に掘っていない、数少ない場所のひとつだ」

「それはいいことね。でも、まずしなければならないことがあるわ。おじいさまに警告しなくちゃ」カサンドラは暗号化された衛星電話を取り、バミューダ・トライアングルに浮かぶジェネシス・グループの真の本部へ、面倒な手順を踏んで電話をかけはじめた。番号を押し終える前に、オフィスのドアをノックする音がした。

「どうぞ」

リリスが入ってきた。エイジャクスは彼女の顔を見たとたん、さっと立ちあがった。

「どうした？」

「まずいことになったわ。とてもまずい。ルッソ少佐が失敗したの。彼らがここへ来るわ――ＦＢＩとフォックスが」

32

エイジャクスはリリスのほうへ首を巡らせ、穏やかな声で言った。「どういうことかな、リリス。どうして連中がぼくたちのことを知ってるんだ？」

「わからない」リリスは一歩あとずさり、エイジャクスの顔を探るように見た。

ふたたび、不自然なほど穏やかな声。「わからない、わからないわけがないだろう、リリス。なぜこんなことになったのか、きみが知らないわけがない。きみは元ＭＩ５だ。連中のことは知りつくしているはずじゃないか。彼らの技能も、力量も。きみが主導権を握って、すべてを実行していた。今回は、完全にきみの失敗だ」

「わたしのせいじゃないわ。ルッソの手下が連中を始末するはずだったのよ。でも、全員殺された。わたしが追いついたときにひとりだけ生き残っていた男が、ドラモンドを殺せなかったと言っていたわ。でも、役立たずにもそれだけ言い残して死んでしまった。わたしはあなたたちに警告しにきたの」

カサンドラはおもむろに立ちあがり、机に両手をついた。彼女の声は、兄とちがって氷の破片のように鋭かった。「リリス、あなたの失敗よ。あなたが全責任を負っていたんでしょう——泥棒を殺すのを失敗したときに、夫をさらって誘き寄せようと考えたのはあなたよ。それなのに、いまさらルッソのせいにするの？」

リリスは逃げ出したかった。ドアから走ってどこまでも逃げたかった。唇を舐める。

「ドラモンドは、だれの想像も及ばないほど有能なのよ」

「カサンドラの言うとおりだよ」エイジャクスが言った。「いつも責任について講釈を垂れるのはきみだろう、リリス。ほめ言葉ばかり聞くのではなく、失敗に対する責めの言葉にも耳を傾けるべきだと、しょっちゅう言ってるじゃないか。ちがうか？」

「ちがわないわ、でもエイジャクス、ＦＢＩが——あのドラモンドって捜査官が、ルッソの手下を出し抜くとは想像できなかったのよ。ルッソはみずから仕込んだ殺し屋を自慢していたわ、あなただってルッソが長年みごとな仕事ぶりを見せてきたことは認めるでしょう」

エイジャクスがリリスを引き寄せ、両腕で優しく抱きしめた。リリスはたちまち力を抜いた。エイジャクスは彼女の髪を指で梳《す》きながらこめかみに唇をあててささやいた。「そのドラモンドってやつは魔法使いじゃないかという気がしてきたよ。きっと杖を振ってロッソの手下を始末したんだな」リリスにキスをし、体を引く。

柄までナイフが深々と胸に刺さっていることに、リリスは気づいていなかった。「さようなら、リリス」と、遠くからエイジャクスのやわらかな声が聞こえたが、そこに残念そうな響きはなかった。まったくなかった。エイジャクスの腕に抱かれてこときれたリリスの頭のなかでは、彼の優しい声が、このうえなく優しい声が響いていた。

エイジャクスはリリスをそっと床に横たえた。ナイフを抜き、リリスの黒いパンツで刃を拭った。

そして、じっと動かずに見ていたカサンドラの顔を見あげた。「リリスが恋しくなるだろうな」

カサンドラは言った。「連中が来るわ」

エイジャクスは屈んでリリスを抱きあげ、肩にかついだ。「すぐ戻る。トンネルにリリスを埋めてくるよ。カサンドラ、ジェネシスの公開サーバーをクラッシュさせて、システムに不正侵入があった、まもなく復旧予定とエラーメッセージを表示しろ。ドラモンドとかいうやつの仲間がうちのサーバーに侵入してきたら困る」

カサンドラはうなずいた。

エイジャクスはドアの前で足を止めた。「FBI捜査官を阻止する方法を考えよう。ぼくたちのことを調べあげたくらいだから、頭のいい連中だ。そうだとすれば、ぼくたちが天気をいじっていることにも気づいているかもしれない」

「わたしに考えがあるの」カサンドラは興奮に目を輝かせた。「おじいさまに頼んで、ワシントンDCを消してもらいましょう。ハリケーンか津波でぺしゃんこにしてやるのよ。ホワイトハウスも崩れて、FBIの本部も崩れて——カオスになるわ。FBIの連中も、わたしたちなんかにかまっていられなくなる」

エイジャクスは目を丸くした。「最高だ。でも、そろそろドラモンドたちがここへ到着する。やつらがどこまで知っているのか確かめないと。そのあと、必要があればおじいさまに動いてもらおう」眉をひそめ、リリスを反対側の肩にかつぎなおした。

「おじいさまがアメリカの首都を破壊してくれるかなあ。ぼくたちを助けるために」

「おじいさまに拒まれても、すでに発生した嵐をプログラムしなおすことはわたしたちにもできるわ。このあいだみたいに」

「ああ、それはできるけど、おじいさまのマニュアルが手元になければ、嵐の針路をプログラムすることはできないよ」

「そう、そのマニュアルはあのいまいましい金庫室のなかにある」カサンドラはほほえんだ。「大丈夫よ、なんとかなるわ。想像して、あなたとわたしの前に国全体がひざまずくのよ。そうなれば、わたしたちは生きのびることができる」

33

イタリア　カステル・リゴネ

カステル・リゴネへシュコダを飛ばしていると、ニコラスとマイクの携帯電話が鳴った。

マイクが言った。「車を止めて。アダムのほうが速かった。コハテ城の見取り図が届いたわ。とんでもなく広いみたい」

ニコラスは車を路肩へ寄せ、ひとけのない小さな農家の私道に入れた。それから、マイクとキツネと、三人でニコラスのタブレットに表示した四ページ分の設計図を見た。

マイクが口笛を吹いた。「こんなものを手に入れるなんて、アダムは最高よ。見て、広さ三千平方メートルですって。わたしたち三人ではカバーしきれないわ。それに、これはなに？」

設計図には、べつの書類が添付されていた。「ベンからよ」マイクはスクロールした。「ベンがアダムに送ってきたものを転送してくれたのね。一九〇五年にコハテ家が城を買うまでの来歴。以前は町全体が秘密結社のテンプル騎士団の本拠と言われていたんだって。あと二十ページ、おもしろい読み物がつづくわ」と笑う。「わたしたちを混乱させないよう、自分の推測を全部赤でタイプしてる」

キツネが言った。「正面玄関じゃなくて裏口から入っていく方法があるはずよ。こんなに古い城だもの、きっと地下牢だの大昔の地下室だのがあるわ。そこにグラントが閉じこめられているのよ。リリスが監督していたからには、みんなグラントがどんなに危険な男か知っている。だから、普通の客室に入れたりしないわ」髪をかきあげる。「たぶん、薬を飲まされているはず」

ニコラスがタブレットを指さした。「正面入口は町のど真ん中にある広場に面していて、さらに二カ所、山の斜面のことここに入口がある。警備員がいるかどうかはわからないが、武装した人間が数人いると考えるのが妥当だろう」

キツネが言った。「待って、ほら――これがわたしの言っていたトンネル。山の地下には何本ものトンネルがあって、町の地下でまじわりながら、城の地下に通じている。町中にトンネルがあるのよ。前にも言ったように、ここにはエトルリア人が住んでいた――だから、長年のあいだに発掘された遺跡がそこらじゅうにあるの。トンネルの入口さえわかれば、グラントを捜しにいけるのに」

マイクが言った。「なるほど、トンネルが城につながっているというのはわかるわ。でもキツネ、発掘していたのは何年も前なんでしょう？　もしかしたら、トンネルの入口が閉鎖されていたり、途中が崩落していたりするかもよ」

ニコラスが片方の眉をあげた。「パリの地下聖堂で過ごしたあの愉快な一夜を思い出したのか？」

マイクは身震いした。「そうよ。わたしは絶対に、山の地下で散歩したりしませんからね。でも、キツネひとりで行かせるのも心配だし」

キツネが言った。「ベンがくれたトンネルの略図を見せて。ほら。これは、放置されているエトルリア遺跡よ。イタリア政府に訊けば、ちゃんと保存されていると言うでしょうけど。このトンネルは城の裏手の壁のなかに通じてる。おそらく、城の地下に出られるわ。わたしがトンネルをのぼっていくから、マイクはなかからドアをあけて、わたしを入れてくれればいいのよ」

マイクはうなずいた。「いい考えでしょう、ニコラス。トンネルがまだ使えるとすればね。地下でも通信機は使える？　城壁のこの入口から――」と、地図上の一点を指す。「――城の裏手の出口まで、一・五キロはあるけど」

「保証はできないな。増幅器はあるが。マイクとぼくは問題ないけれど、キツネはトンネルに入ったあと、いつまで通信をつづけられるかわからない。おそらく城の近くなら、地下でも通信できると思うんだ。問題は、そこまで近づけるかどうかだ」

マイクが言った。「もうひとつ問題がある」

「なんだ?」

「城のセキュリティはどうやって突破するの? 双子に頭があれば、自分たちだけで城にいるわけがないわ。裏口からのこのこ入っていくわけにもいかないし、城に入れば入ったで、こっちの動きはすべて見張られるでしょ。グラントを誘拐した実行犯が数人いたことはわかってる。彼らがおそらくグラントを監視してるはず。城の内部にはなにがあるかわからない。カメラとかセンサーとか——」

「そのことは考えた」ニコラスが言った。「アダムに相談してみよう」

アダムが電話に応答してから、ニコラスはスピーカーフォンに切り替えた。

「アダム、もうすぐ現地だ。カステル・リゴネの城だが——きみがどんな手を使って見取り図を手に入れたのか見当もつかないが、知りたくもないよ。とにかく、よくやった。セキュリティのスペックはわかったか?」

「ちょっと待って、もうすぐ資料のダウンロードが終わるから。ところで、さっきリアにちょっとだけ会ってきたんだ。だいぶ元気になったから、明日退院するんだって。リアのお父さんは超おもしろい人だよ。ドゥカーレ宮殿の館長室にいきなり入っていって、館長をランチに誘って、ほんとうにランチしたんだって、リアが言ってた。明日の飛行機で帰国するんじゃないかな」

「そうか。なにか問題はないか？」

「スイートルームで盗聴器を三個発見した。全部、処分したよ。ぼくたちはちゃんとやってる。ルイーザはいま部屋で沈没してるよ。ようやく広場の検証が終わったけど、ルッソ少佐からはありがとうのひとこともなかったらしい。銃撃戦があったときに助けにこられなくてごめんとも言われなかったって」アダムは鼻を鳴らした。「ルイーザはルッソに文句を言ったんじゃないかな。グレイにジェネシス・グループの財務調査を手伝ってもらってる。よし、ダウンロードが終わった」口笛を吹く。「こりゃ大変だ。城のセキュリティは万全。赤外線センサーから、モーションセンサー、無線監視カメラまで、なんでもそろってる。これだけのシステムを活用するには人数が必要だね、すごくお金がかかる」

「ただの個人宅にしては大げさなセキュリティだ」

「うん。やっぱりなにかあるよ、絶対に」

「では、どうすればそのセキュリティを突破できるんだろう？　キツネが城の裏手のトンネルから侵入して、マイクとぼくは正面から入るつもりなんだが」

「セキュリティのシステムを無効にする方法を考えないとね。電源を切っても無駄だよ、自家発電機も充分にあるし。一帯がしょっちゅう停電するんだろうな」

「電源を切っても無駄なら――」

電話のむこうで満面の笑みを浮かべているアダムが見えるようだった。「ひとつ方法があるよ。キットのなかに、電磁波シールド袋が入ってるよね？」

「ああ、入ってる。なるほど、いいことを思いついたな。ありがとう、思い出させてくれて。また連絡する。ぼくたちの動向を気にかけていてくれ。トラブルに見舞われても、頼るべき騎兵隊が頼れないんだから」

「そっちのカラビニエリに連絡しようか？」

「いや。やめておこう。どこにコハテ兄妹に買収された人間がいるかわからないからな」

「じゃあ、セキュリティをがんばってダウンさせてね」

「ありがとう」ニコラスは電話を切り、マイクににやりと笑ってみせた。「ずっと試してみたかったんだ」

マイクは言った。「知ってる。あなたもアダムも、もちろんグレイもでしょ。わたしたちが自分のいないところであれを使ったって知ったら、グレイはがっくりするでしょうね。うまくいけば、もっとがっくりする」

「ざっと試してはみたんだ。九十パーセントは大丈夫だと思う。でも、ニューヨークでテストしたときは、コントロールされた状況下だったからね。実地で試してみる価値はあるよ」

「試すって、なにを？」キツネが尋ねた。

「マイクロ電磁パルス——ＥＭＰ」

キツネはニコラスと手を打ちあわせた。「いつでも備えを欠かさない男って好きよ。マイクロ電磁パルスで、セキュリティ・システムを破壊するのね。でも——」

「ぼくはその三歩先を行ってる。マイクロ電磁パルスと一緒に使う電磁波シールド袋があるんだ。通信機や携帯電話、イヤフォンなど、この先も必要な電子機器をそれに入れる」

ニコラスは革のブリーフケースから、大きなジッパーつきビニール袋に似た、不透明な銀色の袋を取り出した。

「電子機器を全部これに入れてくれ」

キツネが尋ねた。「これって手作り？」

「そうだよ。携帯電話は？」

「ちょっと見せてくれない？　電磁パルスの装置を」

ニコラスはブリーフケースからトランプのケースほどの大きさの黒い箱を取り出した。太い導線を巻いたコイルと、小さなスイッチがついていた。

「電磁パルスの仕組みはシンプルなんだ。これは古いタイプを改良したものだ。基本的にはワット数をあげて、小さな電子機器だけでなく、もっと大きなものも壊せるようにしてある。場内のセキュリティ・システムも、これで簡単に破壊できるはずだ。スイッチを入れると、パルスが発生して、半径百メートル以内にある電子機器に触れずして破壊することができる。気をつけろ——電気ショックはごめんだろ」

キツネが言った。「あいにく、入れるものはなにもないわ。知ってのとおり、わたしは使い捨ての携帯しか持たないの」

「問題ないよ。きみの体内には発信器が入っているから、なにかあっても、居場所はすぐにわかる」

「あなたの考える解決法っていつもエレガントね、ニコラス」

マイクは鼻を鳴らした。

キツネがそんなふたりの様子に頰をゆるめた。「あなたたち、いつから寝てるの？」

沈黙。

「隠すことないわ、あなたたち、コ・イ・ヌールを巡ってわたしとささやかな冒険をしたとき、まるでおたがいの間合いをはかってるみたいだった。よかった。本気でそう言ってるのよ。人生は短いし壊れやすいし、未来だけを見なくちゃ。それは、わたしが長い時間をかけてようやく思い知ったこと。さあ、あなたたちがケージのなかでライオン兄妹を手懐《てなず》けようとしているあいだに、わたしはグラントを見つけて助け出すわ。準備はいい？」

「どうやって連れ出すんだ？」

「もと来た道を戻るの。トンネルを抜ける」

マイクがうなずいた。「わたしたちが連中を引きつけておくから、そのあいだにあなたは侵入して、グラントと脱出して。あなたに与えられるのは一時間が精一杯だと思う。それまでに、なんとか地下のドアにたどりついて、あなたを入れてあげる」

ニコラスが運転席から振り返った。「きみが迷ったり、ぼくたちがきみを迎えにいけないときのために、脱出方法を考えておいたほうがいい」

「目印がわりにパン屑を落としていくわ。あなたたちは、電磁パルスでセキュリティを破って、あのクレイジーな双子と話をつけて。殺されないようにね。マイク、地下のドアで会いましょう」

34

バミューダ・トライアングル

ジェイソンはぞっとしたが、驚いてはいなかった、双子が十六歳の誕生日を迎えてからこっち、ふたりのやることに驚いたためしはない。ふたりの顔を見つめながら、ふたりの口から出てくる言葉に耳を傾けた。リリスに言われて泥棒を殺そうとしたが、リリスが雇った連中がしくじった、そこで泥棒を誘き寄せるために夫グラント・ソーントンを誘拐させた、という。どうしてもそうするしかない、泥棒とその夫を殺して始末するしかない、とリリスにそそのかされたのだ、と。

ジェイソンはふたりの顔を見つめ、嘘を黙って聞いていた。それでも、静かな声を保った。「そのグラント・ソーントンという男は――リリスが誘拐した泥棒の夫は、いまどこにいるんだ?」

エイジャクスが答えた。「ヴェネツィアで泥棒と取引するはずでしたが、失敗したんです」

「それでおまえたちの部下があんなことになったのは知っている。世界中が知っている。とんでもない失敗だ」

「リリスの部下ですわ、おじいさま」カサンドラが言った。

「だから、リリスはソーントンをここへ連れてきたんですよ。城の地下牢に閉じこめています。泥棒はかならず来る、ふたりともいっぺんに始末できるって、リリスが言ったんです」エイジャクスが言った。

「なぜリリスはそんなふうに言いきるんだ?」

カサンドラが答えた。「泥棒が夫を心から愛しているから、助けるためならなんでもするって言っていました。ふたりとも捕まえさえすれば、すべて解決です」

「サン・マルコ広場にいたＦＢＩは?」

「問題ありません。わたしたちを逮捕するつもりでここへ来るのなら、すべてリリスのしたことだと言ってやります――トプカプ宮殿から杖を盗ませたのもリリスだと言えばいい。なにも心配ありませんわ、おじいさま」

「しかし、アロンの杖を盗ませたのは、おまえたちではないか」

「わたしたちはコハテですもの。あれが偽物だと確認するのは、わたしたちの務めです」

「ほう、それで偽物はどうしたんだ?」

「処分しました」エイジャクスは肩をすくめた。

「なぜ泥棒に報酬を払って終わりにしなかったのか、わたしにはいまでも理解できない」

つかのま沈黙がおりたのち、エイジャクスが口を開いた。「もう一度言いますが、決めたのはリリスです。きちんと片を付けておかないと、あとでトラブルになると言ったんです。いまとなっては、しかたないでしょう。リリスはスコットランドに帰ると言って去っていった。だから、ぼくたちは不本意なことをしなければならない。泥棒夫婦を始末するしかないんです。そうすれば、FBIにはなにも知られずにすむ」

「FBIに、リリスがスコットランドに帰ったと言うのか」

ふたたび意味ありげな沈黙のあと、エイジャクスが言った。「リリスは嘘をついたんだと思います、おじいさま。凶悪な犯罪に手を染めてしまったから、身を隠しているんですよ。ぼくたちとしても、引き止めるわけにもいきませんし」

「リリスが犯した罪で逮捕されることがないのは残念だ」

「そうですね。でも、もういなくなったんです。おそらく、二度と帰ってこない」

「おじいさま、リリスのことはどうでもいいんです。ほんとうに急ぎの案件を申し上げますわ。こちらの状況が悪化した場合に備えて、大西洋の嵐を移動させる準備をしていただきたいんです」

ほら来たぞ。ジェイソンは静かに尋ねた。「どこを狙ってほしいんだ？」

エイジャクスが答えた。「ワシントンＤＣです。おじいさまだって、あの街は嫌いだといつもおっしゃってるじゃないですか。政治家というのは名ばかりで、自信過剰のやかましい連中の巣窟だって。いい機会ですよ。ＦＢＩがぼくたちの潔白を信じないのなら、地図上から消してしまえばいいんですよ——ホワイトハウスも、合衆国政府も、ＦＢＩの連中もひとり残らず消せばいい。そうすれば、ぼくたちのことなどきれいに忘れ去られます」

カサンドラが補足した。「エイジャクスの言うとおりです、おじいさま。メキシコ湾沿岸を襲わせる計画が進んでいるんでしょう。ちょっと針路を変えて、東海岸を直撃させればすむことです」

ジェイソンは泣きたい気持ちで、大事なヘレンが生んだものを見つめた——そっくりの顔をした美しい若者ふたりを。ふたりともおそろしく頭が切れるのに、あまりにも稚拙な嘘を、とにかくジェイソンにはすぐに嘘とわかる嘘をつく。ひとかけらの良心すら持ちあわせていない。ジェイソンは、もっと崇高な目的のために気象を操作してきたつもりだった。聖櫃の捜索のための資金を集め、ジェネシス・グループが重要な発見をつづけ、考古学界のトップにいられるようにするためだと、ずっと自分のしていることを正当化してきた。

しかし、このふたりは——あさはかで愚かな罪を重ね、人々に不幸をもたらしておきながら、逮捕を免れようとしている。そしていま、国家を転覆させ、無辜《むこ》の人々を何万人も無駄死にさせようとしている。それも、たいした理由もなく。正当な理由などなにひとつない。ほかのだれのためでもない、自分たちが助かりたいだけだ。

ヘレン、わたしはおまえの子どもたちをどうすればいいのだ？　おまえが悪いのではない。おまえはいつも気高く純粋だった。そうだ、おまえが結婚したあの人でなし、デイヴィッド・メインズのせいだ。彼は数週間前に、ついに死んだ。よろこばしいことだ。わたしはシャンパンを一本空けてしまったよ。だが、あの男はみずからの異常性を子どもたちに渡していった。おまえもそう思うだろう。

ジェイソンは、ヘレンのためにふたりをいさめてみた。「カサンドラ、エイジャックス、それがどれだけの被害をもたらすか考えてみろ。ニューオリンズの比ではないぞ。カトリーナですら、堤防が予想外に脆弱でなければ、あれほどの惨事にはならなかったはずだ。

それなのに、ワシントンDCだと？　一国の首都だぞ。あそこを襲うなど、われわれの信念に反している。一族の目的、ジェネシスの目的にはまったく寄与しない。コイルはおまえたちのミスをカバーするために作ったのではない」

「リリスのミスですわ、おじいさま。リリスのミスで、わたしたちのではありません」

なにを言っても無駄だ。では、どうすればいい？

「考えてみよう」ジェイソンはボタンを押し、コンピュータのモニターから双子の顔を消した。

35

カステル・リゴネ

ニコラスとマイクは、山の中腹で懐中電灯と水と二挺の銃を持ったキツネを車から降ろし、町の広場へ向かった。

密集した石造りの民家や、木々や花畑のあいだに、曲がりくねった道が見えてきた。ニコラスは車を止めた。小さな町は美しい。小粒のダイヤモンドのような古い民家に囲まれ、大粒のダイヤのように輝いているのがコハテ城だ。

城はきちんと修復されていた。古い石積みのなかに新しい石が混じっているのが、ニコラスにはわかる。敷石は鈍く輝いていた。玄関の上には、イタリアとイギリスの国旗、そしてウンブリア地方の旗が、そよ風にはためいている。広場には、世界大戦で亡くなった町出身の兵士たちの像があった。イタリアではよく見かけるものだ。カフェの外に並んだ三台の金属の屋外用テーブルに客はいない。石造りの建物が四棟連なり、角には中世ゴシック様式の教会がある。

広場の反対側にある二軒の家から、老女がひとりずつ玄関先へ出てきた。怪しむような顔をしている。

マイクはイタリアらしいやわらかな空気を吸いこんだ。「きれいなところね、ニコラス。あの小さなカフェでのんびりワインを飲んで、広場を眺めていたいと思わない？　今日は無理だけど。歓迎されていないことはわかるわ。コハテ兄妹はわたしたちが来るのを知ってるのかしら？」

「もちろん知ってるだろう。なにもかも片付いたら、ふたりで戻ってきて、ワインを飲みながら、このかわいらしい町の様子をのんびり眺めてもいいな……準備はいいか？」

「ええ。ふた手に別れたら、くれぐれも用心してね。キツネを城に入れる時間をちょうだい」

「わかった。忘れないでくれ、三分に一回は声を聞かせてくれ。途切れたら、きみを捜しにいく」

「シールド袋は持ってる？」

ニコラスは鞄のなかに手を突っこんだ。「これがきみのだ、ケイン捜査官。ぼくは小さいのを持ってる。きみのパンツのポケットに入ると思ったんだけど、どうかな」

マイクは小さな銀色の袋をじっと見た。サンドイッチ用の袋くらいの大きさだ。

「わたしのジーンズがきつすぎるって言いたいわけ?」

「とんでもない。完璧だよ。それをはいている脚もね。電話とイヤフォンをこれに入れて、ズロースのなかに突っこんだら、出撃だ」

「ジャケットのポケットに入れてはいけない理由でもあるの?」

「身体検査をされたら、自分の銃を頭に突きつけられることになるかもしれないだろう」

ニコラスは、マイクが袋をジーンズの前に押しこむのを確認し、通信機のボタンを押した。「グレイ、聞こえるか?」

「聞こえるよ」グレイが答えた。「ニューヨークとイタリアだぞ、すごいな。でも、すぐオフラインになるんだろう?」

「ああ。三十分後にまたオンラインに戻ってくるよ。運がよければ、城にふたつみっつ盗聴器を仕掛けてくる。ぼくたちが去ったあとに、コハテ兄妹がどうするのか聞きたいだろう」ニコラスは、ほんとうにそれが現実になるよう祈った。

「忘れるな、小型パラボラアンテナの集音範囲はだいたい五十メートルだ。彼らがある部屋にとどまるとわかっているなら、家具に盗聴器を仕掛けろ。動きまわりそうだったら、なんとか服に仕込むんだ。

ただ、ニコラス、城の壁が分厚かったら盗聴器が使えないかもしれないぞ」

「きみはすばらしいよ、グレイ。大丈夫だ」

「きみの思いどおりにいくといいな。幸運を祈る」

マイクとニコラスは車を降り、視線を感じながら城の正面玄関へ歩いていった。たとえ真夜中でも、ここにこっそり忍びこむのは不可能だ、とマイクは思った。

呼び鈴はないが、両開きの木のドアには、真鍮のライオンの頭を模したドアノッカーがついていた。ライオンの口から伸びた舌に、リングがぶらさがっている。ニコラスはリングでドアを三度たたいた。

ほどなく、小柄な体を白いシルクのブラウスと黒いパンツに包んだ黒髪の女がドアをあけた。メイドだろうが、やけに洗練されている。

「はい《シ》?」

ニコラスとマイクはすでに身分証明書を取り出していた。「こんにちは。英語は話せますか?」

「ええ、はい《シ》」

「わたしはマイク・ケイン特別捜査官です。アメリカ合衆国連邦捜査局から来ました。

こちらはニコラス・ドラモンド特別捜査官。カサンドラ・コハテとエイジャクス・コハテに会いたいんですが」

女は、アメリカの捜査官がいきなりやってきても驚いたそぶりは見せなかった。英語で話しかけられても、平然としていた。こくりとうなずいただけで、ふたりをなかに入れ、分厚い木のドアを閉めた。

「どうぞ、こちらへ。主人を呼んでまいります」女の英語は訛りがひどかったが、充分聞き取れた。

マイクがコハテ城についてまず感じたのは、お金がかかっているな、ということだった。長い廊下の先には広い空間があり、室内庭園になっていた。なにより目立つのが、漆喰の壁を埋めている八枚の巨大な現代絵画だった。どれも真っ白なカンバスを、ぼってりとした幅広い黒と赤の線で二分割している。画家は大きな平筆を絵の具に浸し、白いカンバスの端から端まで勢いよく線を引いたようだ。神経に障《さわ》る絵で、マイクはコハテ兄妹がこのような絵を飾っていることを意外に思った。おそらくオリジナルで、数千ドルの価値があるのだろう。信じがたいけれど。画家は銀行までの道すがら、笑いが止まらなかったのではないか。

メイドは廊下の突き当たりで足を止め、マイクたちを手招きした。室内庭園に入ってすぐ、マイクは庭園のあちこちに大理石の彫像が置かれていることに気づいた——それぞれ異なる文化の見本のような彫刻だ——発掘現場から運んできたものかもしれない。とても古いものもあり、足や手や頭が欠けているものもある。美しいイオニア式の柱が大きな大理石のアーチ天井を支えている。マイクは、オマハのジョスリン美術館にもここと似た庭園があることを思い出した。なんという眼福。

ニコラスは、驚いてもいなければ、感銘を受けてもいなかった。むしろ緊張しているようだ。マイクにもその理由がわかった。三人の警備員が、庭園の端から姿を現したのだ。三人とも黒ずくめで銃を携え、いつでも発砲できる構えでマイクたちをじっと見つめている。

さらにふたりの警備員が庭の反対側に立っていた。メイドがマイクたちのそばへ来た。

金髪を短く刈った大柄な警備員が前へ進み出た。「銃器をおあずかりします」と手を差し出す。どうやらイギリス人らしく、ヘビー級のボクサー並みに筋骨たくましく、鋭い目つきをしている。この男に太刀打ちできるだろうか、とマイクは思った。アドレナリンがどっと分泌されるのを感じ、両手を握っては広げる。準備完了だ。

「それは困る」ニコラスが言った。「どこの出身だ？　ブリストルか？」

短髪男は手を差し出したまま、引っこめなかった。「コハテ兄妹と会いたければ、銃の携帯は許されない。それから、おれはブリストル出身じゃない」

「でも近いだろう？　ぼくの銃を奪えるのは、ぼくが死んだときだ」

「そうか。銃を渡さないのなら、兄妹と話をすることはできないな。お見送りしろ、キアラ」

メイドがマイクの右後ろへ来て、長い廊下の先の玄関ドアを指し示した。だが、ニコラスが次の一手を考えるより先に、洗練された女性の英語が聞こえた。「いいのよ、ハリー。お客さまを青の間へご案内して」

この大男の名前がハリーだって？

「しかし、お嬢さま——」

マイクとニコラスは、カサンドラ・コハテの姿をはじめて目にした。引き締まった長身で目をみはるほど美しいが、取っつきにくい、というのが、マイクがカサンドラに対して抱いた第一印象だった。彼女の目のせいかもしれないが、はっきりとは言えない。

危険きわまりないな、というのが、ニコラスの第一印象だった。

「青の間へ」カサンドラはもう一度言うと、それ以上言葉を発することもなく、振り返りもせずに、廊下を戻っていった。

短髪男がかぶりを振った。

「いまのがカサンドラ・コハテね」

「そうだ。こっちへ来い」ハリーも歩きだした。

右に二度曲がって城の裏側へまわり、ハリーは開いた古めかしいドアの前で止まった。

「大はずれだ」ハリーはニコラスに言った。「おれはオックスフォード出身だ」壁の前に立ち、腕を組んだ。

「近くもないが遠くもないだろう」

マイクが言った。「ハリー、お手洗いを借りたいの」

ハリーはなにも言わなかったが、目立たない合図でもしたのか、さっきのメイドが物陰から現れた。

「あちらです、シニョーラ」メイドはアーチ天井の通路の奥を指さした。

ハリーがマイクについていこうとしたので、ニコラスは止めた。「ハリー、彼女はひとりで大丈夫だ。きみはここに残って、ぼくが銃でなにかしないか見張ったほうがいいんじゃないか？　オックスフォードでいちばん好きなパブを教えてくれ。〈スワン・アンド・キャッスル〉で飲んだことはあるか？　ああ、〈ラム・アンド・フラッグ〉だったか？」

ハリーはニコラスに殴りかかってきそうな顔をしていたが、わざとらしくベレッタ92のショルダーホルスターをちらつかせながら、ジャケットのポケットからトランシーバーを取り出した。六メートルほど離れたところで、マイクを鷹のような目で見ている警備員に話しかける。ニコラスにも、警備員がうなずくのが見えた。

ハリーがマイクに言った。「あんたはアドコックについていけ。目の届くところから離れるんじゃないぞ、わかったか？」

「あなたのイギリス英語はとってもわかりやすいわ」マイクは言い、ニコラスに向かってうなずいた。

無害な考古学者兄妹に、いったい何人の警備員がついているのだろう？　警備員は全員イギリス人なのだろうか？　アドコックという名のピットブルを思わせる短軀の男は、見た目こそ怖くもなんともないけれど、脇腹にとめているのは戦闘用ナイフだ。自分のほうへ歩いてくるマイクを見ている彼の表情は、下手なまねをすれば殺すと告げている。

アドコックの目を盗んでキツネを城に招き入れにいくには、幸運が必要だ。

ニコラスは、マイクがアドコックのあとから曲がり角のむこうへ消えるまで待ち、ポケットに手を入れてマイクロ電磁パルスのスイッチを入れた。

作戦開始だ。

36

古代エトルリアのトンネルに足を踏み入れたとたん、キツネは暗闇に包まれた。ドアに張られたオレンジ色のテープを切ると、鍵がかかっていないことがわかった。警備員もいないようだ。

懐中電灯を左手に、ワルサーを右手に持ち、キツネは歩きだした。古代の音の残響が聞こえるような気がして、真っ暗な闇のなかをゆっくりと進んだ。足音をたてないように、固く踏みしめられた地面を歩く。大昔にエトルリア人が掘り、後世にはテンプル騎士団の通路となったトンネルだ。

最近は使われていないとはいえ、壁や天井は巨大な肋骨のように木を組んだアーチで補強され、その上からセメントで固めてあるので、崩落してはいないようだった。

キツネはどんどん歩いていったが、いつまでも順調に進めるとは思えなかった。考古学的な発掘は終わっているので、安全のためにふさいだ場所に突き当たるかもしれないという予感がした。

進めば進むほど、道はきついのぼり坂になっていく。三十分後、急な曲がり角を曲がったとたん、トンネルが六本にわかれた。どれもふさがれていない。地図には、こんなわかれ道などなかった。

キツネはコンパスを見た。中央の道が北へ向かっている。城の真下の方向だが、なんとなくちがうような気がした。そのとき、妙なにおいがした――掘り返されたばかりの土のにおいだ。四本目のトンネルのなかに入っていくと、右へ四十五度の角度で折れている。土のにおいが強くなった。だれがここを掘っているのだろう？　そしてなぜ？

だれかに光を見られないよう、懐中電灯を足元に向けて前進した。

前方にライトが見え、人の声が聞こえた。耳を澄ますと、ふたりの男がイタリア語でしゃべっているのがわかった。ひとりはネイティブだが、もうひとりは流暢に話しているものの、かすかなイギリス訛りがある。イタリア人の言葉はこの地方の方言だが、イギリス人は標準的なローマ方言を話していた。イギリス人がこんなところでなにをしているのだろう？

警備員だろうか？　キツネはじりじりと進み、会話を聞き取ろうとした。

「なぜあの女を殺したんだ？」イタリア人が尋ねた。「あの女と寝てたんじゃなかったのか？」

イギリス人はつかのま黙りこんだが、冷たく答えた。「しかたがなかったんだ。さびしくなるが、失敗したのは彼女だからね。ひどい失敗だ。ジョヴァンニ、見つからないように、深く埋めてくれよ。それから、発掘に戻れ。妹がこのあたりをできるだけ早く掘りたがっている」

ジョヴァンニの声が興奮の色を帯びた。「じゃあ、あの話はほんとうなんだ？　ほんとうに、ゴビ砂漠で聖櫃の一部を見つけたんだな？」

イギリス人は黙った。「どこでそれを聞いた？」

ジョヴァンニが肩をすくめるのが見えるようだった。「噂がどんなものか知ってるだろう。野火みたいに広がる。作業員みんな、その話題でもちきりだ。あんたとシニョリーナが智天使の金の翼をマイソールの現場で見つけて、こっちに持って帰ったってな」

イギリス人の声はあいかわらず冷たい。「この壁から噂がにじみ出てくるようだな。さっさと終わらせよう」

キツネは、足音が近づいてくるのを聞いた。トンネルの分岐点まで引き返し、いちばん狭いわかれ道に入った。イギリス人がそろそろ分岐点にたどりつく——近い、近すぎる。キツネは膝をつき、そっと分岐点のほうを覗くと、彼が北へ伸びている主要通路へ入っていくのが見えた。顔は見えなかったが、髪はブロンドで波打っていた。エイジャクス・コハテではないか？　グラントは殺されてしまったのだろうか？　やがて、エンジンの音が聞こえてきた。バイクのエンジンのようだ。

賢明だ、とキツネは思った。バイクなら小さくて扱いが楽で、地下通路で走りやすい。トンネルがやたらと長いことは地図で確認してきたが、発掘作業員がバイクで移動しているのなら、かなりの距離があると見ていい。

コハテ兄妹が城のなかで殺人を犯したのなら、彼らにとってよほど都合の悪いことが起きたのだ。

ジョヴァンニの言葉が気になる——智天使の金の翼と聖櫃をゴビ砂漠で発見した？突拍子もない話だ。

智天使の翼——ふと、グラントを救出したあとに盗もうか、とキツネは思った。考古学上それほど貴重な品だったら、いくらの値がつくだろう——そんなことを考えた自分がおかしくて苦笑した。

バイクが遠く離れたのを確認して、ふたたび主要通路に入り、北の城を目指した。

わたしにもバイクがあればいいのに、と思いながらも、キツネはハイペースで進んでいた。まもなく、幅十五メートルほどの広い洞窟のような場所に出た。天井は見えないほど高い。広々とした空間は、すみずみまでナトリウム灯で照らされている。そして、作業をしている人々がいる。全部で五人の男が、段ボール箱や木箱を運んでいた。四台のバイクが壁際に駐輪してある。その後ろに、城の地下に通じていると思われるドアがあった。

けれど、どうすれば作業員たちに気づかれずにここを通り抜けられるのだろう？　突然、ふたりの作業員が振り返ってキツネのほうへ歩いてきた。隠れる場所はない。キツネは仰向いた。頭上にぶらさがるまばゆいライトを見る。ワルサーと懐中電灯をパンツのウエストに突っこみ、ジャンプしてつややかなツーバイフォーの梁をつかんだ。梁の上によじのぼり、体を伏せた。梁と一体化する。息を詰める。ふたりの作業員は、なにも気づかずに下を通り過ぎていく。

キツネはじっと待った。トンネル内のライトが消えた。ようやくニコラスが電磁パルスを発動させてくれたのだ。急がなければ。マイクを待たせたくない。長く待たせるほど危険が増す。

あちこちから作業員の恨めしそうな悪態が聞こえた。懐中電灯の光が見える。下を通り過ぎていった男たちが戻ってきた。懐中電灯を持っていないので、壁伝いに歩いてくる。

「どうしたんだ？」ひとりがイタリア語でどなった。

「システムがダウンしたみたいだ」べつの男が大声で返した。「復旧するまで休憩するか。懐中電灯を取ってくるか？」

「いや、そこまでしなくてもいいさ。懐中電灯を取ってきたころには復旧するだろ。それより休憩したいよ。休憩室に最後に来たやつがエスプレッソを淹れるんだぞ」

男たちがふたたびキツネの下を通り過ぎ、思いがけず休憩できることになり、冗談を言いながら歩いていく。キツネは、男たちが懐中電灯の光を揺らしながら、次々と開いたドアのむこうへ消えていくのを見ていた。

ニコラスの電磁パルスは効果抜群だ。トンネルのライトはおそらく普通の電源で点灯するのではなく、コンピュータ化したシステムで制御されているにちがいない。予想以上に好都合だ。

最後のひとりがドアのむこうへ消えるのを確認し、キツネは地面に飛び降りてドアへ向かった。読みが当たっていれば、この先に城の地下室があるはずだ。

山の地下にこんな発掘現場があるのはめずらしい。なにを捜しているのだろう？

いまさらエトルリアの美術品ではあるまい。作業員の動きは整然としていたので、なにかほかのものを捜しているにちがいない。トンネルに梁を渡したり支柱を立てたり、新しく掘削したり、これほど大がかりな作業には莫大な費用がかかるはずだ。

そのとき、キツネはひらめいた。智天使の翼——彼らは、ここに聖櫃が埋まっていると考えているのでは？　でも、そんなことがありうるだろうか？

ドアを出ると、前方に長い通路がのびていた。明かりひとつなく、やけに空気が冷たくじめじめして、なんとなく気味が悪い。キツネは身震いした。

だが、懐中電灯をつけるのは危険だ。しばらく音をたてずに立ったまま、目が暗さに慣れるのを待ったが、あまりにも闇が深い。耳を澄ませても、人の声も足音も聞こえない。床も壁も打ちっぱなしのコンクリートだ。このトンネルはほかのものより新しいようだ。

キツネはそろそろと歩きだした。片方の手を壁に添わせ、つまずいてバランスを崩さないよう注意した。最初の角を曲がったとき、前方に明かりが見えたような気がして、ペースを速めた。次のドアこそ、トンネルから城の地下に入るものにちがいない。マイクがすでに待っているかもしれない。マイクと会えたら、彼女はニコラスのもとへ、自分はグラントのもとへ急ぎ、彼と一緒にトンネルから外に出るのだ。

銃で腕を隠すようにして、懐中電灯をつけた。暗闇のなかで光がともったとたん、何枚ものドアが見えた。どれもノブがなく、細長いくぼみがあるので、引き戸なのだろう。発掘に使う道具をしまう物置かもしれない。いや、この城が建てられた時代背景や、何度もこの地方で戦争があったことを考えると、捕虜を閉じこめる地下牢とも考えられる。

たとえばグラントのような。

キツネは手近な引き戸のくぼみに指をかけて引いてみた。動かない。鍵がかかっている。その隣の引き戸も、さらにその隣の引き戸も同じだった。引き戸のむこうになにがあるにせよ、なかに入れない。キツネはいらいらして叫びだしそうになった。

諦め半分で四枚目の引き戸に手をかけた。それはするするとあいた。なかは地獄のように暗い。だれかが息をしている音がする。

キツネは懐中電灯で前方を照らした。まぶしそうにまばたきする夫の顔が浮かびあがった。

愛する夫の顔は汚れ、鬢に血がこびりついている。

「だれだ？」夫の声はぼんやりしていた。

目が見えないのだ。キツネはささやいた。「わたしよ、グラント、キツネよ」彼のそばでひざまずき、両腕で抱きしめた。血にまみれた髪に、汚れた顔に、唇にキスをし、胸に掻き抱いた。「生きていた、生きていたのね。ここから連れ出してあげる。立てる？」

グラントは、嗅ぎ慣れたキツネのにおいを吸いこんだ。彼女がここにいる。信じられない。きっとドラッグのせいで幻覚を見ているのだ。正気だったら、キツネがもう死んでいることを受け入れたのに。あの最後の仕事、不可能としか思えなかった偉業をなしとげたせいで、キツネは殺されたのだ。でもなにを盗んだのだったか？　少しずつ記憶が戻ってきた。キツネがここにいる。目の前にいる。グラントはキツネの腕に抱かれ、なんとか頭のもやを振り払い、懸命に考えようとした。そのとき、頬が濡れたのを感じた。涙だ、キツネの涙だ。彼女がここにいる。助けにきてくれたのだ。

「今日は何曜日だ？」

「え？　火曜日よ」

「三日か。おれは三日間、薬を飲まされていたんだな」グラントはふたたびキツネのにおいを吸いこんだ。「もう少し待ってくれ。まだ頭がうまく働かない」

「なにを飲まされたの？」

「ケタミンだ、おそらく」

「誘拐されたときのことは覚えてる?」

グラントは少し考え、かぶりを振った。「いや。だが、頭がはっきりしたら思い出すかもしれない」

キツネは、あとでグラントに監視カメラに映っていたものの話をしようと考えた。

「トプカプ宮殿から杖が盗まれたというニュースを見たのは覚えてるんだ。よくやったな、すばらしい仕事だった」

「ええ。うまく逃げおおせたのよ。でも、ヴェネツィアでクライアントに殺されそうになった。そのあと、彼らはわたしを誘き寄せる餌としてあなたを誘拐したの」

餌。なんとひどい言葉だ。グラントには、キツネが自分のために命も投げ出す覚悟でここへ来たのがわかった。怒りと痛みを同じくらいの強さで感じた。だが、いまは感情に呑まれている場合ではない。「ここはどこだ?」

「カステル・リゴネ。カスティリオーネ・デル・ラーゴの北にある田舎町よ。ここはコハテ家が所有する大きな城の地下。コハテっていうのは、わたしに杖を盗ませたクライアント」

グラントの頭のなかで、すべてがカチリとはまった。ここはイタリアの中央部だ。

「なぜきみを殺そうとするんだ? 仕事は問題なくやったじゃないか。それなのになぜ？」

「あとで詳しく話すわ、グラント。とにかく逃げなくちゃ」

「ああ、あいつらがまたケタミンを注射しに戻ってくるからな。よし、逃げるぞ」

キツネはグラントの脇の下に自分の肩を入れ、一緒に立ちあがったが、彼はまだふらついていた。ぐったりとキツネにもたれかかる。「まさか、ここまでひとりで来たんじゃないだろうな？」

「ドラモンドに助けを求めたの。あなたとわたしを助けるためだけじゃないのよ。もっと大きな厄介事が起きていて、ドラモンドたちはそのさなかにいるの。ここは古い城の物置。遺跡発掘用のトンネルを通って、外に出られるわ。用心しなければならないけれど、なんとかなる。ほら、がんばって」

グラントは思いもよらないこの状況に笑い声をあげたかったが、その力がなかった。注射に来るのがひとりなら、キツネでも相手ができる。だが、複数だったら？「ドラモンドより、おれの部下を呼びたかったな。あいつらなら、こんな城などたたき壊すのに」

「ドラモンドが知らせてくれたと思うけれど、どうかしら。もう一度がんばって。ほら、あなたならできる。できないと困るわ」

だが、遅かった。危険を知らせる足音もしなかった。突然、ドアから小型懐中電灯のついたM4をストラップで肩にかけた大男が現れた。指はすでに引き金にかかっている。

「なんだこれは?」またイギリス人だ。懐中電灯の光がキツネの顔を照らした。「だれだ、おまえ? どうやってここに入った?」

キツネはグラントを放し、ワルサーを抜いて銃口を大男に向けた。「地獄へ落ちろ!」

笑い声が響きわたるのが聞こえたと同時に、男の脚に銃を蹴り飛ばされた。男は敏捷だが、キツネには自信があった。ここは狭いが、ほかに選択肢はない。キツネは男にまわし蹴りを繰り出した。男はキツネの足首をつかんでひねり、壁に投げ飛ばした。息が止まったが、キツネは跳ね起き、狭い部屋から飛び出した。特殊部隊並みの能力を持つ男の相手をするには、広いスペースで間合いを取り、チャンスを待つ必要がある。男はキツネをにらみつけ、いまにも飛びかかりそうな様子で迫ってきた。キツネは戦闘用ナイフを体の前で大きく振りまわした。

ふたたび男が笑った。「おれはあんたみたいな女が大好きだ」男はそう言い、飛びかかってきた。ナイフをひょいとよけ、かかとで一回転する。キツネは男の肩に斬りつけた。深傷は負わせられなかったが、男は痛みにうめき、キツネにビッチと吐き捨てると、くるりと振り返ってキツネのあごに拳をめりこませた。やはり敏捷だ。キツネは星を見た。ナイフを蹴り飛ばされそうになりながらも、抵抗をつづけた。だが、再度頭から壁に投げつけられ、完全に意識を失った。

グラントは男に背後から襲いかかり、両耳を拳で何度も殴りつけた。だが、男の脳を砕くほどの力が出ない。男はグラントを投げ飛ばし、繰り返し蹴った。グラントの頭のなかはぐるぐるとまわりはじめ、体は痛みに悲鳴をあげていた。このままでは気絶してしまう。キツネを見やる。勇ましい妻はぐったりと倒れたままだ。そのとき、男の手に注射器が握られているのが見えた。もう終わりだ。ふたりともおしまいだ。

37

ニコラスは青の間に足を踏み入れた。だれもいない。ハリーは部屋の外に残っている。ニコラスはすばやくドアの前から離れ、イヤフォンを装着した。マイクの声が聞こえた。「完璧なタイミングだったわ、ニコラス。電磁パルスが効いた。いま階段にいる。真っ暗よ」

ニコラスは返事がわりに一度タップした。そのとき、カチリと小さな音がして、むこう側の壁の一部があき、カサンドラ・コハテが出てきた。なんだこれは？　女王様は手品師か？　「ドラモンド捜査官ね。カサンドラ・コハテです。よろしく」

ニコラスはうなずいた。「ミズ・コハテ」彼女は美しい顔に上品で落ち着いた表情を浮かべているが、完璧な眉をあげて、かすかに問いかけるようなしぐさをした。

「今日のようなすばらしい日に、どんなご用でしょうか？」

「いくつかお尋ねしたいことがあります。まず、なぜあんなに警備員が多いんでしょう？　あなたもお兄さんも考古学者ですね？　さほど厳重な警備は必要ないのでは？」

「わたしたちは国際的な大企業を経営していますのよ、ドラモンド捜査官。考古学的に非常に貴重な品々を扱っているんです。注意はつねに怠りません。この城の警備は、たしかに過剰だと思いますけれど」カサンドラは手を差し出した。ニコラスはその手を握った。「でも、お会いできてうれしいわ。あなたのお名前は、ここ数日よく耳にしていました。ヴェネツィアのサン・マルコ広場を観光中に襲われたそうですね。なんて恐ろしい」

「ええ。あなたのお名前も、考古学界では広く知れ渡っているそうですね」

「わたしの名前をご存じでしたの？　まあうれしい」

「知らないわけがありません。ヴェネツィアで襲われたのはほんとうのことですが、相手は殺しのプロばかりで、寄ってたかってぼくたちを殺そうとしたんですよ。あなたもご存じでしょう。ところで、イングランドはどちらのご出身かな？」

カサンドラの瞳がおもしろそうに輝いたが、その光は一瞬で消えた。

「イースト・シーンです、ご存じかしら、リッチモンドの。もとは、ノーサンバーランド伯爵の狩猟用の屋敷だったところです。わたしの高祖父、アップルトン・コハテが一九〇五年に、新婚の妻への贈り物として買い取りました。あいにく、わたしも双子の兄も、あそこにはほとんどいなかったんです。いつも母と発掘現場に出かけていましたから。でもエイジャクスもわたしも、できるだけ帰るようにしていました。ふるさとに帰るって、いいものですわ、そうでしょう？」

「いまそちらにはどなたがお住まいですか？」

カサンドラは肩をすくめた。「住人は父だけでした。でも、しばらく前に亡くなったんです。地所をどうするか、まだ決めていません。ナショナル・トラストがほしがるでしょうけれど、どうしようかしら」

「それはお悔やみ申し上げます。お父さまはいつお亡くなりに？」

「質問するのがお好きな方ね。父は二週間前に心臓発作で亡くなったと聞いています。わたしたち、それほど親しくなかったので。父は十年前にビジネスから引退しました。少し変わり者だったと言ってもよいでしょう。パーティ好きで、陰謀論者で。もちろん、あなたのご家族の歴史のほうが、うちよりよほど立派ですわ。ファロウ・オン・グレイのドラモンド家のお屋敷とお庭の写真を拝見したことがあります――あの迷路は有名ですもの。いつか実際にお邪魔したいわ。あなたはそろそろおうちを継ぐんでしょう？」

「いえ、当分は。この一日半で、あなたはぼくについていろいろ調べたようですね」

カサンドラは声をあげて笑った。「なにをおっしゃるの、ドラモンド捜査官。あなたはこの一週間、ニュースに出ずっぱりでしょう。有名人よ。アメリカ合衆国の大統領と副大統領の命を救ったんですってね。その有名人が、この国でイタリア人を殺している」

ニコラスはカサンドラにほほえみかけた。

カサンドラは暖炉の前のソファを指し示した。「どうぞ、おかけになって。お飲み物はいかが？　スコッチでも？　水割りになさる？」

「いや、ストレートでいただきます」

「やっぱり。あなたは見るからに率直な方だもの」カサンドラはニコラスにクリスタルのグラスを渡した。ニコラスはスコッチをひと口含み、うなずいた。

ニコラスはカサンドラと乾杯しながら、ここに自分ではなくマイクがいたら、カサンドラはこんなふうに立っていられただろうかと考えた。おそらく倒れていただろう。いまごろすでにマイクに銃弾を撃ちこまれているはずだ。

「すばらしい」

「兄のエイジャクスが目利きなんです。さあ、わたしへの質問はもうこれくらいにしましょう。ほんとうはなんの目的があっていらしたの、ドラモンド捜査官？」

ニコラスが答える前に、カサンドラはランプのコードを取って引っぱった。明かりがつかない。「あら、どうしたのかしら。暖炉の明かりだけでお話ししなくちゃ。ご心配なく、このあたりではしょっちゅう停電しますの。かなり高地にあるでしょう、電線も老朽化しているんです。すぐに自家発電機が作動しますわ」

発電機が作動して、城内の電力が復旧し、コンピュータがダウンしていることに気づかれるまで、あとどれくらい時間があるだろうか。そのとき、イヤフォンからまたマイクの声がした。「着いたわ。キツネはまだ到着していない。べつのドアがあるかどうか捜してみる」

ニコラスは言った。「この城は大規模な改修をしたんですね。すばらしい」

「ありがとうございます。十年以上かかりました。祖父はこの城を両親に結婚祝いとして贈ったんです。兄もわたしもここが大好き。テンプル騎士団の伝説がたくさん残っているんですよ。だから、もう一度美しい姿にしたくて。ドラモンド捜査官、なぜあなたはＦＢＩにお入りになったの？　あなたのような経歴と経験をお持ちの方に、ＦＢＩは物足りないんじゃないかしら」

ニコラスはスコッチをもうひと口飲んだ。「いえ、自由にやらせてもらっていますので。だからイタリアにも来ることができたんですよ。泥棒を捕まえにね」

「泥棒？　なにを盗んだんです？」

「トプカプ宮殿からアロンの杖を盗んだんですよ。ご存じでしょう、あなたは考古学者ですから」

「もちろん。兄と、なかなかおもしろいことだと話していたんです」

「おもしろいとは？」

「トプカプ宮殿のアロンの杖が偽物だということは、考古学者ならだれでも知っています。盗まれたとしても、それがどうしたと言うんです？　どうでもいいことですわ」カサンドラはふたたびグラスを掲げた。「それでも、杖を盗んだ泥棒をどうしても逮捕したいのなら、幸運を祈りますわ、ドラモンド捜査官」

「ありがとう。じつは、杖を盗ませたのはあなたたちご兄妹だと考えているんですよ。コハテ家に生まれた者として、トプカプ宮殿の杖が偽物だと証明したかったんじゃありませんか。なんといっても、本物は聖櫃のなかにあるはずですからね」

「そう考えられてはいますけれど」

「でも、トプカプの杖が百パーセント偽物だとは言いきれなかった。だから、盗ませた。どうやって偽物だと証明できたんですか？」

カサンドラは笑った。「もう一度申し上げますわ、ドラモンド捜査官。わたしにもエイジャクスにも、あんなくだらない杖をほしがる理由がありません。ゆりかごのなかにいるころから、あれは偽物だと教わってきました。泥棒を雇った人物を知りたければ、あいにくですけれどよそを当たってくださいな」

ニコラスはソファの背に腕をかけた。「ジェネシス・グループの業務責任者にお目にかかれますか。リリス・フォレスター・クラークに」

「リリス？　なんのために？」

「ミズ・フォレスター・クラークが、ある泥棒に仕事を依頼したという情報があるんです。みずからトプカプ宮殿におもむいて泥棒の仕事を確認し、その後、泥棒を殺そうとしたらしい」

「リリスがイスタンブールへ行ったのは、博物館のハルク・ダーサン館長に会うためでしょう。ハルクはジェネシス・グループのコンサルタントなんです。もちろん、ハルクに確認してくださってかまいません」

ニコラスはうなずいた。「わかりました。ところで、盗まれた杖はどこにあると思います？」

カサンドラはすぐには答えず、ニコラスにほほえんだ。「湖の底に沈んだか、イーベイに出品されたのでは？　だまされやすい人はいるものですから」

「やはり、ミズ・フォレスター・クラークにお話をうかがいたい。いまこちらにいらっしゃいますか？」

「いいえ、ローマにいます。財団の仕事をしているはずです」

「おや、それは変だな。ローマに電話をかけたんです。ここにいると言われましたが」

「勘違いのようですね」

「では、お兄さまにはいつお目にかかれますか？」

「そんなにお待たせしないと思います。いまごろパートナーの方と会っていて、そろそろ一緒にこちらへ来るんじゃないかしら。ケイン捜査官もスコッチはお好き？」

「彼女はワインのほうが好きですね」マイクとキツネのために、もう少し時間を稼がなければ。「ジェネシス・グループはじつに有名ですね。あなたもお兄さんもまだ若いのに、あんなに大きな財団を経営していらっしゃる」

またカサンドラは肩をすくめた。「経営者になるべく育てられましたから。家業なので。あなたがご自分の会社をお持ちでないことのほうが意外ですわ」

「いつかは経営者になるかもしれませんが、いまのところは犯罪者を追っていたいですね」

ニコラスは大理石のテーブルにグラスを置き、美しく危険な女の顔を見つめた。

「教えていただけますか、ミズ・コハテ。聖櫃を捜し出すために、どんなことをしました？」

38

　カサンドラは服の袖をなでおろした。ニコラスはその手がかすかに震えているのを見て取ったが、カサンドラは教師のような口調で話しはじめた。「聖櫃の捜索についても、詳しいお話はできません。情報は公開していないんです。でも、調査は長年つづけているということは申し上げられます。聖櫃はひとりのレビ人、モーセにわたしたちを結びつけるものです。それに、聖櫃が発見されれば、歴史に残るもっとも重要な考古学上の発見となることに疑いの余地はありません。ジェネシス・グループは発見者になることを目指しています。いいえ、わたしが発見者になりたい。いま申し上げたように、聖櫃を見つけるのはわが一族の家業です。聖櫃と再会しなければならない。わたしの決意は固いんです、ドラモンド捜査官」

「その決意の固さのあまり、邪魔者が許せないのでは？　トプカプ宮殿の杖が偽物だと証明するために盗ませたのも、決意の固さゆえ？　母上が行方不明になった発掘現場を見つけるために、気象を操作してゴビ砂漠の砂を吹き飛ばし、北京で数千人の犠牲者を出したのは？　いささかやりすぎだとは思いませんか、ミズ・コハテ？　やや極端では？　いや、異常だと思いませんか？」

異常という言葉は、つい口からこぼれ出たものだった。だが、カサンドラはその言葉に激昂したようだ。ニコラスは、彼女の目つきがにわかに変わったのを見て取った。不穏な気配がたちまち渦を巻きながら霧のようにたちこめる。彼女はニコラスを殺すつもりだろうか。この部屋で。そのとき、不穏な気配が消え、カサンドラはふたたび完璧に冷静な顔に戻った。ニコラスの経験上、異常性と知性が並存する人間によく見られる特徴だ。カサンドラは、笑い声すらあげてみせた。

「気象を操作する？　まるでSFの世界ですわね。ゴビ砂漠の砂を吹き飛ばすって。ロマンティックだけれど、恐ろしい考えだわ」

「たしかに恐ろしい。でも、ロマンティックでしょうか？　砂で窒息した数千人のひとりだったら、そうは思えないんじゃないかな。行方不明者を合わせれば、人数はもっと増える」ニコラスはイヤフォンを三度タップした。

「もちろん、大変な悲劇ですけれど、北京を襲った砂嵐はとんでもなく大規模なものでしたわ。砂嵐の発生について、さまざまな陰謀論が語られるのも無理はないでしょう。ほんとうにおかしなことをおっしゃるのね、ドラモンド捜査官。どこからそんな夢みたいなことを思いつかれたのか、うかがってもよろしいかしら?」

ニコラスは、ひとりだけカサンドラのような犯罪者を知っている——おそろしく頭がよく、集中力があり、見た目も完璧に美しい。そして、人心操作に長けている。本物のサイコパスだ。カサンドラ・コハテのしたことを知らずに会っていれば、彼女が異常であることを信じられただろうか?

ニコラスはほほえみ、もうひと口スコッチを飲み、ピートの香りを喉から抜けさせた。穏やかに言う。「あなたはたいした嘘つきだ」

「わたしが? 嘘つき? 嘘なんかついていませんわ、ドラモンド捜査官。その必要がありませんもの」カサンドラは、小さな金色の蛇のように手首に三重に巻きついた、繊細なピンクゴールドの腕時計に目をやった。「この城は広いわ。パートナーの方は迷ってしまわれたのではないかしら。それとも、危険な場所を覗いてしまったか」

「彼女はきっと無事ですよ、十人ほどの警備員に見張られているでしょうから。その腕時計はブルガリですね?」

カサンドラは手首をあちこちに動かした。「ええ。よくおわかりね」笑みを浮かべて立ちあがり、ニコラスのグラスをテーブルから取った。「おかわりをお持ちするわ」

「ありがとう」ニコラスも同時に立ちあがり、カサンドラのすぐ脇に立った。カサンドラはニコラスの顔を見あげ、ゆるゆるとほほえんだ。彼女が飲み物のワゴンに向きなおった隙に、ニコラスはもう一度イヤフォンを三度タップしてマイクに合図を送った。マイクをいますぐ呼び戻さねばならない。

「キツネがいたわ。でも大変なことになってる」

ニコラスはふたたびイヤフォンをタップした。

キツネになにがあったんだ？

39

マイクには自分の幸運が信じられなかった。城が改修されたとき、バスルームに二カ所のドアが取りつけられたらしく、一枚目は主要通路に、二枚目は城の奥へ通じる廊下に面していた。これでアドコックをまく必要はない。いくら彼でも、ひとりで二カ所のドアを守ることは不可能だ。マイクは静かに二枚目のドアを抜け、だれもいない廊下を小走りで進んだ。この廊下は、正面玄関からつづく廊下に似ている。白い漆喰の壁にかかった絵はどれも寒々しい現代絵画で、控えめな照明に照らされている。見取り図上では、廊下の突き当たりにあるドアの先に下へおりる階段があった。マイクがドアを抜けたとき、周囲の明かりがいっせいに消えた。

マイクは真っ暗闇のなかへ入っていった。ジーンズの前からシールド袋を取り出し、イヤフォンをつけてボタンを押した。携帯電話のライトをつける。ぼんやりとした明かりだが、階段をおりるには充分だ。

「完璧なタイミングだったわ、ニコラス。電磁パルスが効いた。いま階段にいる。真っ暗よ」

ニコラスからタップ音が一度だけ返ってきた。彼が三度のタップ音をよこすのは、問題があるときだけだ。マイクはドアを閉め、すりへってでこぼこした階段を慎重におりていった。ブーツのソールが階段をしっかりグリップしてくれるのがありがたい。

地下階にはあっというまにたどりついた。そこは広々とした部屋で、予想に反して四枚ものドアがある。どれが正しいドアだろう？　地下室の見取り図を思い浮かべる。そう、当たりのドアはたった一枚。それは左側にあり、山の地下に通じている。マイクは足早にそのドアへ歩いていき、そっとノブをまわした。警報器がついているはずだ。廊下には監視カメラがあった。だが、システムがダウンしているいま、明かりは消え、警報が鳴り響くこともない。ニコラスのマイクロ電磁パルスの効果は申し分ない。あとで彼をぎゅうぎゅう抱きしめてやらなくちゃ。

マイクは襟元に向かって小声で言った。「着いたわ。キツネはまだ到着していない。べつのドアがあるかどうか捜してみる」

古臭い土と黴《かび》のにおいがしたが、それより新しいにおいもした。人間の汗のにおいだ。だれかがつい最近ここを通ったから、においがまだ残っているのだ。鉢合わせしなかったのは幸運だ。マイクは用心深く進んだ。ときどき足を止め、キツネはどこだろうと考えた。先ほどドアの選択をまちがえたのだろうか？

城の地下室から、倉庫のような空間に足を踏み入れた。おそらくこの先にトンネルがあるはずだ。ここは、発掘品の保管所かもしれない。いや、ちがう。こんなにじめじめした黴だらけの場所に、そんな貴重なものは置けない。

ここから出ていくためのドアがあるはず。

マイクは携帯電話のライトを頼りに、数歩進んだ。前方に曲がり角がある。携帯電話を膝にぴったりと押しつけてライトを隠し、曲がり角へ向かった。三歩進んで凍りつく。

だれかが争っている。格闘の物音がはっきりと聞こえた。閉じた暗い空間のなかで、音が増幅して聞こえる。

キツネにちがいない、キツネが危ない。

マイクは思わず駆けだしそうになったが、そのとき三度のタップ音が聞こえた――ニコラスから、早く引き返せという合図だ。いますぐ引き返せ。

やがて、あたりが静まり返った。マイクは思いきって曲がり角のむこうを覗いた。小さな袋のようなものを肩にかついだ男が歩いてくるのが見えた。マイクはあとずさり、四枚のドアがあった廊下へ走って戻ると、階段室に駆けこんだ。その直後、階段の下を男が通り過ぎた。キツネをかついでいる。キツネは意識を失っているようだ。いや、死んでいるのかもしれない。だが、ふたりが通り過ぎた瞬間、うめき声が聞こえ、マイクはほっと息を吐いた。

だが、いまではグラントだけでなく、キツネまで敵の手に落ちてしまった。マイクは男のあとを追いたかったが、また三度のタップ音が聞こえた。マイクはささやいた。

「キツネがいたわ。でも大変なことになってる」

三度のタップ音が繰り返された。どうしよう。

階段のいちばん上で耳を澄ませたが、なにも聞こえないので、ドアをあけた。廊下はあいかわらず無人だ。マイクはバスルームに戻ろうとして、はたと足を止めた。どれがバスルームのドア？　まったく、数えるのを忘れていたなんて、うっかりにもほどがある。そのせいで、ずらりと並んだドアの前で迷うはめになってしまった。

片っ端からドアをあけて廊下の途中まで進んだとき、曲がり角のむこうから男が現れた。黒ずくめの警備員ではない。ポロシャツにチノパン、黒いブーツ。引き締まった長身、並外れてきれいな顔をした若者だ。マイクの手が銃へ伸びた。そのとき、彼の顔写真を思い出した。

イギリス訛りの声が言った。「なにをしてるんだ？　迷ったのか？」

マイクは手から力を抜き、わざとらしいほどにこやかに笑ってみせた。

「迷ってしまったの、よくわかったわね。バスルームに入って、まちがったドアを出てしまったみたい。青の間でわたしのパートナーが待ってるんだけど、どのドアだったかわからなくなってしまったの。助けてくれる？」

「パートナー？」

「わたしはＦＢＩのマイク・ケイン特別捜査官。カサンドラ・コハテとエイジャクス・コハテに会いにきたの」間近で見ると、エイジャクス・コハテはますますハンサムに見えた。波打つ金髪に彫刻のような顔立ちは、妹とそっくりだ。このうえなくたがいを引き立てあっている。

マイクはうなずいた。「警備員じゃなくて、あなたが来てくれてよかった」

マイクの口調とは反対に、エイジャクスの声は冷たかった。「青の間へ案内しよう。すぐそこだ」

角のむこうから、アドコックともうひとりの警備員が現れた。「見つけたぞ、アドコック」エイジャクスが言った。「暗くて迷ってしまったそうだ。電気はいつ復旧するんだ？」

「いま確認中です。発電機は動いていますが、コンピュータ・システムに異常があるらしく——再起動もできません」

「急いで原因を調べろ」アドコックたちは立ち去った。

マイクは言った。「ミズ・リリス・フォレスター・クラークにも青の間で会えるといいんだけど。ドラモンド捜査官と、ミズ・コハテとね」

「リリス？　いや、彼女はいまフィレンツェにいるはずだ。いつも移動してばかりで、どこにいるのかよくわからないんだけどね。ほら、ケイン捜査官、青の間はここだ。パートナーと再会させてあげよう」

エイジャクスはドアのノブをまわした。ドアをあけると、そこが青の間だった。ニコラスはマイクを見て立ちあがった。「迷ったのか？」

「ええ。ありがたいことに、ミスター・コハテに会って、ここへ連れてきてもらったの」

エイジャクスはニコラスと握手をし、妹にうなずいてみせ、一瞬その表情を探るように見てから、口を開いた。「お待たせして申し訳ない。地下室で新しい発掘品を点検していたんだ」

カサンドラが言った。「ケイン捜査官、お目にかかれてうれしいわ。飲み物はいかが？　ワインがお好きなんでしょうけれど、パートナーと同じくスコッチを召しあがる？」

「ありがとう、でも遠慮するわ。長々とお待たせしてごめんなさいね。迷って戻ってくることができなかったの」

エイジャクスはワゴンへ行き、ウオッカを氷の入ったグラスに注いだ。振り返り、ニコラスとマイクにグラスを掲げて中身を飲み干した。

「ニコラス、ミズ・コハテに用件を話したの？」

カサンドラが言った。「まだ全部はうかがっていないの。モーセとゴビ砂漠のことで、とても興味深いことをいろいろと考えていらっしゃるみたい。それに、リリスにも会いたいんですって。泥棒にトプカプ宮殿から杖を盗ませたからって。でも、リリスはローマにいるから会えないけれど」

マイクは言った。「ミスター・コハテは、リリスがフィレンツェにいると言ったけど」

「だったらフィレンツェかも。捜し出すのは時間がかかりそうよ」

ニコラスが身を乗り出した。「電話をかければいいでしょう。ぼくは彼女の電話番号を知らないんですよ」

エイジャクスが肩をすくめ、ごく静かな声で妹に言った。「おふたりに説明しろ」

カサンドラはエイジャクスをじっと見つめた。「なにを？」

エイジャクスは励ますように妹の腕を取った。「とぼけても無駄だよ。ほんとうのことを話して、さっさと終わらせよう」

「なんのことかしら、エイジャクス、わたしにはさっぱり――」

エイジャクスはニコラスとマイクに言った。「リリスはもううちの社員じゃないんです」

「エイジャクス、いったい――」

彼はカサンドラに向かってかぶりを振り、ふたたびニコラスたちに向きなおった。

「嘘をついて申し訳ない。いささか恥ずかしいお話なんですよ。うちの財団や一族の不名誉が広がっては困る。ちゃんと届け出るつもりだったんですが、いま取りこんでいて、正直なところ、ぼくたちも迷っているんです。

じつは、今週はじめにリリスを首にしました。ぼくらも非常に残念に思っています。リリスとは長いあいだ一緒に働いてきましたから。カサンドラとぼくと同じくらい、リリスもこの業界になじみ、うちの財団の大事な一員でした。おふたりは、先週トプカプ宮殿から盗まれたアロンの杖の件でこちらへいらしたとのことですが」

カサンドラが言った。「ドラモンド捜査官は、わたしたちが杖を盗ませたと思っているの」

「では、いまから真実を話そう。もうご存じでしょうが、うちの一族の伝統は、聖櫃の捜索なんです。リリスは相談もなしに、だれかにアロンの杖を盗ませれば、ぼくたちの役にたつんじゃないかと考えた。まあ、モーセの杖と呼んでもいいんですが。

ぼくたちはリリスのしたことを知った。彼女のせいでぼくたちも困ったことになったと思い、自首を勧めました。ところが、リリスは逃亡した。正直言って、彼女がいまローマにいるのかフィレンツェにいるのか、それともティンブクトゥにいるのか、まったくわからない。でも、彼女を捜すお手伝いはできます。うちの財団は――ぼくと妹も――全面的に協力しますよ」

ニコラスはおもむろにスコッチを飲み、ゆっくりと拍手した。一度、二度、三度。

「いや、感心した。土壇場でよくそれだけのことを考えたものだ。それとも、あらかじめ考えてあったのか？　練習したのか？　じつによくできた話だ。さて、どこから質問したものか迷うな」

「わたしは迷わないわ」マイクが言った。「アロンの杖はどこにあるの？」

40

エイジャクスはかぶりを振った。「わからない。実物を見てもいないんだ。リリスはぼくらに自分がしたことを白状した。雇った泥棒が杖を渡すのを拒んだので、報酬を全額払わなかったそうです」

マイクは言った。「なるほど、リリスがしたことは青天の霹靂で、あなたたちは泥棒とはまったく関係ないと言うのね」

「当然です。トプカプ宮殿の杖が偽物だということは、だれだって知っている。盗ませる理由がない。リリスに話を聞いて、ぼくたちは彼女のしたことが財団の価値をどれだけ傷つけるか言い聞かせ、首にしたんです」エイジャクスは肩をすくめた。

「ジェネシス・グループは、窃盗など許さない」

「ここの庭園には、素敵な彫刻が置いてあったわ。あなたたちが資金を提供した現場から発掘されたものでしょう?」

カサンドラはマイクに平手打ちをせんばかりに見えた。マイクは思った。ほら、やりなさいよ、遠慮なくやれってば。

だが、カサンドラは立ちあがった。「申し訳ありませんけれど、予定が詰まっているんです。おわかりのように、城の電力にもトラブルが起きているし、次のお客さまがいらっしゃるまでになんとかしなければなりません。おふたりの疑問が晴れたのならいいんですけれど。エイジャクス、お客さまをお見送りして」

「いいよ」

ニコラスが言った。「申し訳ないが、供述書が必要なんだ」

マイクはすばやくつけたした。「でも、いまは無理ね。速記者が必要だもの。明日の朝、ご都合はいかが？」

「予定を確認します」カサンドラは携帯電話を取り出した。ニコラスの電磁パルス攻撃でダウンしているはずだ。マイクはニコラスの目を見て、ドアのほうをさりげなく示した。ニコラスはやっと立ちあがった。

カサンドラが眉をひそめた。「エイジャクス、あなたの携帯電話を貸してくれない？　わたしのはバッテリーが切れたみたい」

エイジャクスがポケットから携帯電話を取り出した。

「変だな。ぼくのもバッテリーが切れてる」

カサンドラはニコラスを見た。「あなたの携帯電話はどうかしら、ドラモンド捜査官?」

ニコラスは電話をポケットから取り出した。「大丈夫です。そちらはどうしたんでしょうね。イタリアの携帯電話会社に問題でも起きたんでしょうか」

「そうかもしれないわ。では失礼します。仕事が二倍になってしまったようだから、明日の朝いらっしゃる前に連絡をいただけると助かるわ」

車へ歩きながら、マイクは言った。「ニコラス、急かしてごめんなさい。キツネが捕まってしまった。トンネルで、男がキツネをかついでいくのを見たの。グラントもそばにいるのかわからないけれど、地下には物置が何部屋もあるみたい。人を隠すにはうってつけよ。死体を隠すにも」

「つまり、グラントだけでなくキツネも救出しなければならなくなったというわけだ」

「もっと作戦を練らなくちゃ。とりあえず、生きてここを出られてよかった。一瞬、ほんとうに死ぬかと思ったもの、エイジャクスのシャツのカフスに血がついていたわ。

賭けてもいいけど、ひげ剃りで切ったわけじゃない。あなただって疑ってるでしょう――」

「リリスが生贄の山羊じゃないかと？　リリスがもう死んでるんじゃないかと？　そうであっても驚かないな」

「とにかく、助けにいくまでキツネが無事でいてくれればいいんだけど」

どうしてここまで苦労するんだ？　ニコラスは考えた。ただ、マイクが言ったように、ふたりとも生きているのはありがたい。

41

車へ歩いていくふたりを、視線が追いかけてきた。ニコラスは車に乗りこんでから、ヴェネツィアのアダムに電話をかけた。

「全部聴いていたか?」

「うん。あいつら、頭の回転が速いね、ニコラス。とっさにリリスに罪をかぶせるとはね」

「アダム、リリスは行方不明ということにしておこう。携帯電話の位置情報、クレジットカードの履歴、彼女の業績を調べてくれ。ひょっとすると本人が見つかるかもしれない。生きているかもしれないし」

「死んでいるかもしれないし」マイクが口を挟んだ。

「わかった」

「アダム、ほかに新しい情報は入ったか?」

「グレイがコハテの投資のポートフォリオを詳しく分析してる。もうすぐ報告書があがってくるよ」アダムはあくびをしてつぶやいた。「ごめん」

「少し眠りなさい、アダム。それか、スニッカーズでも食べて」

「ううん、大丈夫だよ。おれたち、カルボナーラを大量に食べたばかりなんだ――ルイーザって際限なく食べるだろ――それに、ニコラスの部屋のツケで高いワインを飲んだ。そういえば、ひとつおもしろいものを見つけたんだ。ジェネシス・グループは保険会社も持ってるんだ。ロンドンのロイズに親戚はいる？」

「残念だがいない。父の知り合いに重役がいるが。それがどうしたんだ？」

「コハテは大企業に保険を売っているだけでなく、ほかの保険会社とも取引している。ロイズもそのなかのひとつだ。投機的で、とてもリスクが高い。だって、いつ災害が起きるかなんてだれにもわからないだろ。災害のせいで保険会社がつぶれて、それまでの投資が全部無駄になるかもしれない。ところがいまのところ、ジェネシスはそれで大儲けしてるんだ」

「違法なのか？」

「いや。違法じゃない。ちゃんとリスクを考えて、正直にやるならね。現状、怪しいところは見つかっていないけれど、そんなの意味ないからね。ウォール・ストリートで最高の泥棒なら、自分の痕跡を隠す方法を心得てる。さっきも言ったように、徹底的に調べるにはもう少し時間がかかるよ」

「マイクとぼくは、コハテ城の地下トンネルに入って、キツネとグラントを救出する。地元の警察には通知しない。コハテ家は地元警察にも影響力を持っているかもしれないからな。同じ理由で、カラビニエリにもこのことは伏せておく」

アダムが言った。「もうひとつ問題があるんだ、ニコラス。もしも、って話だけど、もしニコラスとマイクが殺られたら、おれたちはどうすればいいの？」

いい質問だ、とニコラスは思ったが、声に出した言葉はちがった。「殺られないよ。キツネの発信器の電波を受信しておいてくれ。早く見つけたい」

「わかった。じゃあ、ニコラスとマイクが城に忍びこんで、キツネを取り返して、グラントも見つけて、またこっそり出てくるんだね」

「そういうことだ。発信器を頼りにね。ありがとう、アダム。いつでも連絡を取れるようにしてくれ、いいな？」

電話を切ると、マイクが言った。「警備員が二倍に増えそうだと思わない？」

ニコラスはにやりと笑ってマイクを見おろした。「ありうるね。でも、ぼくにいい考えがある」ふたたびアダムに電話をかけた。

「アダム、もうひとつ頼みがある。ケイン捜査官が賢明にも指摘したんだが、城のセキュリティがますます厳しくなるかもしれない。アヴィアーノの基地に連絡して、最接近した衛星を監視させろ」

「どうすればおれの言うことを聞いてくれるかな？」

「アメリカのＦＢＩ捜査官が困ってると言えばいい。ヴェネツィアの銃撃戦の話をすれば、すぐに言うことを聞くさ。大丈夫だ」

「わかったよ、やってみる。監視はつづけるね。用心して。キツネをかならず見つけてよ」

ニコラスは電話を切り、マイクに片方の眉をあげてみせた。「アダムはおれたちよりキツネのほうが心配なんじゃないかという気がしてきた」

「そりゃそうよ。既婚じゃなければあなたと結婚したのに、なんて言われたんだもの。さあ、行きましょう」城を指さす。城を見あげたニコラスは、二階の窓辺で金色の波打つ髪がさっと動いたことに気づいた。

「エイジャクスだ」

「ええ。見ていたのね。盗聴器をあのふたりのどっちかに仕掛けたんでしょう」

「もちろん。なんとかカサンドラに仕掛けた。極小の盗聴器を彼女の服の襟の下にね」カサンドラに仕掛けた盗聴器のスイッチを入れ、耳を傾けた。「よし、ちゃんと動いている。おやおや、ミズ・コハテはただでさえ危険なのに、ものすごく怒っているようだぞ」

42

ニコラスは言った。「では、散歩をしよう。あのカフェに入って、ぼくたちがいかに無害か町の人々に見てもらうんだ。それから、われらが異常者たちの話に耳を傾けるとしよう」

ふたりはカフェの外の小さなテーブル席に座り、警戒しているウェイトレスにエスプレッソを注文した。ニコラスはマイクにイヤフォンを渡し、彼女が黙って耳に装着するのを見ていた。ふたりは聞き耳を立てた。

カサンドラ「そろそろ嵐を移動させなくちゃ。ＦＢＩの連中を追い返さなくちゃ。そのためにも、こうするしかないの。リリスに全責任があるなんて話、ドラモンドが一瞬たりとも信じていなかったのはわかるでしょう。よくできた話だったけど、ドラモンドはいまにも笑いだしそうな顔をしていたわ、完全に疑っていたのよ」

エイジャクス「わかってる。行動を開始しなくちゃ。ぼくが泥棒夫婦を始末する」

カサンドラ「いいえ、わたしがやるわ。あなたは嵐を動かして、飛行機を手配して。ここでできることはほとんどないって言ってたじゃない。ということは、島へ言っておじいさまと対決するしかないわ」

　カサンドラはいったん黙った。ふたたび彼女が話をはじめたとき、ニコラスはその声に不穏な興奮を聞き取った。

カサンドラ「あの老いぼれを言いくるめて、嵐をワシントンＤＣに向かわせるのよ。言うことを聞かなければ、殺して自分たちでやればいい」

　高笑いが聞こえた。

カサンドラ「きっとおもしろいわ。わたしたちがＤＣにどれだけの被害をもたらすか想像して。大事なＦＢＩの本部もホワイトハウスもぶっつぶれる。北京のあれが大惨事ですって？　これからわたしたちがやることにくらべたら、あんなのなんでもないわ。急ぎましょう。あのふたりが戻ってくるわ。それもたぶん、明日の朝より早く」

アレックス「ふたりが戻ってきたら、ハリーたちが殺してくれるよ。彼らはヴェネツィアの間抜けどもとはちがう」

カサンドラ「わたしもそう思えればいいのだけど、信用できないのよね。だって……」

ニコラスは言った。「残念だがマイク、ここで終わりだ。ふたりが集音可能な範囲の外に出てしまった」テーブルに小銭を置き、ふたりは車へ引き返した。

車を発進させ、広場と城をあとにして、山道をおりる。

マイクが言った。「ニコラス、カサンドラはキツネを殺すつもりよ。早く助けにいったほうがいいわ」

「そうする」

「あなたの計画どおりにいけばいいんだけど。あのふたりの話――ワシントンＤＣに嵐を直撃させて、街を壊滅させるなんて」マイクは恐怖と怒りを同じくらい感じていた。「でも、そのためには、ふたりの祖父がいる〝島〟へ行かなければならないのよね。主犯はふたりの祖父なの？　嵐を操作しているのは祖父なのか？　どうやらそうらしい。でも、祖父が双子の言うことを聞いてくれないのかしら？」

「ああ。そうかもしれない。とにかく、双子は祖父を恨んでいて、殺そうとしている」

「ニコラス、どこへ行くの？　ああ、キツネと同じ道をたどって城に入るのね」

「キツネの発信器が頼りだ。かならず見つける。キツネが城に入って、きみが格闘の音を聞いて彼女が捕まったのを目撃するまで、三十分もかかっていない」

「ええ。とにかく城の地下に入って、だれにも気づかれずにキツネとグラントを助け出さなければならない。わたしたちならできる」

　ニコラスはマイクの顔に手を添え、すばやくキスをした。「きみはぼくの自慢だ、わかってるな？　さて、車を隠したいが、ここは開けすぎている。山をおりてくる人に見つかりたくない」

　ニコラスが運転する一方で、マイクは装備の鞄から防弾ベストと武器を取り出し、身につけはじめた。「シールド袋がちゃんと役に立ったんだから、あなたとアダムはメダルに値する。これからも覚えておかなくちゃ。とても便利だもの」

マイクがニコラスを見ているうちに、車はヘアピンカーブを曲がった。沈む直前の夕日が、つかのま彼の顔を照らした。無精ひげが生えている。マイクはニコラスの膝に手を置き、彼の筋肉が引き締まるのを感じた。「あなたもすごい人よ。待って、ニコラス。いま、未舗装の狭い道の前を通り過ぎたけど、奥にオリーブ畑が見えた。車の隠し場所にちょうどいいかも」

ニコラスはバックして、道路というより小道と呼んだほうがよさそうな道へ入った。「うん、ちょうどいい。目ざといね」車は細い道をがたがたと進み、道路から見えない場所まで来た。だれかが捜しにこないかぎり、見つかることはないだろう。ニコラスは肩越しに振り返り、満足してうなずいた。

車から出ると、夕日がいまにも沈もうとしていた。ニコラスは装備をととのえ、通信機のボタンを押した。

「アダム、用意はいいか？　ぼくたちが見えるか？」

「衛星の位置を修正するのに五分はかかる」アダムが答えた。「ちょっと待って、あと少しだから」

「キツネが危ない。早く助けにいきたいんだ。できるだけ急いでくれ」

イヤフォンからアダムの興奮気味の声が聞こえた。「キツネの発信器は生きてるよ。ニコラスの携帯に位置情報を送るから。おれたちが追跡をはじめてから、キツネは移動していない。まだそこにいる。位置を確かめたかったら、携帯を見て」

つかのま沈黙がおりたあと、アダムが言った。「あと一分でつながる。空から見てるよ」

「よし。タイミングを見計らって、大声で突入を指示してくれ」

ニコラスとマイクは小走りでオリーブ畑を抜け、ななめに斜面を突っ切ってトンネルを目指した。

43

コンピュータのモニターの前でひとりごとをつぶやきながら嵐の針路の変更方法を考えているエイジャクスを残し、カサンドラは部屋を出た。リリスの部屋へ行き、ノートパソコンを抱える。新しい携帯電話はもう手に入れた。あとでそれらを処分してから、飛行機に長時間乗ることになる。老いぼれの王を退位させるためだ。お母さまはわかってくれる、かならずわかってくれる。カサンドラはわけもなくそう確信していた。祖父は必要なことすらしてくれない。祖父は年老いた。臆病風に吹かれている。カサンドラとエイジャクスが船の傾きをなおすのだ。

嵐がワシントンDCを破壊したら、エイジャクスとイタリアへ帰ろう。聖櫃を見つけなければならない。見つけたあとは？　世界を自分たちのものにする。

カサンドラはハミングしながら自分の部屋へ行き、荷造りをした。携帯電話でハリーを呼び出し、城の奥の階段をおり、倉庫のエリアを抜けて地下室に入った。ありがたいことに、明かりがついていた。

ハリーが地下室のドアの脇で待っていた。「こちらです」カサンドラはピンヒールを脱ぎ、ゴム長靴に履き替えた。

ふたりは狭いトンネルに入った。現場監督のジョヴァンニが待っていた。

「あっちにいます」彼は自分のオフィスのほうを指さした。「どこにも逃げられません。もうひとりと同じ部屋にしますか?」

「まだいいわ。先に彼女と話をしたいの」

「ようやく明かりがつくようになりましたが、パソコンはもう使えないんですよ、シニョリーナ」

「知ってるわ、それでどうするの?」

ジョヴァンニは、肩をすくめた。この魔女は癇癪持ちだが、もう慣れた。ときどき、ジョヴァンニはカサンドラの首をひねってやりたくなるが、いまはハリーがいるからまずい。「ペルージャから新しいルーターとパソコンを取り寄せました。でも、あと四十分くらいかかるので、システムにつなげるのはそのあとになります。なにが原因かわからないんです。だれかがパソコンに大量の電流を流して、たちまちショートさせてしまったような感じです」

「それはわかってる。ふたりとも出ていって。捕虜と一対一で話したいの」

ハリーとジョヴァンニは出ていった。ふたりとも、カサンドラが女を殺すつもりだとわかっていた。

キツネはオフィスの隅にある金属のロッカーにつながれていた。顔は痣だらけで、鼻とあごから流血している。目は閉じていた。

カサンドラはキツネの腰を蹴った。「寝てるふりはやめなさい。目をあけて」

キツネに言わせれば、蹴られた痛みなど頭痛にくらべればなんでもない。なんとか声をあげずにこらえた。

「ほら、ビッチ、目をあけなさいってば。話があるのよ。大事な旦那を目の前で殺されてもいいのね。そのあと、あなたを殺して、リリスと一緒に埋めてやるわ。殺すにはもったいない女だったけど」

キツネはカサンドラ・コハテの顔をにらんだ。写真は見たことがある。ほんとうに非の打ち所がないほど美しいけれど、目だけはべつだ。カサンドラは常軌を逸した目つきをしている。「ディオールのドレスにその長靴って、ぜんぜんそぐわない」

カサンドラはまたキツネを蹴った。

キツネは声ひとつあげなかった。

「ＦＢＩがなにをするつもりなのか言いなさい。もちろん、ドラモンドとケインのことよ」

キツネはカサンドラの顔をじっと見つめた。そして、はっきりと言った。「よろこんで教えてあげる。ふたりはもうすぐここへ戻ってきて、この城を粉々に爆破して、あんたを瓦礫に埋めるつもりよ」

キツネは話しているうちにカサンドラの表情が変わるのを見ていた。そこに恐怖はないが、明らかに憤怒はある。しかも、怒りはどんどんふくらんでいる。いますぐ殺されるのだろうか？　キツネは目を閉じた。

カサンドラがかたわらにひざまずいた。「ドラモンドはなにひとつ証拠を持っていない。それに、あの男がなにを考えていようが、なにを知っていようが、なにを証明しようが、そんなことはすぐにどうでもよくなる。まったくどうでもよくなるの」パチンと指を鳴らす。「すべて消えるから」

すべて消える、とはどういう意味だろう？　キツネはふたたび目をあけた。カサンドラの顔がすぐ近くにあった。キツネはささやいた。「怖がりなさい、カサンドラ、恐れなさい。ドラモンドには、あなたの首を鶏の首のようにひねることができるわ。あなたとあの常軌を逸した双子のお兄さんが逃げても、彼はかならず見つけ出す。ケイン捜査官はどうかしら。彼女は絶対にあきらめない。どこまでもあなたを追いかけて、最後にはその頭に銃弾を撃ちこむわ」

カサンドラに頬を平手打ちされた。今度は痛みが鋭く、目が潤んだ。キツネは常軌を逸したこの女を、みずからの手で殺してやりたかった。

「ドラモンドとケインがなによ。ふたりともしょんぼり帰っていったわ、だってなにひとつわからなかったんだもの。まるで歯のない猟犬みたいなものね、規則とお決まりの手順に縛られて。それに、カラビニエリの友人がわたしたちを守ってくれるわ」

「あのルッソ少佐みたいな無能な間抜けのこと？　わたしたちを追いかけてきた車には乗っていなかったみたいだけど、あなたも一部始終を聞いていたんでしょう？　あの男があなたたちを助けにくると思う？　それはありえないわ、カサンドラ。いまごろ飛行機でイタリアを脱出してるはずよ」

「あなたも猫みたいに命を九個持ってるつもり？　でも、九個全部使い果たすのももうすぐね」カサンドラは立ちあがり、スカートの埃を払った。「ＦＢＩがなにをたくらんでいるのかいますぐ話したほうがいいわ。話さないのなら、ハリーとジョヴァンニに、ご主人をここに連れてこさせて、あなたの目の前で拷問してやる」

キツネはかすれた声で言った。「話すわ。でもその前に、グラントを解放して」

カサンドラは冷笑を浮かべてキツネを見おろした。「わたしと交渉しようって言うの？　だめよ。あなたが白状しないのなら、彼は死ぬわ」

キツネは目を閉じて仰向いた。

「そう。大事なご主人にさよならを言うのね」カサンドラはオフィスのドアをあけ、外に出た。「男を殺して」ジョヴァンニに命じる。

「待って！」

カサンドラはゆっくりと振り返り、片方の眉をあげて腕を組んだ。ふたたび口を開く。「知っていることを全部しゃべったら、ご主人の命は助けてあげる」

キツネは、カサンドラが夕食のメニューを決めるときほど迷わずにグラントを殺すだろうと思った。だが、時間を稼がなければならない。ニコラスとマイクは、来ることができるなら絶対に来る。「あんたを信じろって言うの？」

カサンドラはキツネを見て、冷たく言った。「人を殺めるのが楽しいわけじゃないわ。ときにはそうするしかないってこともある。わたしはサイコパスじゃないし」

カサンドラは、後ろによろめいた。なぜこんなことを口走ったのだろう？　この言葉を口にすると、胸の奥にあるものが熱く煮えたぎる。いいえ、ちがう、煮えたぎったりしない。わたしは異常じゃない。絶対にちがう。ドラモンドに正気ではないと言われ、彼の心臓をえぐり出してやりたくなったことを思い出す。

カサンドラは冷静さを取り戻した。「ほら、白状しなさい。あのふたりがなにをするつもりなのか、なにを知っているのか教えなさい。そうすれば、ご主人を解放してあげるし、うちのかかりつけ医を呼んであなたを診てもらうわ」

はっ、そんなことはまずありえない。キツネは、カサンドラの目をまっすぐに見返した。「彼らはあなたたちの懐具合を調べてる。あなたたちがロジャーズっていうシンガポールのブローカーと取引してることも知ってるわ。あなたたちが引き起こした嵐で得た利益を投資してるんでしょう。でも彼らがこれからどうするのか、わたしにはわからない。わかるわけがないでしょう?」

カサンドラはかぶりを振った。信じられなかった。どうしてランドリー・ロジャーズのことを知られてしまったんだろう? いままでもワシントンDCを破壊することにためらいはなかったが、これでますます考えが固まった。気がつくと、疑問を口走っていた。「わたしの母のことは知ってるの?」なぜそんなことを訊いてしまったのだろう? FBIに母親を見つけてもらおうなどとは、少しも思っていないのに。

「いま捜査官がロンドンを訪れているはずよ。セント・ジャーメインが書いたアップルトン・コハテの伝記の改訂版の資料を読みこんでる。あなたの高祖父ね――すべては彼からはじまった、そうでしょう？」

キツネはふたたびカサンドラに脇腹を蹴られた。だが、みごとに耐えた。痛みに逆らわず、受け止めて耐えた。いまのキックで肋骨が折れたわけではない。ゴム長靴はやわらかい。

カサンドラが、あの伝記作家まで見つけたのかと驚いたのか、一瞬目を閉じてうめいた。肩をすくめる。「どうせたいしたことは書いてないけれどね」

「ドラモンドとケインは、そんなふうに思ってないわ」

カサンドラが机を指で小刻みにたたいている。「愚か者の父が、あの作家に高祖父の日誌を渡したのよ、知ってる？　最初に伝記が出版されたとき、父はそれを読んで、自分のことが書かれていなかったから、セント・ジャーメインにわたしたちの個人的な記録を渡したの。恨みがましいろくでなしよ。自分が貢献したこと、自分がなしとげたことを他人が原稿に書いてくれることに興奮していたわ。でも、真の目的はお金と名声。自分はコハテの継承者だとすら言いだした。

異常ってどういうことか教えてあげましょうか？　あの卑劣で邪悪な父こそ異常よ。父のしたことを聞いて、わたしたちは――」カサンドラは口をつぐんだ。息遣いが荒く、全身から怒りをあふれさせている。今度は、書類戸棚に拳をたたきつけた。痛いだろうに、気づいた様子もない。「あんなやつ、死んでよかったわ。エイジャクスもわたしも、あいつがなにを言うか心配しなくてもよくなったし、あいつの顔を二度と見なくてもいいし、泣き言も聞かなくてもいい。ジェネシスからあいつを追い出してなにが悪いの？　あいつを始末してなにが悪い？」

キツネは、カサンドラ・コハテがどんどん興奮していくのをじっと見ていた。カサンドラはぶるぶると震え、手のひらに反対側の拳を打ちつけながら、うろうろと歩きまわっている。「お母さまがあんなやつを信用したからよ。あんなやつにコハテ文書を自由に見せたからよ！　おかげであのざまよ！　あいつは家族を裏切った、お母さまを裏切った！」

突然、カサンドラはまったく動かなくなった。キツネには見えないなにかを、遠い目で見つめている。頰に涙がつたう。やがて、カサンドラはささやいた。「お母さまがそばにいたら、あいつを殺してくれたのに」またうろうろしながらひとりごとをつぶやきはじめた。「とにかく、リリスがあの三流作家とくそ親父を始末してくれた。でも、あの文書を取り戻せるかどうかはわたし次第。あれはわたしのものよ、ねえ聞いてる？　あれはわたしのものなの」

ふと口をつぐみ、ひたいをこする。

キツネは考えた。双子は実の父親を殺したのか？　伝記作家もリリスも？　だが、いまそのことは重要ではない。現実が赤いスポットライトのようにキツネを照らす。カサンドラが殺人者の目でこちらを見ている。終わりが近づいている。それでも、できるだけ時間を稼がなければ。

「リリスがあなたの父親と伝記作家を殺したの？」

カサンドラは笑みを浮かべてキツネを見おろした。「あなた、大事な教訓を学んだでしょう？　わたしと兄を怒らせて無事だった者はいないのよ」

キツネはそれ以上なにも言わなかった。もはやなにを言えばいいのだ？

カサンドラの表情が変わるのがわかった。キツネは覚悟を決め、心のなかでグラントに別れを告げた。

一方、カサンドラは不意にあることを思いついていた。そうだ、こんなにわかりやすく完璧な方法があったのだ。カサンドラもエイジャクスも、祖父が絶対に気象操作の方法を教えてくれないことはわかっている。けれど、このアイデアを実行すれば、祖父を拷問するまでもなく、貴重品の金庫室の暗証番号を聞き出すことができるはずだ。

足元に転がっているのは、天才的な泥棒だ。リリスはキツネのことを、崇拝をこめた口調でそう呼んだ。このみじめな女が世界最高の怪盗だと言いきったのだ。泥棒を生かしておくのは危険だから殺せとリリスに指示したとき、彼女が打ちひしがれていたのを思い出す。あのとき、エイジャクスがなんとかリリスを説得して、結局リリスはパッツィに仕事を命じた。けれど、このフォックスという泥棒は、たしかに自分の価値と能力を証明してみせた——トプカプ宮殿から、ほんとうに杖を盗んできた。だったら、フォックスに祖父の金庫室を破らせればいい。

キツネは、カサンドラが急にそわそわしはじめたのを感じ取っていた。どうしたのだろう？　カサンドラは身を屈め、キツネの頰をそっとたたき、いきなり立ちあがって狭いオフィスから軽やかな足取りで出ていこうとした。「逃げようなんて考えちゃだめよ」肩越しに、歌うように言った。それ以上なにも言わず、カサンドラは立ち去った。彼女がジョヴァンニに指示するのが聞こえた。「出発するわ。あの女を連れてきて。男は放っておきなさい」

「男は処理しますか？」

「いいえ、銃弾の無駄遣いよ。ほっとけば鼠の餌になるわ」

キツネは目を閉じた。あの異常な女は、なぜ殺してくれないのだろう？　なにが目的なのだろう？　でも、もうどうでもいい。心配なのはグラントのことだけだ。彼は大丈夫だ、きっとニコラスとマイクが見つけて救出してくれる。

オフィスにハリーが入ってきた。その手に注射器を握っている。キツネに殴られた顔に痣が残っていて、戦闘用ナイフで切られた腕に絆創膏を貼っていた。この男にさんざん痛めつけられたのに、キツネは彼が怖くもなんともなかった。

ハリーが近づいてきて、すぐそばにひざまずいた。「じっとしてろよ、動いたらますますつらくなるぞ」キツネの腕に針を刺し、プランジャーを押した。キツネは三秒で意識を失った。

カサンドラの声は、キツネには聞こえていなかった。「やっぱり男も連れてきて。餌として必要になるかもしれないわ」

44

ニコラスとマイクが黙って歩きつづけているうちに、日は沈み、空は淡いピンク色に染まった。マイクは振り返り、眼下のオリーブ畑のむこうの湖水に目をやった。湖は深い紫色に変わっていた。コオロギの声が聞こえ、頭上でコウモリが飛び交うのが見える。

「あそこよ」マイクは静かに言い、ニコラスの肩に軽く触れた。「入口があるわ」警備員がオレンジ色のテープの前に立っていた。「あの男が持っているのはL85じゃない？」

ニコラスは単眼鏡を取り出した。「目ざといね、マイク。そのとおりだ。新しいモデルだな。カサンドラとエイジャクスは新しいものが好きらしい。きっと、あの男もイギリス人だ——L85はイギリスの特殊部隊御用達のアサルトライフルだから。彼らがあんなものを無駄に振りまわすとは思えない。とはいえ、たったひとりだ」

「暗視ゴーグルは持ってるのかしら？」

「たぶん。でも、いまは装着していない。そうでなければ、ぼくたちはいまごろ深刻な事態に陥っていたはずだ。隙があるぞ、あの男は」

マイクはグロックを取り出した。「わたしが撃つ？　それとも、あなたがやる？」

ニコラスは単眼鏡をしまった。「きみはサプレッサーを持っていないだろう。音はたてたくない。無線で応援を呼ばれたら困るしね。少し時間をくれないか。ぼくが男の背後にまわる。きみは彼の注意を引いて、姿をちらりと見せてやってくれ」マイクの腕をつかむ。「絶対に撃たれるな、いいね？　とにかく、一瞬だけ彼の視界に入って、視線を引きつけろ。その隙に、ぼくが背後から撃つ」

「あなたも気をつけてよ」

畑の端で育ちはじめたキンポウゲの茂みがクッションになり、ふたりの足音は聞こえなかった。青い花の咲いたボリジの茂みと徐々に濃くなっていく闇が、ふたりの姿を隠してくれる。入口まで六メートルほどの地点で、ニコラスがマイクに合図をして東へ迂回しはじめた。

マイクが二十まで数えたとき、ニコラスが通信機のボタンを押し、マイクにタップ音を一回だけ送ってきた。マイクは手近なオリーブの枝を揺らし、すぐさまウサギのように跳び出すと、隣の小さな畑へ六メートルほど走った。

警備員ははっとし、トンネルの入口からマイクのいる方向へ十歩ほど歩いて足を止めた。大声もあげず、無線で助けを呼ぶこともしなかった。暗くなったので、野生動物がうろついている可能性があるからだ。だが、指はトリガーガードにかけていた。

マイクはふたたび走り、警備員の注意を右手に引きつけた。ニコラスは静かにトンネルの入口の端へまわり、警備員の頭を石で殴りつけた。警備員は声もたてずに倒れ、動かなくなった。そばに、彼の血で汚れた石が転がっていた。

「死んだの？」

「いや」ニコラスはリュックからロープを取り出し、警備員の手足を縛って猿ぐつわをかませた。それから、彼をオリーブ畑へ引きずっていき、ボリジの茂みに隠した。

ふたりはひとことも言葉を交わさずにトンネルに入った。懐中電灯の明かりがかろうじて闇を切り裂いている。マイクは身震いした。

ニコラスが声をひそめて言った。「照明があるようだが、明かりがついていない。なぜだろう？　電力は一時間前に復旧しているはずだ。必要のないときは照明を使わない主義なのかな」

「トンネルが普段は使われていないほうに一票入れる。ニコラス、見て。地面にふた組の足跡がある――ひと組は小さくて、なかへ向かっている。もうひと組みは大きくて、外に向かっている。最近このトンネルを使ったのは、キツネとさっきの警備員だけってことね」マイクはニコラスの袖に触れた。「そこが引っかかるのよ。なぜコハテ兄妹は、これほど侵入しやすい経路をふさがなかったの？　あんなに厳重な警備を敷いているのに、裏口からこっそり侵入するのにうってつけのトンネルを残すのはおかしいわ。警備員もたったひとりなんて」

「マイク、テンプル騎士団は追い詰められてこのトンネルから脱出したという話だっただろう？　それにほら、アダムが見つけた詳細な城の見取り図は、だれでも簡単に手に入れられるものじゃないだろう？　ここは個人の所有地だし。ほら、足元に気をつけろ、のぼり坂だぞ」

ニコラスはマイクのウエストを抱き、地面に転がっている杭をひょいと越えさせた。足を止め、懐中電灯で杭を照らす。それは、木の枝の先を鋭く削ったものだった。

「キツネの残したパン屑かな？」

マイクはひざまずき、枝を検《あらた》めた。「急いで脱出するために、手頃な武器が必要だったとしたら、キツネが作った武器かもしれないけど」立ちあがり、パンツで手を拭う。「とにかく、これを使う機会はなかったみたいね。キツネが捕まったのは、トンネルの奥だから」

「キツネは戦闘能力もあるし、ほんとうにしぶとい。むざむざ捕まると思うか？」

マイクはかぶりを振った。「ほんとうは、城に侵入したら、ご主人を助け出して、さっさと逃げるつもりだったんだろうと思う。あのときの物音からして、きっと体格がよくて俊敏な男に不意打ちをかけられたのよ。わたしが見たときは、キツネは意識を失って男にかつがれてた。キツネがあんなことを許すなんて信じがたい。男の姿は一瞬しか見えなかったけれど、ハリーって男だと思う。あら、これはなに？　まったくありがたくないわ——道がわかれてる」

ふたりはぴたりと足を止めた。ニコラスは、わかれたトンネルを懐中電灯で順番に照らした。「見取り図から判断すると、北へ向かえばいい。こっちだ」

「ここでなにをしてるのかしら？　このへんは新しく造られたように見えるわ。エトルリア人の遺跡発掘はもう何年も前に終わってるし」

「ベンがセント・ジャーメインの書いたアップルトン・コハテの一冊目の伝記の梗概を送ってくれた。聖櫃の伝説のなかに、テンプル騎士団が教会のために聖櫃を守っていたというものがあるそうだ。ベンがくれた資料のなかに、ここからほど近いサン・ベヴィニャーテの教会が、教皇グレゴリウスの命令でテンプル騎士団を一時的に保護していたと書いてあった。騎士団は聖櫃を教会の下に埋めずに、ここに隠したのかもしれない。移動させるより安全だと考えたんだろう。そして、コハテ一族がそのことを知った」

ニコラスはつづけた。「つまり、教皇グレゴリウスが聖櫃を手に入れ、テンプル騎士団にあずけて守らせたということだろうか？　まあ、ここはたしかに僻地だ。だから教皇もここを選んだのかもしれないな。騎士が常駐している場所より、だれも知らない場所のほうが安全だということで」

「そうかもね。コハテ家の者たちは、そのことを知って以来ずっと聖櫃を捜してきた。この城を買った理由も、トンネルを現代の技術で補強した理由も、それで説明がつくわ」

「まあ、正気の沙汰ではないね」ニコラスは立ち止まり、さらに二股にわかれたトンネルの先を照らした。「困ったな、これは見取り図にはなかったぞ。きみはどっちを取る？」

「どっちを取るにしても、城に向かわなければならないんだから、つまり北へ向かってるほう」

ふたりはトンネルの奥へ、山の奥へと進んでいった。しばらくして、ニコラスが手をあげた。「聞こえるか？」

口論する声が近づいてくる。

ふたりはトンネルの分岐点へ走って引き返し、もう一方の通路に隠れた。声はだんだん近づいてくる。ふたりの男が言い争いながら分岐点を通り過ぎてべつのトンネルの奥へ消えると、声も少しずつ聞こえなくなった。

ふたりはふたたび北のトンネルに戻った。マイクは土と黴のにおいにまじって、銅のような血のにおいを嗅ぎ取った。足を止め、ニコラスの耳元でささやく。「このにおいがわかる？」

ニコラスも止まった。「わかる」懐中電灯であたりを照らした。「マイク、死体だ。適当に埋められている」

ひざまずき、やわらかい土を払いのけた。

「女だ」

嘘、嘘でしょ。「キツネ？」

「まだわからない」ニコラスは死体の顔から土を払いのけつづけた。

突然、ライトと影が現れ、男のどなり声があがった。「おい！　そこでなにをしている？」

マイクは声のほうへさっと懐中電灯を向け、男の目をくらませた。男の姿がつかのま見えた――短髪のたくましい大男が、イギリス訛りで叫んでいる――ハリーだ。ニコラスはすばやかった。マイクは隣で銃を構えたが、ニコラスもグロックを構えてどなった。「銃を捨てろ。ここはおとなしくしたほうが身のためだ」

「ドラモンド、おまえか――ジョーイを殴りつけて、縛って外に転がしたのはおまえだな？　おまえのことはずっと見張っていたんだ。ミズ・コハテは、おまえたちがとっくに立ち去ったと思っていたが、おれはちがう。おまえたちの同類と一緒に働いていた経験上、絶対に帰ってくると踏んでいた。おまえたちにはここで死んでもらう。おまえたちふたりがどうなったか、だれにもわからない」

ハリーは両手に銃を持っていたが、ニコラスのほうがすばやかった。ニコラスは流れるような動作で腕をあげて発砲し、ハリーの胸に二発の銃弾を撃ちこんだ。マイクは一瞬遅れてハリーのひたいを撃った。銃声がトンネル内でこだまし、耳を聾《ろう》した。ハリーは驚愕の表情でつかのまふたりを見つめたあと、膝を折った。銃が体の両脇に落ちた。

マイクはニコラスの腕をつかんだ。「地下に人がいたら、すぐに駆けつけるわ」浅い墓穴を見やる。「あれはキツネだった？」

「いや。リリスだ。行こう」

ふたりはグロックを手に、身を屈めて走りだした。ニコラスが懐中電灯で前方を照らした。

「キツネとグラントが一緒にいればいいんだけど。生きていてほしい」

ニコラスも同じことを思った。

しばらくトンネルの奥へ走ったあと、マイクがニコラスの手首をつかんで耳打ちした。「奥に明かりが見える」

角を曲がると、煌々と照明のついた広い洞窟のような場所に出た。地下の工事現場のようだ。ニコラスは、ドアの脇に十台ほど並んだバイクや、スチール製の保管箱、さまざまな道具を見て取った。六人の男が作業をしている。だれも銃声に気づかなかったらしい。

「そろそろ店じまいみたい」マイクがささやいた。「ニコラス、あれを見て」

狭いトンネルから、灰色の髪の小男にキツネが引きずられて出てくるのが見えた。ふたりの前にいるのはカサンドラ・コハテだ。彼女は大声で命じた。「一時間以内に出発するわ。男も忘れないで連れてきて」

キツネとグラントは生きているのだ。マイクは言った。「逃亡するつもりね。いますぐ連中を捕まえたほうがよくない？　ハリーとトンネルの入口にいた警備員がいないことに気づく前に」

ニコラスはうなずき、グロックの銃口を洞窟のなかへ向けた。「位置について。三、二――」

ところが、マイクはニコラスを引っぱり戻し、トンネルの壁際へ追いやった。

「待って、だれか来る」

イタリア語と英語のどなり声とともに、あわただしい足音が聞こえた。人数が多すぎる。マイクは背伸びした。「ハリーの死体を見つけたか、わたしたちに気づいたのよ。いまはキツネとグラントを助けにいけないわ。こんなことしたくないけど、数で太刀打ちできない。来た道を急いで戻りましょう」

ふたりはトンネルを引き返し、リリスの死体の脇を通り過ぎ、暗闇のなかを進んだ。

背後で大声があがった。

「なにを言ってるのかわかる？」

「無線で応援を呼んでいるようだ」

「あそこに隠れましょう」ふたりはトンネルの支線に駆けこんだ。墓穴より狭く暗い。

ニコラスはマイクの腕をつかんだ。「待て、じっとして。聞こえるか？」

「エンジン音でしょ。たぶんバイクよ」しばらく耳をそばだてたが、マイクには声しか聞こえなかった。「さっきの洞窟にバイクが置いてあったでしょ。いまも声が聞こえる、だれかにわたしたちを引き離せ、バイクで追い散らせって叫んでる。ニコラス、このトンネルはどこかに通じてる、行き止まりじゃないわ。こっちよ」

ふたりはさらに分岐した支線に走った。突然、けたたましいエンジンの音があがった。まぶしいヘッドライトに目がくらむ。

男が叫びはじめた。「いたぞ、ここだ」

バイクが全速力で走ってきた。

45

「マイク、こっちだ」ふたりはくるりと向きを変え、分岐点へ走って戻った。バイクが背後から迫ってくる。壁に反響するエンジン音がうるさい。

「エンジンの音がどんどん増える。バイクが増えてるってことね。走る？　それとも立ち向かう？」

ニコラスはにやりと笑った。「悪いが、数のうえで完全に負けている。ぐるっとまわって、洞窟のむこう側から彼らを驚かしてやろう」

「どこへ行くの？」

「ついてこい」走りだしたニコラスを、マイクは必死に追いかけた。英語とイタリア語の叫び声やどなり声がすぐそばで騒々しく飛び交う。マイクの頭の横を銃弾が飛んでいき、土の壁にめりこんだ。

ニコラスは銃を抜いてマイクの前に躍り出ると、彼女をかばって土壁に押しやり、バイクの男に向かって発砲しはじめた。三発でバイクのヘッドライトがぐらりと揺れ、倒れた車体がすべっていった。エンジンが空回りし、排気ガスに土埃が舞いあがる。

「急げ」

ニコラスはふたたびマイクの手をつかみ、バイクへ向かって走った。バイクから一メートルほど後方に運転手の死体が転がっていた。ニコラスはバイクを起こしてまたがった。「乗って」にんまりと笑う。「悪いがヘルメットはなしだ」

マイクは笑いを嚙み殺してニコラスの背中にしがみついた。「ルッソが違反チケットを切りにこなければいいけど。発進して、ニコラス！」

ニコラスはバイクの向きを変え、狭いトンネルの奥を目指した。一度、二度、エンジンを吹かすと、振動で危うく振り落とされそうになった。やがて、ふたりはヘッドライトだけを頼りに暗闇のなかを突っ走っていた。マイクの胸は高鳴り、鼓動の音が激しくなった。ニコラスにしっかりとつかまり、髪をなびかせて叫ぶ。「行け行け行けぇ！」

ニコラスは満面の笑みをこらえきれなかった。

細いトンネルはさらに枝分かれし、いくつもの通路と交差していた。どの方角へ向かっているのか、マイクにはさっぱりわからなかった。ただ、うるさいエンジン音に混じってべつのバイクのエンジン音が聞こえ、まただれかが追いかけてきていることはわかった。

「連れができたわ」マイクは叫んだ。背後の二台のバイクの運転手が銃を振りまわし、大声で叫んでいる。

マイクは一台目を狙って発砲した。ニコラスがバイクをUターンさせ、二台目を撃つ。マイクの標的が転落し、バイクがトンネルの壁に激突したが、ニコラスは走りつづけた。銃をしまい、上体を低く屈めてスピードをあげる。このままでは敵を轢き殺してしまう。だが、ニコラスはバイクが敵にぶつかる直前に、支線に入った。マイクは危うくバイクから落ちそうになり、ニコラスの腕をつかんだ。ニコラスが引っぱりあげてくれた。彼のジャケットに片方の手でつかまり、もう片方の手で背後の敵を撃った。

「また増えたわ」

バイクのエンジン音と銃声と叫び声で、トンネル内はひどくやかましい。また二台のバイクが背後に現れた。運転手はハンドルに覆いかぶさるように上体を伏せ、銃を構えている。マイクはひとりの手を撃ち、銃が吹っ飛ぶのを確認した。その男は片手運転で追ってきたが、コントロールできなくなり、ついには横倒しになると、走って追いかけてきた。もうひとりは、枝わかれしているトンネルへ消えた。

「あの人たち、どうしてもわたしたちを追い払いたいみたいよ、ニコラス」

「しっかりつかまれ、楽しむぞ」

ニコラスはスピードを落として地面に片方の足をつくと、バイクの向きを変え、向かってくるバイクに突進した。マイクはひと塊になった追っ手集団に発砲した。

またべつの叫び声がした。一台のバイクが、マイクたちの背後の曲がり角から現れた。ニコラスはふたたび暗闇のなかへバイクを走らせた。「まったく、頭を切っても切っても生えてくるヒドラみたいな連中だ。ひとり倒しても、三人湧いてくる」

マイクは体をひねり、転落しないよう気をつけながら背後をうかがった。「三台が追いかけてくる。もうすぐ追いつくわ。新しい弾もこめないといけないし。ぐるっとまわってくれる？」

四台目のバイクが前方からスピードをあげて走ってきた。

「そこよ！」マイクが叫び、ニコラスは土壇場で左に曲がった。勢い余ってふたりは右肩を壁にぶつけたが、マイクが片方の足をついて体勢をなおした。エンジンを吹かし、暗闇の奥を目指す。

このトンネルは、とても古いようだ。中央に深い轍があるが、地面は土ではなく、古代の石畳だ。エトルリア人が歩いていたのかもしれない。

背後のバイクがどんどん近づいてくる。マイクは、男の笑い声を聞いたような気がした。そのとき、男が笑った理由がわかった。前方に壁がある。頑丈そうな木の壁だ。ついに追い詰められてしまった。

ニコラスが叫んだ。「マイク、しっかりつかまれ！　ぼくの腰を抱きしめろ」

彼はマガジンが空になるまで木の壁に銃弾を撃ちこんだ。マイクは必死にニコラスにしがみつき、追っ手が放った銃弾の熱を頭上に感じた。喉元に心臓がせりあがる。ニコラスはさらにスピードをあげ、壁に突っこんでいく。年代物の木材は、ニコラスの撃ちこんだ銃弾で裂けていた。

ニコラスは壁にバイクを衝突させ、突き抜けた。

マイクは冷たい風を感じた。ふたりは暗い夜空へ向かって飛んでいた。だが、急速に落ちていく。耳のなかでニコラスの叫び声がした。「跳べ！　跳べ！」月光にきらめく水面が見えた瞬間、マイクは空中で体をひねった。一瞬、周囲がはっきりと見え、自分たちが山の斜面を突き破って湖の上に飛び出したことを悟った。頭がなにかに激しくぶつかり、星が見え、頭が濡れているのを感じた。吐き気を催すようなめまいとともに、マイクは水面に激突した。それを境に、なにも感じなくなった。

46

ニコラスは湖に落ちる前に、大きく息を吸った。崖からダイブした勢いで、思ったより深くまで沈んでしまったようだ。肺が爆発しそうだと思った直後、ようやく顔が水面から出た。

胸一杯に酸素を吸いこみ、水をかく。水は冷たく、真っ黒だった。マイクはどこだ？　泳ぎはうまいはずだが。「マイク？」

返事がない。もう一度、二度、彼女の名前を大声で呼んだ。「どこにいるんだ？　答えてくれ！」

沈黙。

「マイク！」

ニコラスはマイクを捜して泳ぎはじめたが、周囲にあるのは水だけだ。バイクは湖の底に沈んでしまったのだろう。ポケットから懐中電灯を取り出して――落とさなかったのが奇跡だ――水面を照らした。

いない。金色のポニーテールも、なにも見えない。マイクはまだ水中にいるのだ。ニコラスはやみくもにあちこちもぐってはマイクを捜し、もう限界だと思ったときだけ水面に顔を出して息を継いだ。一分がたち、二分がたち、三分がたった。ニコラスはうろたえた。マイクはどこにもいない。

もう四分がたつ。

アドレナリンが全身を駆け巡っているおかげで、ニコラスはなんとか動きつづけることができた。マイクが溺れ死んだ、それも自分のせいで、とはとても考えられない。繰り返し水中に潜っているうちに、自分が泣いていることに気づいた。かまうものか。マイクが見つかりさえすれば。

ついに、手が髪の毛らしきものに触れた。ニコラスはきつく拳を握って浮上しはじめた。安堵にあえいだとたん、マイクの重みに水中に引きこまれそうになった。

マイクを仰向けに浮かべて両腕で背中を支えた。息をしていない。頭部に裂傷があり、顔が血にまみれている。月光に照らされた顔は土気色で、唇は青かった。

ニコラスはいちばん近い岸辺へ泳いでいき、マイクの息が止まっているあいだ、秒数を数えた。

山の斜面を突き抜けて崖から転落し、湖に落ちてから、マイクを陸にあげるまでに、五分が経過した。

ニコラスは心臓マッサージをはじめた。三十まで数え、脈をチェックしたが、効果は見られない。マイクの両脚は水のなかへ力なく伸び、両の手のひらは上を向いている。ニコラスは心臓マッサージを再開した。三十回目で再度チェックした。だめだ。マイクをのけぞらせて鼻をつまみ、二度、大きく息を吹きこんだ。マイクの胸が上下するのがわかり、もう一度息をしてくれと願ったが、それ以上、胸が動くことはなかった。

心のなかで、生きろ、息をしてくれ、と叫びながら、心臓マッサージをつづけた。両手の下で胸骨がへこんだような気がして、ニコラスはひるんだ。マイクを抱き起こして背中をたたき、また仰向けにして繰り返し胸骨を押す。何度も何度も。マイクをのけぞらせて、息を吹きこむ。それをいつまでもつづけた。パニック、恐怖、もうだめだという思いがじわじわと広がりはじめたが、ニコラスはあきらめなかった。時間がかかりすぎているのはわかっている。マイクは水中に長くいすぎた。そのとき突然、手応えを感じた。

マイクの体が大きく震えたかと思うと、彼女は咳きこみ、水を吐き出しはじめた。

ニコラスはもう一度マイクを抱き起こして背中をたたいた。マイクは苦しそうに肩を上下させながら、水を吐いた。

ニコラスは、マイクを横向きにして寝かせ、さらに水を吐き出すあいだ、そっと抱きしめていた。ようやく水を全部吐き出してしまうと、マイクはがたがたと震えはじめた。ニコラスは彼女の脈を感じた――ゆっくりとして弱々しいが、たしかに脈打っている。つかのま目を閉じ、感謝してマイクをきつく抱き寄せた。マイクは生きている。

マイクはまだ完全に意識を取り戻していないが、浅く息をしていた。体を温めてやらなければならない。湖の水はひどく冷たかった。低体温症かもしれないと思うと、かすかな希望が持てた――冷水が脳機能を守ってくれたのではないか。

ニコラスはジャケットを脱ぎ、マイクにきっちりと巻きつけた。懐中電灯の光を彼女の瞳にあて、瞳孔が収縮するのを確認した。だが、左右で瞳孔の大きさがちがうように見える。脳震盪を起こしているのだ。おそらく、頭の裂傷が原因だ。でも、なぜ頭にけがをしたのだろう？　湖に落ちたときに、木の枝かなにかにぶつけたのかもしれない。

マイクを胸に抱き、そっと揺さぶった。冷えきった唇に、ひたいに、濡れた髪に口づけしながらささやいた。「マイク、きみは生きているよ、ぼくのおかげじゃない。頼むよ、ぼくが卒倒してもいいのか？　そのきれいな目をあけて、こっちを見てくれ。だんだん温まってきたよ、その調子だ」

夜が明けてもマイクが生きていたのは奇跡だと思いつづけるだろうと、ニコラスは思った。そのとき、若い男の声がした――天使にちがいない――天使が音楽のようなイタリア語で、土手の上からニコラスに呼びかけていた。「大丈夫か、助けを呼ぼうか？」

ニコラスはイタリア語で返した。「医者と救急車を頼む。早く！」

時間が流れ、大声が聞こえてきて、土手の上に人が群がりはじめた。気がつくと、ニコラスはイタリア人に囲まれていた。だれもが指示をどなっている。まもなくサイレンの音が聞こえてきた。医療器具を抱えた二名の救命士が土手を走ってくる。ひとりがイタリア語でニコラスに質問しはじめた。

「いったいどうしたんだ？　こんな寒いのに、湖で泳ぐなんて」

「泳いでいたんじゃない。事故だ。山をバイクで走っていて湖に落ちた。彼女は頭を打っている。数分間、水のなかにいた」

救命士はすでにマイクをストレッチャーに載せ、銀色のブランケットで包んでいた。

点滴を開始し、酸素マスクを装着する。「いますぐ病院へ連れていくぞ。病院はすぐそばだ。あんたも一緒に乗ってくれ。警察が事故について聴取しにくるだろう」

コハテのまわし者やカラビニエリのルッソ少佐の手下でなければよろこんで会うさ、とニコラスは思った。

果てしなくつづくように思えた病院までの道中、ニコラスはずっとマイクの手を握り、話しかけつづけた。やがて、ありがたいことに、ようやく彼女の体温があがりはじめたのを感じた。

第二部

鼓動

では、それがいつ起きるのか？

だれにもわからない。

自然現象の複雑な影響を

操作できる者がいるのか？

——ニコラ・テスラ

コハテ文書

47

一九〇一年九月十八日
イタリア　ヴェネツィアにて
親愛なるニコラ

わたしは歴史を変える発見をしたよ。

小さなカフェで夕食をしたためていたときのことだ。コックが彼の弟に話しているのが聞こえた。東洋から〈コレツィオニスタ〉に――〈コレクター〉という意味だ――新しい貨物が届いた、と言うのだ。

きみのことだからわかるだろうが、わたしはそれを見たくてたまらなくなり、すぐにその店に行ってみた。一見したところ、店のなかは雑然としていた。店主の名前はメルツィという。かなりの老齢で、少なくとも九十八歳にはなるそうだが、ありがたいことに心身はしっかりしていた。

だが、メルツィは自分の店にあるものの価値をほとんど知らなかった。多くはごみ同然のがらくただが、なかにはエトルリアのものと思われるテラコッタの石像もあった。

第二次イタリア独立戦争時代の古文書の束をめくっていたとき、その手稿本を見つけた。分厚い羊皮紙で、とても古く、表紙には大きな稲妻が手描きされていた。わたしは、手稿本の上端に小さな黒い染みがついていることに気づいた——あれは、血しぶきにちがいない。手稿本を縛ってある麻ひもをほどいたわたしは、興奮のあまり失神するのではと思ったよ。わたしが手にしたものがなにか、きみには想像もできないだろう。

なんと、レオナルド・ダ・ヴィンチその人の素描集だったのだ。メルツィに、どこでそれを手に入れたか尋ねると、家族の古い書類が詰まったトランクに入っていたとのことだった。それを聞いて、もちろんわたしは、なぜメルツィという名に聞き覚えがあるのか思い出した。どうやら、彼の先祖にはダ・ヴィンチと同時代に生きた画家がいたようだ。その時代のメルツィと言えば、フランシスコ・メルツィだ。彼自身も画家だっただけでなく、ダ・ヴィンチの愛人であり、最期を看取った人物でもある。おそらく、彼がダ・ヴィンチの作品を整理したのではないか。

フランシスコ・メルツィがこの手稿本を取っておいたのは、師匠の思い出以外になにも遺されていないことが耐えられなかったのかもしれない。わたしがメルツィでも同じことをしたと思う。ダ・ヴィンチの死後、メルツィはイタリアの故郷へ帰り、貴重な書類のなかに手稿本を隠したようだ。メルツィ家には科学者がいなかったので、書類は何世紀ものあいだトランクにしまわれたままだった。手稿本が本物であることは確実だ。なぜなら、店主はメルツィの直系の子孫なのだから。

手稿本には、注意書きが添付されていた――そこに好奇心をかきたてられる。いわく〝与えられる力は計り知れない〟。これはいったい、どういう意味だろう？

そして、仰天するような事実がわかった。わたしは長いあいだ所在のわからなかったダ・ヴィンチの素描だけでなく、ほかにも貴重なものを発見したのだよ。ダ・ヴィンチの書いた資料を同封するから、目を通してくれたまえ。きみならこのすばらしい発明の応用法がわかるだろう。わたしの興奮をわかってもらえるだろうか？　きみのたぐいまれな頭脳は、早くもさまざまな可能性を描いているのではないか？

アップルトン

48

現在　イギリス　ロンドン

ＪＦＫ空港までダッシュで向かい、ニューヨーク発ロンドン行きのブリティッシュ・エアウェイズになんとか乗りこんだベン・ヒューストン捜査官は、翌朝、故エリザベス・セント・ジャーメインが住んでいた美しい家に到着した。家はロンドンの西、イーリングのウェストベリー・ロードにあった。古い赤煉瓦の魅力ある建物で、玄関の上にバルコニー、左手に小さな塔を備えている。ベンがイギリスと聞いて想像する雰囲気そのものだった。

アナリーゼという、穏やかな話し方をする女性がベンを家に招じ入れ、明るい日差しの降り注ぐサンルームへ案内してから、紅茶を持ってきた。ベンは急ぎの用件でここまで来たのだが、ミズ・セント・ジャーメインはいつ来るのかと尋ねた。アナリーゼはほほえんで答えた。「地軸は傾いたりしませんよ。ヒューストン捜査官、安心してください、奥さまはいらっしゃいますから。お茶を召しあがって」アナリーゼはそう言っていなくなった。豪華なペルシャ絨毯の上をうろうろするのは気が引けるので、ベンはメールをチェックした――ニコラスからもグレイからも、チームのほかのメンバーからも、新しいメールは届いていなかった。ニコラスに電話をかけようとしたとき、メリンダ・セント・ジャーメインが入ってきた。

ベンはなにも考えずにすぐさま立ちあがり、身分証明書を出した。

メリンダにほほえみかけられ、ベンも知らず知らず笑みを返していた。「いいのよ。わたしが今日会う予定のアメリカ人警察関係者はあなただけだもの。お待たせしてごめんなさいね。道が混んでいたのよ。母がなぜロンドンの中心からこんなに離れた場所に住みたがったのか、わたしにはさっぱりわからないわ」

メリンダ・セント・ジャーメインは小柄だが、運動選手のように引き締まった体つきに天使のような顔の持ち主で、とがったあごと澄んだグレーの目をしていた。黒いハイヒールを履いていても、ベンのあごくらいの身長だ。ベンと似た赤毛を高い位置でポニーテールにしている。ベンは、黒いスーツが彼女にとても似合っていると思った。きっとオーダーメイドだろう。

「いいえ、ぼくも少し前に到着したばかりですから、ほんとうに。ぼくはベン、ベン・

ヒューストン、いやヒューストン捜査官です」ベンはぴしゃりと口を閉じた。ニコラスがいたら、間抜け呼ばわりされそうだ。

メリンダはうなずいた。「あら、時差ぼけ？　わたしもいつもアメリカから帰国すると、とにかく眠くなるのよ。母の資料を見たいというお話だったわね。アナリーゼに聞いたわ、そわそわ待ちきれない様子だったって。早く母の倉庫に行きたくてたまらないんでしょう？」メリンダは話しながら紅茶を淹れ、砂糖二個とミルクをくわえ、左右の手にそれぞれカップとソーサーを持ち、ベンを見つめた。紅茶を飲み、カチンと小さな音をたててカップをソーサーに載せた。

「アナリーゼの言うとおりですよ。ぼくたちは突発的な事件の捜査中で、お母さまの資料に手がかりがあるのではないかと考えています。お母さまは心臓発作で亡くなったとか？」

メリンダはカップを覗きこんだ。「ええ、二週間前にね。まだ信じられないの。わたしは思ったの、いいえ、お医者さまを含めてみんな思ったでしょうけれど、母は健康そのもので、亡くなる前日も障害競馬を楽しんだばかりだった。でも、死因は心臓発作だったそうよ。あの年齢だから、めずらしくはないんでしょうけれど」

彼女の目は涙で潤んでいた。「母はたったひとりで逝ったの。倉庫で。たぶん、そんなふうに逝きたかったのね。本と資料に囲まれて」

「お悔やみ申し上げます」

メリンダは涙を拭った。「ありがとう。わたしたちは母が健康だと思っていたし、母はひとりでいるときに亡くなったし、わたしは国会議員でしょう。だから検死をして、薬物検査もしたの。薬物検査の結果はまだ出ていないけれど、おもな死因はやっぱり心臓発作だろうと言われている。

警察が検査のために母のものをどっさり持ち出したの。ほんとうにいやな感じだった。でも、なによりもわたしは、母に二度と会えないという事実にぜんぜん慣れることができない」

ベンは言った。「ぼくも父を去年亡くしましたが、どうすれば乗り越えられるかわからないんです」

「では、わかっていただけるわね。亡くなった人がいまにも部屋に入ってくるんじゃないか、電話をかけてくるんじゃないかと期待しつづけて、そんなことはありえないと思い知る——ほんとうにやりきれないわ、ねえ?」

ベンはうなずいた。「ぼくはいまでも父に電話をかけようとしてしまうんです。たぶん、乗り越えなくてもいいのかもしれません。失った人たちを思い出して、思い出を慈しむものなのかもしれない」

メリンダは長いあいだ黙っていた。「そうね。さあ、お茶を飲み終わったら行きましょう。母の倉庫は事故現場みたいなありさまよ。わたしには入っていく勇気がないわ。弁護士がやかましいから、母が遺したものはすべてそのままになってる」

「お母さまの財産はまだ評価が終わっていないんですか？」

「あら、知らなかったの？」メリンダは長い廊下の途中で足を止め、左へ曲がって両開きのガラス扉から庭に出た。「てっきり訴訟の件で連絡をくださったのだと思っていたわ」

「なんの訴訟ですか？」

「コハテ家が母を告訴したのよ――いまとなっては、母の財産を要求されているけれど――名誉毀損と窃盗行為で。わたしはあのふたりを――カサンドラとエイジャクス・コハテね――人でなしの双子と呼んでいるんだけど、そのふたりの父親のデイヴィッド・メインズが、一作目の伝記を出版した母に〝新しい情報〟があると言って近づいてきたの。ミスター・メインズは、母が続編の草稿を書くのに積極的に協力した。母は以前からアップルトン・コハテに並々ならぬ興味を抱いていたの――偉大な考古学者というだけでなく、科学者でもあり、当代最高の知性の持ち主だったからよ。

ちょうど、二十世紀を迎えるころの話。ジェネシス・グループの創立者でもある。

デイヴィッド・メインズは、家族の書庫から持ち出したというノートや手紙を持ってきたの。母はそれらを読んで、新しい本を執筆するつもりになった。一冊目をさらに詳しく解説する本よ。母が新たに知ったことのひとつが、アップルトン・コハテとニコラ・テスラが親しい友人同士で、いくつか大きなプロジェクトに共同で取り組んだあと、絶縁したという事実だった。母は、ふたりが取り組んだ大きなプロジェクトの内容と、彼らが別れるに至った理由に注目した。出版社も興味を持った——一冊目の評判がよくて、続編の出版を考えていた。テスラとコハテの関係や、ふたりのプロジェクトについて取りあげれば、さらに深みのある本になるし、一冊目より売れるかもしれないし」

ベンはメリンダの話を一言一句聞き漏らさないようにしながら、白や紫や黄色の春の花があふれるように咲いている美しいイングリッシュ・ガーデンを抜け、ゆるやかな斜面をのぼると、石造りの小さな離れがあった。

「すばらしいお庭ですね」

「ええ、そうでしょう？　わたしはよく、あの石のベンチに隠れたものよ。母はわたしを見つけられないふりをして、わたしの名前を呼びながら庭中をうろうろしていたわ」メリンダが涙声だったので、ベンは手を伸ばして彼女の肩にそっと置いた。やがて、彼女は落ち着きを取り戻した。「ほら、ここよ」

ベンが想像していたのは、メリンダの言葉どおりの——倉庫だ。だが、実際にはちがった。〝倉庫〟は、黒い鎧戸と石の暖炉のある魅力的な白い田舎家だった。

「いまはほとんど使われていないのよ。たしか、もとは穀物倉庫かなにかだったの。母はここを買って、暖炉を入れて書斎にしたの。母屋では気が散って仕事にならないからって。ほんとうに自分だけのこの空間が気に入っていたわ」

ベンは、ニューヨークの自宅アパートメントと同じくらいの広さがある離れに感心した。〝倉庫〟では、四人家族が快適に暮らせそうだ。ニコラスの友人たちや彼らの裕福さには、まだ驚かされてばかりだ。

　メリンダは深呼吸して木のドアを押した。

　離れのなかは簡素だった。狭いけれど機能的なキッチンの片隅にはティーワゴンがあり、天井まである本棚には、本や小さな飾り物が並んでいる。数点の絵画、暖炉、部屋の中央にはドアほどの大きさのある真っ白な机。暖炉と窓の外の庭の眺めを楽しむのに完璧なしつらいだ。机のむこうには同じく真っ白なテーブルがあり、その上にさまざまな色や形の本やノートや書類が一メートル近く積み重なっていた。大量の資料だが、きちんと種類ごとに仕分けされているようだ。

小さな螺旋階段がある。「ロフトよ」メリンダが言った。「仕事中に仮眠を取りたいときとか、夜遅くまで仕事をしていて、母屋の父を起こしたくないときとかのためにね」

「素敵なお部屋です」

「母はここを愛していたわ。どうぞ、本の山に怯えないでね。母はなんでも横にして積み重ねていくタイプだったの。一見ごちゃごちゃだけど、本人はどこになにがあるかわかっていた。テーマや人物や日付で整理してあるの。必要なものはすぐに見つかるはずよ。自由に見てちょうだい。コハテの人たちだって、知らなければ気を悪くせずにすむわ。お捜しのものが見つかるといいわね」

「コハテには、本の内容のせいで訴えられたんですね？」

「いいえ、あの人たちは、ミスター・メインズが母に強要されてコハテの資料を渡したと言って怒っているの。母の書いたメモや草稿を全部見せろ、情報源になった資料を全部返せと言ってる。母が不正行為をしたとして信用を失墜させようとしているのよ。彼らの弁護士は腕利きで、あらゆる手を使って本を発売禁止にしようとした。

プライバシーを侵害されたというのがむこうの主張だけれど、あの人たちはおかしいわ。そもそもデイヴィッド・メインズのほうから母に接触してきたのよ。彼のほうからやってきて、インタビューを受けて、ノートや手紙を差し出したの。うちの弁護士は、メインズにはその権利があったと言ってるわ。それなのに、あの人でなしの双子は本の差し止めを求めて、マスコミに母の悪口をばらまいた。精神的に不安定だった自分たちの父親を、母がだましたと言うの。

まったく、失せろと言ってやりたかったわ――母はいっさい卑怯なまねはしていないのに、そんな嘘をつくなんて」

「それで、本はどうなりました？」

「いい質問ね」メリンダはポニーテールの先端をいじった。「基本的には、まだ係争中。出版社は発売したがっているし、コハテ家は発売中止を求めてる。わたしたちは、母を埋葬したばかりなのよ。さっきも言ったように、裁判に取り組むなんてまだ無理。出版社はとてもよくしてくださって、わたしには時間が必要だとわかってくださったけれど」手をさっと振る。「とにかく、ここに手をつける気持ちにはなれないの」

「わかります。無理もない」

メリンダはほほえんだ。「優しいのね。さて、あらかじめ言っておくわ。今回はニコラスのたっての頼みだから承知したの。だから、ここにあるものについては、できれば他言無用でお願いするわ。弁護士と出版社には話していないけれど、母はほとんど原稿を書き終えていたの。梗概は、たぶん机の一番上の抽斗に入っている。母はいつもそこに執筆中の原稿に関するものを入れていたから。持ち出しはしないでね。そこまで弁護士の指示を無視するわけにはいかないから。ここで読むだけならぜんぜんかまわないわ」

「外には漏らさないと約束します。捜査の手がかりとなる情報がほしいだけですので。お母さまの業績を利用したり、あなたにご迷惑をかけたりはしません」

メリンダはしばらくためらうように口元に笑みを浮かべてベンを見ていた。それから、口を開いた。「ありがとう」ドアへ向かう。「いつものことだけど、やることがあるのよ。仕事を放り出してこんな田舎まで来たついでに、ささやかなディナーパーティを開いて、しばらく会っていない友人を招くの。よかったら、あなたもいらして」

ベンは、ささやかなディナーパーティという言葉も、メリンダと自分ではいささか意味合いが異なるのだろうと思った。

「ありがとうございます。仕事が早く終わればお邪魔します」

メリンダはにっこり笑った。一瞬で真顔から妖精の顔になった。「お捜しのものを見つけるか、いらいらして爆発しそうになるか、どちらかでしょうね。アナリーゼにお茶とお昼のサンドイッチを持ってこさせるわ。がんばってね」

「ありがとうございます」

ドアが閉まると、室内から明かりが消えたような気がした。ベンはノートを出し、机のむこうのテーブルの前へ行った。アップルトン・コハテの一冊目の伝記は飛行機のなかで読んできたので、コハテ家に関する予備知識はある。重要なものを見つけたときに、その価値がわかればいいのだが。

資料を持ち出すことはできないので、携帯電話のカメラを起動させた。周囲を撮影する。ため息をついて椅子に腰をおろし、覚悟を決めた。机の抽斗をあけると、言われたとおりに梗概がそこにあった。

それを取り出し、テーブルに置いて読みはじめた。やがて、ベンはぽかんと口をあけた。

49

アップルトン・コハテの伝記の続編に関する前置き（第一稿）

歴史研究者が伝記を書きなおすことはめずらしくはないが、ときに語られていない事実が明らかになることがある。わたしは、コハテ家がいつも想像力をかきたてる一族であることを認めるにやぶさかではない。先だって、わたしはコハテ家のある人物から話があると持ちかけられた。その人物の名はデイヴィッド・メインズという。ロンドン在住の古代遺物が専門の大学教授で、二〇〇六年にゴビ砂漠の遺跡発掘現場で行方不明になった有名な考古学者、ヘレン・コハテの夫でもある。彼女は古くからつづく名門コハテ家の一員として、究極の宝物の捜索に従事していた。その宝物とは、契約の箱、いわゆる聖櫃である。

デイヴィッド・メインズは、ノートや書簡など、コハテ家が代々受け継いできた貴重な資料を携えてきた。それらの資料に目を通したわたしは、人心を引きつけるこの驚くべき一族の表面しかすくい取っていなかったことをすぐに思い知った。

そもそもわたしがアップルトン・コハテの一冊目の伝記を執筆したのは、彼の聖櫃捜しにかける情熱に魅せられたからだ。彼の聖櫃に対するすさまじい執念は、進行中の探索の旅への欲望、もっと言えば狂気を一族に吹きこんだ。そう、これは探索の旅だ。

聖櫃の消失に関する伝説や預言は数えきれないほど残っているが、まとまった文書になっているものはない。そのことが、かえって聖櫃の史学上の魅力を高めている。魅力の中心は、聖櫃に宿るとされている力だ。どうやら、コハテ家の者たちは、自分たちだけが聖櫃を発見し、その力を制する運命にあると信じているらしい。

正気の沙汰とは思えない信念だが、彼らを責められるものではない。想像してみてほしい、世界を支配する究極の力が手に入るのだ。それだけではないかもしれない。神の力はどこまで大きいのか？

一冊目の伝記では、アップルトン・コハテだけに注目した。だが、書簡やノートや日誌など、さまざまな資料が手に入ったいま、アップルトンから現在につづくコハテ家全体の立体的な肖像を描くことができると信じている。五世代にわたるコハテ家の者たちの目的はたったひとつ。

聖櫃の発見だ。

そしてわたしは、コハテ家の捜索の秘密を知ってしまった。

捜索はエジプトにはじまり、世界中に広がった。読者の興味をかきたてるために、ここでその結末に少しだけ触れたい。

若き日のアップルトン・コハテは、十年ものあいだ聖櫃が王家の谷にあると信じていた。当時、古代エジプト研究家のハワード・カーターは、ツタンカーメン王の墓に聖櫃が埋まっていて、王の呪いとは聖櫃の呪いであるとするコハテの考えを一蹴した。それでも、コハテはみずからの考えに固執した。

ところが、一九〇〇年代はじめにコハテが急に考えを変えたことは、一冊目の伝記に書いたとおりである。前作の執筆時、わたしはコハテが聖櫃の所在について考えを変えるきっかけとなったできごとを知らなかった。じつは、コハテはある理由により、カーターと決別し、もうひとりの若き天才、ニコラ・テスラと組むようになったのだ。

コハテと親しくなったころ、テスラはニューヨークの社会と科学者のコミュニティからつまはじきにされていた。なぜか？　トーマス・エジソンと周囲の人々がやっきになってテスラの信用を失墜させたからだ。結局、資金を使いつくしたテスラの手元には、ほとんどなにも残らなかった――富も名声も、科学の探求をつづけるための手段も。

そんなとき、アップルトン・コハテが現れた。ふたりは数年間をともに過ごしたが、突然、別々の道に進み、二度と交流することはなかった。その理由はいまだに謎である。

ふたりがその数年間に取り組んでいたプロジェクトは、ある機械の設計図がもとになっていた――イタリアの古道具屋で埃をかぶっていた代物だ。アップルトン・コハテは、それがレオナルド・ダ・ヴィンチその人の手によるものと信じていた。その設計図や公式をもとに、コハテとテスラは気象を操作する機械を発明した。

想像していただきたい。若き発明の天才がダ・ヴィンチに感化され、気象を操作してみせると意気込んでいるところを。果たして彼らはほんとうに、神からその力を奪ったのだろうか？

天才の頭脳と、彼の執念があとの世代に及ぼした影響について、新たな考察を楽しんでいただければ幸いである。

二〇一六年　ロンドンにて

エリザベス・セント・ジャーメイン

50

ニコラスはマイクのそばにいたくて、彼女の夫だと偽った。だが、その甲斐もなく、救急救命室の医師たちはマイクをさっさとストレッチャーで連れていってしまい、ニコラスは無人の待合室で待つよう指示された。そんなわけで、ニコラスはひとりでじっと座り、それまでのことを頭のなかで再現していた。

両手で頭を抱えた。疲れと恐怖で、頭が溶けそうだ。それでも、繰り返し自分に問いかけた。なぜこんなことになってしまったんだ？　全部、自分のせいだ、自分のせいだ。答えはそれしか浮かばなかった。

そんなことをしていても、マイクは助からないし、自分もほかのだれも助からない。ニコラスは自動販売機でコーヒーを買い、携帯電話を取り出そうとして思い出した。携帯電話はトラシメーノ湖の底に沈んでいるに決まっているじゃないか。ノートパソコンと通信機と予備の携帯電話は、山の中腹に置いてきた車のなかだ。

　アダムとルイーザに連絡しなければならないが、マイクが無事だとわかるまでは病院を離れたくなかった。

　狭い待合室のなかをうろうろし、トンネルのなかで自分とマイクが取った行動を逐一思い出した。コハテ兄妹のどちらかに殺されたリリスの死体も、頭に浮かんだ。あの野蛮さ、冷酷さには、血が凍る。

　とにかく、キツネとグラント・ソーントンが生きていることは救いだ。だが、カサンドラ・コハテは、なぜふたりを殺さなかったのだろう？

　頭のなかの考えは同じところをぐるぐるまわりつづけたが、考えてもしかたのないことばかりだ。マイクが死んだらどうする？　マイクが水中に長くいすぎたせいで快復しなかったらどうする――。

　若い医師が待合室に入ってきた。疲れて不機嫌な顔をしている。手を差し出してニコラスと握手をし、椅子を指し示した。

「座ってください」

　ニコラスが椅子に座ると、医師も隣に腰をおろした。「医師のテレサ・シェンツァです。神経が専門です。奥さまは予断を許しませんが、とりあえず落ち着いています。心肺蘇生をはじめるまでに、奥さまはどのくらい水に沈んでいましたか？」

「四分、いや五分に近いかもしれない。数えようとしたんですが、どうしても中断してしまう。そんなに長いあいだ沈んではいなかったかもしれない。でも、数分間、息をしていなかったのはたしかです」

シェンツァ医師はニコラスの腕をそっとたたいた。「安心してください。奥さまに話しかけたとき、意識はありましたから、よい徴候です。こういう状況では、われわれはいつも脳機能に対する影響を心配するんです。奥さまは頭に裂傷があって、いま縫合しています。水が冷たかったので、低酸素症の進行が遅くなったようです。ほんとうに幸運ですね」

だが、ニコラスの胸の鼓動は遅くならなかった。「お願いです、彼女は助かると言ってください。元どおりの彼女になりますか？」

「不整脈が出ていて、混乱していますが、先ほど申し上げたように、意識はあります。おそらく脳震盪のせいだと思いますが、溺死しかけたことが原因かもしれません。数日、入院していただきますが、完全に快復すると思います」

「数日？　ぼくたちは――ぼくは――」ニコラスは深呼吸した。医師にまた優しく腕をたたかれた。

「溺死しかけた患者さんの問題は遅れて出てくることもあります。後遺症がないか、しっかり観察しなければなりません。肺に水がたまっていましたので、きちんと抜かないと肺炎になる恐れがあります。あなたがそばにいて、心肺蘇生の方法を知っていたのは幸運でした。あなたが奥さまを救ったんです。ところで、どうしてトラシメーノ湖に落ちたんですか？」

「崖から転落しました。事故です」

「ええ、事故でしょうけれど。自殺するタイプには見えませんものね」医師はほほえんだ。「乾いた服に着替えて、温かいものを召しあがってください。奥さまが病室に移動したら、お呼びしますので」

医師が立ちあがったので、ニコラスもそうした。「申し訳ない、シェンツァ先生。正直に話します。マイクは妻ではありません。パートナーです。ぼくたちはアメリカのＦＢＩ捜査官なんです。事件の捜査でここへ来ました。マイクは危険な状況にあります。とくにいまは自衛できない状態なので。ぼくがそばにいなければなりません」

若い医師はニコラスの顔を見あげ、首を傾げた。「なにか証明するものをお持ちですか？」

ずぶ濡れのレザーケースをジーンズのポケットから取り出すのに手間取ったが、なんとか医師に身分証明書を見せることができた。「ニコラス・ドラモンド特別捜査官です。診ていただいたのは、マイク・ケイン特別捜査官。いますぐ彼女に会わせていただけませんか」

51

ニコラスは病室のドアの前に立った。心臓が激しく鼓動している。なぜぼくの心臓はマイクが無事だということを信じようとしないのか？

マイクの髪はまだ濡れていて、くしゃくしゃにもつれていた。唇はまだうっすらと青いが、頬の赤みは少しだけ戻っている。マイクはニコラスが病室に入ってくるのを見ていた。手を伸ばしてほほえむ。

「ニコラス」

ニコラスは全身で安堵した。ベッドの端に腰をおろし、屈んでマイクの青ざめた頬をそっとなでた。肌が温かい。ひたいから髪をかきあげてやり、もつれをほどいた。身を屈めて冷たい唇にキスをし、ひたいとひたいをくっつける。「きみが無事に戻ってきてくれるなら、ぼくのもとに帰ってきて、ぼくにほほえんでくれるなら――一生かかっても追いつかないくらい善行を積むと誓ったんだ。とにかくがんばるよ」

ニコラスは、マイクの手が髪を梳いているのを感じ、頬に温かい吐息を感じた。「わたしたち、大丈夫よ」その声はいつもより低く、発音も少し曖昧だった。ニコラスはまた身を屈めてマイクにキスをし、目を覗きこんだ。

「きみとぼくはふたりひと組だ」

マイクはささやいた。「あの古い壁に、銃がすっからかんになるまで弾を撃ちこんでたあなたが、いまでも頭に浮かぶの。板の破片が飛んだと思ったら、わたしたちも飛んでた。頭を縫った跡、見える?」

ニコラスは、マイクの右側頭部に貼られた小さな正方形の絆創膏に目をやった。とたんに、また心臓が跳ねた。「水に飛びこんだときに、なにか固いものにぶつけたらしいな」

「なににぶつけたのかわからないの。水は真っ黒だったでしょう、ニコラス。よくわたしを見つけられたわね」

マイクはいまにも眠ってしまいそうな声だった。ニコラスは静かに言った。「時間がかかってすまない」

「おばかさん、あなたは命の恩人よ。あなたがあきらめてたら、わたしは死んでたって言われたわ。ほんとうに。命を救ってくれてありがとう」マイクはニコラスに寄り添うと、頬と頬をつけて目を閉じた。

マイクは、頬にニコラスの涙を感じた。あまり長く目を覚ましていられないのはわかっている。鎮静剤の作用を強く感じた。ニコラスに、あなたはとても勇敢だと言ってあげたいが、頭から言葉が流れ出ていく。

痛み止めを投与されているのに、頭の傷がずきずきしはじめた。手を伸ばしてひたいをこする。「水に落ちたときのことは覚えていないの。なにも思い出せない。気がついたら、ここで目を覚ました」

ニコラスは、ほんとうによかったと思った。

落ち着きを取り戻し、体を起こす。「シェンツァ先生が、数日入院してもらうと言っていたよ」

「そんなにゆっくりしていられないわ。ニコラス、起きて服を着るのを手伝って。仕事がどっさりあるんだから」

ニコラスはマイクを優しく押し戻した。「きみは溺れたんだ。肺炎にかかるかもしれない。それに脳震盪も起こした。せめて明日までは医者の言うことを聞くんだ。着替えもないしね。ゆっくり休むんだ、いいね？」

マイクはもう一度起きあがろうとした。今度はニコラスに両肩をしっかり押さえつけられた。「じっとしてろ、パートナーとしての命令だ。キツネとグラントは生きている。キツネに発信器をつけているから、彼女の居場所はわかる。アダムに電話をかけて、キツネの居場所を確かめるよ。それからザッカリーとサビッチにも電話をかける。ワシントンＤＣにハリケーンが来ると警告しなければならない。ぼくの携帯もきみの携帯も、通信機も、湖でなくしてしまったが。

だれかに車まで送ってもらうよ。装備鞄を取ってくる。ありがたいことに、それに予備の携帯電話が入っている」

ニコラスはもう一度マイクにキスをし、首まで上掛けをかけてやった。

「ニコラス」マイクの声はほとんど聞き取れないほど小さかった。

マイクは身を屈めた。

「お願い、置いていかないで」

次の瞬間には、マイクは眠りに落ち、規則正しい呼吸をしていた。ニコラスはマイクの喉に触れ、脈を確かめた。そんなことをしたのは、たぶん自分を安心させるためだ。マイクは生きている、快復する。だから自分は、一生かかっても追いつかないくらいの善行を積まなければならない。どんなにたくさんの善行を積もうが、マイクの命の価値にはとても敵わない。ニコラスはマイクにキスをし、上掛けをまっすぐになおして廊下に出た。医師が待っていた。「シェンツァ先生、ちょっといいですか？」

「どうぞ」

「電話をかけたいんですが、携帯電話をなくしてしまったんです」

「わたしのをお貸ししましょう」シェンツァ医師は小さな携帯電話を差し出した。ニコラスはそれを見て顔をほころばせた。

「ええ、大昔の機種。ゆうべ、息子にバルコニーからスマートフォンを落とされて、画面が割れてしまったんです。でも、一応使えます」

「これで結構です、ありがとう」

「電話をかけているあいだに、わたしは奥さまの――失礼、パートナーの方の様子を見てきますね」

「いま眠っています」

「そう。よかった」シェンツァ医師は言い、カルテに目を戻した。

ニコラスは少し離れてアダムに電話をかけた。アダムは最初の呼び出し音で応答したが、少し息を切らしていた。

「ぼくだ」

「どこにいたの？　なにがあったの？　一時間以上、接続が切れていたじゃないか。

こっちはずっと連絡を取ろうとしていたんだよ。ルイーザもぼくも、飛行機でそっちへ行こうかと――」

ニコラスはなんとかさえぎった。「アダム、ごめん。話せば長くなるんだ。事故が起きて、マイクが負傷した。いまカスティリオーネ・デル・ラーゴの病院にいる。コハテ兄妹はどこかへ出発したか？」

「ううん。ニコラスたちの追跡ができなくなってから、だれも出入りしていないよ。待って、マイクがけがをしたの？」

「でも、もう大丈夫だ。キツネの発信器は動いているか？」

「それが、ぜんぜん動いてないんだ。もしかしたら電磁パルスに影響されたかもしれない。こんなに長い時間動かないなんて――ちょっと、脱線しないで、なにがあったのか話してよ」

「バイクでトンネルを突っ走って、トラシメーノ湖に墜落して、マイクが着水時に丸太かなにかで頭を打った」

「ルイーザ、電話を奪わないでよ！　はいはい、スピーカーフォンにするからさ」

ニコラスはアダムとルイーザに、要点だけを話した。

話が終わると、ルイーザが言った。「最初のほうは詳しかったけど、あとはなんだか省略されたみたい。ほんとうは話していないことがたくさんあるんでしょ。でもいいわ、あとで聞く。とにかく、マイクは無事なのね？」

「ああ」

アダムが言った。「これからおれたちはどうすればいい？　いままでここで計算したり衛星の画像を監視したりしてたんだけど」

「もっと話したいんだが、まず車に戻らなければならないんだ。装備が全部、車に積んであるから。それから、トンネルのなかで、リリス・フォレスター・クラークの死体が埋まっているのを見つけた。もう一度、城に行かなければならない」

「ひとりで行くんじゃないでしょうね」ルイーザは、質問ではなくきっぱりとした口調で言った。

「行かないよ。そろそろ警察に応援を依頼する頃合いだ。病院のむかいにある警察署に行って、手伝いをかき集める。コハテの息がかかっていないよう祈ってくれ。二時間後に、また連絡する。ロンドンのベンと、サビッチから連絡はないか？」

「いまのところは」アダムが答えた。「ザッカリーにマイクが負傷したって報告はしないの？」

「あとでする。コハテ兄妹の次の手を報告してからな」

「次の手？」

ニコラスは深呼吸した。「聞いてくれ、ルイーザ、アダム。コハテ兄妹は巨大ハリケーンにワシントンDCを直撃させるつもりだ。大西洋のハリケーンを北へ移動させてワシントンに上陸させ、街を破壊すると、ふたりが話しているのを聞いた」

「はあ？」アダムとルイーザが同時に叫んだ。「首都を破壊する？　そんなこと、できるわけないでしょ？」

ニコラスの説明を聞いて、ふたりは黙りこくった。

「そんな」しばらくして、ルイーザがつぶやいた。「そんなこと、できるわけない。SFじゃあるまいし。コハテ兄妹は正気じゃないわ」

アダムが言った。「おれもそう思う。そのレベルで気象を操作するのは不可能だよ」言葉を切る。「でも、ゴビ砂漠ではあんなことになったし……今度はワシントンを破壊するって？」

「そんなニュースが流れたらどうなるか」ルイーザが言った。「あなたとマイクがふたりを阻止するんでしょう？」

ああ、そんなに信じてくれているのか。「やってみる。見ててくれ。とりあえず、引きつづき監視を頼むぞ、アダム。ふたりとも、ありがとう」

通話を終わらせ、次はサビッチに電話をかけて報告し、政府中枢とのやりとりを依頼した。それから、ザッカリーにも伝えてもらった。ありがとう、サビッチ。

マイクの病室に入ると、シェンツァ医師が彼女のバイタルをチェックしていた。ニコラスは携帯電話を返した。

「患者さんのバイタルは安定していますよ。警察が来ましたが、そのなかにわたしの兄もいます。ケイン捜査官が襲われるかもしれないということは話しておきました。兄が警備するそうです」

「山のなかに他殺遺体を発見したので、その報告もしなければならないんです」

「他殺？　なぜもっと早く言わなかったんですか？」

「先生、ぼくの頭はこの二時間に起きたことをまだつかみきれていないんですよ。とにかく、ケイン捜査官をお願いします。それから、本人が明日には退院させてくれと要求すると思います。だめだと言っても、いざとなったら患者衣のまま勝手に出てくるでしょうから、できるかぎり治療してやってください」

「わかりました。警察にその遺体について報告して、車まで送ってもらってください。ケイン捜査官のことはわたしにまかせて」

52

イタリア　ヴェネツィア

パソコンから電子音が鳴り、アダムはぎくりと目を覚ました。「はいはい。どうした？」

椅子の上で振り向くと、ルイーザがカウチで目を閉じたまま伸びをしているのが見えた。次の瞬間、ルイーザは目をあけてぱっと跳ね起きた。「ルームサービス？」

アダムは笑った。「またルームサービスかよ。一時間眠ってたよ」

ルイーザは目をこすってあくびをした。「ぜんぜん寝ないよりまし。わたしが眠っているあいだに、ニコラスから連絡は来た？」

「ぜんぜん。でも、パソコンがなにか言ってる。見て」

アダムはルイーザにノートパソコンを渡した。普通の人には意味のない数字と文字の羅列にしか見えない。だが、ルイーザはパソコンに詳しいので、読めないまでも洗練されたコードであることを見て取った。

「へえ、なんて言ってるの？」

「これはランドリー・ロジャーズの財務の履歴を盗んで、うちのサーバーにダウンロードするためのプログラムだ。覚えてるよね？　シンガポールに住んでるブローカーで、ジェネシス・グループの悪い魔法使い」

「これってとても合法だとは思えないんだけど」

「そうだね」アダムはのほほんと答えた。「忘れたの、おれたち〈闇の目〉だぜ。おれはニコラスのモットーを気に入ってるの。許可を得るより、謝るほうが簡単だっていうやつ」

「ニコラスがあなたに悪影響を及ぼしてるのか、それともその逆なのかしら。これでコハテに撃ちこむ弾丸は足りるの？」

「たぶんね」

「コハテの資金源を断つことはできる？」

アダムはにんまりと笑っただけだった。

「そう、がんばって。あなたがなにを発見するか楽しみ」

アダムが作業をはじめたので、ルイーザはエスプレッソを淹れにいった。「神経系を目覚めさせなくちゃ」

「じゃあミルクと砂糖はなしで、三倍の量を飲まなくちゃ」

「カップが小さすぎてそんなに入らない」ルイーザは小さな磁器のカップを両手でまわし、ネスプレッソマシンの抽出口の下に置き、ボタンを押した。「ロジャーズってやつの悪事をすっぱ抜く準備はできた？」

せわしないタイピングの音がひとしきりつづいたあと、アダムの声が返ってきた。

「うん。いまプログラムを送った。ねえ、ルームサービスを頼まない？　おれ、腹ぺこ。座ってタイピングばかりしてると炭水化物を消費するんだよね、あと目に入るものをなんでも食っちゃうあんたを見てるとさ」

ルイーザは平らな腹をぽんとたたいた。「この精密機械に最高の働きをさせるためにはしかたないのよ。大量の炭水化物をとらないと、回転が遅くなっちゃう。ルームサービス、賛成。電話しましょう。そのプログラム、あとどれくらいかかる？」

「せいぜい一時間。ロジャーズの会社のだれかがメールを開けば、プログラムが自動的に動きだす。ぼくたちが侵入したことは、絶対に気づかれない」

「プログラムはどんな働きをするの？」

「取引のデータを全部ダウンロードする。データが大量だから、変数でジェネシスとコハテの取引だけをフィルタリングするプログラムも作った。データを手に入れたら、ここ二年分を再構成して、ロジャーズの取引を全部確認する。ロジャーズは抜け目がなくて、ほとんどの取引をわからないように完全に暗号化してるんだ」

「暗号化してるって、どういうこと？」

「全部、数字に置き換えてる」アダムは言い、内線電話の受話器とホテルのメニューを取った。「見たところ、ファイルを会社名と緯度と経度の組み合わせで暗号化してる。おもしろいやりかただとは思うよ、こいつはこの方法でクライアントを区分して保護してる」

アダムはプロシュートを巻いたメロンとチーズをオーダーし、ルイーザを見て同じものをもうひと皿と、ベーコン増量のイタリア式朝食も追加した。

ルイーザが立ちあがり、うろうろしはじめた。「早くニコラスが電話してくればいいのに」

アダムは内線電話を切った。「あんたが寝てるあいだに――まあ、おれもうとうとしたけどさ、でもだいたいはニコラスに言われたとおりに衛星の映像を監視してた。いまのところ、カステル・リゴネを出た人間はいないよ」眉をひそめる。「おかしいな。コハテ兄妹が空飛ぶ箒でも持っていなければ、城のなかに隠れてることになる。

それよりなにより気になるのは、キツネの発信器の信号が消えちゃったことなんだ。

ニコラスがマイクロ電磁パルスを発動させたときからずっとだ。接続が切れて、もう信号を送っていないとしか思えないよ。ほかに理由があるのかもしれないけど」

「こんなこと訊きたくないんだけど、もしキツネが死んでも、発信器は信号を送りつづけるの？」

アダムは手のひらを髪にこすりつけた。「うん、七十二時間は作動しつづける。もともとは軍事用で、特殊部隊の隊員が作戦中に敵に捕まったり殺されたりした場合、居場所を追跡するためのものなんだ」

「キツネが無事にご主人を見つけたのならいいけど。あの人はタフで賢いもの。残念ながら、彼女は職業的犯罪者で、わたしたちはＦＢＩだけどね。ほんとうに奇妙な巡りあわせよね。さて、わたしはシャワーを浴びてくる。料理が来たり、ニコラスから電話がかかってきたりしたら、大声で呼んで」

ルイーザがバスルームに消えると、アダムは座って四分割したノートパソコンのモニターを眺めた。衛星から次々と送られてくる映像と、ロジャーズのファイルから盗んだデータと、ジェネシス・グループのファイルがそれぞれの区画に映っている。四つめの区画はキツネの位置情報が表示されるはずだが、いまは空白になっている。嫌な予感がする。ルイーザに話したことは、嘘ではない――ほんとうに、なにがあったのかわからないのだ。

床に両足をおろしたとき、突然キツネの発信器がオンラインに戻り、動きはじめた。アダムは天に感謝して叫んだ。「ルイーザ！　早く来て」ルイーザがバスタオルを体に巻きつけ、髪をターバンに包んで飛び出してきた。「なに？　なんなの？」

「キツネの発信器が動きだした。移動してる」

「よかった。どっちへ向かってるの？」

「西。スピードが速い。見て」

ヨーロッパの地図を重ねたグリーンの画面をモニター全体に表示した。地図上で、キツネの位置は点滅する小さな点で表されている。「いままで信号が動いてなかったのに、いきなり外に出たってどういうことだろう。衛星はずっと監視していて、山を出た者は映っていなかったのに」

「ということは、だれにも気づかれずに山を出る方法があるのよ」

「湖へおりる道路を使っていないことはたしかだ。おそらく飛行機に乗ってる。車には、こんなスピードで移動できないよ」

「どうして発信器がオンラインに戻ったと思う？」

「電磁パルスが影響する範囲の外に出たから、自動的に再起動したとか？　もしくは、たったいま移動がはじまったのかもしれない。どっちにしても、シャワーを終わらせてきてよ。いまを逃したら、とうぶんシャワーはなしだよ。おれはニコラスに電話する」

コハテ文書

53

一九〇八年七月六日
シベリア　ツングースカにて

親愛なるジュヌヴィーヴ

　ぼくたちの子どもが生まれる前にそちらへ帰りたいが、早くこの嵐がおさまってくれないことには、別荘の外に出ることもできない。ウオッカと暖炉の炎以外に、話し相手もいないぼくを想像してくれ。

　テスラは真夜中に出ていった。一週間前、嵐がやってきた直後だ。ぼくたちは失敗したと言って、打ちひしがれていた。ぼくは大成功だと何度も言ってやったんだが、きみも知ってのとおり、ニコラは天才であると同時に、どうにも悲観的でね——彼に言わせれば、なにひとつうまくいかないのだ。信じられない光景が見られたのに——半径数十キロもの範囲で生えている木がすべてなぎ倒され、空は昼間のように明るかった。コイルはすさまじいエネルギーを制御し、ぼくが見たこともないほど大きな爆発を起こした。

いまでは確信している——これは成功する。このコイルは地球のエネルギーを一カ所に集めることができる。あとは、エネルギーを安定的に制御して打ちあげ、天空の底を壊す方法を開発すればいいだけだ。

雪がやんで、道が通れるようになったら、できるだけ早く帰るつもりだ。いつもきみを思い、祈っている。

熱烈な愛をこめて

アップルトン

54

イタリア　カスティリオーネ・デル・ラーゴ

ニコラスの報告、とりわけリリス・フォレスター・クラークの他殺死体発見の知らせに、地元警察はいかにも関心を抱いた様子を見せた。シェンツァ医師の兄ナンド警視は、車を運転しながら、殺人課が山へ向かったので現場検証に立ち会わないかと言った。

だが、ニコラスはいまさらトンネルに戻るつもりはなかったので、ナンドを説得し、シュコダのそばでおろしてもらった。装備や鞄、予備の携帯電話はトランクに入っている。すぐさま携帯電話を取り出すと、アダムから四度も不在着信が入っていた。

さっそくアダムに電話をかけた。「どうした?」

「キツネの発信器の信号がしばらく途切れてたんだけど、急に動きだしたんだ。だれかが山を出るところは見ていないから、きっと秘密の出入口があるんだよ。ごめん、ニコラス、それ以外に思いつかない。おれにわかるのは、あいつらはどういうわけか気づかれずに飛行機かヘリコプターに乗りこんだってことだけだ」

「気にするな。大丈夫だ、監視をつづけてくれ。コハテ兄妹がワシントンDCを攻撃する例の計画だが、アダム、気になる気象情報はあるか？」

「たしかに、大西洋で嵐が起きてる。季節はずれの嵐だからニュースになってるよ。待って、最新の情報を見るから――よし。東海岸が危ないと言ってる気象学者はひとりもいない。メキシコ湾沿岸に向かうと考えられてる。だけど、コハテが嵐をハリケーンに変えて針路まで変更することができるなんて、本気で信じてるの？」

「信じている。考えてみろ、洪水がワシントンDCを呑みこんだら、数千人が死ぬぞ。絶対に阻止しなければならない」

「ニコラス、嵐がいったんワシントンへ向かいはじめたら、あんたとマイクには止められないんじゃないか」

「止める方法を考えなければならないんだ。あのふたりの異常者が嵐を起こすことができるなら、ぼくとマイクにはそれを止めることができるはずだ。それを可能にするには、彼らがどこへ向かったのか突き止める必要がある」

「キツネの発信器のおかげで、あいつらの位置情報はわかるよ。猛スピードで移動してる――もうイタリアの領空を出ちゃったよ」

「どっちへ向かってる？」

「西南西。スペインのほう」

「追跡をつづけろ。目を離すな。キツネの発信器はあとどれくらいもつか？」

「十二時間弱」

「カサンドラの服に盗聴器を仕込んだんだが、まさか信号をキャッチしてはいないだろうな？」

「残念だけど、あれは発信器から離れすぎたらだめだから」

「わかった。飛行機が必要だ。クランシーとトライデントにペルージャの空港へ飛べと伝えてくれ。長距離のフライトに備えて燃料をたっぷり入れるように言うんだ。それから、ニューヨークのグレイに電話をかけて、ふたりで協力してジェネシス・グループの金融取引をロックダウンしてくれ。コハテが気象災害で市場を操作していた証拠がほしい」

「飛行機はいつでも飛べるよ。あ、ニコラス、グラント・ソーントンの勤めてる〈ブルー・マウンテン〉って会社に連絡して、ＦＢＩだと名乗ったうえでグラントが行方不明になったと知らせたんだ。グラントは最後の任務を終えたあと、ずっと欠勤していたから、会社はすでに身代金目当ての誘拐かもしれないってことで調査していたらしい。抜け目がないし、頼りになるよ。協力してもらう？」

「いつもなら遠慮するところだが、いまは正直言って協力者は多ければ多いほどいい。グラントとその奥さんを追跡していると伝えてくれ。それからアダム、彼らには情報を渡すんだ。ぼくたちには協力者が必要だ。ありがたいことに、彼らはコハテに買収されていない」

「わかった。マイクを頼むよ、いいね？」

「まかせてくれ。ありがとう、アダム。あの双子をかならず逮捕するから、ルイーザとがんばって証拠を集めてくれよ」

ニコラスは電話を切り、ザッカリーとサビッチに電話をかけようとしたが、思いなおした。話さなければならないことが多すぎるし、質問も山ほどされるだろうし、かといって明確に答えられることはほとんどない。おまえの手に負えない、おまえの権限を超えていると言われるに決まっている。もっといろいろなことがわかってから、ふたりに報告したほうがいい。

カサンドラとエイジャクスは、ＦＢＩが自分たちを懸命に捜しているのを知っているはずだが、どこを捜せばいいのかさっぱりわかっていないと考えているだろう。

そうだとすれば、仰天することになる。

55

大西洋上

キツネは暗闇のなかで目をあけた。最初に頭に浮かんだのは、グラントが死んだ、ということだ。グラントの死など、耐えられない、受け入れられない。自分のせいで彼が死んだなんて。カサンドラを素手で殺してやりたいという思いがこみあげる。そのためにも生き延びなければならない。そうだ、ここから抜け出して、あの常軌を逸したビッチを殺してやる。

体が冷えきり、ひどく喉が渇き、頭が割れそうに痛い。全身がずきずきして、動けそうにない。

でも、命はある。なんとしても、この命を失うわけにはいかない。ここはどこだろう？　考えて、キツネ、考えなさい。

両腕と両脚がロープできつく縛られ、背中は固くてやわらかいものに当たっていた。固くてやわらかい、というのも当然だ。人間の脚だから――グラントの脚だ。彼は生きている、すぐそばにいる。キツネは彼の呼吸の音に耳を澄ませ、泣きそうになった。ふたり一緒ならチャンスがある。カサンドラの首を締めるのを想像し、手のひらがうずうずしてきた。

身を乗り出し、グラントの独特な香りを吸いこんだ。生きている、グラントは生きている。ここに、すぐそばにいる。

「グラント？」

返事がない。また薬を飲まされたのだ。キツネも飲まされた。ただし、グラントより量は少ないようだ。それはなぜだろう？　たいして危険な存在ではないと思われたのか？　屈辱だ。

先ほどから一定のリズムを刻む轟音に包まれている。ここは飛行機のなかなのだ。周囲は完全に真っ暗ではない――壁に小さな赤いライトが点滅していて、その明かりでグラントの喉が脈打っているのが見える。なぜふたりとも殺されなかったのだろう？　なにか目的があるはずだが、その目的とは？

そのとき、キツネは発信器のことを思い出した。あとどれくらいもつかわからない。それでも、少しだけ安心した。ニコラスとマイクがかならず追いかけてきてくれるはずだ。

グラントがうめいた。キツネは、グラントより自分を勇気づけるために、彼の太ももにあごを載せた。とにかく、ようやくそばにいられるようになったのだ。

この先どうするか考えなければならない。ふたりで生きて帰ることができたら、泥棒稼業から足を洗うことを考えてもいい。たぶん。

56

一九一三年十一月十一日
ミシガン湖畔にて

親愛なるニコラ

あの機械は完成した。きみもここにいれば、合衆国の五大湖地方をすさまじい嵐が切り裂いたのを目の当たりにすることができたのに。船二十隻が沈み、少なくとも三十隻が壊れた。被害額は天文学的だ。こうなることを予想して投資した金は、何倍にもなって戻ってくるだろう。

ニコラ、問題は、きみが理想主義者であるがゆえに、われわれにとってコイルがどんなに有益か、理解していないことだ。きみは二次災害を心配しすぎだ。

危険性を軽減し、人命を犠牲にしない方法はかならず見つかると保証する。ただ、時間がかかるだけだ。

エジソンたちが徹底的にきみを中傷しているのは知っている。だが、あきらめてはいけない。沈んでいてはいけない。エジソンの言うことなど取るに足らない、天才はきみだ、後世まで名が残るのはきみだと、連中こそ心得るべきなのだ。

だが、きみはぼくやあの機械と縁を切り、二度と戻ってくる気はないのだろうね。社会がまだそこまで成熟していないと言うのだろうね。だが、先見の明がどれだけ社会を変えるかまず理解しなければ、なにも発明できないことはわかるはずだ。わたしを捨てないでくれ、ニコラ。

義父が気前よく出資してくれるから、金の心配はいらない。もちろん、次の段階に進むにはさらなる資金が必要だ。その資金を得るには、コイルを利用するしかない。

われわれが手にする力の大きさを考えてほしい。社会によい変化をもたらし、人類の助けになると考えてほしい。未来がどうなるか、これからの数年間でわれわれになにができるか、だれにも予測がつかないのではないか？

頼むから考えなおしてくれ、ニコラ。

アップルトン

57

イタリア　カスティリオーネ・デル・ラーゴ

　ニコラスは、自動販売機で買ったプロシュートのパニーノとダイエット・コークを持って、マイクが眠っている病室に入った。パニーノをかじりながら、ロンドンのベンに電話をかけた。

「少しは進捗があったか？」

「あった。少しどころじゃない。きみも耳を疑うぞ。ずっとここのお宝を漁っていたんだが、セント・ジャーメインは、一九〇一年にアップルトン・コハテがニコラ・テスラへ送った書簡を保管していた。当時、コハテは古道具屋でレオナルド・ダ・ヴィンチの手稿本を発見したと思われる」

「ダ・ヴィンチ？　なんの関係があるんだ？」

「まあ待て。コハテはそのダ・ヴィンチの手稿本をヴェネツィアで見つけて、すぐに仲間のニコラ・テスラに送った。ふたりはダ・ヴィンチのアイデアをテスラ・コイルに応用して、気象操作をする機械を開発しはじめた」

「コハテの気象操作装置は、ダ・ヴィンチの発明がもとになっていると言うのか?」

「そうだ。サビッチからテスラが電気工学の実験をしていたという話は聞いただろう?」

ニコラスはパニーノの最後のひと口を咀嚼した。「聞いた。サビッチに、二十世紀はじめごろに気象操作の基礎となる研究をした人物がいないか調べてもらったんだ。そのときにテスラの話を聞いて、シベリアの大爆発を思い出したよ。そのときは、テスラの発明品が実用化されているとは思いもしなかったが、ひょっとしたらサビッチはいいところに目をつけたのかもしれない。テスラのことでなにかわかったのか、ベン?」

「ぼくはテスラの専門家じゃないから、調べてみたんだ。ダ・ヴィンチと同じく、時代の先を行く男だったようだ。地球そのものからエネルギーを創り出すことを考えていた。地殻からエネルギーを取り出すことができると考えていたんだ。それから、ここが肝心だ。テスラはほかの惑星に信号を送る方法を考えていた。

電気工学の実験にくわえて、成層圏上部の電離圏に関する研究もしていて、世界中で混乱を起こしている。例の一九〇八年のシベリアの大爆発では、二千百五十キロ平方メートルにわたって六千万本以上の樹木がなぎ倒された。二十世紀の科学者ふたりが起こした事故にしては強烈だ」

「でも、それが事実だとしても、なぜコハテ家が気象を操作できるようになったのかはわからないが」

「一九一三年に五大湖地方を襲った嵐で、大勢の人々が亡くなり、甚大な被害が出た。そのあとコハテがテスラに送った手紙も見つけたんだ。コハテはテスラに、怖気づくな、悲観的になるな、自分を見捨てるなと懇願していたよ。だが、もちろんテスラはコハテを見限った。コハテは、義父が資金提供しているとも書いていた。

ふたりは二度と協力することはなかったし、顔を合わせることもなかった——だが、それはもう問題ではなかった。アップルトン・コハテは、気象と市場の両方を操作する方法を手に入れたからね」

「一九一三年の大嵐で、コハテはさらに開発資金を増やしたんだな」

「そういうことだ、株を売買して大儲けした。ニコラス、想像してくれ。コハテは当初、テスラにダ・ヴィンチの手稿本を送ったときに、こんなふうに持ちかけたはずだ。『ほら、見てくれよ、ダ・ヴィンチが気象を操作する機械を発明していたぞ。でもあいつは電磁力についてよくわかってなかったから、実用化できなかったんだ。おれたちふたりで、おれたちの稲妻を作ろうぜ』」

ニコラスは言った。「そして、ほかの科学者たちより半世紀も早く気象を操作する方法を思いつき、実際に装置を開発した」

「そう、コハテ一族は現在に至るまで装置の改良を重ね、思いのままにピンポイントで嵐を発生させられるまでになった。ゴビ砂漠のすさまじい砂嵐もその一例だ」

「ワシントンDCにハリケーンを送り、洪水を起こすこともできる」

「は？　なんだって？　連中はワシントンDCを攻撃するつもりなのか？」

ニコラスは知っていることを話した。

ベンは言った。「とんでもないことだ。ザッカリーには知らせたのか？」

「ああ。ぼくとマイクは彼らを阻止する。ベン、資料の調査をつづけてくれ。ほかにも情報が見つかったら、連絡を頼む」

「わかった。もうひとつ、言っておきたいことがある」

「まだあるのか？　これ以上、処理できるか自信がないな」

「エリザベス・セント・ジャーメインを検死していたのを知っていたか？」

ニコラスはコーヒーを置いた。「いや。メリンダは心臓発作だと言っていた。ちがうのか？」

「メリンダの話では、エリザベスが亡くなったときに、そばにだれもいなかったこと、主治医も含めてだれもがエリザベスに健康上の問題はなかったと言っていたことで、死因について懸念があったそうだ。検死官は薬物検査をしたらしい。コハテ家がメリンダに二冊目の伝記の執筆と出版を中止するよう求めて裁判を起こしていたのを知っているか？　その本では、アップルトンの書簡も紹介されるはずだった。つまり、本が出たらコハテ家にとってまずいことになるかもしれなかった。だが、彼らにとって都合のよいことに、エリザベス・セント・ジャーメインは死亡した」

「ベン、あの常軌を逸した双子が本の出版を阻止するためにエリザベスを殺したと言うのか？」

「ぼくは本人たちに会っていないからなんとも言えない。でも、資料を読んだかぎりでは、自分たちのしていることと気象操作装置を世間の目から隠すためなら、なんだってやりかねないとは思う。ところで、きみは知り合いが多い。セント・ジャーメインの毒物検査の報告書を手に入れられないだろうか？　メリンダには頼めなかったんだが、ぼくが心配していることは伝わっているはずだ」

「すぐに手配して、また連絡する。マイクが退院できたら、すぐにコハテを追いかけるつもりだ」

ニコラスは電話を切り、記憶を頼りに電話番号を押した。ロンドン警視庁時代の上司だったハミシュ・ペンダリーは、一度の呼び出し音で応答した。

「ペンダリーだ」

「どうも、ニコラス・ドラモンドです」

「おれたちはなにもいらないぞ、ドラモンド。今日はおまえからはなにも買わない。いったいいまどこにいるんだ?」

「イタリアです。電話が通じてよかった。新しいスコットランドヤードはどうです?」

「あいかわらずバタバタしている。おまえがうちの状況を訊きたくて電話をかけてきたんじゃないのはわかってる。さっさと用件を言え。だが、イタリアでなにをしているのかは言わなくていい。ヴェネツィアの銃撃事件にどう関係しているのかも言うな」

「わかりました、その件についてはなにも言いません。用件というのは、エリザベス・セント・ジャーメインです。彼女を検死していますよね?」

「娘に電話をかけてせかしてくれと頼まれたのか? いままでわかっていることは報告してあるが」

「いえ、メリンダに頼まれたわけではありません。いま捜査中の事件に関係があるんです。エリザベスは唐突に早すぎる死を迎えたとき、コハテという一族について本を書いていたんです。彼女の死因が自然なものでなければ、ぜひ教えていただきたい」

ペンダリーはしばらく黙っていた。「この件に関して、うちもコハテを調べたほうがいいのか？　たかだか伝記一冊で人を殺めるとは考えにくいが」

「とにかく、検死結果を教えてください」

ペンダリーはため息をついた。「ファイルをひっくり返してくる。あとでかけなおすから待ってろ」

48

数分後、ニコラスの携帯電話が鳴った。

ペンダリーは開口一番に言った。「セント・ジャーメインの死因は心臓発作だ。だが、検死官は心臓にいささか気になるところがあるということで、薬物検査をオーダーしている。結果はまだあがってない」

「いささか気になるところとは、どういう意味です？」

「『心臓と肺にうっ血が認められ、心臓発作という所見に矛盾しない』と書いてある。だが、娘も主治医も、エリザベスに心臓の持病などなかったと言った。それで、検死官は薬物検査をオーダーして、おれたちもあらためて現場を検証した。だが、紅茶の缶に家族のだれとも一致しない指紋がついていたくらいだ。騒ぐような結果でもない。なぜなら、その缶は〈フォートナム・アンド・メイソン〉のギフトセットから取り出したもので、案の定、セットの中身はどれも部分的な指紋がついていた。それだけで事件性があると考えるわけにはいかない。

ところがだ、ニコラス、そのギフトセットに添えてあったカードの差出人は出版社の編集者だったのに、出版社のだれもそんなものを贈っていないことがわかった。フォートナム・アンド・メイソンにも、出版社のだれかがクレジットカードで買い物をした記録が残っていない。だから、検死審問をすることにしたんだ。もちろん、メリンダ・セント・ジャーメインの母親という事情もあるがね」

「ギフトセットは業者が配達したんじゃないんですか？」

「ああ、彼女が死亡する前日に、だれかが運んできた。メイドが玄関に置いてあるのを見つけたんだ。大きなリボンがかかっていた。だが、監視カメラなどないから、だれが持ってきたのか調べようがない。メイドの話では、エリザベスはよろこんで、ビスケットと一緒に紅茶を飲んだんだ。だから、ギフトセットの中身の指紋を採取して分析したんだ。結果はまだだ。いいか、このことはメリンダには言うな。せっつかれたらかなわん」

「わかりました。ギフトセットの残りは、いまどこにあるんですか？」

「証拠としてうちに保管してある。さっきも言ったが、これまでの検査では、ビスケットと変わった味の紅茶が何種類か入っていただけで、怪しいものは見つかっていない。いつ買ったものかもわからない。ああいうものが一週間に何個売れるか知ってるか？」

「数百個は売れるでしょうね」

「そのとおりだ。で、ニコラス、おまえはコハテ家とトラブルになっているわけか？」

まあ、ある意味では。「コハテ家をご存じなんですか？」

「デイヴィッド・メインズと会ったことがあるだけだ。ヘレン・コハテの旦那だ。メインズも、数週間前にスカッシュの試合中に急死した」

ニコラスの頭のなかで赤信号がともった。「ほんとうですか？　やっぱり心臓発作で？」

「そうだ。気の毒に、まだ若かったんだが。行方不明の女房が死亡したと言われるようになったころから、少し病んでいたからな。まあ、その前から健康ではなかったが、子どもたちやなにかに手がかかって悪化したかもしれない。

ヘレン・コハテがゴビ砂漠で行方不明になったときのことは覚えてるか？　何週間もニュースで騒がれたじゃないか。結局、彼女がどこにいるのかわからなかった。発掘現場の作業員も全員消えた。全部で十二人だったか。みんな砂に呑みこまれちまったんだろう」

「デイヴィッド・メインズが心臓発作で亡くなったというのは確実ですか？」

「それ以外に考えられない。目撃者もいる。さっきも言ったように、スカッシュの試合中だったからな」

「でも、訴訟の関係者が数日のあいだにふたりも心臓発作で急死するのは、偶然とは思えませんが」

ペンダリーはうめいた。「おれはいままでふたりの死を結びつけてはいなかった。だおまえは本気で、ふたりが殺されたと思うのか？」

「殺されたかもしれません。タイミングがおかしいと思いませんか？」

「たしかに。おれはメインズの死因を調べてみる。また連絡する」

「ありがとうございます。エリザベス・セント・ジャーメインの薬物検査の結果もお願いしますよ」

「おまえがこっちにいたらなあ、ニコラス――」

「わかってます、そっちにいれば自分でやったんですが。ご自愛ください」

ニコラスは電話を切り、次にアダムではなくグレイにかけた。「グレイ、やることがたくさんあるのは知ってるが、ちょっとあることを調べてくれないか？」

「いいよ」

「リリス・フォレスター・クラークのパスポートと、数カ月分のクレジットカードの使用履歴を知りたい」

「簡単だ。とくに捜したいものはあるか?」

「イタリアからイギリスへ行っていないか、それから、フォートナム・アンド・メイソンのギフトセットを買ったことがあるかどうか。同じギフトセットをふたりの人間に贈っていないか」

「いいよ。マイクは大丈夫か? ルイーザから電話をもらった。そっちはみんな、ワニのあごに尻までつかってるんだな」

「ほとんど首までつかってるよ。マイクは眠っている。彼女は大丈夫だ、保証する。ありがとう、グレイ」

ニコラスはアダムにも電話をかけた。「キツネはまだ空の上か?」

「お疲れさま、ニコラス。うん、いま大西洋上空だ。針路からして、きっとカリブ海に向かってるよ。飛行機によっては、もっと遠くへ行くとしても、カリブ海で給油しないと。クランシーとトライデントがあと一時間でペルージャに着く。滑走路で待ってるよ」

「すばらしい。ありがとう」

携帯電話が鳴った。グレイだ。彼はひとことだけ行った。「大当たりだ」

「教えてくれ。どんな魔法を使ったんだ？」

グレイは言った。「われらがリリス・フォレスター・クラークはとても悪い子だった」

59

イギリス　ロンドン

ベンは感心した。エリザベス・セント・ジャーメインの調査は徹底していて、よくまとまっていた。原稿のどのページにも興味深く、ときに衝撃的な新事実が書いてある。だが、なによりすばらしいのは、彼女のメモだった。ベンはエリザベスの目を通してコハテ一族を知り、聖櫃発見にかける執念を思い知った。彼らは自分たちが神に選ばれた一族であり、自分たちだけが聖櫃を扱えると本気で信じている。そして、気象捜査の装置だが――天才的な発明だ、ほんとうに。危険だが、天才的な発明だ。

エリザベス・セント・ジャーメインの資料に文字どおり膝までつかっていると、背後から人影が伸びてきた。顔をあげ、メリンダ・セント・ジャーメインにほほえみかける。彼女の着ている胸元が広くあいたスリムなドレスは、シックであると同時に、ぎくりとするほどセクシーだった。

「お仕事の進み具合はどう？」

ベンは少し笑い、紙の山を示した。「まああです。ここなら何週間でもいられる。お母さまのお仕事は詳細にわたっています」

「夕食のお誘いにきたの。これに全部目を通したいのなら、なにか食べなくちゃ」

ベンは迷った。調べものは急がなければならないが、食べることを想像しただけで腹が鳴った。メリンダにその音を聞かれ、腕を軽くパンチされた。「少しくらい休憩してもよさそうですね」

メリンダは笑った。「悪いけど、ベン、セント・ジャーメイン家の夜は長いのよ。あらかじめ言っておくけれど、ディナーに三時間はかかるわ。イギリスではなんでもゆっくりなの」

ああ、い、い、人生はフ、ェ、アじゃ、な、い、な。「残念です。ご一緒したかったのですが、時間がかぎられていて。ここに残って作業をつづけますよ」

メリンダがほんとうにがっかりしたようだったので、ベンはうれしくなり、そんな気持ちになったことに驚いた。

「そう、しかたないわね。食事を運ばせるわ」

「またの機会に誘ってください」

メリンダはベンを取り、カードになにかを書きつけてベンに差し出した。「またロンドンへ来たときには、電話をちょうだい。きちんとデートに誘ってね」

世界が明るくなった。デート、きちんとしたデート。ベンはにんまりした。「ぜひ。そうします」

「よかった。母の手紙とかノートとかを盗んでくれたら、あなたの上司に苦情を言って、もう一度ロンドンへよこしてくれって要求するわ。ロンドンへ、わたしのもとへね。そうすれば、かならず戻ってこられるでしょう」

「かならず戻ってきますよ。有休があるんです。この件が片付いたら、また来ます」

メリンダは、ベンの肩にそっと手を置いた。メリンダにとって、このところ気の滅入る毎日がつづいていたが、楽しみなことができた。アメリカ人ＦＢＩ捜査官、自分と同じ赤毛のベン・ヒューストンだ。こんな出会いがあるとは、想像もしていなかったけれど。

ベンが立ちあがり、メリンダの手を取って名前を呼んだ。「メリンダ」

メリンダは背伸びをして彼の頬にキスをした。「お仕事を再開して。食事は忘れずに召しあがるのよ」

彼女が出ていったあとも、薔薇の残り香が漂っていた。

ベンはメリンダの姿が消えるまで見送り、また椅子に座ってエリザベスのメモを取り出し、読みはじめた。

一九〇九年、アップルトンはジェネシス・グループという会社を創立し、家族で経営に取り組む。会社はたちまち考古学界で影響力を持つようになり、気象操作装置を使った攻撃によって利益をあげつづける。流れこんだ資金を元手に、世界中で合法的な発掘をはじめる。だが、聖櫃の発見がアップルトンのライフワークだった。レビの直系の子孫である自分の一族だけが、神によって定められた聖櫃の相続者だと考えていた。聖櫃は神とつながる手段であると言われており、アップルトンは単純な前提のうえに立っていた――コハテ一族が聖櫃を手に入れた暁には、自分たちが選ばれた者であり、究極の力を持つものであり、神の祝福によって地球を支配すると、世界中に知らしめることになる、と。神は善き者同様に邪悪な者も祝福するのか？

ベンは最後まで読み、かぶりを振った。この手の変人じみた天才と会ったことがないわけではないが、アップルトン・コハテは別格だ。

携帯電話がニコラスからメールを着信したことを告げた。

その後なにかわかったことは？

ベンは返信した。

気象操作装置は本物だ。ワシントンＤＣを破壊される前に、そいつをぶっ壊してくれ。

60

カリブ海

高くのぼった太陽のもと、カサンドラとエイジャクスがふたりの捕虜とともにキューバに降り立った。捕虜はふたりとも意識を取り戻したが、グラント・ソーントンのほうはドラッグの作用でぼんやりしていた。ふたりがニコラス・ドラモンド同様に危険であり、できればさっさと重りをつけて海に沈めるべきだと、カサンドラにはわかっている。すぐにでも殺さなければ、よくないことが起きる。

いや、早まってはいけない。まだ、あの泥棒が必要だ。泥棒の夫も、まだ餌として使える。ふたりを殺すよろこびは取っておくのだ。だれにも自分を止められない。

島に住んでいる祖父を訪ねるのはほとんど一年ぶりだが、甘いだけでなく鼻にツンとくる強さの混じった海と風のにおいは、いつものようにすばらしい。いままでは祖父になにかを頼みこむために来ていたが、今回はちがう。

一行は水上飛行機に乗りこんだ。泥棒とその夫を座席に縛りつけ、すぐに離陸する。

開いた窓から海風が顔を吹きつける。

「エイジャクス、今回はおじいさまのやりかたをもっと詳しく調べてね。どうなの？ワシントンＤＣに嵐を移動させる方法はわかったの？」

エイジャクスは疲れていらいらし、暑さで汗ばんでいた。「システムに侵入した。嵐の強度を増す方法はわかったけど、それだけだ。正確な方向に移動させる方法は、おじいさましか知らない。マニュアルはおじいさまの金庫室に厳重に保管されてるし」

「嵐の方向を決める方法さえわかれば、ＤＣを壊滅させるくらい強烈なものにできるのね？」

エイジャクスはうなずいた。「それがわからなければ、大西洋のどこかに暴風雨を降らせるのが精一杯だよ。ぼくたちのしたいこと、しなければならないことにはほど遠い」

カサンドラは泥棒を見やった。夫のことしか考えていないように見える。ソーントンは風のおかげで意識がはっきりしてきたらしい。ふたりから目を離さず、着陸したらもう一度彼に薬を注射しなければならない。

カサンドラはふと、ひょっとしたら泥棒はずいぶん前から目を覚まし、自分とエイジャクスの会話に耳を傾けていたのではないだろうかと思った。泥棒は、これからなにを命じられるのかわかっているのでは？

エイジャクスがしゃべっていた。「おじいさまにもわかるよ、ぼくが嵐の強さを増幅させたことはね。たぶん、システムに侵入したこともばれる」

「かまうものですか。もうすぐおじいさまなんか関係なくなるわ。おじいさまがこの世で最後にやることは、わたしたちに装置の使い方を教えることよ」

エイジャクスは流れ去る青い海原を見おろした。「もうすぐ島だ。覚悟はできてるのか？」

「なんの覚悟？」

「カサンドラ。考えてみろ。いままでは単純だった。親父も伝記作家もリリスも排除した。みんな死んだ。でも、今度はおじいさまを殺すんだ。地上でただひとり、気象操作の方法を知りつくしている人間を。おじいさまが死んだら、ぼくたちだけの力でやっていかなければならない。だから、覚悟しろと言ってるんだ。たったふたりきり、頼る人もいない。その覚悟はあるのか？」

「あるわ、ふたりきりでいいじゃない。だれにも指図されない、だれにも長々と質問されない。ええ、エイジャクス、わたしは充分すぎるほど覚悟してる」

エイジャクスはキツネとグラントに目をやった。「どうしてこいつらを生かしておいたんだ?」

カサンドラは低い声で答えた。「おじいさまの金庫室を破らせるためよ。おじいさまが暗証番号を教えてくれなかったら、この女にあけさせるの。ソーントンは餌よ。金庫室があいたら、ふたりを殺す。この女は金庫破りをさせるのにうってつけだと思わない?」

エイジャクスはうなずいた。「リリスがやたらとほめていたよな。ときどき、リリスはぼくよりこの女のほうが好きなんじゃないかという気がしたよ」

「いまとなってはどうでもいいことじゃない? わたしも、まさかこの女がトプカプ宮殿から杖を盗んでくるとは思っていなかったけれど、やってのけたわね」

エイジャクスはカサンドラの手を取り、指を握りしめた。「おじいさまから聞いたことがあるんだ、金庫には爆発物を仕掛けてあるって。理由を尋ねたら、金庫室を破ろうとする者がいるかもしれないからだと言うんだ。世界中に敵がいるから、用心に用心を重ねるくらいでちょうどいいって」

カサンドラは笑った。「わたしたちのことを言ってたのかしら」

エイジャクスは肩をすくめた。「すぐにわかるさ。でも正直言って、おじいさまが金庫室の暗証番号を教えてくれるとは思えないな。ぼくたちを信用していないからね。結局、泥棒を使うしかないだろう。金庫室をあけることができれば、なにも問題ない。もしできなければ――ほかの方法を考えよう。べつの泥棒を雇うとか」

窓の外を眺める。「心の準備をしろ。もうすぐ島に着陸するぞ」

カサンドラはエイジャクスと手を打ちあわせた。「そして、あのぼけたじいさんを殺すのね」

「もしかしたら、おじいさまも心変わりしてるかもしれないぞ」

カサンドラは笑った。「勝手に心臓が止まって、わたしたちの手間が省けるかもよ」

61

イタリア　カスティリオーネ・デル・ラーゴ

マイクは、ニコラスが声をひそめてだれかに電話をかけていることに気づいた。目をあけ、いまでは視界がはっきりして頭もまともに働いていることにほっとした。ありがたい。全身の感覚も戻ってきて、力も入るようになった。

ニコラスが電話を切った。すぐにベッドのそばへ来て、マイクの頬に触れた。

「目を覚ましたか」

「ええ。あなたの手、とても温かい。あなたの手が好きよ。起こしてくれる？」

ニコラスはマットレスを起こした。

「このほうがいいわ。めまいもない、変な感覚もない。もう退院できる」

「退院できる？　いますぐに？」ニコラスはマイクのおとがいに手を添えた。

「咳も出ないし、頭がぐるぐるまわってもいない。ちょっと風邪っぽいけど、たいしたことない。はいはい、その眉毛、おろしてよ。百パーセント復活とは言えないけれど、それにほぼ近いわ。ベッドを出てお手洗いに行きたいから手を貸して。わたしの装備バッグは持ってきてくれた?」

ニコラスはうなずき、マイクを立たせた。しばらくそのままマイクを支えていた。「よし」マイクは体を起こしてニコラスから離れた。バスルームまでニコラスがぴったりついてきた。ドアをあけてくれた彼に、マイクは言った。「もう大丈夫。入ってこなくていいわ。バッグをちょうだい」

ニコラスはドアの隙間からバッグを差し入れた。「必要なら呼んでくれ」

ドアを閉めたと同時に、シェンツァ医師が病室の入口に現れた。「もう起きたんですか?」

「はい。自分でバスルームへ歩いていきました。すたすた歩いてましたよ。いま着替えています」

シェンツァ医師は両手を腰に当てた。「せめてあと一日は入院すべきだけど。もう一度、CTを撮って、頭のけがに後遺症がないことを確認させてください」

マイクはバスルームのドアをあけた。なんとか髪をポニーテールにまとめることができた。顔色は悪いが、白いシャツにパンツとジャケット、ブーツといういでたちでまっすぐ立っている。

「ごめんなさい、シェンツァ先生。ほんとうに申し訳ないけど、もう退院しなくちゃ。わたしがいないと、この人は壊れて燃えつきちゃって、捜査が進まなくなってしまうんです。この人にはわたしが必要なの」

「でも――」

「お願いします、先生。先生がわたしの立場だったらどうします？　ほら、この人を見てください。自分の面倒も見られないんですよ、わたしがそばにいないと。無理はしないと約束します。ゆっくりやると約束します。飛行機のなかでもホテルでも、こと変わりないくらい快復できますから。ただ、なんでもいいので、おすすめの痛み止めをいただけますか。ニコラスは医療の研修も受けてます。問題ありません」

ニコラスは医師に向きなおった。「大丈夫でしょうか？」

「とりあえず診察をさせてください。神経に問題がないかどうか確認しなければ、なんとも言えないわ」

「わかりました」マイクは言った。「診察が終わったら退院しますからね」

「ベッドのシーツみたいに真っ白な顔をしてるぞ」ニコラスが心配そうに言った。

マイクは彼の手を取った。「ニコラス・ドラモンド、わたしが足手まといにならないことはわかってるでしょう」

「ふたりとも、いいかげんにしてください。ケイン捜査官を診察します」

シェンツァ医師はマイクをベッドに座らせ、診察をはじめた。たてつづけに質問をし、腱や瞳孔の反射、脈をチェックしていく。すべて終わると、うなずいて立ちあがった。「ケイン捜査官、申し分のない快復ぶりです。あなたは若いし、体をきたえているから、わたしが思っていたより快復が速かったのね。言うことも筋が通っているから、脳震盪の後遺症は認められないと言っていいでしょう。よかったわ」

医師は言葉を切り、ニコラスを見やってマイクに目を戻した。「ケイン捜査官、先ほどの質問に答えるわ。もしあなたと同じ立場だったら、大事な人を守るために、わたしもあなたと同じことをするでしょうね」マイクの頬にそっと触れる。「気をつけてね、ケイン捜査官。パートナーを守って」

「ええ」マイクは言った。「絶対に守る」

「ドラモンド捜査官、あなたもこの人を守ってね」

ニコラスは言った。「彼女を守るということは、たとえば高層ビルから飛び降りるのをやめさせることですよ」

62

マイクは窓に頭をあずけ、車を運転しているニコラスから、ベンやペンダリー、グレイに聞いたことや、リリス・フォスター・クラークについてわかったことなど、詳しい話を聞いた。

「グレイに調べてもらって、リリスのクレジットカードとパスポートから、彼女が三週間前にロンドンにいたことがわかった。フォートナム・アンド・メイソンのギフトセットをカードで買うほど愚かじゃなかったが、防犯カメラの映像から、彼女がギフトセットを二個買ったことが確認できた。一個はエリザベス・セント・ジャーメインに、もう一個は双子の父親、デイヴィッド・メインズに贈ったんだ」

「ということは、正真正銘の殺人ね。恐ろしい双子ね、ニコラス。実の父親を殺すなんて」

「メインズが一族の歴史や私信なんかをエリザベスに渡したのが気に入らなかったら

しい。

防犯カメラの映像は、ペンダリーにも送ってもらった。いまごろ指紋がリリスのものと確認できたんじゃないかな――なにしろ元MI5だからね――薬物検査の結果もあがってきた。エリザベスとメインズの両方の遺体から、毒物が検出された」

携帯電話が鳴った。ニコラスの知らない番号だったが、スピーカーフォンに切り替えて応答した。

イタリア訛りの声が言った。「ドラモンド捜査官、シェンツァ医師の兄のナンドだ。コハテ城の状況について報告したい。おもに、山中のトンネルについてだ。数体の遺体を発見した。きみが話していた遺体も含まれている。きみの言っていたとおり、コハテの部下のリリス・フォレスター・クラークの遺体と確認した。カラビニエリが、きみに事情聴取したいので城に戻れと言っている」

「知っていることはあなたにすべて話しましたよ、警視。遺体はどれもコハテの警備員です。名前がわかるのはひとりだけです――ハリーという男がいました。それから、ぼくはこれから飛行機に乗るので、すぐにはそちらに戻れません。ところで、グラント・ソーントンは城にいましたか?」

「きみに聞いた特徴に合致する人物はいなかった。だが、言われていたとおり、大量の血痕だの銃弾だの、証拠は山ほど見つかった。メイドはきみたちがいきなり城に侵入してきて、警備員たちを殺して逃げたと言っている。だが、われわれ警察に通報しなかったという事実が、多くを物語っているな。

それでも、カラビニエリは、きみが戻ってきて詳しい供述をするべきだと考えている。戻ってこないのなら、拘束されるかもしれないぞ」

ニコラスはナンドの声に真剣なものを聞き取った。脅しではないのだ。

「もっとメイドを追及してください。死んだ警備員の身許はメイドが知っています。城に残っている従業員を逮捕すればいいんですよ。今日の双子の行動について、まだ隠していることがあるはずです。メイドの雇用主のコハテ兄妹は海外に飛びました。そして、ぼくたちFBIが追っている」

警視、協力したいのはやまやまですが、ぼくのかわりにカラビニエリの相手をしてもらえませんか。コハテ兄妹を逮捕するまで時間がほしい」

「現場は保存してあるが、わたしにもカラビニエリを止めることはできない。コハテ兄妹だが――くれぐれも用心してくれ、ドラモンド捜査官。じつのところ、あのふたりについてはいろいろな噂を聞いている。なにをするかわからないとか、やることが容赦ないとか、あまりよろしくない噂だ。あんなに警備員がいるのもおかしな話だ。

ここは平穏な田舎町だ。そもそもなぜ警備員が必要なのか？　なんのために？　だれも知らない、話そうとしないんだよ――やはり、憶測するしかない。どうにも気がかりだ。だから、ほんとうに気をつけるんだぞ。双子を逮捕して連れ戻してくれ。それがベストだ。わたしのかわりに頼む」

「わかりました、警視。ありがとうございます」

ニコラスは電話を切り、ちらりとマイクを見た。

「面倒なことだが、カラビニエリはぼくたちを逮捕したがってる。ルッソ少佐が関与していると思うか？」

「いまとなっては、なにがあっても驚かないわ。邪魔されずに飛行機が飛ぶことを祈りましょう」

ニコラスは話をつづけ、一刻を争う事態であることを説明した。

ペルージャの空港に到着すると、ちょうど機体に給油が終わったところだった。トライデントが機体外部のチェックをしていた。彼女は手を振り、大声で言った。「早く早く、十秒以内に離陸するわ。クランシーはもう操縦席にいて、大急ぎでチェックしてる。早く乗って。わたしが見張ってるから。カラビニエリを怒らせたんだって？」

「まあね」ニコラスはにこやかに言った。

マイクのあとからタラップをのぼり、機内に入った。ルイーザとアダムが乗っていることに一瞬驚いた。

ルイーザが手をあげた。「びっくりしないでよ、ニコラス。あなたとマイクにおもしろいことを全部まかせて、わたしたちがヴェネツィアでおとなしくしてるわけがないでしょ。ほら座って、ごちゃごちゃ言わないの」

「ごちゃごちゃ言うな、か」ニコラスはマイクが着席するのを手伝い、シートベルトを締めてブランケットをかけてやった。ルイーザとアダムを見やる。「いや、ぼくはきみたちが来てくれてほんとうによろこんでいるんだよ。応援は多ければ多いほどいい」

「わかってくれたか——遅すぎるけど」アダムが言った。「ねえマイク、だれかに溺死させられそうになったような顔してるね」

マイクはアダムをじろりと見た。「どうしてそう思うの？　ああ、答えないほうがいいわ、アダム。捜査が終わったら、あなたのスニーカーを食べさせてやるから」

トライデントが操縦席の入口から言った。「みんな、シートベルトは締めた？　よし。飲み物とサンドイッチを用意しておいたわ。あら、あの音はなに？　サイレンの音よね。ニコラスが大げさに言ってるとばかり思ってたわ。さっさと離陸しなきゃ！」

かろうじて離陸したとき、カラビニエリの車が何台もけたたましくサイレンを鳴らして滑走路に入ってきた。上空で、アダムは拳を突きあげた。「いいぞ、クランシー、トライデント！」

「『トップ・ガン』だ！」インターコムから、操縦席のふたりの声が聞こえた。ルイーザが伸びをした。「サンドイッチ、食べたい人？」

笑い声があがる。ルイーザはいつも食べることばかり考えている。座席の上で丸くなりながら、いい気持ち、とマイクは思った。ニコラスの声が聞こえた。「リアとお父さんは無事に帰国したのか？」

「わたしたちがヴェネツィアを発つ直前に退院したの。元気そうよ。お父さんはヴェネツィアをすごく気に入ったみたい」

ニコラスは言った。「きっとリアはいい思い出がないだろうけど」

「それが、またお父さんと一緒に戻ってきたいそうよ。今度は観光客としてね」

ニコラスはルイーザからアダムに目を移した。「聞いてくれ。マイクは百パーセント快復したと言うだろうが、そんなことはない。とにかく百パーセントじゃない。みんな少し眠っておこう。長いフライトだし。きみも休め、アダム。キツネの発信器はぼくが見ているから」

「それから、嵐の動向も見張っておいてよ」アダムはニコラスにノートパソコンを渡した。気象情報の画面には、レーダー上をゆっくりと回転している嵐が映っている。「気象情報によれば、ハリケーンはだんだん強さを増しているけれど、あいかわらずメキシコ湾沿岸に向かっていると見られている。カテゴリー3のハリケーンがテキサスを直撃するという予報が出ているけど、気象学者がコンピュータ上でそう計算してるってだけだからね。まさか針路を急に変えてDCに向かうとは思ってないんだよ」

「とりあえず、コハテ兄妹はまだ嵐の針路を変えていないということだな」

ルイーザが言った。「嵐の針路を変えるなんてどうやったらできるのか、想像がつかない」

「まともな頭の人はそうだよ」ニコラスは言った。「アダム、ルイーザ、きみたちが夢の国に旅立つ前に、ベンがコハテ一族の過去について調べたことを話してもいいか？」ダ・ヴィンチのアイデアをもとに、テスラとアップルトン・コハテが気象を操作する装置を開発したことを話した。

アダムが尋ねた。「電磁力を使うってこと？　レーザーを発射？　衛星から？」

「その装置については、ベンがさらに詳しく説明してくれるだろう」ニコラスはあくびをした。

ルイーザが言った。「ニコラス、いまにも眠りそうな顔をしてる。わたしが最初の見張り番をするわ。四時間でどう？　そうしたら交代して」

ニコラスの脳の半分は早くも遠い夢の国にいた。「ありがとう、ルイーザ。なにかあったら起こしてくれ」

マイクが目を閉じたまま言った。「みんな、イヤフォンつけて。この人、いびきかくわよ」

ニコラスは小さく笑った。「そうか？　きみもだよ」

63

大西洋上

ニコラスが目を覚ますと、周囲は暗かった。機内のライトは消え、みんな座席にもたれて眠っていた。ニコラスのかわりにルイーザと交代したアダムだけが起きていて、ノートパソコンの分割した画面を見つめている。

ニコラスが体を起こして伸びをすると、アダムが顔をあげた。「ちょうどよかった。これ、見てほしいんだ」

「見つかったか？」

「うん。あいつら、キューバに着陸したよ。GPSでは北緯二十度四十四分三秒、西経七十五度三十九分二十六秒。プレストンっていう飛行場が南東の海岸にある。

見たところ、この飛行場はハバナみたいな都会じゃないみたい。僻地の小さな飛行場だ。コハテたちは一時間ほどそこにいた。クランシーとトライデントにはもう伝えた。着陸許可をもらおうとしてる。あと二時間で着くって。コハテたちはいいスタートを切ったけど、おれたちも追いつくよ。一カ所にとどまってくれれば、その分距離が縮まる」

「アメリカとキューバのあいだで普通に旅行ができるようになったとはいえ、あっちはFBIを乗せた飛行機が着陸するのをいやがるだろうな。やれやれだ。ザッカリーもよろこぶぞ」

「ザッカリーに報告する前に言っておきたいんだけど、悪い知らせもあるんだ。嵐は針路を変えていないけれど、急速に勢力を増してる。国立気象局の最後の発表から、気圧が急激にさがった。嵐の行き先はわからない――文字どおり、わからないんだ。いろいろ予報図が発表されているけど、ひとつも同じものがない。どうやらジェット気流が変化していて、嵐が取りこまれる可能性があるらしい。テキサスとルイジアナとフロリダ沿岸の観測所は、嵐がさらに北へ向かい、ひょっとするとニューヨークへ到達するかもしれないと言ってる。だれにもわからないんだ。気象学者が〝よろよろ進んでいる〟と言ってた。あと、嵐に名前がついたよ。今季初の嵐だから、Aではじまる名前だ。当ててみる？」

「答えを言ってくれ」

「アテナ。ギリシャ風の名前が、われらが荒ぶる双子にぴったりだよね」

「だが、われわれは嵐の行き先を知っている――ワシントンDCだ。だが、まだ本土に近づいてもいないのはどうしてだろう？　なにをぐずぐずしているんだ？」

「双子はやりかたを知らないいんじゃないの？」

「つまり、もうひとりのコハテがいるということか。キューバのあたりに」

「かもね。ニコラス、止める方法が見つからないと、おれは安心できないよ。嵐の情報はモニターの一番、キツネの発信器は二番。おれはもう休んでもいいかな――？」

「ああ、ぼくが交代する。ルイーザを見ろ、にこにこしている。いい夢を見てるんだろう。ほら、アダム、少し寝ておけ」

「まあ、いまにも鍋が沸騰しそうってときに、眠れるもんじゃないけどね。どっちみち眠れないよ。あと二時間で着陸だ。財務調査もほとんど終わってる。過去五年間で、突然の暴風雨の前後に空売りされた株に対応する変数を設定して実行してみた。案の定、パターンがあったよ。まだ決定的ではないけど、もうすぐわかる」

「少し休んでからでいい。せめてしばらく頭を休めろ、アダム」

アダムは敬礼し、座席に戻ると、イヤフォンを装着した。ニコラスが思ったとおり、一分もしないうちにアダムは眠っていた。

ニコラスはキツネの発信器の信号を見つめた。キューバのそばに、もうひとりのコハテがいるのか？　イタリアとキューバをつなげるのは、もうひとりのコハテなのか？　ザッカリーに報告すべきだが、まだだめだ、まだ早い。

ベンから携帯電話にメールが届いた。

おもしろい読み物を送る。コハテ一族はアトランティスを発見したと考えていた。きみたちがいま向かっているところに関係がある話がまた出てきたら、随時伝える。

次のメールが届き、ニコラスはページをスクロールして読んだ。

一九五〇年代に、キューバの沖合の海中に都市の遺跡が発見されたという。カサンドラとエイジャクスの祖父、アレクサンダー・コハテはアトランティス伝説に熱中し、世界でも屈指の研究者だった。コハテの者として当然、聖櫃がアトランティスに眠っていると信じていた。彼の日誌によれば、キューバ沖でダイビング中にアトランティスを発見し、さらに詳しい調査に取りかかった——なんと、イギリス政府と取引し、イギリス海軍の潜水艦を使って探査している。しかし、一九六二年にキューバでミサイル危機が起き、当該の海域に接近できなくなった。

ほんとうにアトランティスだったのか？　彼らが撮影したとされる写真には、大きなピラミッドとスフィンクスが写っている。さて、ここからが肝心だ。彼らはしばらくキューバにジェネシス・グループの支社を置いていた。だから、彼らがキューバに隠れ家を作ったのもうなずける。

そして、その隠れ場所こそ、気象操作装置のある場所だ。コハテ一族は、金ほしさに一世紀にわたって嵐を発生させてきた。わかりやすい話だ。きっと、きみもほとんどはすでに知っていることだろうけれど。

ここからは、エリザベス・セント・ジャーメインのノートとデイヴィッド・メインズが彼女に渡した書簡からわかったことを書く。アップルトン・コハテとテスラが別れたのは、コハテが気象操作装置を使って発掘資金を稼ごうとしたからだ。コハテは、装置を――テスラは〝コイル〟と呼んでいたが――資金稼ぎの道具くらいにしか思っていなかった。一九一三年、彼らは数社の企業に――保険会社や建設会社に投資し、五大湖地方に暴風雨を直撃させた。被害は甚大で、彼らは不正なやりかたで金を手に入れた――コハテが投資したのは、五大湖地方の再建を請け負って大儲けした会社ばかりだったから、配当金も莫大だった。それ以来、コハテ一族は装置の改良を重ねてきた。

彼らはビジネスを両端で展開していた。株の売買をする一方で、保険会社と建築系のコングロマリットを所有している。とくにコンクリートだ。ハリケーンが都市を半壊したら、再建が必要になる。そこで、ジェネシス傘下の企業が名乗りをあげるわけだ。それから、ダメージを受ける予定の地域にある企業の株を空売りして、差額で儲ける。これはジェネシスの財務面のやりかただが、科学技術のほうはもっとすごい。

テスラのコイルは、開発当初から非常に精巧に作られていたが、コハテが数年かけてコイルで金を稼ぐ方法を考えた。コイルが完成形に近づき、その技術が磨かれていくにつれて、資金を集める方法も洗練されていった。シンガポール在住のイギリス人ブローカー、ランドリー・ロジャーズのことは、きみももう知っているだろう。彼は二十年前からコハテ一族に雇われて、彼らがもたらす災害を利用して、現金の調達や株の売買や投資を担当している。良心のかけらもない人物だ。

以下は、コハテ家の五世代にわたる家系図だ。本人たちに会ったきみにとっては、参考になるんじゃないかと思う。

アップルトン・コハテ
一八八一年生まれ　一九五三年没
イギリス　リッチモンド出身
一九〇八年　ジュヌヴィーヴと結婚
その息子　アレクサンダー
一九一七年生まれ　一九六九年没
一九四九年　バベットと結婚
その息子　ジェイソン
一九四一年生まれ
ダイアナと結婚
その娘　ヘレン・コハテ
一九六五年生まれ
デイヴィッド・メインズと結婚
その双子の子　カサンドラとエイジャクス・コハテ・メインズ

一九八六年生まれ

ニコラスは座席にもたれて目を閉じた。コハテ一族は五世代前からこのような悪事をつづけていたのか。デイヴィッド・メインズが一族の書簡や日誌をエリザベス・セント・ジャーメインに渡したとき、カサンドラとエイジャクスが激怒したのも当然かもしれない。この一族の秘密は、殺人の動機になりうる。

64

携帯電話がまた着信音を鳴らした。ニコラスは、ベンがさらに送ってきたメールに目を通した。

ジェイソン・コハテ、一九四一年生まれ。双子の祖父だ。彼は大天才と言うべき人物だ。彼は考古学の道に進まず、ロンドンのインペリアル・カレッジで機械工学を専攻し、ＭＩＴで修士号を取得。一流の教育を受けている。ＮＡＳＡに志願したこともあったが、アメリカ人ではないため、希望は叶わなかった。欧州宇宙機関に勤務したのち、姿を消した。メインズがエリザベスに渡した日誌によれば、地下に潜ったようだ。広場恐怖症だったという噂があるが、証拠はない。とにかく、行方をくらませた。

彼がコイルをコントロールして嵐を発生させているんじゃないかと、ぼくは考えている。ジェネシスはキューバに支社を持っていたから、そこが気象操作の拠点と見ていいだろう。

ベン、これでキューバとイタリアのつながりがわかった。嵐はまだワシントンDCに上陸していない。なぜなら、双子はコイルの制御方法を知らないからだ。ジェイソン・コハテが、合衆国の首都を攻撃することに反対しているのでは？　双子はジェイソンを説得しに島へ向かったのかもしれない。もしくは、対決するつもりか？　ぼくたちは一時間後にキューバに着陸する。デイヴィッド・メインズについてなにか情報はあるか？

まあまあ、ニコラス。メインズに関するメモもアップロードする。ちょっと待ってくれ……よし。デイヴィッド・メインズは、ヘレンの父ジェイソンと折り合いが悪かった。ジェイソンは娘とメインズの結婚をなかなか認めなかったらしい。二〇〇六年にゴビ砂漠でヘレンが死亡したあと、メインズは精神を病んだと言われている。あげくのはてに、子どものカサンドラとエイジャクスに、ジェネシス・グループから追い出された。メインズは当然怒って、ひそかにイギリスへ帰った。コハテ文書を嬉々としてエリザベスに渡したのもうなずける。

きみの言うとおりだ、ベン。コハテ文書をエリザベスに渡したせいで、メインズは殺された。同時期にエリザベスも死んでいる。もちろんコハテ兄妹のしわざで、殺し屋のリリス・フォレスター・クラークに殺させた。以上のことは、ペンダリーに報告してある。彼が調査してくれることになっている。

ニコラスは三万五千フィート上空から窓の外を見おろした。ほとんど雲しか見えないが、ときおり海が垣間見えた。キツネが電話をかけてこなかったら、暴風雨も止められなかったし、数十年にわたる無差別殺人も破壊も、永遠につづいていたのだ。

新しい情報が待ちきれなかった。しばらくして、ようやくベンからふたたびメールが届いた。

ゴビ砂漠でヘレン・コハテが行方不明になったとき、双子は両親の出身校のオックスフォード大学の三年生だった。ふたりは非常に頭がよく、勉強熱心だった。母親が失踪し、死亡したとされたことに、大きなショックを受けた。

メインズもショックを受けて、休職したと言われている。しばらく精神的に不安定だったが、快復して仕事にも復帰した。当時のことは、最近になってエリザベス・セント・ジャーメインに会うまで、だれにも語ったことはなかった。エリザベスの最大の疑問はこれ。なぜ聖櫃がゴビ砂漠にあると考えられるのか?

コハテ一族の伝承では、教皇グレゴリウス十世が聖櫃を最後に所有した人物らしい。コハテ一族は、教皇の機密文書を保管していた。教皇からエヴィド・デュピュイという、ヴァチカンの間諜を務めていたテンプル騎士団長に送った手紙だ。手紙には、一〇六〇年に教会が聖櫃の所有者になったと書かれている。テンプル騎士団がエルサレムから持ち帰ったんだ。聖櫃はローマへ運ばれ、二百年間、ヴァチカンにひそかに保管されていた。グレゴリウス十世は、聖櫃がヴァチカンの宝物庫に隠されているという噂が広まっているのを知り、テンプル騎士団の秘密の要塞、カステル・リゴネへ移させた。デュピュイの妻の実家があったんだ。知ってのとおり、現在はコハテ家のものになっている。そもそもコハテ家があの城を買ったのは、聖櫃がそこに隠されている可能性を知っていたからだ。なんといっても、あの城の地下から山のなかへテンプル騎士団のトンネルが掘り巡らされていて、聖櫃の隠し場所としてはうってつけだ。

　これもコハテ一族の伝承だが、グレゴリウス十世は裏切られた。悪名高きマルコ・ポーロの父親とおじにあたるポーロ兄弟が、クビライ・ハーンに取り入るために、カステル・リゴネから聖櫃を盗み出し、中国へ運んだ。コハテ一族は、ポーロ兄弟のどちらかの思いつきで、聖櫃があけられたと信じている。だが、聖櫃は、モーセの直系の子孫であるレビ人、つまりコハテ一族ではない者にあけられるのをいやがり、神がすさまじい暴風を砂漠に吹かせ、聖櫃は消えてしまった。

　このあとに書くのは、最近のことだ。ヘレン・コハテが城の壁のなかにあった秘密の部屋で、グレゴリウス十世がデュピュイに送った手紙を発見した。彼女は、聖櫃がゴビ砂漠にあると信じた。レビ人ではないにもかかわらず聖櫃をあけようとした人間を罰するために、魔法のように発生した暴風によって、聖櫃が失われたという説をすっかり信じこんだ。そして、みずからも暴風に襲われて行方不明になった。

　コハテ一族とはとんでもない人間の集まりだが、とくに双子は偏執的だ。だが、これだけは事実だ――コハテ一族が百年にわたってしてきたことは、すべて聖櫃を発見するためだった。

だから、カサンドラとエイジャクスはどうしてもゴビ砂漠で砂嵐を起こしたかったのだと、ニコラスは悟った。前回の砂嵐のあと、彼らは母親が姿を消した現場を発見したにちがいない。

ニコラスはマイクに目をやり、彼女が目を覚ましていることに気づいた。ミネラルウォーターを自分用に、マイクにオレンジジュースを持ってくると、彼女の隣に腰をろした。「よかったら、ベンが送ってきたコハテ一族に関する楽しい読み物を読んでくれ。なにもかもわかる」

マイクは座席でブランケットにくるまっていたが、手を伸ばした。「いま読みたい」

ニコラスはマイクにオレンジジュースを渡した。「まず飲んで」

マイクはジュースを飲み、携帯電話を受け取った。読み終わって、自分の考えを言った。「リリスがエリザベス・セント・ジャーメインの書斎から資料を持ち出さなかったのは、カサンドラとエイジャクスが、エリザベスの死因を自然死に見せかけたかったからね。現場からなにかがなくなったら疑われる。父親に関しても同じ。一週間待って、住まいに放火すれば疑われなかったのにね。なぜそうしなかったのか不思議なくらい」

「すでに資料の返却を求めて訴訟を起こしていたからね。エリザベスが死亡すれば、裁判所もさっさと資料を返してくれると思ったのかもしれない」

「もしくは、リリスはロンドンに残って、ほとぼりが冷めたころに資料を盗むつもりだったのかも。ところが、なにかが起きて、リリスはイタリアに戻らなければならなかった。ちょうどそのころ、キツネがヴェネツィアにアロンの杖を持ってきた」

ニコラスは言った。「リリスがイギリスからイスタンブールへ行った日に、キツネが華麗な窃盗をやってのけた。その後、リリスはイタリアへ来た」

マイクはオレンジジュースを飲み干し、目を閉じた。

ニコラスはマイクの顔を眺めた。髪はくしゃくしゃのポニーテールで、メイクもしていない。あごには痣、ひたいには縫合した傷があるが、美しかった。ニコラスは身を屈めてマイクにキスをした。目をあけた彼女に、胸の前で人差し指と中指を交差させてみせた。「約束するよ、二度とバイクで壁を突き破ったり、トンネルから湖の上に飛び出したりしない」言葉を切る。さらりと言いたかったのに、声が震えた。「きみをつかまえようとしたのに、届かなかった」

マイクは、ニコラスの目に恐怖を見て取った。手が震えているのがわかる。彼に顔を寄せて息を吸いこむと、喉に唇をつけて言った。「ねえ、知ってる？　わたしはあそこが地面じゃなくて、湖でよかったと思ってるの。そうじゃなければ、わたしたちふたりとも生き残れなかった。わたしたち、運がいいのよ」

「そういう見方もあるか。ジュースのおかわりを持ってくるよ」

マイクが明るく言ってくれたおかげで、ニコラスは少しだけ気が楽になった。落ち着きを取り戻してから、彼女のそばに戻った。「ほら、きみにはこれが必要だ。全部飲むんだ」

「ええ、風邪をひきたくないもの」マイクはにっこりし、ジュースを飲むと、手の甲で口を拭った。ニコラスはその様子に顔をほころばせた。マイクは言った。「あなたとベンの考えているとおりだと思う。ジェイソン・コハテは、このとんでもない気象操作装置とともに――キューバの近くにいるとしか思えない。ところで、着陸まであとどれくらい？」

「そろそろだ、あと一時間くらいだろう。なにをしているんだ？」

「ベンに、あなたは天才だってメールしてるの」

マイクがメールを打ち終えると、ニコラスは彼女の手を握って座席に背中をあずけ、窓の外を見やった。アダムのノートパソコンに目をやると、キツネの発信器はじっとしたままで、嵐もまだ同じ場所にとどまっていた。だが、信じられないものが映っている。

「マイク、嵐がますます勢力を増している」

「でも、まだワシントンＤＣに向かってはいないわ。ニコラス、まだ時間はある。かならず阻止するのよ」

65

プレストン飛行場でカサンドラとエイジャクスが捕虜ふたりと飛行機を降りると、整備工のアルフレードが一行を車に乗せ、桟橋まで短い距離を送った。桟橋に停泊しているアトランティス号は、全長二十メートルのモーターヨットで、もともとはジェイソン・コハテの父アレクサンダーが所有していた。現在は、おもに島へ大きな荷物を運ぶのに使われている。

双子が生まれる前からラモスじいさんと呼ばれている男が、アトランティス号の船長だった。日に焼けてごつごつした体つきのラモスは、大家族の家長で、道徳心のかけらもなかった。カサンドラとエイジャクスに深々とお辞儀をして、隙間だらけの歯を見せて笑うと、三人の若者のほうへあごをしゃくった。「あの三人はもちろん親族ですよ。おれの弟の息子たちで、どいつも体力自慢です。指示されたとおり、この三人がふたりの捕虜の見張りをします」

　カサンドラは若者たちを見やった。三人とも、まだ二十歳にもなっていないようだが、精一杯悪ぶっている。カサンドラは、じっと動かず、うめき声ひとつあげないキツネとグラントを指さした。おそらく、ふたりは状況を見極め、逃亡の方法を考えようとしているのだろう。「元気がないように見えるけど、ふたりとも危険よ。サロンに入れて、くれぐれも目を離さないで」

　ラモスに向きなおる。「島まで一時間くらい？」

　彼はアトランティス号の舵輪をたたいた。「いつものように、こいつの調子は上々ですよ、セニョリータ。うちの息子が整備をしているから、一時間もかからないくらいだ」

　エイジャクスはふたりの船員に向かってうなずいた。どちらもラモスの息子だ。この船を管理しているのは一族の家内企業であり、あくまでも秘密の仕事だ。毎年、相当な額の口止め料を払っている。

　五分後、ラモスはアトランティス号を出港させ、北へ針路を取った。

　ラモスがいつものように舵を操った。「今日はラファエルじゃなくて、おれが島へ連れていったほうがいい。あいつの水上飛行機は小さすぎて、あんたたちと備品を運べない。さっきハバナへ行ったが、もうすぐ戻ってくるし、必要なら呼べるけど」

カサンドラは時間のかかる船で島へ行くのもいいだろうと思った。曽祖父がオランダで造らせたこの古いヨットを、カサンドラもエイジャクスも愛している。それに、顔に当たる海風もいい。

今日の海は、この季節のこの海域にしては、冷たくくすんだ灰色だった。カサンドラは息を吸い、兄に向きなおった。「嵐がますます勢力を増したと言ったわね？」

「ああ、そのとおりだ。おじいさまの大事なコンピュータに侵入して、嵐をいじったら、さらに強力なものになった。べつにいいじゃないか。カサンドラ、ぼくはなんとか嵐をワシントンDCへ動かそうとしたんだ。でも、どうすれば思いどおりの場所へ移動させることができるのかわからない。おじいさまのマニュアルが手に入ったら、すぐに動かせるよ」

「あれが上陸したらどうなるか、想像もできないわ――ハリケーン並みの暴風がポトマック川を襲うのよ。街全体が水没するのが目に浮かぶ。そうしたら大成功よ、エイジャクス」

「ああ、大成功だ」エイジャクスは顔で風を受けた。力強い風を感じるのが、妹と同じくらい好きだった。まもなく、コイルで嵐を発生させる方法を最初から最後まで知ることができる。自分は神になる。エイジャクスは、かたわらで髪を風になびかせている妹を見た。彼女は笑みを浮かべている。

「さらに強さをあげたから、歴史に残る嵐になるぞ。カサンドラ、風は風速六十五メートルに届く。そんな嵐は最初で最後だ」エイジャクスは拳で反対の手のひらをたたいた。「ぼくの最初の嵐だ」

ラモスじいさんが言った。「寒かったら、甥にコーヒーを淹れさせますよ。今日は天気がよくない。島に近づくにつれて波も高くなります。おじいさんはなんとかコントロールしてくれるでしょうがね。南から島に接近します。そんなに危険じゃありませんが、あんたがたも下の捕虜たちも救命胴衣を着けたほうがいい」

「どうして？　まさか転覆させたりしないだろうな、ラモス？　こんなに立派なヨットなのに」

「いやいや、セニョール、転覆なんかさせませんよ。ただ、だれかが海に放り出されたら困る」

エイジャクスはかぶりを振った。カサンドラは、風にはためいている彼の袖に触れた。「おじいさまがマニュアルを渡すのを拒んだら、あの泥棒にすぐ金庫室をあけさせなくちゃ。そうしたら――」指をぱちんと鳴らす。「――すべてうまくいくわ。泥棒もその夫も、魚の餌になるの。マフィアがそんなふうに言うでしょう？」

「まあ、映画ではね。リリスは、フォックスが世界でも指折りの泥棒だと言っていた。美術館や個人の所蔵しているレンブラントを盗みたければ、フォックスに頼めばいいって。どんなものでも盗むことができるそうだ」

カサンドラがエイジャクスを抱きしめ、空に向かって叫んだ。「もうすぐ、そのフォックスもリリスみたいに死ぬのよ。エイジャクス、まわりを見て、だれもいない海にわたしたちだけ——何キロも何キロも、わたしたちだけの海が広がってる。海しか見えない。だけど、なにもないわけじゃない」喉をのけぞらせて高笑いした。

ラモスは、なにがおかしいのだろうと思いながらカサンドラを見やった。なんにせよ、笑っている理由など知りたくない。このふたりとはたまに会うくらいですんでいるのがありがたい。なぜなら、このふたりにはどこか背筋が寒くなるようなところがあるからだ。セニョリータが兄にもたれている。ラモスは葉巻を嚙み締め、波立つ海面に目を戻した。

カサンドラは夢見るような声でエイジャクスに言った。「子どものころ、おじいさまがお母さまに、マニュアルの一部は金庫室にしまってあると話しているのを聞いたの。お母さまはおじいさまにお礼を言ったわ。わたしは、なぜお礼を言うんだろうと思った。おじいさまに何度か尋ねたけれど、いつもかぶりを振ってわたしの頭をなでるだけで、待ちなさいと言うだけだった」鼻を鳴らす。「わたしたち、待ちくたびれたわ。あなたもわたしも、次の誕生日で三十になる。エイジャクス、もうすぐお母さまが金庫室になにか遺していないか知ることができる。お母さまがなにかわたしに遺していてくださるようにって、心から願ってるの。わたしだけに」

「どんなものを？　発掘品じゃないだろう？　バミューダ・トライアングルにアトランティスがあることを証明したひいおじいさまの資料とか？　ひいおじいさまはこの船でこの海域を探査したんだよな」エイジャクスが肩をすくめた瞬間、ヨットが波の頂点から谷へ落ち、彼は妹を両腕で抱きしめた。妹に頬ずりしてささやく。「おまえが言ったように、おじいさまはなにも教えてくれないよ。ぼくももちろん尋ねたけれど、ぼくにもなにも教えてくれない」

「おじいさまはずっとお父さまを嫌っていた。わたしたちにあの人の血が流れているのをいやがっていたわ。だから、ずっと前にわたしたちを信用するのをやめてしまったんだと思う」カサンドラは風に向かって叫んだ。「おじいさま、それで正解よ！もうすぐあなたの一生は終わるわ」

カサンドラは、智天使の翼と母親の地図を入れて防水シートでしっかりと覆った箱に目をやった。「もしかしたら、金庫室をあけるのに泥棒の——フォックスの出番はないかも。智天使の翼と引き換えに、暗証番号を言わせることができるかもしれない。おじいさまは同意するんじゃない？」

答えは待たなかった。「エイジャクス、わたしの望みを教えてあげる。おじいさまの金庫室から、お母さまが生きているとわかる証拠が見つかることよ」声に出して言うと、心臓の鼓動が速くなった。「だって、そう考えれば合点がいくわ。お母さまは生きていて、聖櫃と一緒にどこかに隠れているって」

「で、おじいさまがそのことをいままで隠していたって言うのか？　ぼくたちをそこまで信用していないのか」

カサンドラは振り返り、兄の顔を笑顔で見あげた。「そこまで信用していないのなら、やっぱり殺されてもしかたないわね。おじいさまがわたしたちを信用しなかったのは正解だったってことを、早く証明してやりたい」

「もうすぐですよ」ラモスが風の音に負けないように大声で言った。「連絡を入れます」無線機のノイズが鳴った。「こちらアトランティス号。ベース・ワンに告ぐ。現在、南から接近中」

イギリス訛りの声が無線機から聞こえた。「こちらベース・ワン、了解。北微東へ針路を取れ。電磁場をダウンさせて、五分以内にきみたちを受け入れる準備をする」

ラモスは右に少しだけ舵を切り、ヨットの方向を変えてスピードを落としはじめた。前方の空は晴れて雲ひとつない。彼らの前には海しかない。なにもない。

そのとき突然、それが——海から巨大な陸地が——島が現れた。カサンドラはいつも島が見えてくる瞬間に興奮する。それは、まるで魔法、いや魔法そのものだった。子どものとき、そんなふうに信じていた。島にはオズの魔法使いが住んでいる、と。もうすぐ、この島を魔法使いから奪う。自分たちが魔法使いになる。絶対的な力を持つようになる。

ラモスがかぶりを振った。「ここにはいつまでたっても慣れないな。青い空とだだっ広い海しかなかったのが、次の瞬間にはいきなり目の前に休火山がそそり立つ」

それは美しい光景だった。ふたりの島は緑のジャングルに覆われている。ここがふるさと、ジェネシス・グループの本拠地、なによりも大切な秘密の場所だ。

そしてまもなく、ふたりの島になる。自分たちに指図する者は、この世からひとりもいなくなる。

66

ニコラスが必要な装備をまとめていると、アダムが声をあげた。「なんだこりゃ？　ちょっと待てよ――」猛烈な勢いでノートパソコンのキーボードをたたきはじめた。すぐにニコラスはアダムのそばへ行った。「どうした？」

「キツネの信号が消えた。だめだ。なにをやってもだめ。電波はずっと安定していて、はっきりと信号を送ってきたのに、急に消えたんだ」

ニコラスはノートパソコンを見おろした。「キツネに発信器を飲ませて何時間たった？　時間切れじゃないか？」

アダムは腕時計を見た。「まだ七十時間十分しかたっていない。あと二時間は残ってるはずだよ」

「そこまで正確なのか？」

「テストしたときはね。七十二時間もつことになってるけど、実際には二、三時間長く信号を発信するように設計されてる。こんなに早く消えてしまったのははじめてだ」

ルイーザがアダムの上から身を乗り出した。「ねえ、キツネはさんざん恐ろしい目にあったでしょう。アドレナリンの分泌量が尋常じゃなくて、発信器が普通よりも早く消耗したって可能性はない？」

アダムは下唇を噛んだ。「おもしろい仮説だけど、発信器が生体の化学反応に影響を受けるわけがないんだ。その点は考慮して設計されている――ちょっと待って。調べたいことがある。たったいま思いついたことだけど」

「最後に信号を発信したのはどこだ？」ニコラスが尋ねると、アダムは地図上の一点を指さした。彼はクジラを追跡する潜水艦のように、昔ながらの方法でキツネの居場所を記録していた。信号が発信された地点に、小さなバツ印を点々と打っている。

「これを見て」モニターを指さす。三人は彼のまわりに集まり、タブレットに表示された地図を見おろした。「発信器の進む速度から判断して、キツネたちが飛行機に乗っていたことはわかってる。ところが――」スワイプして新しい地図を表示し、拡大した。「――発信器がふたたび動きだしたときには、速度がぐっと落ちていた。つまり、プレストンまでは飛行機に乗っていたけど、そこで船に乗り換えたんだよ」アダムがタブレットの一点をタップすると、そこを中心に地域がすぐに拡大された。

「ここで、信号が消えた」

マイクは屈み、二本の指で地図を拡大し、縮小し、また拡大して縮小した。タブレットの端を指でなぞる。どうやっても——キツネの消えた地点にはなにもない。周囲には青い海がどこまでも広がっているだけだ。

「不思議だろ」マイクが言った。「なにもないんだ。発信器が信号を発しなくなるような理由が見当たらない。キツネがコハテ兄妹と一緒にいることはまちがいないのかな？　どこかで捨てられたんじゃないか」

「そうだとしても、やっぱりおかしい」ニコラスが言った。「やっぱり発信器は動いていなければおかしい。キツネとグラントは、まだどこかで双子と一緒にいるはずだ。でも、どこにいるのか？　見当もつかないな」

アダムはひとりひとりの顔を見て、深呼吸した。「仮説を立てたんだ」

「仮説？　さすがね、おりこうさん」ルイーザが言った。「どんな仮説か説明して」

「まず、唯一はっきりしてるのは、この事件は普通じゃないってことだ」

ニコラスは笑った。「この事件のすべてが〝普通じゃない〟ぞ、アダム。つづけて」

「ベンが教えてくれただろ、二十世紀のはじめにアップルトン・コハテがテスラと強力して、電磁力を応用してコイルを開発したって」

「ああ」

「そしていま、コハテ一族は限界を越えて、おれたちの想像も及ばないほど進化した、信じられないほど洗練されたやりかたで暴風雨を発生させている。そうだよね？」

「それがなんなのよ、アダム」ルイーザが言った。

「これを見て」アダムは動画を早送りした。ＧＰＳ発信器の信号をヨーロッパの地図に重ねたものだ。

「いい？　ここで最初にキツネの信号が消えた——コハテ城の地下にいたときのことだ。はっきりと信号を発信していたのに、いきなり消えた。思い出して、ニコラス、あのときおれたちは電磁パルスの影響じゃないかと考えたよね？　そのあと、なぜか発信器は生き返って、信号を送りはじめた」

四人はカリブ海の地図に変わった画像を見た。「いまおれたちはここにいる。なにもない海上だ。キツネの発信器はしっかりと信号を発していた。見て。最初に信号が消えたときと同じように、信号が激しく点滅したあと、ふっと消えた。完全に消えた」

アダムは動画を三度、巻き戻して再生した。

ルイーザが言った。「ほんと、わけがわからない」

「経口発信器について調べるまでは、おれもわけがわからないと思ってたけど、気づいたんだよ」アダムは三人ににんまりと笑ってみせた。「発信器は磁石に影響を受けるんじゃないか」

ニコラスが言った。「発信器のそばに磁石を近づけると、接続が切れるってことか」

アダムはうなずいた。

ルイーザが言った。「そして、磁石が遠のくと生き返る」

「そういうこと」

マイクが言った。「それって設計上の欠陥だけど、普通は磁石のすぐそばで発信器を使うとは思わないよね。設計者は、そんなこと考えもしなかったでしょうね」アダムの肩をパンとたたく。「よくできました、アダム。だけど、これってどういうこと？　キツネは大きな磁石の上に座ってるってこと？」

「それ以上だよ」ニコラスとアダムが、ふたりとも満面に笑みを浮かべて同時に言った。「要するに、遮蔽《しゃへい》装置が働いてるんじゃないかって話をしてるんだ」

マイクの眉がひょいとあがった。「ちょっとなにそれ、遮蔽装置って？　『スター・トレック』のロミュラン人みたいな？　ああいう遮蔽装置？」

アダムが答えた。「そう、まさにそれだよ。見て」タブレットをタップし、キツネの発信器の信号がはじめて消えた地点を示した。「で、考えたんだけど、もし磁石そのものが発信器を狂わせるのなら、電磁場も狂わせるんじゃない？」

ニコラスがおもむろに言った。「あのときときみは、コハテ兄妹が山を出たところを見ていない、魔法の箒でも持ってなければ説明がつかないと言ったな。鷹みたいにじっと観察してたのに、と」

「うん。彼らが城を出て、山を離れたあと、キツネの発信器が急に生き返った。というか、カステル・リゴネからきっかり五十キロ離れた地点で生き返ったんだ。ということは、コハテ兄妹は電磁力で身を隠す方法を考えたんじゃないか。反射鏡だのステルス技術だの、レーダーに引っかからないための技術じゃない。おそらく、電磁力を使った小型の電波妨害装置のようなものを持っていて、こっそり町を脱出できるんだよ」

ニコラスはアダムの話を咀嚼し、ゆっくりと言った。「城から逃げるときに、スイッチを入れる。すると、ポンッ——透明人間になる、というわけか」

ルイーザが言った。「でも、それは危険よ。車を運転していれば、道路ですれちがった車には姿を見られるわけでしょう？」

「だから、ヘリコプターを使ったと考えた」アダムはタブレットをスクロールして画面を戻した。「これは衛星から送られてきた映像だ。なにもないだろ。ところが山から五十キロ離れると、信号が現れた。低空を飛んでいる。ヘリコプターにまちがいないよ。それから、飛行機に乗り換えて南へ向かった」

マイクが言った。「魔法の箒なんかじゃなくて、ハリー・ポッターの透明人間になるマントのほうが近いかも。科学技術でそんなことができるなんて。アダム、わたしに言わせればSFよりすごいわ」

「べつの仮説が見つかればと思ったんだけど」アダムは肩をすくめた。「でも、これしか考えられない。はじめてキツネの信号が途絶えたとき、おれのソフトウェアに問題があるのかと思ったけど、今回またしても――」

「またしてもキツネが消えた」ニコラスが言った。

「うん、最初のときと同じく、なぜか消えた。SFと言えば――コハテ一族が気象を操作できるなら、自分たちの発見を広めればいいと思うんだよね。どれも同じ理論にもとづいてる。電磁力がすべてのおおもとだ。携帯電磁力電波妨害装置ってすごいと思うよ。マイクロ電磁波よりすごくない、ニコラス？」

「でも、こんな海のど真ん中で？　見渡すかぎり、なにもない場所で？　携帯型ではないわ、アダム」ルイーザが言う。「もっと大きな規模のもの」

マイクが言った。「わたしたちは彼らを見ているのに見えてないっていうこと？彼らは遮蔽されてる？」

アダムはマイクにうなずいた。「そういうこと。むこうにはおれたちが見えるのか？見えるに決まってる。アップルトン・コハテはテスラと数年間、集中的に仕事をして、ジェイソン・コハテは電磁力に関する天才だろ」

ルイーザが言った。「わたしは前からシャーロック・ホームズの『不可能な要素を排除すれば、どんなに信じがたいことでも、残ったことが真実だ』っていう台詞がばかげてると思ってた。でも、そうじゃないのかも」

ニコラスはかぶりを振った。「全部理解するのは、ぼくには難しいけれど、これが現実だったら、いや、どうやら現実らしいけれど、そうだとすれば革新的な技術だ。どんなことに応用できるか考えてみても――静止したものだけでなく、動いているものも遮蔽できるとすれば、軍隊すらこっそり送りこむことができる。軍事上、重要な技術になる」

マイクはふたたびタブレットを見た。キツネの信号が二度目に止まった地点が表示されている。「彼らはとんでもなく大きなものを隠しているかもしれないのね。海のど真ん中のこのあたりに」

ニコラスがマイクの肩越しに遠くを見つめている。マイクには彼がなにをしているのかわかる――論理を飛躍させてなにかを考えているのだ。にやにやしながら、頭のなかでカウントダウンした。三、二、一。ニコラスが口を開いた。「アダム、バミューダ・トライアングルの海図を出してくれ」

67

アダムとニコラスはそれぞれ海図を広げ、ノートパソコンに覆いかぶさるようにして、猛烈な勢いでキーボードをたたき、うめき声をあげたり、にっこりしたり、かぶりを振ったりしていた。ルイーザとマイクはふたりを眺めながら、銃の手入れをしていた。とくにマイクの銃は、トラシメーノ湖でずぶ濡れになったので、掃除をする必要がある。

ニコラスが拳を突きあげた。「よし、ドンピシャだ、アダム。三辺のなかにある。バミューダ・トライアングルのなかに」

「どうやらうちのチームが得点したみたい」ルイーザはグロックの銃口にそっと息を吹きかけた。「あのふたりがおたがいに刺激しあうのを見てるのは楽しいわ」

マイクは大声で尋ねた。「なにが適合したの？　バミューダ・トライアングルがどうかしたの？」

アダムが答えた。「ニコラスは、バミューダ・トライアングルで行方不明になった飛行機とか船とか、コハテのせいだと考えてるんだよ」

「いや、そんなことは言ってない」ニコラスが言った。「コハテ一族は、この海域で起きている飛行機や船の遭難事故を利用しているんじゃないかと言いたいんだ。遭難が多発するから、だれもがこの海域を避ける。秘密の拠点を置くのに、だれにも見つからない、だれにも見えない神秘の海域以上に適した場所があるか？ さらに重要なことがある――そもそも、だれもこんなところに来ようとしないから、見つかる心配がない」

ルイーザが言った。「だけど、物理的になにかが存在すれば、だれかがたまたま目撃するということはありうるでしょう。レーダー上で見えなくても、遅かれ早かれ、だれかがたまたま発見するかもよ？」

アダムは眉をひそめてノートパソコンのモニターを見つめた。「ということは、近づく者がいれば、針路を変えさせる方法を考える必要があったんだな」

マイクははじかれたように立ちあがり、とたんにめまいを覚えたが、ニコラスがたちまち心配そうな顔をしたので、あわてて言った。「大丈夫だって。ねえみんな、彼らが隠れているのは、キツネの信号が途絶えた地点からそれほど遠くないはずよ。ニコラス、わたしたちもそこへ行って、隠れ家を捜しましょう。応援が必要よ」

「ああ、でもなんて報告するんだ？　まずコハテ兄妹を見つけなければどうしようもない」

　アダムが言った。「だけど、おれたちはなにを捜しているのかすらわかってない」

「アダム、上空からは捜せなくても、海面下はどうだろう？　ぼくたちにできることはないか？」

　アダムはクリスマスツリーのように顔を輝かせた。「そうだそうだ、うん、なにかで読んだことがある――そう、これだ。ブックマークしておいたんだ、あとで書こうと思ってるプログラムのために。ほら、書いてある。水深ＬＩＤＡＲっていうんだ――ＮＯＡＡ――アメリカ海洋大気庁が海底図を作るのに使ってる、リモートセンシング技術だ。ＬＩＤＡＲっていうのは、〝光による検知と測距《ライト・ディテクティング・アンド・レンジング》〟の略。海岸線や海底で、自然が作った環境か、それとも人工的なものか測定するんだ。その技術を使えれば――」

　マイクが口を挟んだ。「時間がかかりすぎるでしょ――」

「ＮＯＡＡに友達がいるから、訊いてみる」

「頼む」ニコラスが言った。「でも、言葉に気をつけろよ。ぼくたちがなにをしようとしているか、だれにも知られてはならない。とくに、コハテに知られるわけにはいかない。彼らがどれだけ進んだ通信技術を持っているかわからないからな」

マイクは、使えるといいのだけれどと思いながら、ぴかぴかになったグロックをホルスターにしまった。「とにかく、彼らを見つける方法があるってことね？」

ルイーザが両手の拳にあごを載せた。「遮蔽装置なんて言っても、水中までは遮蔽できない。ということは、わたしたちにも捜せる。彼らが建設した場所の基礎部分、というか――」

「島ね。このあたりに住めるような場所を見つけて、レーダーに引っかからないようにしていた――文字どおりね――もう何年も前から」

ニコラスが言った。「きみたちは、彼らが無人島を発見して、そこに本拠地を造ったと考えているんだな？　そこで彼らは嵐を発生させている、と。うん、そうかもしれない。アダム、嵐が発生した場所まで追跡できるかな？　この海域で発生したと考えられる嵐はないか？」

「いまのところはわからない。ごめん、ニコラス。友達が手がかりをくれなければ、実際に行って捜すしかないよ。あと、二十世紀以前のこの海域の海図を捜してみた。キツネの信号が消えた地点から半径五十キロ以内に島がある海図は、いまのところ見つかってない。よし、友達から連絡が来た。なにができるか見てみる。みんな、落ち着いて。着陸まであと三十分あるし」

ニコラスはほほえんでその場を離れた。マイクを見やる。彼女は装備を着けながらニコラスを見ていた。動作はゆっくりだが、血色は戻っている。呼吸もせずにじっと横たわっていたマイクの姿を思い出す――いけない。マイクは生きているじゃないか。ここで、おまえのそばで、戦闘の準備をしているじゃないか。笑みを浮かべて。大丈夫だ。

「貸してごらん」ニコラスは言い、マイクの防弾ベストの面ファスナーをとめてやった。マイクはしばらくニコラスの肩に頭をあずけ、体を起こすと、ベルトをホルスターに通して腰に巻いた。それから、ニコラスの手をぎゅっと握りしめた。「不安は頭から消して。わたしは大丈夫よ、ニコラス。ほんとに大丈夫。グロックも足首の拳銃も、ずぶ濡れだったけど生き延びた。たぶんね」

ニコラスは、マイクが小さなホルスターを足首にとめ、ブーツを履くのを見守った。マイクは顔をしかめてニコラスを見あげた。「ブーツはまだ湿ってる。もう二度と乾かないかも」

「まあ、十年待ってみよう」ニコラスはマイクをまっすぐ座らせ、両手で彼女の顔を挟んだ。「正直に言わないと、口をきかないぞ。気分はどうだ？」

マイクはニコラスのざらざらした頰をそっとなでた。「元気満々よ、ほんとに。この無精ひげ、セクシーね」

ニコラスは思わず笑った。「ひげを剃っていなかったら、きみを口説けるかな？」

「かもよ。もしかすると。たぶんね」

68

キューバ
プレストン飛行場

ルイーザは滑走路に立ち、スペイン語で飛行場の責任者とやりあった。彼らはルイーザに、さっさと飛行機に戻って滑走路から出ていけと言って譲らない。クランシーとトライデントは、スペイン語が話せないので助けにならないとルイーザに言われ、操縦席に残っていた。アダムとニコラスは、あいかわらず海図とにらめっこしながらパソコンをいじっている。

一部始終を聞き、少しはスペイン語を理解するマイクは、口論している人々のほうへのんびりと歩いていった。「ルイーザ、お友達に言ってあげて。わたしは合衆国副大統領の個人的な友人だって。いまから彼女に電話をかけて、ここをわたしたちに使わせられない理由を直接話してもらいましょ」

ルイーザは早口のスペイン語で通訳した。マイクはそれを聞きながら、そこまで大げさなことを言ったかしらと思った。まあいい。効果があればなんだってかまわない。

飛行場の責任者がようやくうなずいた。背中を丸め、小石を蹴る。もうひとりの男が彼の隣に行ったが、なにも言わずルイーザを見ている。マイクの勘違いでなければ、その視線には賞賛が感じ取れた。しばらくして、ついにふたりともうなずいた。

「よくやったわ、ルイーザ」マイクは言った。

アダムが飛行機から出てきて、タラップのてっぺんからまったくなじみのない文化を眺めた――古い飛行場、五〇年代の生き残りの車両。滑走路に忍び寄るジャングルは、見渡すかぎり鬱蒼ともつれた緑の塊だ。アダムは、世界屈指の鑑識員であるルイーザが流暢なスペイン語でどなりちらすのを見ていた。まさに見ものだった。

地平線に、小さな点が見えた。たちまちそれは大きくなり、エンジン音も聞こえてきた。

「ニコラス、来て」

ニコラスは手で日差しをさえぎりながらタラップをおりてきた。「古いグラマン・アルバトロスだな。ルイーザ、あの飛行機がどこから来たのか確認してくれ」

ルイーザはまた早口のスペイン語を繰り出した。ひとり目の男がなにか言い、肩をすくめた。それから、ふたりの男はそそくさと歩きだし、いまにも崩れそうな波型鉄板造りの建物のなかに消えた。

マイクは尋ねた。「なんて言ってたの？」

ルイーザは渋い顔をしていた。「わからないって言い張るの。理由はわからないけど、おびえてる」髪をかきあげ、アルバトロスが着陸して格納庫へ向かうあいだ、足で小刻みに地面をたたきながら待っていた。アルバトロスが近づいてきて、パイロットがルイーザたちに気づいた。彼は飛行場の責任者が帰れと言うように手を振りまわしているのを認めると、機体の向きを変え、滑走路へ引き返していった。

アダムが叫んだ。「あの飛行機——横にジェネシスのロゴがついてる——Gのロゴが！　止めないと！」

ルイーザが飛び出し、全力で走っていった。

「うわ、はやっ」アダムがつぶやいた。

「去年のニューヨーク・シティ・マラソンでルイーザが走るのを観たわ」マイクが言った。「五位だった。だから、炭水化物を大量にとるのよ——手っ取り早く燃える燃料」

「轢《ひ》かれたらどうすんの？」

「轢かれないよ」ニコラスが言った。「パイロットもそんな危ないまねはしない。ルイーザは銃も持っている」

　三人は、古い飛行機がUターンして滑走路へ戻っていくのを見ていた。ルイーザは機体の前、パイロットの真正面に立ちはだかった。銃を構え、小さな風防ガラスをまっすぐに狙い、エンジン音にかき消されてパイロットには聞こえないだろうと承知のうえで、スペイン語でどなった。「エンジンを切って飛行機から降りなさい。いますぐ降りてこなければ、あんたもあんたの飛行機も撃ち殺す！」

　パイロットは止まらなかった。ルイーザは引き金を引いた。弾はパイロットに当たらなかったが、彼の頭のすぐ上のパネルに命中した。これで本気だとわかるだろう。

　パイロットは飛行機を止め、エンジンを切った。

　四人が見守るなか、パイロットは両手をあげて飛行機を降りてきた。ルイーザは彼の胸に銃口を向けて向かいあった。飛行場の責任者と部下たちは、格納庫から出てこない。

　ニコラスたちもパイロットを取り囲んだ。ニコラスは、パイロットに英語を話せるかと尋ねた。パイロットはむっとして答えた。「もちろん話せる。ここの人間はだれでも話せる。英語を話すことを求められるからな。飛行場の間抜けどもはべつだ」

「だれに求められるんだ？」

「雇い主だ」

「きみの名前は？」

「ラファエル・グズマン」

「ラファエル、きみはコハテ兄妹をどこへ送り届けたんだ？」

「おれはハバナから戻ってきたところだ。なんの話かさっぱりわからないな」

ニコラスはため息をついた。「ラファエル、悪いがきみと押し問答をしているひまはないんだ。きみの飛行機はジェネシス・グループの社用機だろう？　機体の側面にGのロゴがある。それはつまり、この飛行機がコハテ一族のものということだ。いまコハテ兄妹がどこにいるのか早く教えてくれ。拒むなら、きみの膝頭を撃ち抜く。二度と飛行機の操縦はできない」ニコラスはグロックを抜き、グズマンの右膝小僧を狙った。

マイクがニコラスの隣に来た。グロックの銃口をグズマンの左膝小僧に向ける。

「ほら、早く。二度と飛べないどころか、二度と歩けなくなるわ。まだ人生長いんでしょう。歩けない一生を想像してみて」

グズマンは息を吞んだ。「待て、撃つな。妻が怒る。妻に追い出されて――」

「コハテはどこにいるんだ、ラファエル？」

「わかったよ、言うよ。おれはコハテ兄妹をここへ連れてきたり、創造者《エル・クレアドール》に頼まれて物資を運んだりしている。でも今回は、ラモスじいさんが双子をアトランティス号に乗せていった。古い大きなヨットだ。乗客が四人に物資もあったから、この飛行機じゃ小さすぎる」

「いつもどこに飛ぶのか、正確な位置を教えて」マイクが尋ねた。

「指定された緯度と経度に着水する。ベース・ワンと呼ばれている地点だ。すぐにボートが来る。それ以上はわからない」

「ボート？　どこから？」

グズマンはマイクを見た。「どこからって——」唾を呑みこみ、凍りつく。マイクとニコラスは、そこに恐怖を見て取った。両膝の関節を失うよりコハテ兄妹のほうが怖いのか？

マイクは言った。「三秒以内に答えないと、一生歩けなくなるわよ、ミスター・グズマン」

グズマンは体の前で両手を広げた。「聞いてくれ、だれも知らないんだ。秘密なんだよ」一瞬、口をつぐんだ。「とても価値のある秘密だ」

「あなたが知っていることはただでは教えられないってこと？　じゃあ、自分で歩いてトイレに行く生活にさよならを言って」マイクは銃のセーフティを解除し、狙いをつけた。

ニコラスが言った。「ちょっと待て、ケイン捜査官。ミスター・グズマン、ぼくたちは決してものわかりが悪いわけじゃない。なにもかも話してくれれば一万ドル払おう。なぜなら、ぼくたちに洗いざらい話してしまったら、もはやコハテ家のために飛行機を飛ばすことはできなくなるだろう?」

「両膝も無傷で帰してあげる」

「おれを合衆国まで行かせてくれるか? 娘がマイアミの医学部に通ってるんだ。もう二年も会ってない」

「取引成立だ。さあ話してくれ」

「いいか、おれが知ってることを全部しゃべったら、おれも家族も殺される。だから、おれたち家族はここに残れない。妻と合衆国に移住してもいいのか? 永住だぞ?」

「いいとも」ニコラスは答えながら、スローン副大統領が承知してくれればいいがと思った。「永住だ」

グズマンはジーンズのポケットから汚れたハンカチを取り出し、ひたいの汗をふいた。「わかった。ボートは島から来るんだ。ほんの何回かしか見たことがない。消えるんだよ。あのあたりを飛行機で飛んでも、陸地ではなく海上に着水しなければならない。すると、ボートが来るんだよ。おれは急ぎの荷物とか、食料品とかこまごました雑貨とか、少量の貨物を運ぶんだ。アトランティス号より速いからな。貨物が大量になると、ラモスじいさんが船で島に運ぶ。ラモスは四十年、その変わり者のじいさんに荷物を運んでやってる。週に最低でも三回」

「その変わり者のじいさんの名前は？」

「みんなエル・クレアドールと呼んでる」

「なにを創造するんだ？」

「いろいろだよ、わけのわからない、へんてこなものを造ってるそうだ。おれはよく知らないよ、知るわけないだろう？　おれはパイロットだ。生活のために飛んでる。ただ、じいさんの本名は知ってるよ。孫の双子の名前もな。じいさんはジェイソン・コハテ。双子はカサンドラとエイジャクスだ」

「島とは、どんな島なんだ？」

「火山島だ」

「火山？　活火山か？」

「いや。このあたりはいろんな火山がある。どの島も火山島だ。だが、この島は、おれが知ってるどの海図にも載ってない。昔の海図には載ってるかもな。よく知らん。おれは生まれてからずっと知らなかった」

「きみの年齢は？」

「五十三だ」

ニコラスとマイクは視線を交わした。時期はぴったりだ。ジェネシス・グループのアレクサンダー・コハテは、一九五〇年代から六〇年代にかけてアトランティスを捜していた。そのとき、海図に載っていない火山島を発見したにちがいない。そして、アレクサンダーが、コイルのテストをする場所にした。

「住人は何人いるの？」マイクは尋ねた。

「六人、いや八人——エル・クレアドール、料理人、警備員がふたりから四人、助手がひとり——気味の悪いやつだ、ほんとだぞ——それから、おれの飛行機から物資をおろす船のイギリス人船長と一等航海士。給料はいい。イギリス人船長から聞いたことがある。だが、仕事はきつい。絶海の孤島だから、卓球をしたり映画を観たりするくらいしか、やることがない。一等航海士の話だと、じいさんは一日中、コンピュータの前で固まってるそうだ。なにをやってるのか、だれも知らない。助手でさえ知らないんだ」

「孫のカサンドラとエイジャクスは、どれくらいの頻度で島に来るのか？」

「年に一度、せいぜい二度だ。子どものころはもっと頻繁に来てたがね。いつもは、あらかじめ連絡がある。だけど今回は、ほんとうに突然だった。

あの美人は、言っておくが、やばいぞ。アルフレードのことが気に入らないらしくて——飛行場の整備工だ——この前ここに来たとき、アルフレードを蹴って蹴って蹴りまくって、しまいには双子の兄貴から引き離されてた。アルフレードは肋骨を折って一週間入院した。おれか？　おれは兄貴のほうが、エイジャクスのほうが怖いね」

グズマンは身震いした。「たったいま穏やかで親切だったのが、次の瞬間には目が悪魔みたいに光りだす」自分でも大げさに聞こえると思ったのか、つけたした。「いや、悪魔というよりも、休火山だったと思っていた火山みたいだな。前触れなく噴火するんだよ。あのふたりは……ちょっとおかしい」

「今回は前触れなく来たんだな？」

グズマンはうなずいた。「ほんの数時間前に、双子が飛行機を使うかもしれないから準備しろと言われた。でも、結局はアトランティス号で島へ渡ったけどな」

「武器は？」

「知らない。今回は、ラモスじいさんが甥っ子を三人連れてきた。全員、銃を持ってた」

「アトランティス号は島に接岸するのか？」

「いや。おれが人や物資を届けるときみたいに、イギリス人船長がボートをこいでやってくる。おれは、受け渡しの地点から先に行ってはいけないと言われている。だが、はじめての仕事のとき、ぐずぐずして様子を見てたんだ」

「そうしたら？」

「いままで海面しかなかったところに、いきなり火山島が現れた。魔法だよ、恐ろしい魔法だ。エル・クレアドールはいわゆるマッド・サイエンティストだって聞いたぞ。もちろん、おれは見ちゃいけないものを見たから、魔法のからくりを訊くわけにはいかなかった。信じてくれるか？　おれの膝を助けてくれるか？」

　マイクは答えた。「信じるわ。あなたの膝に手出しはしない」

　ニコラスが言った。「最後にもうひとつ。飛行場の責任者に、コハテ兄妹と一緒に、男と女がいなかったか尋ねてくれないか。捕虜なんだ」

「四人いたと聞いてる。これだけじゃだめか？」

「彼に、男女の特徴を訊いてくれ」

　グズマンは格納庫へ走っていき、しばらくして戻ってきた。「アルフレードは、ふたりが縛られてたと言ってる。汚れて、ぐったりしていたそうだ。ところがだ、それでもなんだか手強い感じがしたらしい。ふたりともな」

マイクは尋ねた。「次の荷物の運搬日はいつ？」

「明日だ」

「ラファエル、その荷物、今日運びましょうよ。電話をかけて、適当な口実をでっちあげて。いますぐやってね。手段はなんでもいいわ。膝のことを忘れないで、あと一万ドルのこともね。奥さんと、マイアミのお嬢さんと、合衆国に永住したいんでしょ」

「わかったよ。いまから電話をかける。おれはイギリス人船長としか話さないんだ。荷物を運んだあとは、どうすりゃいいんだ？」

「そのあとは——」ニコラスは笑顔になった。「そのあとは、ラファエル、ぼくたちを島へ運んでくれ」

69

バミューダ・トライアングルにて、二〇一五年十月一日、急激に発達したハリケーンが、数百キロ離れた地点を航行中だった全長二百四十メートルの貨物船、SSエル・ファーロ号を突如襲った。船からの通信は途絶えた。のちに、ハリケーンは発生した場所に戻り、ふたたび熱帯性低気圧に変わった。数週間後、エル・ファーロ号は水深四五七〇メートルの海底で、無傷のまま発見された。乗組員三十三名の行方は不明。

バミューダ・トライアングル

カサンドラは子どものころ、はじめて祖父の島を訪ねたとき、きっととても暑くて硫黄のにおいがするのだろうと思っていた。おじいさまは熱い溶岩で葉巻に火をつけるのだろう、神さまみたいに、いや悪魔みたいに。だが、祖父が神ではなく、悪魔でもなく、勇気を失った役立たずの老いぼれだということは、もうすぐ明らかになる。もうすぐこの島は自分のものになる。熱い溶岩流も、硫黄のにおいのする溶岩もないけれど、岩のにおいはカサンドラの頬をほころばせる。

岩は母親が好きなもののひとつだった。もちろん、カサンドラも大好きだ。地球は永遠のものであり、岩には時間が刻みこまれていると、ヘレンはよく言っていた。

カサンドラは、智天使の翼と手描きの地図を見つけたときから、母親のことを考えるのがやめられなかった。ほんとうは母親になにがあったのか、この先ずっと母親なしで生きていかなければならないのか。いまでも母の声が聞こえるのに。カサンドラは、母親の留守番電話のメッセージを取ってあった。ときどき再生し、美しいイギリスの鈴のような母の声に耳を澄ませる。

でも、いまは母親のことを考えないようにしなければならない。その余裕はない。カサンドラとエイジャクスがなにをしようとしているのか知ったら、母親は反対するだろう。けれど、どうしようもない。すべてが壊れてしまう前に実行しなければならない。祖父が死んだあと、聖櫃捜しに集中すればいい。

ときどき自分の心をあけてみるとき、指に触れる聖櫃の感触を想像する。両手で蓋をあけ、聖櫃が放つ力を味わい、契約の強さを感じ、暗闇に差す光を見る。聖櫃と一体になり、稲妻のような力に撃たれたとたん、自分は全能になる。エイジャクスも全能になるのだろうか？　なぜかエイジャクスがその栄光を与えられるとは思えない。栄光は自分だけのものかもしれない。

カサンドラは完璧にカムフラージュしたコンクリートの建物に入っていった。祖父はロシア人の建てたものと信じている。建物は蔦や蔓植物やねじれた枝を持つごつごつとした低木に覆われ、鳥が巣を作っている。入口は、ここを知っている者でなければ気づかないようになっている——祖父がいつも言っていることだが、万が一の用心だ——万が一の用心。

カサンドラはセキュリティのゲートを抜けた。祖父が設置したX線カメラで、骨まで撮影されているはずだ。そのとき、十九歳のときの記憶がふいによみがえった。祖父から母親がゴビ砂漠で行方不明になったと聞いたときのことだ。あのとき、カサンドラは祖父に、母のノートを持っているかと尋ねた。祖父がかぶりを振り、「お母さんのノートはおまえのものじゃない」と言ったのを、まざまざと覚えている。

なぜわたしのものじゃないの？　だが、悲しみに打ちひしがれていたカサンドラは尋ねなかった。母親のノートも金庫室に入っているかもしれない。

　急に興奮してきて、踊るような足取りで奥の祖父の部屋に入った。案の定、祖父は椅子に座り、気に入っているあのまずいコーヒーを飲んでいた。

　祖父は振り返りもせずに言った。「おまえが来るのは見ていた。なにをしにきたんだ、カサンドラ?」その声はかすれ、いかにも老いて聞こえた――いや、古びて使われていないように聞こえた。

　カサンドラは陽気に答えた。「長いこと会っていませんでしたからね、おじいさま。会いたかったんです」祖父を抱きしめてキスをすべきか? カサンドラは動かなかった。

　ようやく祖父が振り返り、カサンドラを見た。太い灰色の眉があがる。「わたしがそんなたわごとを信じると思うか? おまえの兄はどこにいる?」

「荷物をおろしています」

　老人の眉間にしわが寄った。「あの男女をなぜわたしの前に連れてこないんだ?」

　カサンドラは祖父の前へ歩いていき、衛星の画像を見た。「あの女が必要になるかもしれないんです。おじいさまが心配するようなことじゃありません。嵐はいまどこにいるんです?」

祖父はほほえみ、あの酸っぱいコーヒーばかり飲んでいるせいで黄ばんだ歯を見せた。カサンドラは吐き気をもよおした。自分がこの老人の血を引いているとも、母親が彼の娘だとも思いたくなかった。祖父は普段どおりひどく縮こまったように見え、白髪は突っ立ち、分厚い眼鏡のせいで目がぎょろりとして、口元は陰険そうに結ばれている。やせおとろえた肩は、何十年もコンピュータの前に座っていたために丸まっていた。カサンドラは、祖父の両手や腕のシミを見て、あわてて目をそらした。この人は長生きしすぎだ。とうに死んでいるべきだったのだ。

そう、祖父は神ではない。聖櫃が不死身にしてくれる、自分を神にしてくれると信じ、必死に生にしがみついているだけだ。聖櫃はあんたのものじゃないわ、じいさん、あんたのものじゃない。

祖父は背後のモニターを指さした。ぎょっとするほど勢力を拡大した嵐が映っている。「エイジャクスがわたしに気づかれずに嵐を大きくできるなどと、本気で思っていたのか？」

「まさか、そんなことは思っていませんわ、おじいさま。なんでもお気づきになるもの」

ジェイソンは、ヘレンにそっくりの孫娘の美しい顔を見て、悲しみを覚えた。カサンドラの声には、冷笑と隠しきれない脅迫的な響きが聞き取れた。とたんに、もっと大きな感情が——魂の底から怒りが湧きあがってきた。「おまえの兄は、自分には嵐を自由に動かす力がないことを承知しているはずだ。それができるのはわたしだけだ」

カサンドラは必死に冷静さを保った。「エイジャクスにすべて教授するべきです、おじいさま。わたしたちはワシントンDCを破壊しなければなりません。そうでなければ、わたしたちが築きあげてきたものも、成し遂げてきたものも、またたくまに消えてしまいます。エイジャクスもわたしも逮捕されるか、殺されてしまう。もう一度ニューオリンズを襲うより、アメリカの権力中枢の座をたたきつぶすべきです。お願いです、おじいさま、FBIがすぐそこまで追ってきているんです」

ところが、祖父は出し抜けに言った。「智天使の翼を見せなさい」

交渉するつもりなのだ。なんて好都合なの。

「お見せするだけじゃなくて、さしあげます。でもその前に、金庫室の暗証番号を教えてください。マニュアルをいただきます」

ジェイソンは孫娘の顔をまじまじと眺めた。カサンドラはまばたきひとつせず、智天使の翼の入った箱を小脇に抱えている。ヘレンにそっくりだが、ヘレンとはぜんぜんちがう。ヘレンの持ち前の善良さは、孫娘には受け継がれなかった。この娘は買収しようとしている。これほど悲しいことでなければ、おもしろかったのだが。ジェイソンは静かに言った。「おまえは以前、わたしがオズの魔法使いじゃないかと尋ねたことがあったな」

カサンドラは身を乗り出し、皺の寄った祖父の顔を見つめた。「それは、カーテンの陰にいるのがだれか知るよりずっと前のことですわ。カーテンの陰にいたのはおじいさま。そしていまはもう、おじいさまの正体は知っています――みじめな腰抜けの老いぼれよ」

ジェイソンは椅子を後ろに引き、自分をじっと見ているカサンドラを見つめ返した。「おまえがわたしを邪魔者と見なし、エル・クレアドールとは思ってくれないのは残念だ。バーンリーは、キューバ人のなかにわたしをそう呼ぶ者たちがいると言っていたがね。だめだ、カサンドラ、おまえにマニユアルは渡さない。そんなことをすれば、世界が滅亡する。わたしはまっとうなことをしようとしているだけなのに、なぜわかってくれない？　聖櫃を発見すれば、ジェネシス・グループの財務を健全に保てる」孫娘が自分の話を聞いていないことは明らかだった。ジェイソンは唐突に言った。「ＦＢＩが迫っていると言ったな。なにをしでかしたのか話してみなさい」

カサンドラはジェイソンから目をそらした。「エイジャクスとわたしがしたことは、やむをえなかったんです」

孫娘には話す気がなさそうだが、ジェイソンはあきらめなかった。「おまえもエイジャクスもここにいればFBIに見つからずにすむ。わたしとともにジェネシス・グループの経営をつづければいい」

「ここに隠れていたら、聖櫃を見つけられません」

聖櫃はおまえのものではないと言いたかったが、ジェイソンはかわりにこう言った。「合衆国の首都を破壊してあの国を弱体化するつもりはない。いままでずっと、おまえたちの判断は浅はかなものばかりだったからな。FBIだろうが、どこの国の警察機関だろうが、ここにいれば見つからない。ここにいると言ってくれ。ここで安全に暮らし、母親の思い出に敬意を払って、学ぶべきことを学んだらどうだ」

カサンドラに目を据えていると、やはり彼女の憎しみや軽蔑が見え、ジェイソンは凍りついた。あの愚かな、父親とは名ばかりの男と同様に、カサンドラもジェイソンも不安定だ。いや、不安定という言葉では言い足りないが、異常だとは思いたくなかった。異常だと認めればあとがない、恐ろしすぎる。すべての終わりを意味する。もちろん、そんなことは以前から承知していたし、受け入れてもいたが、こうしてカサンドラと会い、ありのままの彼女を知り、自分に対する激しい憎しみをはじめてむき出しにされると、胸が張り裂けそうだった。ヘレンの言葉を思い出す。お父さまはご自分にできることがなくなるまでは、双子を全力で助けてくれるはずだ、という言葉を。彼女はすべて理解し、あきらめていたのだ。

しかし、ジェイソンはカサンドラのわめき声にショックを受けた。「お母さまの思い出に敬意を払えなんて、このわたしに言わないで！　わたしがしてきたことは、なにもかもお母さまのためよ。もうたくさんよ、お母さまを穢さないで。金庫室をあけなければ、あんたの頭で智天使の翼を壊してやる。その天才的な脳がコンピュータに飛び散るのを見られるわ。早く暗証番号を言いなさい！」

70

ジェイソンは、落ち着かなければならない、理性でカサンドラを説得しなければならないと自分に言い聞かせたが、うまくいかないこともわかっていた。「カサンドラ、ワシントンDCを破壊してなにが得られると思っているんだ？　自分は決して逮捕されない、安全だと思っているのか？」

「もちろんよ。嵐はあんなに強大だもの。合衆国が復興するのに何年もかかるでしょうよ。警察もFBIも、わたしたちのしわざだとは気づかない。略奪や混乱が起き、街はカオスに陥る。わたしたちのことは忘れられる」カサンドラはパチンと指を鳴らした。「さあ、マニュアルを渡しなさい。エイジャクスがワシントンDCに嵐を向かわせるから」

「だめだ」

「どうしても拒むの？」

「ああ、拒む」

カサンドラはおもむろに箱をあけ、金色の智天使の翼を持ちあげた。それはカサンドラのなかで熱を持ち、輝いた。カサンドラは表面に彫られた筋をなで、頭のなかに、あの文章を思い浮かべた。

この扉のむこうに強力な武器がある。扉をあければ死ぬ。

この扉のむこうに――。

カサンドラはささやいた。「聖櫃はここにあるのね。金庫室のなかにあるんでしょう？　あんたはずっと持ってたんだわ。わたしたちを、わたしとエイジャクスをだましてた。わたしたちが生まれてからずっと。聖櫃はここにあるのよ」

「ちがう」ジェイソンはにわかに恐怖を覚えた。カサンドラが歩いてくる。じっとジェイソンの目を見つめるそのまなざしは、興奮と冷たい闇を宿している。

「最低ね。あのばかげた金庫室に、ほかになにを隠しているの？　お母さまの居場所？　お母さまのノート？　言いなさいよ、役立たずの老いぼれ！」

ジェイソンはひたすらかぶりを振った。

「聖櫃はコハテ一族のものでしょう。わたしたちは最後のコハテよ。聖櫃はわたしのものよ、あんたのものじゃない。絶対に渡さない」

ジェイソンはコンソールに拳をたたきつけた。「いいかげんに正気に戻れ、カサンドラ。わたしの言うことを聞きなさい。わたしは聖櫃を持っていない。マニュアルはここにある」と、頭をたたく。「こんなことを書いて金庫室にしまうと思うか？　あ、わたしを殺したいだろうとも。わたしを殺しても、おまえたちには決してコイルを扱えない。コイルを扱えなければ、聖櫃も見つけられない。一生後悔するようなことをする前に、よく考えろ」

カサンドラの目に――ジェイソンは、カサンドラの目に自分の死を見た。もう終わりだ。わかっている。みんなに警告する方法を考えなければ。助手のバーンリーに知らせなければ。でも、もうそれも叶わない。魂の奥深くが悲しんでいる。

カサンドラには、祖父が嘘をついているのがわかっていた。マニュアルは金庫室になければ、祖父の古ぼけた頭のなかにもない。祖父は身近な場所にそれを隠している。まちがいない。

ジェイソンは両腕を広げた。結末を承知し、受け入れた。「おまえの母親は、おまえもエイジャクスも信用できない、いかにもあの父親の子どもたちだと言い、おまえたちには痛みと喪失と禍に満ちた将来しかないと案じ、さめざめと泣いていた」

「嘘つき！　お母さまは、智天使の翼と一緒にメッセージを遺してくださった。お母さまはわたしたちを愛してた、聞いてるの？　エイジャクスとわたしに力を持ってほしい、不死身になってほしいと願ってくれていた」

ジェイソンは質問を無視した。「金庫室の暗証番号は教えない。教えなければ、おまえたちは金庫室に入れないからな」

「いいえ、そんなことないわ。あんたの大事な金庫室のことは調べたもの」

ジェイソンは疲れていた。死ぬほど疲れていた。「自分がそんなに賢いと思うのなら、わたしの金庫室のことをよく知っているのなら、あけてみるがいい。言っておくが、そんなことをすれば命はないぞ」

「ああ、金庫室に仕掛けた爆薬のことね。大丈夫よ。扉をあける方法は知ってるわ」

これ以上、なにも言うことはない。

「みじめな老いぼれめ、マニュアルを渡せ！」

ジェイソンはさっと振り返り、迫ってきたエイジャクスを見た。

「だめだ。おまえの妹にも言ったが、人類のために、おまえたちには渡さない」

エイジャクスは祖父に襲いかかった。拳で頭を殴り、椅子から突き飛ばす。祖父はうつ伏せでぐったりと伸びた。エイジャクスは息を切らして祖父を見おろした。

「エイジャクス、死んだの？」

エイジャクスはしゃがみ、祖父の腕を取って仰向けにした。祖父は目を閉じ、わずかに口を開いている。胸が急速に上下しているのがわかった。ひたいの傷から出血し、目に入っている。

「いや、死んでない。ぼくだって殺す気はなかった。こいつはまだマニュアルのありかを白状していないからな」

「エイジャクス、マニュアルは金庫室にないって言われたの。そいつの頭のなかにあるって。でも嘘よ。嵐の方向を決める方法がそんなに単純なわけがないわ。だから、身近な場所にしまってあるんじゃない？　コンピュータのあるこの部屋のなかとか」

カサンドラは抽斗をあけはじめた。エイジャクスもくわわった。あらゆる抽斗のなかを覗き、棚の本を持ちあげ、ページをぱらぱらめくった。なにも出てこない。

エイジャクスは言った。「じじいが目を覚ましたら吐かせてやる」

「もっと捜しましょう。ここにあるのはわかってる、まちがいない」

エイジャクスはメインコンピュータのキーボードを持ちあげた。「カサンドラ、キーボードの裏になにかが貼ってある」

たたんだ紙をそっとはがして開いた。エイジャクスは、自分の目を疑った。「自分のそばに置いてあるのも当然だ。これは、言うなれば指示書、説明書だ。長くて込み入っている。思ったとおりだ。すべて記憶するなんて無理だよ。

カサンドラ、嵐をある方向へ動かすには、目的地の緯度と経度が肝心で、それによってレーザーの照射角度が決まる――ある角度で交じわったり、あるパターンで一直線に照射したりする。だから、ワシントンDCの緯度と経度を調べないとね」エイジャクスはジェイソンのコンピュータの前に飛んでいった。

キーをたたき、笑い声をあげる。「だからぼくはグーグルが大好きなんだ。ワシントンDCは北緯三十八度八十九分、西経七十七度三分だ。さて――」

「いったいどうしたんだ？　ああ、コハテ博士！」アーロン・バーンリーがジェイソンのかたわらで骨ばった膝をつき、両手を取ってこすり、ハンカチを取り出してひたいの血を拭ったり、目を押さえたりした。目を丸くしてカサンドラを見あげる。

「いったいなにをしたんです？　なぜ博士に暴力を？　こんなに偉大な方はかつていなかった。あなたのおじいさまですよ！　正気を失ったんですか？」

「わたしは正気よ！」カサンドラはバーンリーの顔を蹴った。バーンリーは祖父の体の上に倒れた。カサンドラは兄のほうを見た。「わたし、前からこの人嫌いだった。がりがりにやせてて、青白くて、グールみたい」

エイジャクスはまったく聞いていなかった。「よし、緯度と経度がわかったから、方向を決めるレーザーの位置を計算しなくちゃ。ちょっと待っててくれ、すぐ計算するから」

そのとき、カサンドラはなにかがきらりと光ったことに気づいた。身を屈め、気絶したバーンリーを祖父の上からどけた。祖父のシャツは倒れたときに破れたらしく、胸元に金色の鎖が覗いていた。その鎖に鍵がぶらさがっていた。「エイジャクス、忘れてたわ。この鍵がなければ金庫室に入れない。鍵と暗証番号が必要なの。二重に守られているのよ」

エイジャクスはまだ計算をつづけていて、振り向きもしなかった。「もう金庫室に入る必要はないよ。ほっとけよ、そんなもの」

「ううん、この人は金庫室になにかを隠してる。とても大事なものよ。お母さまのノートかもしれない。入ってみないとわからないでしょう？　ひょっとしたら、聖櫃かもしれないのよ。やっぱり金庫室をあける必要があるわ」

「あと一分待て」エイジャクスは勢いよくキーボードをたたきはじめた。しばらくして、祖父の回転椅子をくるりとまわして、カサンドラと向きあった。「やったぞ！　嵐は強大なまままっすぐワシントンDCへ向かってる。三時間だ、カサンドラ。あと三時間！　暴風が街をぺしゃんこにして、ポトマック川からあふれた水がDCを沈める。こんなふうに」と、パチンと指を鳴らす。「あのドラモンドってやつには、ぼくたちの居場所がわからない。ぼくたちは安全だ、ついに逃げなくてもよくなったんだ。あいつはアメリカに帰る。なにもないアメリカにね」

「エイジャクス、金庫室は！」

彼はかぶりを振った。「聖櫃が金庫室にある？　お母さまのノートも？　そんなわけないだろ、カサンドラ。ありえない」

「泥棒を連れてきて。いますぐ」

ジェイソンの机でライトが点滅した。カサンドラは手を伸ばしてボタンを押した。

「はい？」

「桟橋のアモスです。ラファエルが来ます。おふたりの分の食料を積みこんで、こっちへ飛んでいるとのことです」

「帰れと伝えて。今日はだめ」

「それはもう無理です、ミズ・コハテ。もうこっちに向かっていますので」

エイジャクスが言った。「ちょっと待て、アモス。ラファエルはなぜこんなに早く来たんだ？　ぼくたちが来ることは知らせていなかったのに」

「とりあえず準備ができたし、おふたりがよろこぶと思ったんですよ。もうすぐ到着します。スネリング船長が飛行機を出迎えて、荷物をおろします。島が見えるようにしてください。早く」

それならエイジャクスにもできる。子どものころに、祖父に教わったのだ。エイジャクスは暗証番号を打ちこみ、電磁力シールドを解除した。

バーンリーがうめいた。

「もう、このばかを殺して！　わたしは泥棒を連れてくる」

エイジャクスはポケットからナイフを取り出し、屈んでバーンリーの心臓に刃を刺した。

突然、聞き慣れない金属音が頭上で鳴った。見あげると、換気孔の金属の羽根板がゆがんでいた。

エイジャクスはナイフをバーンリーのシャツで拭うと、眉をひそめて頭上を見つめたまま立ちあがった。

カサンドラがぎくりとした。「なんなの？」

「わからない。調べたほうがよさそうだ」

71

キツネは仕事に取りかかった。こんな部屋に自分とグラントを放りこみ、ドアに鍵をかけて閉じこめたつもりで立ち去るとは、エイジャクス・コハテはなんと愚かなのだろう。まずは手錠だ。キツネは引き絞った弓のように体をそらし、両手を尻の下へ伸ばした。その両手をまたいで、体の前へ持ってくる。猿ぐつわを取り、ひざまずいてグラントのものも取った。それから、アンクレットについている小さなとがったチャームで手錠の鍵をあけた。両手を振り、手錠を開く。グラントに息を継がせてからキスをした。

グラントがキスを返してきたので、キツネはほっとした。彼は薬でぼんやりした頭を振った。美しい目をあけ、キツネを見てささやいた。「きみはすばらしい。きみを手放したら、地球で最低の愚か者だ。あと一分待ってくれ。ここから脱出するのに協力する」

これが特殊部隊のエリートと結婚することの利点だ――キツネを責めたり、文句を言ったりせず、現状をすぐさま受け入れ、自由に向かって行動する。

キツネはもう一度グラントにキスをして立ちあがった。「意識をしっかり保ってね」

室内をゆっくり歩きはじめた。「わたしたちは火山の斜面を引きずっていかれて、大きな建物に連れこまれた。照明のついたトンネルを通って、狭い部屋に入れられた。部屋はコンクリートの打ちっぱなしで、隅には電気製品のケーブルが大量に積んである。なんのための部屋かはわからない。ここは島だから、発電機で電力を確保しているはず。もしくは、電力のための燃料を持ちこんでいる。この部屋には、あのたったひとつの窓から日差しが入ってくる」

グラントが言った。「燃料を持ちこむより、太陽光を利用していると思う。カリブ海の島では一般的な発電方法だ。何年もここに住んでいるようだから――この建物は冷戦時代のものだろう。当時、ここにソ連の基地があったのかもしれない。なにをしている？」

「明かりになるものがないか捜してるの。この部屋は暗すぎる」

「ここにある。おれの後ろの壁に、大きな晶洞石がはまっている。この部屋は、山肌にかぶせるように造られているようだ」

キツネはグラントのもとへ戻り、背後の壁から突き出ているぎざぎざした岩を確認した。壁から天井へ視線を移す。「晶洞石だけじゃないわ。換気孔がある。それはそうね。密封された空間にわたしたちを閉じこめるわけにはいかないでしょう。でも、あの換気孔は狭そう。わたしなら通れるけれど、あなたはどうかしら?」

「無理だな。だが、おれがきみを押しあげてやるから、きみは換気孔を抜けて、外からドアの鍵をあけたらどうだろう」

「じゃあ、わたしを押しあげて。換気孔を見てみるわ」

グラントは両手をつなぎあわせ、キツネに足をかけさせ、勢いよく押しあげた。

「ああ、だめだわ、グラント。蓋がねじでしっかり閉まってる」

グラントはにっこり笑ってキツネを見あげた。「そんなにうまくいくわけがないのは承知のうえだろう。ねじは古いはずだ。ゆるめてみろ」

キツネはねじをゆるめようとしたが、がっちりはまって動かなかった。

グラントはキツネをおろし、ジャンプして換気孔の蓋を殴りつけた。びくともしない。もう一度、もっと強く殴った。ねじがずれたが、蓋は動かない。

「もう一回殴ったら、はずれるかもしれない」ふたたびジャンプし、力いっぱい蓋に拳をたたきつけた。ねじが折れ、換気孔の蓋もゆがんだ。ふたりがさっとあとずさったと同時に、蓋はコンクリートの床に落ちた。

キツネはグラントの顔をつかんでキスをした。「よし、もう一度わたしを押しあげて」

グラントは、狭い換気孔をめがけてキツネを押しあげた。キツネは換気孔のなかから言った。「わたしにも窮屈なくらいだから、あなたはまず通れない。できるだけ早く戻ってくる」

「急いでくれ。足音が聞こえたような気がする。連中が様子を見にくるかもしれない。警備員はふたりしかいなかったと思う。ドアの鍵があいて警備員が入ってきたら、おれひとりで対応する。行け！」

「いいえ、そっちに戻る。ふたりで相手をしなくちゃ。あなたはまだ完全に快復していないし――」

「だめだ！　早く行け！」

彼は絶対にキツネを残したくないらしい。警備員が銃を持ってくるかもしれないからだろう。「気をつけろよ、いいな？」キツネは両手と両膝をついて這っていった。

背後の部屋からはなにも聞こえない。警備員が部屋のなかを覗けば、床に倒れて薬でぼんやりした目のグラントしかいないことは、すぐにわかるはずだ。もうひとりはどこにいるのだろうと怪しむのでは？

トンネルは真っ暗でどこまでもつづき、キツネは顔を何度もなにかになでられた。それがなにか、考えたくもない。やがて、光が見えてきて、べつの部屋の開口部に近づいたことがわかった。

そこまでの数メートルを這い進む。トンネルのなかが明るくなるにつれて、声が聞こえてきた。トンネルの床にはまった金属の羽根板へ近づき、その隙間から下を見おろす。双子がいた。床の上に老人が倒れている。双子は口論に夢中で、老人は死んでいるように見えた。

双子の祖父、ジェイソン・コハテだ。その隣に、もうひとりの男が倒れていた。エイジャクスがその男の上に屈みこんでいる。

ふたりは自分たちの祖父を殺したのだろうか？

ここから脱出しなければならない。だが、これ以上前進すると、音で気づかれ、姿も見られてしまう。戻って脇道をさがすべきだ。そろそろとあとずさりしはじめた瞬間、羽根板のゆるんだ部分に膝が当たった。ガシャン、と大きな音が鳴り響いた。キツネは凍りつき、祈った。

だが、双子はこちらを見あげた。トンネルにいるキツネの姿は、彼らには見えないはずだが。

「なんなの？」と、カサンドラが言った。

キツネはエイジャクスが立ちあがり、死んだ男のシャツでナイフを拭うのを見た。死者がまたひとり増えた。

「わからない。調べたほうがよさそうだ」

キツネはじりじりとあとずさった。そのとき、金属の羽根板がはずれて落ち、カサンドラの頭を直撃した。一緒に転落したキツネは、すかさず立ちあがり、走りだした。

72

キューバ沖

アルバトロスは、朝鮮戦争時代のビンテージだが、ラファエルの整備は申し分ない。機体側面のGのロゴも、塗装をなおしたばかりだ。乗客四人と、少量の荷物を運ぶことができる。

「あなたたちはここに残って」マイクがルイーザとアダムに言うと、ふたりは即座にいやがった。「ザッカリーと連絡を取りつづけてほしいし、飛行機の見張り番も必要よ。この子を座礁させたくないし、キューバ人に没収されたら困るでしょ」

ニコラスはふたりの文句を聞き流してつけくわえた。「ザッカリーとサビッチがなんて言うと思う？　ぼくたちにまとめて首を言い渡したあとで。みんな、職を失いたくないだろう？」

アルバトロスは〈闇の目〉のジェット機のようにスマートではなく、エンジン音もうるさい。マイクは、ニコラスには死んでも言うつもりはなかったが、喉が痛み、頭も胸も痛かった。

　ふたりがシートベルトを締めてヘッドフォンをつけると、アルバトロスはどんよりとした灰色の海面をすべっていき、空へ飛び立った。ラファエル・グズマンは、膝頭を打ち砕かれる心配がなくなり、一生で最高の取引もできたので、口笛を吹いていた。グズマンはヘッドフォンを通してふたりに言った。「いつも同じことの繰り返しだ——荷物を積んで、飛んで、荷物をおろして、飛んで帰ってくる。おれは毎日二十四時間が待機だ。クリスマスや女房の誕生日でもそれは変わらない。だがもう、この仕事は終わりだ。あいつらは犯罪者だからな」いったん黙った。「フロリダでパイロットの仕事があるかな？」

「あるんじゃないか？」ニコラスは言い、ため息をついた。「わかったよ、ラファエル、心当たりに電話をかけておくよ」

「やっぱりだめね、もう一度」マイクが眼下の白波を見おろしてひとりごとをつぶやいた。飛行機の影が後ろから追いかけてくる。

「なんだ？」ニコラスは尋ねた。「なにがだめなんだ？」

　マイクは身を乗り出した。「わたしの父ビッグ・マイクと、母のゴージャス・レベッカに、なんて説明しようか、台本を考えてるの。わたしたちがヴェネツィアにいたことも、銃撃されたことも知ってるはず。マスコミが名前をさんざん報道したもの。でも、これは？　両親には知られたくない」

「ぼくが両親に話すと思うか？　祖父はぼくをイギリスへ連れ戻すためなら特殊部隊を派遣しかねないくらいだぞ。さあ、島に上陸したら――」

「――いきなり突入ね。キツネもグラントも強者《つわもの》だもの。可能であれば、一緒に戦ってもらいましょう」もしふたりが生きていれば、とマイクは思ったが、思うだけでとどめておいた。

「ああ。大丈夫だ」ニコラスは身を乗り出してマイクにキスをした。「ぼくを守ってくれる強者がここにいる」

「そのことを忘れないで、わたしのことも守ってね、いい？」

ニコラスがほほえむだけで返事をしなかったことに、マイクは気づいた。

「ほら、マイク。ボートが来ている」ニコラスが黙った。ふたりは前方をまじまじと見つめた。驚いたことに、美しい大きな島が、それまでなにもなかったところに突然現れた。あまりに唐突で、どうしても現実とは思えない。

ラファエルがヘッドフォン越しに叫んだ。「変だ、いつもはおれが荷物をおろして帰る準備ができるまで島は現れない。なんでこんなに早いんだ。だが、実際目の前にあるからな。魔法だよ、ほんとうに。下でボートが待っている。これから着水するぞ」

「こんなの、ほんとうに信じたくない」マイクは島を見つめながら言った。「でも、現実なのね。それでも自分の目が信じられない」

ニコラスはマイクの手を握った。「現実だが信じがたい。大冒険の準備はできているな？」

73

バミューダ・トライアングル

ラファエルは難なく着水し、機体はしばらく水上をすべって止まった。古い貨物船がスピードをあげて近づいてくる。波立つ海面を見て、マイクは不意に黒く苦い湖水の味を思い出した。

ニコラスに気づかれた。彼はマイクの手を握った。「大丈夫だ」

「わたしは平気よ、ほんとに」マイクはごくりと唾を呑みこんだ。「ただ、わたしは自分が溺れそうになっていることもわかっていなかった。なにがあったのかすら知らないまま死んでいたかもしれないのよね。ごめん、こんなときにこんな話をするなんて」

ニコラスは、マイクの生死がわからない恐怖とパニックを思い出し、つかのま目を閉じた。

ラファエルが言った。「もうすぐボートが着く。乗組員はふたりだ。スネリング船長と、一等航海士のアルドー。スネリング船長から聞いたかぎりでは、貨物を運ぶのがふたりの主な仕事で、それ以外の時間は映画を観て過ごしているらしい。長い人生のうちの骨休めだと言ってる。

業務上、スネリング船長がなにかおかしいと感じたら、ただちに引き返すことになっている。たまたま運ぶ荷物があったのは幸運だった。ほら、この箱を運ぶのを手伝ってくれ。船長たちに見えるようにな」

ニコラスとラファエルは、〝米〟と〝ココナッツ・ミルク〟と書かれた大きな箱を押しやった。その箱の陰に、ニコラスとマイクはしゃがんで身を隠した。

ボートのエンジン音が近づいてきて、うるさくなった。マイクは思いきって飛行機の窓から外を覗いた。ボートはキャビンクルーザーを改造して短距離用の貨物船にしたものだった。

船上のふたりは手を振り、飛行機のそばへ船を進めた。高い波のせいでバランスをとるのが大変で、マイクとニコラスは機内の壁にぶつからないように足を踏ん張った。

スネリングたちは船の錨をおろし、飛行機のフロートに自分たちの体をつなぐと、すぐにラファエルから箱を受け取りはじめた。

ニコラスは言った。「行くぞ」マイクとともに立ちあがり、銃を抜く。

船上のふたりは箱を抱えたまま凍りついた。

「それでいい、じっとしてろよ」ニコラスは声をかけた。「箱は抱えたままでいい」

ＦＢＩだと名乗ろうとしたが、ひとまずやめておくことにした。

マイクはドアの端にしっかりとつかまり、ゆっくりとフロートにおりた。

ラファエルが大声で言った。「大丈夫だ。この人たちは島に上陸したがってる。友達を追いかけてきたんだ。あんたらに手出しはしない。このふたりはＦＢＩの捜査官だ。で、あっちがスネリング船長とアルドー一等航海士」

スネリング船長は見るからにイギリス人らしく大柄で、髪はないが赤い山羊ひげを生やしている。赤い眉がひょいとあがった。「手出しはしないだと？　おれたちの頭を銃で狙ってるじゃないか。ＦＢＩ？　いったいどういうことだ、ラファエル？」

ニコラスは言った。「スネリング船長、アルドー、われわれはどうしても島に上陸しなければならない。われわれはＦＢＩの捜査官だ。二名の重要人物をコハテ兄妹に捕らえられた。きみの船で島へ連れていかれたんだから、知っているだろう？　われわれが戻ってくるまで、きみはここでラファエルと待っているといい」

アルドーは船長の袖をつかんだ。「頭に銃を突きつけられて戻ったところで、どっちみち殺されちゃいますよ」

マイクは言った。「殺されないわ。わたしたちは彼らの基地をシャットダウンするの。でも、ここにラファエルと残ることを強くおすすめする」

スネリング船長が言った。「いや、アルドー、あのじいさんはおれたちを殺したりしない」

ラファエルが言った。「船長、そりゃそうかもしれないけど、あの双子がいるだろ。ふたりとも蛇並みに質が悪くて、蛇の二倍、危険だ」マイクとニコラスを見やる。「勘違いしないでくれよ、あのじいさんもかなりいかれてるが、落ち着いてるし、仕事さえちゃんとやってれば親切にしてくれる。でも、あの双子はちがう。どこか壊れてるんだ、心の深いところが。うん、あいつらは一瞬でおれたちを殺すね」

マイクは尋ねた。「彼らに捕まった人たちがいたでしょう、男と女――どんな様子だった？　薬を飲まされてた？　殴られた跡はあった？」

スネリング船長が答えた。「女のほうは素面だったが、さんざん殴られたみたいだったな。男のほうは、まだぐったりしてた。歩くのがやっとだった。なにがあったのか知らんが、カサンドラは女を殴ってた。助けてやりたかったが、そんなことをすれば、あの恐ろしい魔女はためらいもせずにおれを殺すからな」

ニコラスは言った。「さっきも言ったが、ぼくたちは捕まったふたりを救出して、基地をシャットダウンする。ぼくたちにその仕事をさせてくれないか？　ここにラファエルと残ってくれ」

スネリングはアルドーとラファエルを交互に見やり、島に目を戻してから、のろのろとうなずいた。「双子が来てからなにもかもおかしくなっちまった。あいつらは気味が悪い。なんだか、変な興奮が伝わってくるんだ。おれは、じいさんのことが心配だ」

「わたしたちもよ」マイクは言った。「あの双子が容赦ないことは、身をもって知ってる。できるだけ早く戻ってくる。島に警備員は何人いるの？」

「四人だ。双子に負けず劣らず危険だぞ」アルドーが言った。「もっと恐ろしいかもな。おれたちはかかわらないようにしてる」

スネリングが言った。「あんたらの考えてることはわかるぞ。なぜおれたちがこんなにあっさり折れるのか、なにかたくらんでるんじゃないかって怪しんでるんだろう。そんなことは絶対にない。おれにはわかってるんだ、あの双子はなにかとんでもないことをするためにここへ来た。それがなにかはわからないが、あいつらを止めないと」

マイクは尋ねた。「ジェイソン・コハテがなにをしているか知ってる？」

「いや、ぜんぜん。じいさんは無口だからな。でも、あんなに頭のいい人間はほかに知らない。ときどき、じいさんとチェスをやるんだ。おれもまあ強いほうだが、じいさんはチェス盤を見るだけで、二十手先まで読んで、少なくとも五十とおりは攻め方を考えてる。一度、じいさんのコマンドセンターに入ったことがあるが――あの部屋をそう呼んでるんだ――コンピュータのモニターが何台も積みあがってて、ほとんどは世界中の天気予報が映ってた」スネリングは言葉を切った。「なにをやってるのか知らんが、犯罪なんだろ?」

ニコラスは大げさに答えた。「彼を止めなければ、地球が破壊される」

スネリングはまったく信じていなかった。「地球が破壊される? いったいなにをやってるんだ?」

「ここ数日のニュースは見たか――ゴビ砂漠で起きた砂嵐が北京を襲うのを? コハテがやったんだ」

スネリングたちはまだ話を呑みこめないようだ。ニコラスは、無理もないと思った。

「いいか、もう時間がない。早く決めてくれ」

スネリングがうなずいた。「わかった。ここに残って待ってるよ。あんたらが死なないように、言っておきたいことがある。コンピュータ・システムは、ボートからの信号を受信した時点で、島にバリアをふたたび張り巡らす――ボートがある地点を通過すると、信号を発して、通過するのがおれたちだと知らせるんだ。システムが信号を受信しなかったら、体験したことのないような嵐が襲ってきて、船は沈没する。要するに、まったく無関係の船がバリアを抜けたり、飛行機が飛び越えたりすれば、追い払われるということだ。じいさんは予測していなかったことが起きるのを嫌うし、知らない他人も嫌う」眉をひそめる。「だが、どうも気になる。島があんなに突然姿を現すことはないんだ。じいさんは、そんなことはしない。双子がやってるのかもしれない。あいつらが男と女を連れてきたとき、なにかやらかすつもりだろうとは思ったんだ。あんたらも、くれぐれも用心しろよ」

ニコラスはマイクとボートに移り、エンジンをかけた。

海は荒れていた。マイクは立っているのもやっとで、必死に手すりにしがみついた。頭痛を忘れ、吐き気も忘れ、水上にいることへの一抹の不安も忘れた。溺れかけたのは過去のことだ。今日のマイクは思いきり仰向き、強風に髪をなびかせて涙をあふれさせた。「トランポリンみたい！　わたし、トランポリンが大好き！」

ニコラスはマイクを抱きしめたかったが、エンジンを全開にして船を飛ばした。ふたりともどんどん近づいてくる美しい緑の島を見据えた。

「すごい」マイクが風に負けないようどなった。「真ん中の噴火口を見て。おとぎの島って感じ」

「ラファエルもスネリング船長も、島が現れるのが早すぎると言っていた。ということは、やはり島をコントロールしているのは、もはやジェイソン・コハテではないよ。おそらくカサンドラとエイジャクスだ。でも、ふたりともちゃんとしたやりかたを知らない。ふたりは主導権を奪って、自分たちのやりかたでやろうとしている」

「ほんとうに実の祖父を殺したのかしら？」

「正直なところ、あのふたりがなにをやっても驚かないな」

「キツネとグラントを連れてきたのは、理由があるはず。なにかをやらせたいのよ。そのなにかって、なんだろう？」

ニコラスは大声で答えた。「これからわかる。カサンドラとキツネを同じリングにのぼらせたら、どっちが生き残ると思う？」

「キツネ」マイクは躊躇せずに答えた。

ニコラスはうなずいた。山肌に大きな割れ目がある。自然の入江が、入念に造った船着き場を隠していた。ニコラスはボートのスピードを落とし、片方の手で舵輪を握り、もう片方の手でグロックを持った。

74

エイジャクスはすばやかった。逃げようとするキツネの髪をつかんで転ばせた。キツネはカサンドラのそばに倒れ、背中をしたたかに打った。カサンドラは座りこみ、血があふれてくるひたいを手で押さえていた。

古いコルトのリボルバーを構えたエイジャクスが、キツネを見おろしていた。キツネは、カサンドラが着ている服を引き裂き、包帯代わりに傷口に当てるのを見ていた。カサンドラは、そこでようやくキツネのほうを見た。手を伸ばし、キツネの髪をそっとなでる。「髪が抜けちゃうじゃない、エイジャクス、こんなにきれいな髪なのに」そして、いきなりキツネを平手打ちした。キツネは反撃したかったが、コルトの撃鉄を起こす音がしたので、ぴたりと動きを止めた。「わたしと話をする気になったみたいね。どうやってあの部屋を抜け出したのか言いなさい」

「換気孔を抜けたの」

双子がそろって天井を見あげた瞬間、キツネははじかれたように立ちあがり、エイジャクスの足を勢いよく踏みつけ、喉を拳で殴った。

エイジャクスの銃が飛んでいき、なめらかなコンクリートの床を回転しながらすべっていった。彼は喉を押さえてえずいていたが、キツネはそれほど強く殴ってはいないので、気管はつぶれていないはずだ。

カサンドラが立ちあがり、木のチェス盤を抱えてキツネに襲いかかってきた。キツネが逃げるまもなく、エイジャクスがふたたび向かってくる。彼の拳をよけようとしたが、肩にまともに当たり、体が反転した。カサンドラがチェス盤を持ちあげ、キツネの頭を殴りつけようとした。

キツネはすかさず身を沈め、エイジャクスの腹に頭突きした。エイジャクスは息ができず、後ろによろめいた。視界の隅に、ひたいの傷から血を流し、チェス盤を闇雲に振りまわしているカサンドラが見える。キツネに与えられた猶予はほんのわずかだ。キツネはくるりと振り返り、チェス盤を振りまわしているカサンドラの背後へまわった。カサンドラの背中を勢いよく蹴りつけ、エイジャクスに衝突させる。ふたりはコンピュータステーションにぶつかってバランスを失い、両腕を振りまわした。

キーボードが飛んでいった。壁際に何台も並んだモニターの画面が変わり、数字や等式や地図が、トランプを猛スピードで切っているように、現れては割れて消えていく。

サイレンが鳴りはじめ、たちまち耳をつんざくようなボリュームに変わった。

キツネは、モニターのなかで一基の衛星がのろのろと向きを変え、オレンジ色の光線を暗闇に向けて放ったのを見た。隣のモニターに、オレンジ色の光線が地球を直撃する瞬間が映った。

「なんてことするのよ！」カサンドラがサイレンに負けない声でわめいた。「止めて、エイジャクス、止めて！　ワシントンＤＣじゃなくて、どこかべつの場所を襲うかもしれない。早く止めて！」

キツネはとっさに廊下へ走り出て、ぴたりと足を止めた。ふたりの男がグラントを挟んでやってくる。グラントはかろうじて意識があるものの、また手錠をかけられていた。唇の切り傷から血が流れている。

やはりグラントのそばにいればよかった。こんな男ふたりくらい、グラントと一緒なら倒せる。だが、むこうは武器を持ってあの部屋に入ってきたのだろう。グラントには勝ち目がなかったにちがいない。

カサンドラがどなった。「女が少しでも動いたら、その男を殺して！」

キツネは怒りのあまり身震いした。グラントを殺されるかもしれないという恐怖に泣きそうだった。荒い呼吸を繰り返しながら、じっとしていた。ふたりの警備員も動かない。だれもが、鬼気迫る様子でキーボードをたたいているエイジャクスを見ていた。なにかとんでもないことが起きたらしい。

エイジャクスは最後のキーを押した。モニターの画面が静止し、サイレンが急にやんだ。

「レーザーはどこに当たったの？」カサンドラが尋ねた。

「北西に五百海里。ぼくにわかるかぎりでは。海底を直撃した」

カサンドラは黙って突っ立ち、双子の兄がモニターの前へ移動し、中央モニターに流れはじめたデータにじっと目を凝らすのを見ていた。「どうなるかわからない。レーザーの強度によっては、海底が動くかもしれない。だれかが見ていて、沿岸警備隊に通報してくれているといいんだが」エイジャクスは髪をかきあげた。「嵐をＤＣに向かわせなければならないのに、元来たほうへ引き返しているような気がする。はっきりとはわからないけれど」

「大丈夫よ。あなたは有能だもの、エイジャクス。嵐はちゃんと計画どおりにワシントンＤＣへ行くわ」

「カサンドラ、アルゴリズムがまちがっていたり、強度の計算がまちがっていたりして、レーザーがそのとおりに発射されていたら、ワシントンDCを襲うどころか、世界中を破壊しかねない」エイジャクスは大きく息を吸った。「レーザーが当たったのがこの近くだったら、海底が動いて津波が起き、この島が地球上から消えるかもしれない。ワシントンDCをハリケーンが襲えば、それでもかまわないけれど。そうでなければ、すべて無駄になる」

カサンドラはキツネを見やった。「言ったでしょう、エイジャクス。わたしは聖櫃がここにあると思うの。金庫室のなかに。おじいさまの大きな秘密。あの女に金庫室をあけさせる。そうしたら、またコイルをコントロールできる力が手に入るわ。信じて、エイジャクス。コイルどころか、あらゆるものをコントロールできるようになるのよ」

キツネは、エイジャクスが鼻を鳴らし、モニターをひとつひとつ点検していくのを見た。

カサンドラは、血が目に入らないよう、布をひたいに巻いて縛った。キツネに目をやる。「もし傷跡が残ったら、ナイフであんたの顔に彫り物をしてやるからね」グラントの左腕をつかんでいる大男のほうへあごをしゃくる。「いまから金庫室をあけてもらうわ。拒んだら、あのバンタム級にご主人の首をひねってもらうからね」

あの大男がバンタム級？　では、もうひとりは？　フェザー級か？　キツネの頭が集中力を失いはじめた。しっかりしなければ。切り抜ける方法を考えなければならない。キツネは、床の上でもうひとりの死体と並び、頭から血を流したまま動かない老人を見やった。「あなたは実の祖父を殺したのね。なんのために？　ジェイソン・コハテがいままでずっと聖櫃の上に座ってたと、本気で信じてるの？」

カサンドラは声をあげて笑った。「ばかね、なにもわかってない」警備員たちのほうを向く。「その男を連れていきなさい」

エイジャクスがキーボードをたたく手を止めた。祈るような顔で一台のモニターを見つめている。

「しっかり立って歩け」バンタム級がグラントを蹴った。

そのとき、キツネとグラントの目が合った。彼の目は澄み、キツネをまっすぐに見ている。彼は、一緒にいようと言いたいのだ。キツネは希望を抱いた。

「金庫室をあけてあげるわ」

カサンドラがバンタム級に命じた。「このふたりの一方でも変なまねをしようとしたら、すぐさま撃ち殺して。エイジャクス、あなたはここに残る？　それとも一緒に来る？」

「ここではこれ以上なにもできないし」エイジャクスが立ちあがった。

一行は迷路のように入り組んだ通路を歩いていった。左へ曲がり、右へ曲がり、交差路を曲がる。キツネの見たところ、この通路は地下に掘られ、数十年前に補強されたらしく――おそらく、ロシア人によって――寒々しい感じがするが、コハテの警備員がきちんと手入れしているのがはっきりと見て取れた。やはりここでも、一行は火山の地下深くへ入っていった。

岩を掘削した広い空間があった。設置されたライトが、ぼんやりと赤い光を放っている。壁は金属ではなく、キツネとグラントが閉じこめられていた小部屋の壁のように、なめらかな岩だった。

奥の壁に、商業用の金庫室の扉があった。キツネもこの手のものはジュネーヴやチューリッヒの銀行で見たことがあるが、破ることはほぼ不可能だ。特別な道具と、どうかあきますようにと祈る数時間がほしい。

カサンドラが目の前の丸い金属の扉を指さした。「これは世界屈指の安全性を誇る金庫室よ。鋼鉄で補強したコンクリートでできてる。暗証番号と鍵の両方でロックがかかる。鍵はここにあるわ。おじいさまの形見の贈り物よ。でも、暗証番号がわからない。錠前はそれほど複雑なものではないけど、爆発物が仕掛けてある。扱いをまちがえたら、あなたは蒸気と化す。なかに入ったら、もう一枚ドアがあるけれど、それは簡単にあけられるわ。温度管理用のドアだから」暗証番号のダイヤルをくるりとまわす。「制限時間は二十二分間よ」

「聞いて、カサンドラ。わたしでも奇跡のように暗証番号を当てることはできないわ。鉄の棒をカットする酸素ランスが必要だし、いくら第三級でも一時間はかかる。それも運がよければの話」

カサンドラはキツネに聴診器を放った。「これをあげる。制限時間は嘘じゃないわ。このドアは、いったんダイヤルが動いたあと、正しい暗証番号を合わせなければ爆発するの。さっきわたしがダイヤルを動かした時点で、内部のタイマーが動きはじめてる。もう残り二十一分よ。さっさと仕事に取りかかりなさい。ご主人の喉を切り裂いてもいいのかしら」

「聴診器で音を聞いてあけろと？」

「この人のご主人を連れてきて。ナイフもね」

「冷静に考えて。暗証番号は百万とおりの組み合わせがある。コンピュータを使っても、三日はかかるわ」

「あなたなら二十分に短縮できるでしょ」

キツネはグラントを見た。彼の目は確信に満ちていた。きみなら金庫をあけられると言いたいのか？　わかった。だったら、あけてやろうじゃないの。わたしは世界最高の泥棒よ。キツネは聴診器を取り、肩越しに言った。「完全な無音状態が必要よ。息をする音すら大砲の音に聞こえる。あけてほしければ、わたしをひとりにして」

カサンドラはしばらくキツネを見つめていた。「通路にいるわ。失敗したら、すぐさまご主人を殺すから。そこは勘違いしないように」

金属の表面に手のひらを当てたとき、キツネは足元の地面が揺れるのを感じた。

75

「マイク、操縦を頼む。ぼくはボートを係留するロープを取ってくる」

マイクは船着き場へボートを進めながら、緑のジャングルを眺めた。鬱蒼と茂る木々が海岸に迫り、白い砂浜の奥行きは六メートルほどしかない。左手には切り立った崖がある。長い年月のあいだに岩盤が動いたのだろう、砂浜に巨礫が転がっている。この島は、マッド・サイエンティストの隠れ家でなければ、楽園だったかもしれない。

自然の入江に入っていくと、風が涼しくなった。マイクは用心深く海岸に目を走らせた。そのとき、突き当たりがドアになっている細い道が見えた。

「だれもいないみたい」

「ジャングルにはいないかもしれないが、監視カメラがどの係留柱《ビット》にも仕掛けてある。金属の非常口の上にも。だれかが監視していれば、いまごろもう見つかってるな。それはまちがいない。エンジンを切ってくれ」

ニコラスは手近なビットにロープを投げ、船を係留した。

砂浜に足をおろしたとき、マイクは足元が振動するのを感じた。その振動は、押し寄せる波のように、断続的にゆらゆらとつづく。マイクは思わず手を伸ばし、ニコラスの腕をつかんだ。地面の揺れはだんだん激しくなっていく。マイクは両足を広げて踏ん張った。突然、揺れがおさまった。

ニコラスの顔から血の気が引いていた。

マイクは乾いた唇を舐めた。「いやな予感がするわ、ニコラス。いまの小さな地震。活断層が動くと火山って噴火するんでしょ」

「いまのはコイルに関係があるんじゃないか。誤作動を起こしたとか。なんにしても、急いだほうがいいな、マイク」

非常口にたどりつき、ニコラスがノブをまわした。「運はぼくたちの味方だ。鍵がかかってないぞ」

「またいやな予感がする。なぜ警備員がいないの？　スネリング船長が言ってたでしょう、アモスという男がいて、人の出入りを見張ってるって。それなのに、だれもいないなんて」

ドアのむこうから、低い男の声がした。「ドアをあけたら、爆発が起きてこっぱみじんにされるぞ。そのドアからは入れない。だが、あんたらを入れなくてはならないんだ。左を見ろ――」

蔓植物に覆われた壁に、窓つきのドアがあった。男がくすくす笑いながら言った。

「なかなかうまいカムフラージュだろう？　まあ、必要ないんだがね。いまからドアをあけるぞ。心配するな、こっちは丸腰だ」

ニコラスは、男が嘘をついていないことを祈った。ドアが少しあいたとたん、真っ白な太い眉毛の生えた禿頭の小男が、すばやくあとずさって両手をあげた。

「部屋の奥へさがれ。きみはアモスか？」

アモスはニコラスから目を離さず、両手をあげたままじりじりと壁際へあとずさった。その部屋は警備員室らしく、三人の警備員以外にだれもいなかった。

ニコラスはコントロール盤を見やったが、使い方はわからなかった。

アモスが言った。「おれたちはここから船着き場を監視してる。おれが業務の手順を決めた。歓迎したくない人物が外のバリアを突破して近づいてきたら、おれがここから阻止する。ここで十五年働いているが、そんなことは三回しか起きていない」

マイクは尋ねた。「なぜわたしたちを爆破せずに入れてくれたの？」

「それをいまから実際に見てもらうよ。もう手をおろしてもいいか？」

ニコラスはグロックを彼の脇腹に突きつけた。「先に行け」

アモスはコントロール盤の前へ歩いていき、コマンドを打ちこんだ。監視カメラの映像らしきものの再生がはじまった。「これは十二分前の映像だ。悪いが音声はない。ずっと音声はなしでやってきた。ボスがいやがるんでね」

ニコラスとマイクは身を乗り出した。NASAのヒューストンのコマンドセンターのような部屋が映っていた。

マイクが言った。「カサンドラだ。おじいさんと口論してる――ジェイソン・コハテ?」

「ああ、おれのボスであり、友人でもあり、双子のおじいさんだ。見てろ」ジェイソンがエイジャクスに頭を殴られて倒れた瞬間、アモスはびくりとした。

「ボスが死んだかどうかはわからない。医療の訓練は受けているが、ひとりであんなところに入っていけないよ。カサンドラとエイジャクスに殺されるかもしれないだろう」

三人は、べつの男が入ってきて、カサンドラがなにかをわめき、エイジャクスがふたり目の男の胸にナイフを突き立てるのを見た。刺された男は、コハテの上に倒れた。その後、キツネが天井の換気孔から落ちてきた。換気孔の蓋がカサンドラを直撃する。

格闘になり、ふたりの警備員がグラント・ソーントンを連れてきた。

「十五年間も音声なしでやってきたから、おれは唇の動きでだいたいなにを言ってるかわかるようになった。全部わかるわけじゃないが、カサンドラはこの女に金庫室をあけろと要求している。聖櫃がなかにあるとかなんとか、そんなばかげたことも言ってる。聖櫃はここにはないよ、いままでもなかった」

「金庫室にはなにが入ってるの？」

アモスは、詳しくは語らなかった。「秘密だよ。ジェイソン以外、だれも知らない。おれも知らない。ぐずぐずしてはいられない。コマンドセンターまで一緒に来てくれないか。ジェイソンが重傷を負ってるのはわかるんだ」

ニコラスはためらった。やけに話がうますぎる。「それより、カサンドラとエイジャクスのいるところに連れていってくれ」

「あんたらを入口で爆破することもできたのに、そうしなかったんだぜ。いいか、スネリング船長から話を聞いてるんだ。あんたらが来たのは、ここをシャットダウンして、あの男と女を救出するためだって。おれは、あの双子のことはよく知ってる――世界中を灰にして、焼け跡で踊るようなやつらだ。それに、おれが心から尊敬していた人を殺したかもしれない。頼むよ。おれが案内する。あの人を助けたいんだ」

マイクがグロックを持ちあげたとき、アモスがコントロール盤の下に手を伸ばした。

「なにをしているの？」

アモスはさっと体を起こした。「救急セットを取りたい」

ニコラスは鞄を取り、中身が医療具と薬品であることを確かめ、アモスに返した。

アモスは鞄の口を閉め、ストラップを肩にかけた。「こんなことはわざわざ言う必要はないかもしれんが、あの双子と対面するなら気をつけろ。警備員たちも熟練していて、すぐ発砲してくる」

ふたりはアモスの後ろから火山の中心部へ入っていった。あたりは不気味なほど静まりかえっている。ほんの一、二分も歩くと、大きな部屋にたどりついた。壁はコンピュータのモニターで埋まっている。アモスは、先ほど映像で見たとおり、大きな机のそばで倒れている老人に駆け寄った。

ニコラスが言った。「マイク。これを見てくれ。三百六十度、モニターだらけだ。コンピュータでなんらかのプログラムが動いている。宇宙衛星もあるぞ」悪態をつく。

「マイク、ハリケーンがワシントンＤＣに向かっているのがわかるか？　横でデータがどんどん流れていく。その隣のモニターには、地震と津波の警報が映っている」

「あれがさっきの地震ね」マイクはモニターを指さした。「マグニチュード六・六、震源はここから北西へ八百キロ。カリブ海東部に津波警報が出てるわ」

「住人に知らせなければ」

「ニコラス」マイクは警報が点滅しているモニターを指さした。「もうみんなに伝わってるわ。ハリケーンを止めることはできないの？　津波を止めることは？」

ニコラスは片頬でほほえんだ。「できるかも」

「じゃあ、早くキツネとグラントを見つけて、脱出しましょう」

アモスが言った。「どうしてあんたがハリケーンと津波を止めることができるなんて考えたのかわからんが――」かぶりを振ってマイクを見る。「ちょっと手伝ってくれないか？」

マイクはアモスの隣でひざまずいた。アモスがジェイソン・コハテの頭を膝に載せ、そっと体を揺さぶった。「ひどい傷だ。手の施しようがない。エイジャクスはよほど強く殴ったんだな。出血が止まりそうにない。早く病院へ連れていかなければ。かわいそうに、バーンリーは死んでいる。安らかに眠れますように」

ニコラスはメインコンピュータのキーボードに屈みこんでいた。「すまないがアモス、もう少し待ってくれないか」と大声で言う。

「早くしてくれ、頼む」

「アモス、コハテをなんとかもたせてくれ。マイク、こっちへ来てくれ」

ニコラスはまたちがうモニターを指さした。「これは監視カメラの映像だ。キツネが金庫室をあけようとしている」

「双子はどこにいるの?」

「あんたたちの真後ろにいるよ」

76

エイジャクス・コハテが、コントロール室の入口に立っていた。古いコルトのリボルバーを構えている。「なにをしているんだ？　早くそこから離れろ」

ニコラスは言った。「きみの仕事を元に戻しているんだよ。今日は、ワシントンDCに嵐は来ない」

エイジャクスは笑い声をあげた。「どうぞ、ベストをつくすがいい。どうせ止められやしないよ。なにひとつ止められない。やりかたを知らないんだから。ちょっと心配したけれど、ぼくはちゃんとやった——ハリケーンは、設定したとおりの場所へ向かっているよ。いまさら止められない。とくに、あんたみたいに間抜けな警官にはね」回転しながら勢力を増している巨大なハリケーンの映像を指さす。「あと一時間ちょっとで、ハリケーンの外側が海岸に到達する。二時間でワシントンDCだ。ハリケーンに襲われて、あんたの国の政府は消滅する。大勢の国民が死ぬ。それをあんたが止めるって？　無理だね。手をこまねいて見ていることしかできない。どんな気分かい、ドラモンド捜査官？」

マイクが笑った。「だれをからかってるのかわかってないのね、エイジャクス。ニコラスはあなたのおじいさまと同じ、コンピュータの専門家よ。なんでもできるわ」

マイクが信じられないほど信用してくれていることに、ニコラスの頬がほころびかけた。いや、はったりだったのかもしれないが、マイク自身ははったりを言ったつもりではなく、エイジャクスの目から目をそらさなかった。エイジャクスが近づいてきたが、ニコラスは止めなかった。ふたりの距離が三メートルほどに縮まったとき、ニコラスはこれ以上彼を近づけてはいけないと悟った。古いコルトでも致命傷を負わせることができる。ニコラスはくるりと後ろを向き、メインコンピュータのキーボードを両手で強くたたいた。照明が消え、モニターが暗くなる。ニコラスは全速力でキーボードをたたき、発電機をシャットダウンした。

だが、暗闇はほんのしばらくしかつづかなかった。照明が点滅し、ふたたび室内は明るくなった。やれやれ、コンピュータの専門家が聞いてあきれる、とニコラスは思った。

カサンドラがコントロール室に駆けこんできたと同時に、エイジャクスが闇雲に発砲しながら迫ってきた。「やめろ!」

マイクはたてつづけに二発、エイジャクスを狙って撃ったが、弾ははずれた。わめいているカサンドラに向きなおり、弾を発射するも、やはり当たらなかった。ニコラスの叫び声がした。「こっちはわかったぞ、彼女を捕まえろ」

カサンドラを追いかける前に、マイクは振り返り、ゆっくりとグロックを構え、優しく引き金を引いた。エイジャクスの手からコルトが飛び、モニターに跳ね返ると、床をくるくるとまわりながらすべっていき、アモスのそばで止まった。「こいつはもらったぞ!」アモスが叫んだ。

エイジャクスがまず英語で、次にイタリア後で悪態をつき、ニコラスに向かって突進した。ニコラスは左へ飛び、逆上しているエイジャクスをよけた。彼の手から血が流れているのが見えた。マイクの弾が当たったのは、コルトだけではなかったようだ。

ニコラスは身を屈めてメインコンピュータの向こう側の開けた空間へ走った。エイジャクスが得意げな笑みを浮かべた。「ぼくはボクシングが得意なんだ。プロになれるくらいでね。あんたは体格がよくて強いつもりかもしれないけど――ぼくの相手じゃない」拳を構え、軽やかなフットワークでニコラスに向かってきた。ニコラスは鋭いパンチをよけた。

「悪いね、ここではクイーンズベリーのルールは通用しない」ニコラスは左手でエイジャクスを殴り、次に右の拳を繰り出し、前腕で二発をブロックすると、エイジャクスの膝頭の上に強烈なキックを見舞った。左へ一回転し、目にもとまらぬ速さでエイジャクスの顔と喉にパンチの雨を降らせる。エイジャクスはよろめいたものの、屈しなかった。ジェイソンの椅子をニコラスに向かって強く押す。ニコラスはすばやく左へ動いた。椅子は回転しながらコンピュータのコンソールに衝突した。

「もっとちゃんとやってくれ」ニコラスはエイジャクスに向けて指を振ってみせた。

「ほら、かかってこい、卑怯者。さっさと終わらせよう」

　エイジャクスがさっと動いた瞬間、ニコラスは銀色の光を見た。ナイフだ。おもしろい驚きじゃないか？　ナイフは大嫌いだ。たいてい切り傷を負うことになるからだ。

　エイジャクスをぎりぎりまで引きつけ、突き出されたナイフを一度、二度、三度とよけ、最後に大きく飛びすさる。エイジャクスが再度、腕を精一杯伸ばした一瞬、ニコラスは前に飛び出し、彼の手首を両手で強くひねりあげた。エイジャクスの前腕からぽきりと音がして、ナイフが床に落ちた。ニコラスはナイフを蹴り飛ばし、エイジャクスの顔に渾身の右拳を打ちこんだ。頬が裂けたところに間髪入れず、折れた前腕に回し蹴りを見舞う。エイジャクスはがっくりと膝を折り、コンソールに背中をぶつけた。うつ伏せに倒れかけた彼の頭を蹴りつける。エイジャクスの首がありえない角度で後ろに折れた。仰向けに倒れたときには、ニコラスを見あげる彼の目はどんよりと曇っていた。格闘はほんの一、二分で終わり、切り傷も負わずにすんだ。ニコラスは体を起こした。「アモス、エイジャクスは死んだよ。コハテはどうだ?」

アモスは目を丸くしてニコラスを見ていた。「いまみたいな格闘シーンは映画でしか見たことがないぞ」

「そうか。まあ、命がかかっていたら、自分でもびっくりするような力が出るものだよ。コハテの容態はどうだ?」

「持ちこたえてはいるが、早く病院へ連れていかなければ危ない」

「できるだけ早く戻ってくる」ニコラスは、マイクがカサンドラを追って消えた通路に走り出ようとした。そのとき、グラント・ソーントンが駆けこんできた。ニコラスは、すぐに彼だとわかった。

グラントは床に倒れたエイジャクスの死体に気づいたようだ。「きみはドラモンドだな。ついてきてくれ、時間がない。キツネが危ないんだ。ああ、おれはグラント・ソーントンだ。きみのことは知ってるよ、ニコラス・ドラモンド」グラントは、背を向けて暗い通路へ戻った。あとを追ったニコラスは、彼がマイクを助け起こしているのを見た。

ニコラスはマイクの腕をつかんで揺さぶった。「マイク、大丈夫か？　どうしたんだ？」

「大丈夫よ、ほんとうに。カサンドラが木の大きなブロックみたいなのを持って、角で待ち伏せしていたの。わたしを至近距離まで引きつけて殴りつけた。わたしたち、大丈夫なの？　ハリケーンは止められた？」

「できるかぎりのことはしたが、結果はわからない。エイジャクスは死んだ。グラント、キツネはどこだ？」

「もっと先だ。金庫室をあけようとしている。カサンドラもそばにいる。おれは警備員を倒して、格闘の音が聞こえたからここへ来た。おれたちを捜し出してくれたことに礼を言うよ。だれも見つけられないかもしれないと思っていたが、キツネはきみたちなら絶対に間に合うと信じていた」

マイクが言った。「わたしたちも間に合うように祈ってたの。さあ、カサンドラを止めにいきましょう」

「金庫室だが、ドアに爆発物が仕掛けてある。キツネは聴診器でロックを破ろうとしているんだ。破れなかったら――」グラントは腕時計に目を落とした。「あと四分半で、キツネは死ぬ。あのくそビッチを殺して、キツネを連れてこの死の穴から抜け出すぞ」

グラントは通路を走りだした。ニコラスとマイクもあとにつづいた。「なぜキツネは逃げなかったの？　カサンドラとエイジャクスがコマンドセンターにいるうちに」

グラントが肩越しに答えた。「カサンドラに、金庫室をあけなければおれを殺すと言われたんだ。キツネはそれを鵜呑みにした。カサンドラはそばにいる。たぶんキツネに銃を突きつけているはずだ。警備員を倒す前に、キツネがカサンドラに、最初のふたつの番号がすでに合っていると叫ぶのが聞こえた。暗証番号は四桁だから、あと半分だ」

ニコラスはきっぱりと言った。「キツネならできるな」

すると、グラントは振り返り、にんまりと笑った。「キツネがきみたちのことを話してくれた。きみたちが彼女をどんなふうに負かしたか。きみたちは、彼女の才能をよく知ってくれているようだな。彼女にあけられない金庫室などこの世にない」

グラントは走るスピードを遅くした。「次の角を曲がったら金庫室がある。六メートルほど先だ。この先は音をたてないでくれ」

マイクは屈んで足首の銃を取り、グラントに渡した。「父のものなの。なくさないでね」

77

カサンドラは、女の捜査官を力一杯殴りつけて気絶させた。でも、いつ意識を取り戻すかわからない。

行動しなければ。それも急いで。警備員はふたりとも泥棒の夫に首を折られて死んでいた。エイジャクスをドラモンドのそばに置いてきたのが気がかりだ。ドラモンドたちはこの島まで自分たちを追いかけてきた。でも、どうしてそんなことができたのか？　通路から警備員がいなくなったのを泥棒に気づかれる前に、早く金庫室へ戻らなければならない。

腕時計に目をやる。制限時間はあと四分半。そのあいだに金庫室があかなければ、全員死亡だ。

エイジャクスとドラモンドはどうなったのだろう？　エイジャクスは最高のボクサーだから、ＦＢＩ捜査官ひとりくらい、わけなく倒せるはずだ。エイジャクスのそばに残るべきだったけれど、しかたがない。金庫室へ戻らなければならないのだから。

屈んで警備員の銃を拾い、マガジンをできるだけたくさんパンツのポケットに詰めこみ、金庫室へ走った。泥棒が扉をあけることができれば、銃は必要ない。聖櫃が待っている、自分だけを待っているのはわかっている。聖櫃は、最後のコハテである自分のために開いてくれる。聖櫃の力が自分を取り巻き、体のなかへ流れこんでくるはず。そうしたら、自分はこの世界の支配者になる。エイジャクスを従えて。

カサンドラは足を止め、扉に顔をぴったりつけている泥棒を見た。ダイヤル錠の仕組みは複雑ではない。キツネが正しい番号を探り当てれば、内部で四枚の切れ込み入りの円盤が次々とまわり、それぞれの円盤の切れ込み部分が一直線上に並んで、かんぬきを受け入れるスペースができる。単純だ。四度ダイヤルをまわして、四枚の円盤の切れ込み部分がきれいに重なればいい。カサンドラは、キツネに急げとどなりたかったが、じっと我慢した。

キツネは聴診器のベルの部分を扉に当てている。かんぬきが円盤の切れ込みにすべりこむ小さな音が聞こえないか、耳を澄ましている。そのときダイヤルが示している番号が、暗証番号の一部になる。

最初の二桁の数字は覚えているので——八十七と二十八だ——次は三番目だ。時間はあと何分残っているのだろう？　グラントは脱出できたのだろうか？　だめだ、いまはそんなことを考えず、集中しなければならない。もう少しで解錠できるのはわかっている――ごく小さな音がしはじめ、キツネはもうすぐだと確信した。カチャッ、カチャッ、カチャッ、カチャッ、カチャッというかすかな音がつづいたあと、突然、金属的なピシャッという音がして、三番目の数字がわかった。キツネはフーッと音をたてて息を吐き、「四十二」とつぶやいた。両手の汗をパンツで拭い、また聴診器から聞こえてくる音に集中する。

カサンドラは時間がつきかけていることをわかっていた。キツネに駆け寄りながらわめいた。「あけて！　早くあけて！」

キツネは動かなかった。「あとすこしよ。静かにして」

「あと二分十秒よ。あけられなかったら、わたしたちみんな死んでしまう！」

「静かにして」キツネはすべてを頭から締め出した。自分が死ぬかもしれないことも、グラントが死ぬかもしれないことも、無理やり忘れた。地震があったとき、双子はなにをしているのだろうと思った。それでも頭を空っぽにして、ダイヤル錠に意識を集中させた。

いまではほかの物音が聞こえていたが、あとすこしで解錠する。四つめの数字がわかりかけている。キツネはダイヤルをじりじりとまわしてゼロに戻した。九八を通り過ぎたとき、ガチャッという音がはっきりと聞こえた。、解錠したのだ。

「どきなさい」カサンドラが叫び、キツネを押しのけると、おおきなチタンのハンドルをつかみ、全力で引っぱった。ついに重い扉が開いたと同時に、カサンドラはなかに駆けこんだ。

キツネはなんとか立ちあがったと同時に、声を聞いた。グラントの必死な声だ。ニコラスとマイクの声もする。来てくれたのだ。来てくれるのはわかっていた。またアダムにキスをしなければ。今回は捜してくれたお礼だ。キツネは全速力で金庫室から離れた。

78

カサンドラは主室の手前の小部屋にいた。壁に控えめな照明があり、扉があいたときに自動的に点灯したので、暗くはない。カサンドラは内側の扉へ近づき、ぴたりと足を止めた。金属の板に警告が彫りこまれている。智天使の翼に書かれていた文言と同じだ。そのとき、カサンドラは気づいた。祖父は何年も嘘をついていたのだ。祖父はずっと聖櫃を持っていたのに、いままで自分はそれを知らなかった。

この扉のむこうに強力な武器がある。扉をあければ死ぬ。

扉にはバーがついていたが、簡単に持ちあがった。扉がするりと開く。外は涼しいが、なかに足を踏み入れると、そこは暖かく、空気は乾燥していた。きっと聖櫃を守るためだ。

目を閉じ、まばゆい光が現れて自分の顔を照らし、頭と心を満たしてくれるのを待ち構えた。ところが、強烈な白熱の光はいつまでたっても現れない。カサンドラはゆっくりと目をあけた。やはり、なにも起きない。室内は小部屋より薄暗いが、空っぽであることはわかる。

カサンドラは口もきけずに立ちつくしていた。聖櫃がないことが信じられない。祖父は島やイタリアの城を人目から遮蔽したように、聖櫃もなんらかの方法で見えなくしたのだろうか。

聖櫃にさわることができないかと思い、慎重に歩きまわっているうちに、なにかにつまずいた。見おろすと、小さな黒いモレスキンのノートがあった。古びてすりきれているが、汚れや埃はついていないし、黴も生えていない。

屈んでノートを拾い、ふと手を止めた。それは母親のノートだった。表紙の裏に、母親の名前が書いてある。カサンドラはノートを胸に抱きしめた。泣きたくなった。

小部屋の明かりが弱まりはじめ、室内の温度がさらにあがった。カサンドラはのろのろと振り返り、入口を見た。開いたままの入口に母親が笑顔で立っていて、カサンドラを手招きした。

「お母さま?」

母親が口を開いた。カサンドラが覚えていたとおりの美しい声が、はっきりと響いた。「急ぎなさい、カサンドラ。あなたとエイジャクスに急いでもらわなくちゃフライトに遅れるわ。ゴビ砂漠に行くのよ。マルコ・ポーロが聖櫃をクビライ・ハーンに届けたルートをたどるの。あなたとエイジャクスもついてきなさい。わくわくしない？　ほら、急いで、おちびさん。エイジャクスを呼んで、出発するのよ」

「わたし、ラクダに乗れるの、お母さま？」

母親は大聖堂の鐘のように深く美しい笑い声をあげた。カサンドラの胸はいっぱいになった。わたしの言葉にお母さまが笑ってくれた。

「ええ、あなたもエイジャクスもラクダに乗れるわ。ふたつコブのあるラクダにしましょうね、ふたり一緒に乗れるように」

カサンドラはひとりでラクダに乗りたかったが、黙っていた。双子の兄を邪険にすると、母親はいつも悲しむ。

母親が近づいてきて、カサンドラの顔を両手で優しく包んだ。カサンドラはその手のひらの温もりとやわらかさを感じ、明るいブルーの瞳にかぎりない愛情を見て取った。「あらかじめ言っておくわ。これから行く場所は危険かもしれない。カサンドラ、約束して。わたしの言うことをよく聞いて、そのとおりに従うって」

「悪い人たちが捕まえにくるの、お母さま？」

「悪い人たちはどこにでもいるわ。でも、わたしたちはコハテの者、選ばれし者よ。

わたしたちだけが聖櫃の守護者になれるの。あなたとお兄さまは双子でしょう。この二百年間でもっとも強力なコハテよ。聖櫃を見つけたら、あなたとエイジャクスにあけてほしいの」

「わたしひとりであけたいわ」

カサンドラは母親の瞳に憂いがよぎったことに気づいたが、母親は穏やかに優しく言った。「いいえ。お兄さまと協力しなさい。わかちあわなければいけないの。聖櫃と同じくらい大切な真実よ。さあ、急ぎましょう。荷物を持って、エイジャクスを捜しにいきましょう。冒険ははじまったばかりよ」

母親は入口のむこうに出た。室温がさがりはじめ、照明が明るくなるにつれて、母親の姿はゆっくりと薄くなって消えてしまった。カサンドラはひたいの血と混じった涙が頬をつたうのを感じた。ひとりぼっちだ。いつもそうだった。双子の兄となにもかもわかちあっていたころもひとりぼっちだったけれど、ちがう、いまのこれはぜんぜんちがう。

暑くて退屈で、一日じゅう砂を掘っていたあの旅のことを思い出す。ある朝、エイジャクスとふらふら歩いていて、掘りかけの井戸に落ちてしまい、助け出された。そのあと、母親に言われてイギリスに帰らなければならなかった。

小さな明かりが見えた。母親が金庫室の奥の隅にふたたび姿を現した。カサンドラは駆け寄った。

「お母さま！　どこに行っていたの？」

母親にはカサンドラの声が聞こえないらしく、振り向きもしなければ、うなずいてもくれなかった。目の前にいるのに、いないも同然だった。ふいに、カサンドラは切り立った崖っぷちに立っている母親が見えた。花崗岩の肌は平らでなめらかだ。ひらひらした薄いローブをまとった母親は若々しく、信じられないほど美しい。目の上に手をかざして遠くを見つめている。やがて、また徐々に姿が見えなくなった。

今度は扉の近くに母親が現れた。カサンドラは混乱した。「お母さま、こんなふうにからかわないで。わたしはここにいるわ、ようやくお母さまを見つけたのに」

母親はひとりではなかった。父親と言い争っている。デイヴィッド・メインズは、うつろなまなざしをカサンドラに向けた。「わたしはおまえに殺された。実の娘に殺されたのだ。そのことは彼女も知っているぞ。そう、おまえの母親も知っている」父親が手を伸ばしてきたが、カサンドラは動けず、息をするのもやっとだった。父親の腕から肉塊がぼとりと落ち、骸骨の手がカサンドラの喉をがっちりとつかんだ。「わたしのひとり娘よ、愛娘よ。わたしはいつもエイジャクスよりおまえを愛していた。

わたしにとってふたり目のヘレンだった。それなのに、おまえはわたしを愛してくれなかったな。おまえが愛していたのはいつも母親、母親だけだった。コハテの者しか愛せないからだ。おまえはわたしに毒を盛った。実の父親に。そろそろ犯した罪を償ってもらおう」

カサンドラは骸骨の指が首を絞めはじめたのを感じた。それなのに、動けない。ところが、いつのまにかまたひとりぼっちになっていた。父親の手はもうカサンドラを絞め殺そうとはしていない。父親はもういない。

母親のノートのせいだ。ノートがカサンドラの心に幻影を見せたのだ。カサンドラは遠くの壁にノートを投げつけ、それが跳ね返って床に落ちるのを見ていた。しかし、幻影は止まらなかった。

今度は、墓穴から起きあがった祖父が見えた。体から土塊をぼろぼろと落としながら、智天使の翼を抱えている。「わたしはおまえとエイジャクスに、持てるものをすべて与えてきたのに、エイジャクスはわたしを殺した。おまえたちが父親から異常さを受け継いだことはわかっていたから、こうならないことを望み、祈ってきたのに。おまえの母親もそうだ。おまえは気まぐれに人を殺める。かわいそうに、バーンリーも殺されてしまった。献身的で忠実で、おまえたちよりよほど善い人間だった。おまえとエイジャクスは呪われているのだ、カサンドラ。わたしはおまえを非難する。おまえにコハテの名はふさわしくない」

カサンドラは、そんなことはないと金切り声をあげたかった。反論したいのに、喉が詰まって声が出ない。そのとき、入口にみんなの姿が見えた。そろってかぶりを振っている――アップルトン・コハテから兄までいる。リリスとあのいやな女、エリザベス・セント・ジャーメインもいた。カサンドラが阻止しなければ、コハテの秘密を暴露していた女だ。カサンドラはわめいた。「あんたは失敗したのよ、リリス。死んで当然よ！　お母さま、わたしのせいじゃないわ、エイジャクスが悪いの。わたしじゃない、ほんとうよ！」

死者の数が多すぎて、ほんとうに知っている顔かどうかさだかではない者もいたが、全員が近づいてくる。カサンドラは、このままでは殺されると悟り、悲鳴をあげた。

「お母さま、助けて！」

だが、ヘレンは入口にたたずみ、死者たちがカサンドラを引きずり倒そうとするのを見ている。

「ごめんなさい」母親の悲しげな声がした。「あなたたちに自分の義務をわかってもらおうと、わたしたちは努力したつもりだった。あなたもエイジャクスも、とても賢くて、意欲的だったけれど、歪んでいた。わたしにも、おじいさまにもそれがわかっていたのに、望みを抱き、祈りつづけた。でも、真実に向きあわざるをえなくなった。おじいさまは、ほんとうにあなたたちを助けようとしたのよ。あげくのはてに、あなたたちに殺されてしまった。

おじいさまは、北京に住む大勢の無辜の人々を殺さなければならなかった。わたしのキャンプの跡地から、智天使の翼とわたしが描いた偽の地図をあなたたちに発見させるために。智天使の翼や地図が、あなたたちにとって自分の義務を知り、理解し、受け入れるための道標にはならないだろうと、思ってはいたの。あなたたちは聖櫃の力をほしがっていただけだものね。

残念だわ、カサンドラ。エイジャクスは死んでしまった。二度と生き返らない。あなたもすぐに、あの子のもとへ行くのよ」

「でも、聖櫃はどこにあるの？　お願い、お母さま、教えて。わたしはこの目で聖櫃を見たいの。聖櫃をあけて、わたしのなかに力が流れこんでくるのを感じたいの。聖櫃はわたしを求めてるわ、わたしのことがわかるはず。わたしは聖櫃と一体になる。信じて、聖櫃の力は世界をよくするためだけに使うと誓うわ。約束する！」

ヘレンの頬に涙が流れた。「こうなることはわかっていたけれど、やっぱり胸が張り裂けそう。聖櫃は永遠に、だれにも見つからない。いまも、これからもずっと」

母親の姿は消え、カサンドラはひとり残された。ふたたび室内が寒くなり、空気が乾いた。カサンドラを殺そうとする死者たちはもういない。カサンドラはのろのろと立ちあがった。ノートはどこに行ったのだろう？　ここにあるはずだから、見つけておかなければならない。母親の幽霊に渡してはならない。

きょろきょろとあたりを見まわし、隣の小部屋に戻った。敵がそこにいて、カサンドラをにらんでいる。ニコラス・ドラモンドがノートを持っていた。彼にノートを奪われたことに、どうして気づかなかったのだろう？

グラントがどなった。「爆薬につながった時計は止まっていないぞ！　あと一分十秒しかない」

カサンドラは、嘘だ、これもまた幻影だと思った。グラント・ソーントンは、警備員に殺されて死んだはずだ。でも、さっき見たのはふたりの警備員の死体ではなかったか？　これはすべて幻影だ。だけど、お母さまのノートは？　ドラモンドの両手のなかにある。いいや、そんなはずはない。

幻影だ、さっきと同じ幻影だ、でも――。

カサンドラは絶叫し、彼らに突進した。

79

マイクが叫んだ。「捕まえて！　彼女を置いていけないわ。急いで」

キツネがカサンドラを捕まえ、一度、二度、強く平手打ちした。「しっかりしなさい！」

カサンドラは抵抗をやめた。じっと立ちつくす。手をあげて、キツネにぶたれた頰をこすった。そして、歌うように話した。「わたしを逮捕しにきたの？　わたしが人を殺したから？　全部わたしがやったんじゃないわ。ほんとよ、全部じゃない」ニコラスに向きなおる。「お母さまのノートを返して」

「なんのことかわからないが」

「あなたが持ってたじゃない！　ちゃんと見たのよ！」

「ぐずぐずしている場合じゃない」ニコラスはわめいているカサンドラに手錠をかけ、肩にかついだ。「脱出するぞ。急げ！」

グラントが鋼鉄の扉を閉めた。一行は走りだした。

その直後、ニコラスは背後から爆風に突き飛ばされ、カサンドラを放り出して気を失った。

どのくらい気絶していたのかわからなかったが、気がつくとマイクに腕を揺さぶられていた。「ニコラス、大丈夫？　しっかりして！　こっちに戻ってきて」

ニコラスはかぶりを振り、上から覗きこんでいるマイクの顔に目を凝らした。「マイク？」

「そうよ、わたしはここにいる。大丈夫？」

「ああ。カサンドラは？」

「わからない。爆発が起きて、土煙がすごいの。グラントがキツネを捜してる。わたしはあなたを捜してた」

カサンドラがいなくなった。

ふたりはコントロール室に戻った。ニコラスがマイクの腕をつかむ。「キツネとグラントの行方がわからないが、ふたりは自力でなんとか生き延びることができるはずだ。マイク、きみは先に行け。もうすぐワシントンＤＣを嵐が襲う。嵐を止めないと」

「ドラモンド捜査官」アモスの大声がした。彼はあいかわらず床にしゃがんでジェイソン・コハテを抱き起こしていた。

「がんばってくれ、アモス」ニコラスはマイクに行った。「全員を連れ出してくれ、早く。ぼくもあとからかならず行く」

「きっとよ？」

アモスがどなった。「金庫室が爆発したのか？」

「ああ。カサンドラが逃げた。彼女が行きそうな場所に心当たりはないか？」

アモスはかぶりを振った。

「きみはミスター・コハテを連れてマイクと一緒に逃げろ」

「ちょっと待て。ジェイソンがなにか言いたそうだ。早く、こっちへ」

マイクとニコラスは、アモスを挟んでひざまずいた。アモスが身を屈めた。「たぶん――うん、『手のひら、目、コマンドX』と言ってる。意味がわからないな」

「ぼくにはわかる」ニコラスは屈み、ジェイソンと向きあった。「あなたでなければだめなんですね？」

ジェイソンがまばたきした。

ニコラスはジェイソンを抱きあげ、コンソールの前へ連れていった。「マイク、アモス、早く行け。キツネとグラントを見つけて、ボートに乗りこめ。カサンドラがいないか気をつけてくれ。ぼくもすぐに行く」

アモスはジェイソンを置いていくことに抵抗があるようだったが、マイクに襟首をつかまれ、引っぱっていかれた。

ニコラスはジェイソンを椅子に座らせ、生体認証センサーの上にそっと手のひらを載せてやった。このセンサーは、手のひらの心拍によって認証するものらしい。死人の手では認証されない。

ジェイソンの手に自分の手を重ね、センサーにぴったりと密着させた。

目の前のモニターが明るくなり、ニコラスも完全にはついていけないほどの速度でプロトコルが作動しはじめた。言語は信じられないほど複雑で、コードはニコラスが見たこともなければ、想像すらしたことがないほど洗練されていた。ニコラスはジェイソンの指をキーボードにそっと載せ、JとGのキーを押すのを手伝った。ジェイソンが押したのは、そのふたつだけだった。

ニコラスは、ワシントンDCの近くで渦を巻いていた巨大な雲がどんどん小さくなり、進む速度も落ち、やがて分散して徐々に消えていくのを、驚愕の目で見守った。信じがたい。ありえない。どうしてこんなことができるのか、おそらく一生わからないだろう。ワシントンDCを破壊していたかもしれない嵐が、たったふたつのキーを押しただけで、掃除機で吸い取ったかのように消えてしまった。だが、まさにそのとおりのことが起きたのだ。嵐は漏斗状に立ちのぼって消えた。とてつもない暴風も、すさまじい豪雨もどこかへ行ってしまった。推進力がなくなれば、雲は速度を落として消散する。

ニコラスはキーホルダーからUSBメモリーをはずし、ジェイソンに見せた。「あなたのお仕事がすべて失われるのはなんとももったいない。コードをコピーしてもいいですか?」

ジェイソンはふたたびまばたきしてささやいた。「双子には渡すな、双子はだめだ」孫息子を殺したことも、孫娘が逆上してどこかへ消え、行方がわからないことも、ジェイソンには言わなかった。「はい、安心してください。双子には渡しません」ニコラスはUSBメモリーをスロットに入れた。ほんの一瞬でデータを全部コピーできた。そのことも驚きだ。これほど処理速度の速いコードは見たことがない。ニコラスは、USBメモリーをキーホルダーにつけた。

ジェイソンの手がコンソールからすべり落ちた。ニコラスはその手を取り、生体認証センサーにふたたび押しつけた。

「これを破壊しましょう」第二段階のセンサーを開き、ジェイソンの顔を近づけた。顔を支えてやると、彼は精一杯の力を振り絞り、目をあけた。プラスチックの台にあごを載せ、生体認証センサーが瞳孔を認証するのを待つ。

カチッと音がした。手のひらと瞳孔の二種類の情報が認証された。ジェイソン・コハテはがくりと首を負った。ニコラスは、彼がことされたのを知った。それでも脈を取ったが、やはり指先にはなにも感じなかった。とてつもない破壊と大量虐殺を繰り返し、さらに犠牲を生みつづけた天才の死、これからも理解できないであろう男の死に、怒りと悲しみの両方が湧きあがった。

ニコラスはキーボードでコマンドキーとXキーを同時に押した。

部屋が揺れはじめた。

80

モニターが一面に並んだ壁に、次々とひびが入り、ガラスの破片が飛び散った。ふいに床が割れ、分厚いコンクリートの塊がばらばらになって持ちあがった。ニコラスはとがったコンクリートの塊を飛び越えようとしたが、手遅れだった。足場が崩れ、ニコラスは大きな裂け目に転がり落ちそうになった。コンソールの隅をつかみ、なんとか体を起こした。ふたたび床が振動し、盛りあがってはぱっくりと割れる。逃げ場がない。どっちを見ても、金属とガラスと巨大なコンクリートの塊でふさがれている。

室内の温度が急激にあがっていく。どんどん広がっていく床の割れ目から、溶けた溶岩がふつふつと泡立っているのが見えた。噴き出す熱い蒸気に取り巻かれて周囲が見えず、爆発の音にかき消されそうなだれかの声を頼りに進むしかない。あの声はマイクだろうか？　わからない。

この地獄から早く抜け出さなければ命がない。

よろめきながら、壊れたべつのコンソールにつかまろうとしたが、とがった大きな岩がコンソールを突き破った。ニコラスは、これは休火山がたまたま活動をはじめたのではないと気づいた。ジェイソン・コハテはこの基地を活火山の上に建設したのだ。いままではジェイソンが火山活動すらコントロールしていたが、もう彼はいない。解き放たれたエネルギーが島を破壊しようとしている。

煮えたぎった溶岩のたまった大きな穴をよけたかったが、テーブルに邪魔された。テーブルは床にあいた穴のなかに落ちた。

ニコラスは部屋の中央で足止めを食らっていた。足元ではジェイソン・コハテの遺体が燃え、三メートル先では、彼の孫息子が炎に包まれて、ガラスと溶岩の渓谷へずるずるとすべっていく。

こんなところでコハテの者たちと死ぬのはいやだが、喉がつまり、溶岩の蒸気で両手と顔を火傷しそうだ――。

そのとき、マイクが部屋に入ってきた。騒音と蒸気と波立つ溶岩のむこうから、ニコラスを呼ぶ大声が聞こえた。マイクはどこだ?

「上よ」マイクが叫んだ。「ニコラス、上を見て」

頭上六メートルの高さにある狭い橋状の通路に、キツネの姿があった。溶岩の光が彼女の髪を赤く照らしている。

ニコラスはそれまで通路にまったく気づいていなかった。部屋を突っ切ることはできないが、上に動くことはできる。

一瞬も躊躇せず、テーブルの上に飛び乗った。テーブルは無情にも中央の割れ目へ向かってすべっていくが、ニコラスは体勢を整えてできるだけ高くジャンプした。通路の手すりの下部をつかんだと同時に、テーブルが割れ目のなかに消えていった。周囲の床がどんどん崩落し、広がった穴から泡立つ溶岩があふれ、すべてを呑みこむ。いまでは部屋全体がぐらぐらと振動し、ニコラスは激しく揺れる手すりから振り落とされそうになった。右手で手すりをつかもうとしたが、手がすべった。下に目をやると、コントロール室が大きな赤い穴のなかに吸いこまれ、灼熱の溶岩に焼きつくされていくのが見えた。あのなかに落ちるのはごめんだ。ニコラスは沸騰した溶岩の上に両脚をぶらさげたまま、つかのまじっとしていた。金属の手すりも熱くなり、両手を焼いている。まだ死ねない、マイクを置いていけない。

そのとき、キツネの声がした。「手を貸して、ニコラス！　早く！」

ニコラスが突き出した右手を、キツネはしっかりとつかんで引っぱりあげた。力強い。バランスを崩して前に引きずられないよう、金属の柱に両脚を巻きつけている。

ついにニコラスは片方の脚を手すりにかけた。キツネがすかさず金属のメッシュの床に引っぱりあげてくれた。

ニコラスはすぐさま自分の足で立ちあがった。「キツネ、早く逃げよう。先に行け！　ぼくはすぐ後ろにいる」

キツネはくるりと向きを変えて通路を走りだし、肩越しに叫んだ。「マイクが十メートル先の交差路で待ってる」

息を継ぐひまもない。次の瞬間には金属の通路が溶けるかもしれない。ニコラスは走った。

そして、驚愕した。五メートルほど先で、カサンドラがほほえんで惨状を眺めていた。キツネが脇を通り過ぎても、引きとめようともしなかった。「みんな行っちゃった、エイジャクスもおじいさまも地獄へ行った。地獄がふさわしいわ」突っ立ったたま、もう一度繰り返した。カサンドラは幸せなのだ、とニコラスは思った。

ニコラスはカサンドラの腕をつかもうとした。「行こう、ここから出ないと」

だが、火ぶくれができた手では、カサンドラをしっかりと捕まえることができなかった。彼女はあとずさった。奇妙な微笑を浮かべてニコラスを見ているが、その目はうつろだった。完全に自分を失っている。手首にはまだ手錠がはまっていた。それでも、智天使の翼を抱えている。「お母さまは助けてくれない。でも、これが助けてくれる」カサンドラはそう言うと、手すりを越えて溶岩のなかに飛びこんだ。

ニコラスは、カサンドラが智天使の翼を抱きしめたまま、炎のなかに消えるのを見送った。

どうしようもなかったのだ。ニコラスはふたたび走った。通路の突き当たりは、船着き場に出る廊下のドアだった。マイクがドアの前で急げと叫んでいる。ニコラスは勢いよく助走をつけ、通路の出口から開いたドアまで飛んだ。どさりと着地すると、マイクが助け起こしてくれた。

「早く早く」ふたりは廊下を走った。背後で溶岩がふくらみ、あふれだした。周囲は信じがたいほど熱く、床の色が赤に変わっているのが見えた。間に合うかどうかわからない。

最後のドアから飛び出ると、船着き場でボートがエンジンをかけて待っていた。アモスとグラントが船上で手を振って叫んでいる。キツネがふたりの前に跳び乗った。ニコラスはマイクの手を取り、全力で走った。

ふたりが船着き場からボートのデッキにジャンプしたと同時に、グラントがギアを入れた。ボートがいきなり猛スピードで発進した瞬間、溶岩が海に流れこんだ。海水がたちまち沸騰し、もうもうと蒸気があがる。

ボートは荒ぶる火山から離れ、開けた海に出た。ニコラスは両手と両膝をついて、マイクに全身をさすられていた。マイクがなにか叫んでいる。「ばかっ」という言葉が聞こえたような気がしたとたん、顔中にキスをされた。きつく抱きしめられ、さらにキスをされながら、ニコラスは頬をゆるめた。生きている。マイクもぼくも生きている。

目をあけると、マイクがじっとこっちを見つめていた。彼女の声は、瓶のなかにいるように聞こえた。あなたのもとへ行けなかったとか、でもキツネは行けたとか、大丈夫なのかとか言っているようだが、はっきりと聞き取れない。それでも、ニコラスはうなずいた。体を起こしたとたん、耳のなかでなにかがポンとはじけるような感覚があり、ふたたび周囲の音がはっきりと聞こえるようになった。キツネとグラントが舵輪の前で寄り添っているのが見えた。ボートはスロットルを全開にして、全速力で進んでいる。アモスはボートの手すりにつかまり、涙と水しぶきで顔を濡らしていた。

マイクが島のほうを指さすので、ニコラスは振り返った。解放された火山が息を吹き返し、空高く大量の溶岩を噴きあげ、灰の雲をまきちらしている。山肌を溶岩が流れていく。

グラントがデッキの三人の前へ来た。「どっちの方角へ行けばいい？」

アモスが答えた。「まっすぐでいい。しばらくしたら、南へ十度」

島から充分に離れてから、ボートは速度を落とした。だれもが振り返り、火山のショーを眺めた。電磁場は永遠に消えてしまった。火山はどうなるのだろう？　被害はどれくらいになるだろう？　ニコラスには、大量の火山灰が降ってくるのを予測した。だが、周囲は行けども行けども海以外になにもない。

ニコラスはマイクに言った。「ジェイソン・コハテがぼくたちを救ってくれた。彼の手のひらと瞳孔が必要だったんだ——嵐を止めるまで、ジェイソンは生き延びてくれた」つかのま黙りこむ。「いままで生きてきて、あんな現実離れしたものは見たことがない。巨大な嵐の雲が陸地に迫っていたのに、突然、ばらばらに散って消えたんだ。ジェイソン・コハテ本人の許可を得て、彼のファイルをもらってきた。それからもうひとつ」と大声で言う。「キツネ、命を救ってくれてありがとう」

キツネはニコラスを見て、マイクのそばへ来ると、にっこりと笑った。

アルバトロスのそばにボートを着けると、ラファエルは一行を見てかぶりを振った。「スネリング船長とアルドーはもう乗ってる。あんたたち全員が乗ったら、墜落しちまう」

そのとき、島からすさまじい轟音が聞こえた。

「あんたら、悪魔《エル・ディアブロ》を起こしちまったな」

マイクはのけぞって叫んだ。「悪魔に長い腕がなくてよかったー。わたしたち、もう大丈夫ね」

ニコラスはラファエルに言った。「五人乗っても大丈夫かな？」

「まあ飛んでみよう。みんなが軽かったら大丈夫だろう」

「軽いさ」

ニコラスは、マイクがアモスを抱きしめ、なにかをささやき、また抱きしめるのを見ていた。

「どうした？」

「アモスはネブラスカ州ホートンの出身なんだって。オマハの近くよ。わたしの父さんに電話をかけて、仕事を紹介してもらったらいいって言ってたの」

ニコラスとマイクは、グラントと握手をした。ニコラスはキツネに向きなおり、赤く腫れた両手を取って身を乗り出した。「助けてくれてありがとう。これで何度目かな。それからキツネ、今度、聖遺物を盗むときは、よくよく考えてくれよ」そして、キツネを夫に託した。

「さあ、行ってくれ、ラファエル。マイクとぼくは、ここできみが迎えにきてくれるのを待っているはずだ」ニコラスは、ラファエルが大事な食券となるマイクと自分をかならず迎えにくると信じていた。マイクと並んでボートのデッキに立ち、飛行機が波の上をすべっていき、スピードをあげて空中に舞いあがり、キューバへ帰っていくのを見送った。

ニコラスは上空へふくらんでいく灰の雲を見やった。シャツはぼろぼろに破れ、パンツも裂けて汚れている。体のどこもかしこもずきずきする。頭も両手も、髪すら痛い。シャワーを浴びる気力もなさそうだ。いまなによりしたいのは、一週間ぶっつづけで眠ることだ。

一方、マイクの髪もくしゃくしゃにもつれ、灰の縞模様がついた顔は、ニコラスに負けないくらい汚れている。服も破れて汚い。それでも、マイクは美しい。笑みを浮かべてニコラスを見あげている。どうして笑顔になれるんだ、とニコラスは思った。あんな目にあったのに、それでも笑っている。

マイクがニコラスの頬に指先でそっと触れた。「ラファエルが戻ってくるまで、どれくらいかかると思う？」

「一時間くらい。もっと短いかもな」

「ニコラス、子どものころにジェームズ・ボンドの映画を観たことはある？」

「全部観ている。でも、好きなのはショーン・コネリーがやってる古いやつだ。なぜ？」

「ボンドとヒロインがボートで救出されるのを待つやつは観た？」

「ああ、観たよ。たしか、日本海にいるって設定だった。でも、じつはバミューダで撮影したそうだ。残念ながら、ふたりの乗ってる救命ボートの下から潜水艦が現れて、捕まってしまうんだ」

　マイクは目の上に手をかざし、その場でくるりとまわった。「潜水艦はいないみたい」

　ニコラスは、それまでの人生で何度か経験した意外な展開に思いを馳せた。いままでは、数年前にはまったく知らなかった人々のいない人生など考えられない。彼らはいい人たちだ。命がつきるまで闘う人たちだ。いま現在が一番愛おしいと思っていることを、ニコラスは実感した。マイクも自分も生きている。生き延びたのだ。ニコラスは頬をゆるめた。「よし、それならば」

81

二〇〇六年
ゴビ砂漠
マイソール・ベースキャンプ

ヘレン・コハテは目の上に手をかざし、沈む夕日の輝きをさえぎった。彼女は現場監督のトーマス・ザーン博士に支えられ、大きな縦穴の縁に立っていた。

「トーマス、あとどれくらいかかる？」

「限界まで急いでるよ、ヘレン。これ以上急ぐと、砂が崩れてみんな埋まってしまう」

「ここにあると、わたしにはわかるの。感じるのよ」

ほんとうだ。耳のなかでブンブンと音がする。分光計は必要ない。聖櫃が眠っている場所に立つだけで、エネルギーが足から全身へ流れこみ、頭のなかに光があふれ、遠い昔の記憶が点滅しはじめる。その記憶は、ヘレンのものではなく、ヘレンの体を流れる血の源流である祖先のものだろう。ぞろぞろと歩き、荷車を引き、子どもを抱えている大勢の人々が見える——頭のなかの映像は一瞬で消えるけれど、それが本物の記憶であることは魂のレベルで知っている。聖櫃と一体になったとき、すべてが見え、すべてが理解できるだろう。

ヘレンはこのうえなく祝福されている気がして、そわそわした。何年もこの瞬間を待っていたのだ。小声で「早く、早く」とつぶやきながら、身じろぎもせずに穴を見つめた。

暑い日で、肌に噛みつく小さな虫がヘレンの頭のまわりを飛びまわっているし、砂はどんどん穴の底にたまっていく。けれど、ついに、ついに、砂を取り除き、穴を補強することができた。

トーマスがささやいた。「ここだ、ヘレン。ここにあるんだ。木箱が埋まっていた。簡素な十字架のしるしが描いてあった。十字架だけだ、ほかにはなにも書かれていない。見てごらん」

ヘレンは目を閉じて心のなかで祈りを唱えた。それから、ぎりぎりまで穴の縁に近づいた。ブンブンという音が大きくなった。「あなたたち、これが聞こえる?」

そろってぽかんとした顔がヘレンを見あげた。やはり、聞こえるのは自分だけなのだ。聖櫃の所有者は自分だけだ。

「運び出して」声に出してそう言うと、体が震えた。

ロープで聖櫃を引き揚げる装置は、ずっと前に完成していた。木箱はすぐに持ちあがった。茶色とオレンジ色のサソリがばらばらと落ち、そそくさと逃げていく。木箱は丁寧に地面におろされた。

作業員たちの興奮した声のほかに、接近している嵐の低いうなり声が聞こえた。全員の目がいっせいに注がれるなか、ヘレンはトーマスが差し出したバールを退けた。木箱の蓋にそっと手のひらを当てる。木がピシッと割れるかすかな音がして、蓋が持ちあがった。ブンブンという音はどんどん大きくなり、いまでは甲高く聞こえるまでになっている。手をすべらせただけで、木の板は簡単にはずれた。作業員たちは、板が腐っていたから触れただけで割れたのだと考えているにちがいない。けれど、板はまったく腐っていない。日光を浴びて金色に光るものが見えたとき、ヘレンの心臓は止まりそうになった。

金色の智天使が二体、翼を広げ、聖櫃を守るように覆いかぶさっている。泣いているようにも見えた。ヘレンは手を伸ばして智天使に触れた。彼らを慰め、わたしはここにいると伝えたいような気がしたのだ。

「やっとあなたたちを見つけたわ」ヘレンはささやいた。「わたしたちは一緒にいる運命だったの」

背後から、トーマスの小さな声がした。「じつに美しい」

作業員は自然に拍手をはじめ、歓声をあげた。「やりましたね。聖櫃を見つけたんですね！」

ヘレンは静粛にと手をあげた。ここでこんなことをすべきではない。いまはだめだ。千年のあいだ、神が取っておいてくださったこの贈り物を目にしてもいけない人々の前では。けれど、聖櫃が穴の奥底から低く振動する声で、執拗に呼びかけてくる。ヘレン、ヘレン、ヘレン、ヘレン。

トーマスが身を乗り出してきたが、ヘレンは手を振ってさがらせた。蓋が重たくて持ちあがらないと思っているのだろうか？　ヘレンはほほえみ、蓋に手を置き、それが拍動し、呼吸しているのを感じた。指で蓋を押す。強くたたいたかのように蓋はずれ、砂の上にどさりと落ちた。智天使の翼の一枚が折れた。

いともたやすく蓋があいたことに、その場のだれもが驚きの声をあげ、智天使の翼が折れた瞬間に息を呑む音がした。彼らの目に不安を見て取った。聖書の呪いを恐れているのだろうか？　それともヘレンを？　トーマスが屈んで翼を拾おうとした。

「だめ！　さわらないで、トーマス」

トーマスはヘレンの顔をまじまじと見つめながら、ゆっくりと体を起こした。古くからの友人であり、ときには愛人でもあった、優秀で献身的なトーマス・ザーンは、いつもヘレンのそばにいた。ヘレンの腹心だった。それなのに、こんなふうにいきなりさえぎられてとまどっているのが、ヘレンにはわかる。

ヘレンは手をあげた。「大丈夫、心配しないで。蓋が飛んだのは、なかにたまったガスのせいよ、それだけのこと」事実ではないが、彼らにわかるわけがない。「翼は修復します。問題ないわ」数人が顔をそむけた。残りの者は、問題ないという言葉を信じたのだろうか？　どちらでもかまわない。

聖櫃の前でひざまずき、なかを覗いた。聖櫃は金色の外殻に包まれている。ヘレンが想像していたよりも小さい。もっとも、聖書に書いてあるサイズを覚えてから、ずいぶん時間がたっている。

聖櫃本体の蓋は縄で縛ってあった。人差し指で古い縄をなぞると、縄はぱちんとはじけて切れた。蓋が持ちあがり、砂漠の太陽のようにまぶしい光がヘレンの顔を照らした。その温もりは優しい愛撫のようだ。光は明るさを増し、燃えるようなまばゆい輝きに変わったが、ヘレンは目を閉じなくても平気だった。身を乗り出して光を吸いこむと、数千年の命の力が全身に流れこんできた。ヘレンはその力を浴び、全身にため、受け止めた。

声がヘレンを満たした。男でも女でもなく、人間でも獣でもなく、千の声のようにも、たったひとりの声のようにも聞こえ、ヘレンの体のなかで鐘のようにこだました。


ヘレン・コハテ。あなたの一族は、はじまりのときに選ばれた幸いなる者たちであり、わたしの唯一の守護者であるのに、かつてわたしを失った。わたしを見つけた以上、わたしを保護し、危険から守らねばならぬ。あなたの子どもたちから守らねばならぬ。彼らはわたしの力を利用して世界を害することになる。あなたよりほかの者にわたしを見せてはならぬ。わたしの守護者にふさわしい者はあなただけである。

わたしをだれの目にも触れぬ場所に隠せ。ここにいる者たちがわたしの存在を世界に広めることがあってはならぬ。実行せよ。


ヘレンは目を閉じた。聖櫃の言葉が体中を巡り、ヘレンはためらいなく答えた。

「コハテ家の先人同様、わたしもあなたを守る定めを負い、あなたを守ると誓います」

「ヘレン？　ヘレン！」トーマスが耳元で叫び、腕を引っぱっていた。

千の声がひとつにそろって命じた。実行せよ、ヘレン。ただちに実行せよ。声はやみ、まばゆい光は消え失せ、蓋がぴしゃりと閉まった。ヘレンはふたたびゴビ砂漠にいて、作業員たちと向きあっていた。ひとり残らず不安と畏怖の表情でヘレンを見つめている。そして、トーマスは、大切なトーマスは、もはや知らない人になってしまった。

ヘレンは立ちあがり、パンツの砂を払った。自分はヘレン・コハテ、このグループのリーダーだ。「トーマス、聖櫃をトラックに積んで。新しい木箱を作ってちょうだい。この古い箱は板が腐っていたわ。翼が穴に落ちてしまったから、拾っておいてね。みんな、よくやったわ」つかのま黙り、全員にほほえみかけた。「がんばってくれてありがとう。帰国したら、世界がわたしたちの足元にひれ伏すわ」トーマスの背後を見やる。「急いでね。あと二時間で砂嵐がここに到達するから」

この状況にふさわしく、かすかに興奮をたたえながらも、まったく普段と変わらない声が出せた。トーマスはまだヘレンの顔を探るように見ている。「聖櫃のなかになにがあったんだ、ヘレン？」

ヘレンはほほえんだ。「かぎりない優しさよ、トーマス。かぎりなく受け入れてくれるもの。ほかの者に二度と蓋をあけさせないようにしなければならないわ。嵐が来る前に、梱包してトラックに積みましょう」

ヘレンは後ろにさがり、作業員たちが興奮気味にてきぱきと指示に従うのを眺めた。一時間もかからずに、新しく組み立てた木箱で聖櫃を梱包し、トラックの荷台に積みこむことができた。ヘレンは作業員全員の顔を記憶した。決して忘れたくないし、絶対に忘れることはない。彼らは自分の一部になるのだから。

トーマスが折れた翼を持ってきた。ヘレンはそれを腕に抱き、縁に小さな文字が書かれていることに気づいた。読むと、それは警告だった。

この扉のむこうに強力な武器がある。扉をあければ死ぬ。

愛おしいトーマスや作業員たちの顔を見つめた。だれもがうれしそうに興奮しているが、なかには、怪訝そうにヘレンを見返してくる者もいた。ヘレンは思った。無理だ、自分の人生とわかちがたいほど親《ちか》しい人々の命を奪うことなどできない。いくら聖櫃にそう命じられても無理だ。彼らの不用意なひとことがふたたび貴い聖櫃を危険にさらし、また千年のあいだ失われることになるかもしれないとわかっていても。

やっぱり、彼らを殺すことなどできない。

ヘレンは黙って立ちつくした。頭のなかで声が大きくなっていた。大勢の声なのにひとつにまとまった声、男でも女でもない声は、催眠術のように気持ちを穏やかにさせてくれるが、ヘレンには理解できない奇妙な言葉を何度も繰り返しささやく。ただ、その言葉はヘレンに向けられたものではない。そう、ヘレンのための言葉ではない。

作業員たちはためらわなかった。ひとり、またひとりと長くまっすぐな列を作るのを、ヘレンは見ていた。トーマスも彼らに連なってひざまずきながらヘレンにほほえみ、ほかの者たちと同様にこうべを垂れた。ヘレンは、彼らがうつ伏せに倒れるのを眺めていた。

ヘレンはひとりひとりの喉に触れて脈を確認した。ひとり残らず死んでいた。目を閉じて祈りを唱えたが、聖櫃が犠牲になった彼らを抱きしめて慈しんでくれるだろうと、ヘレンの魂はわかっていた。

そのあと、発掘現場を封じた。折れた智天使の翼と、土壌サンプラーに入れた地図を穴のなかに落とした。いつかカサンドラとエイジャクスが見つけるだろう。ふたりのためのものだから、かならず見つける。あのふたりは、彼らの奥深くに巣食い、いまの彼らを作ったものに従って行動するだろう。そうなったら、なにが起きるのかは決まっている。そこから逃れるすべはない。自分が嘘をついた、それもはなはだしい嘘をついたことは承知しているが、もはや自分の手が地図になにを描いたのか思い出せない。おそらく、その言葉は子どもたちのなかに善と真実を育んでくれるかもしれない。こんなに絶望は深いけれど。どうか、お願い。ヘレンは死んだメンバーを振り返り、涙を拭うと、宿命へ向けてひとりトラックで出発した。

砂嵐がゴビ砂漠に吹き荒れたが、逆巻く砂はトラックに決して触れなかった。

82

現在
キューバ

マイクとニコラスを乗せたアルバトロスがプレストン飛行場にふたたび着陸し、FBIのビジネスジェットに近づくにつれて、クランシーとトライデント、それにアダムとルイーザが、FBIのビジネスジェットのタラップで拍手をしながら歓声をあげているのが見えてきた。

アルバトロスがなめらかに停止すると、満面に笑みを浮かべたラファエルが手を振りながら飛び出していき、外でマイクとニコラスを待った。だれもが興奮し、あれこれ訊きたがり、ふたりがもう知っていることをそれぞれの視点からまくしたてた。マイクとニコラスは、ようやく自分たちが話す番になると、ときどき声をあげて笑いながら長々としゃべりつづけた。

アダムが言った。「ミスター・ザッカリーは絶対に信じてくれないだろうな」

「そんなことはないよ」ニコラスは答えた。「ザッカリーにはまめに報告しているし、まあ、ほとんどの話は信じてくれる」

「一部の話は信じてくれるわ――信じるしかなければね」マイクが言った。「でも、もう一度電話をかけて、世界はまだしばらく生き延びるだろうって報告しなくちゃ」

ようやく全員の興奮がおさまってきた。アダムがかぶりを振った。「やっぱり信じられないよ。火山が噴火したことはここからでもわかったし、もう火山灰が降りはじめて、風に乗って大西洋に広がってる」

ニコラスは尋ねた。「スネリング船長とアルドーはどうした？」

アダムが答えた。「ここの職員にお金を払って、車でハバナへ送ってもらった。キツネとグラントだけど、三十分前にビジネスジェットが迎えにきた。グラントの部下に連絡を取れと言われてたからそうしたんだ。グラントとキツネは、ほんの数分前にそのジェットでどこかへ飛んでいった。行き先は知らない。とりあえず、さよならは言えたけど」

「たったいま出発したばかりだなんて、ああもう」マイクは言った。

ニコラスがかぶりを振った。「まさかふたりがここでぼくたちを待っているとは思っていなかっただろう、マイク？」

もちろん思っていなかったが、そういうことを言いたいのではない。マイクはニコラスの顔を見た。「わたしたちが帰ってきたときには、キツネとグラントがいないだろうとわかってたんでしょう？　迎えが来ていなくても、ふたりはいなくなってたはずよ。あなたはキツネにさよならを言えたからいいんだろうけど」

「ああ、そうだった。ごめんよ、きみもキツネにさよならを言いたかったのか」

こんなふうにニコラスにほほえみかけられると、彼に腹を立てることなどできない。とくに、いまはマイクも満ち足りた気分で、しかも元気がみなぎっている。ただ、キツネには借りがある。返しきれないほどの借りが。そのことをキツネ本人に伝えて、一生恩に着ると言いたかった。

マイクは小首をかしげた。「ニコラス、わたしはグラントにもさよならを言いたかったの。あの人はすごいわ、そうでしょう？　タフで強くて、容赦なくて」小さくかぶりを振る。「想像して、わたしがあの人と一緒に危険な任務に出かけたら——」

ニコラスがぎょっとしたのが、マイクにはわかった。〝あいつを殺してやる〟的な表情はすぐに消えたけれど。彼はにこやかに言った。「マイク、ぼくも彼ともっと話をしたかったよ」

マイクはうなずき、アダムに向きなおって眉をあげた。「キツネとグラントの自宅がどこにあるのか、教えてくれる気はないんでしょ？」

「拒めないような条件をつけてくれないとね」

いや、どんな条件をつけようが、マイクは秘密を守るはずだ。

ルイーザが言った。「あなたたちふたりがひどいなりで帰ってくるだろうとは思ってたけど。服はぼろぼろ、あちこち痣だらけ火傷だらけ、唇は裂けて、たしかにひどいなりなんだけど――」眉をひそめてふたりを眺める。「やけに機嫌がよくて、リラックスしていて……」

とたんに、ルイーザは目を見ひらいて大笑いしはじめた。アダムのそばへ行き、なにか耳打ちする。アダムはマイクとニコラスにさっと目をやり、うなずいた。「うん、そうだね、そこはザッカリーには報告しないいんじゃない？」

ニコラスは両手を打ち鳴らした。「よーし、もういいだろう。みんな飛行機に乗れ。ぼくはわれらがパイロットと仕事の打ち合わせをしてからすぐに行く」

ニコラスは、ラファエル・グズマンとの約束を実行に移した。

ラファエルは、FBIの新しいビジネスジェットが見えなくなるまで見送ってから、携帯電話で妻に電話をかけ、マイアミに移住して二度とキューバには戻ってこないから、荷物をまとめるようにと話した。

ビジネスジェットが巡航高度に達し、だれもが食事をとり、水分を補給して、ブランケットにくるまったころ、マイクはジャケットのポケットからヘレン・コハテのノートを取り出した。

ニコラスがマイクからノートに目を移した。「溶岩のなかに沈んだものと思っていた。どうして持ち出せたんだ？」

「通路の鉄格子の端に落ちていたの。あなたのポケットから落ちたんだと思ってた」

「ぼくじゃない。カサンドラが落としたんだろう」

「彼女は智天使の翼しか持っていなかったような気がするけど。まあとにかく、ボートへ走っているときにノートを拾ったの」

ルイーザが言った。「キツネが言ってたわ、金庫室にヘレン・コハテのノートがあったけど見失ってしまったとか。なにが書いてあるの、マイク？　アダム、起きて、ヘレン・コハテのノートよ。あなたも聞いておいたほうがいいわ」

ブランケットの下からアダムがもぞもぞと顔を覗かせた。「わかったわかった、そんなに引っぱられたら腕が抜ける。その話、聞かせてもらうよ」

マイクは言った。「知ってのとおり、コハテ一族は日誌が好きよね。アップルトン・コハテの日誌はエリザベス・セント・ジャーメインの伝記のもとになったし。でも、このノートは日誌じゃないわ。毎日書かれたものじゃない。二〇〇六年にヘレンがゴビ砂漠で行方不明になった数日後に書かれた父親宛ての手紙よ。行方不明になる前ではなくあとね。ということは、ジェイソン・コハテは娘が生きていることを知っていたのに、カサンドラとエイジャクスには隠していた。いまから手紙を読むわ」

親愛なるお父さま

わたしは聖櫃を発見しました。いまでは聖櫃の守護者となっています。聖櫃を永遠に守れるかどうかはわたしにかかっています。お父さま、聖櫃の力は強烈です。わたしの頭も体も魂も力で満ち、生命を吹きこまれています。

わたしだけが聖櫃のものとなりました。ふるさとに帰ることができないのは心残りですが、そういう宿命だったのです。聖櫃がそうはっきり言いました。なによりもつらいのは、カサンドラとエイジャクスと二度と会えないことと、ふたりの将来を見届けられないことです。お父さまにもわたしにも、ふたりの将来は変えられません。でも、わたしは知っています。お父さまは限界に達するそのときまで、ふたりを変えようと努力してくださることを。

わたしはもう行かねばなりません。これはお別れの手紙です。お父さまを愛していますし、お父さまはいつもわたしの憧れであり、その知性でいつもわたしを驚かせていました。どうか、わかってください。わたしはいま、人生で最高に幸せです。聖櫃は——わたしたちは、安泰です。二度とだれにも見つかることはありません。

ヘレン

愛をこめて

83

大西洋上

目をあけているのはマイクとニコラスだけだったが、ふたりとも疲れていた。ニコラスはマイクの肩をマッサージし、ファロウ・オン・グレイのニコラスの実家に行くか、それともオマハのマイクの実家に行くかと話していた。

ニコラスの肘掛けのボタンが鳴った。

クランシーだ。「ニコラス、ロンドン警視庁から暗号化したメールが届いてるぞ。ギャレス・スコットじゃないか？」

「ありがとう、クランシー。ぼくの携帯に転送してくれ。スコットランドヤードのぼくの古い同僚を覚えているか、マイク？」

マイクがうなずくと、ニコラスはつけくわえた。「ぼくがヤードを辞めてＦＢＩに移ったとき、ペンダリーはギャレスを昇進させたんだ。さて、ギャレスはなにを書いてきたんだろう？」

ニコラス、セント・ジャーメインとメインズの事件について報告する。検死審問で、ふたりがフォートナム・アンド・メイソンの紅茶に仕込まれたジギタリス――俗に言うキツネノテブクロだ――によって中毒死したと断定された。ジギタリスの毒が心停止の原因だった。リリス・フォレスター・クラークが容疑者だが、本人が死亡しているため、おそらく真実はわからないままだろう。詳細が知りたかったら、連絡をくれ。それまでに死ぬんじゃないぞ。そう、きみの元奥さんのパメラがロンドンに来ている。夕食をともにしたよ。

ニコラスは返信した。〝ありがとう。パメラには気をつけろよ、ギャレス〟一瞬ためらい、〝ほんとうに〟とつけたした。それから、送信した。

マイクがニコラスの顔に触れ、またあくびをした。

「ギャレスの言うとおり、真実はわからないでしょうね。カサンドラとエイジャクスのことも、ふたりがしてきたことのすべても。でも、ほんとうのことを言うと、わたしは知りたくないいな」

「ジェネシス・グループがまともな仕事をつづけて、考古学界を支援しつづけてくれ

ると いいね」

「そろそろ休みましょう、ニコラス。眠らなくちゃ」

だが、ニコラスは眠れず、とうとうUSBドライブを取り出してノートパソコンに差した。

「ジェイソン・コハテのパソコンからもらってきたの?」

「きみも起きていたのか? ああ、ジェイソンのパソコンからもらってきた」ニコラスはスクロールをはじめ、しばらくして手を止めた。「天体物理学者のチームに分析して翻訳してもらわないと。それでもぼくたちに理解できるかどうかわからないけれど」座席にもたれ、マイクを抱き寄せた。「想像してくれ、マイク。意のままに稲妻を光らせ、暴風雨を呼び、砂嵐を起こし、ハリケーンを吹き荒れさせるって、どうすればそんなことができるんだろう? 空気中の水分が雲になって雨が降るという原理はだれでも知っている。不安定な大気が上昇することもね。不安定な大気を急速に上昇させるには、かなり温めなければならないこともわかる。あのコイルとレーザー装置があれば――あれはほんとうに驚くべき発明で、ぼくには理解できないよ」

「天体物理学者には理解できるの?」

ニコラスはにっこり笑った。「どうかな」

「天体物理学者がコイルとレーザー装置を複製することができたらどうなるの、ニコラス？　その人は第二のジェイソン・コハテになるんじゃない？」

「上層部にまかせるしかないな。ハヴロックが作った小型核爆弾も処理しているから、この件もなんとかするだろう」

「その小型核爆弾はどうなったか、詳しく知ってる？」

ニコラスは眉根を寄せた。「知らないな」

「ほらね。どこかの犯罪者かスパイが小型核爆弾を手に入れて、敵に売っちゃったかもよ」

ニコラスは手のひらに載せたＵＳＢドライブをじっと見つめ、キーホルダーにつけてポケットにしまった。

マイクはあくびをしながらニコラスにほほえみかけた。「仮眠をとる前に、もうひとつ仕事が残ってる」

ニコラスは褐色の眉をあげた。「仕事っていう言い方をするのか？　また？　きみは疲れていないのか？　マイク、ボートですでに――」

「はい、そこまで。そうじゃなくてザッカリーに電話をかけましょう。面と向かってどなられるより、三万五千フィート上空でどなり声を聞くほうがましよ」

ザッカリーはどならず、安堵をあらわにした。どうやらキツネ——フォックスから電話がかかってきて、一部始終を聞き、すべての疑問に可能なかぎり答えてもらったらしい。「きみたちふたりとも英雄だ、世界の大恩人だとさ。電話越しにキスをされて、話をすることは二度とないだろうけれど、よい人生を、これからもきみたちとまちがいなく刺激的な毎日を過ごすことになるだろうから楽しんでくれ、とも言われたぞ」

キツネがザッカリーに電話をかけた？　ぼくたちを英雄だと言った？

「あの、キツネがぼくの命を救ってくれた——それも二度救ってくれた話は聞きましたか？」

「もうひとつ忘れてる。ヴェネツィアで待ち伏せされたでしょ」マイクが大声で言った。「あのときもキツネが現れた」

つかのま沈黙がおりたのち、ザッカリーが言った。「いや、その話は聞いていないぞ、ニコラス。だから彼女を逃したのか？」

「逃がすまでもなく、ぼくらがキューバに戻ってきたときには、キツネは夫と逃げていましたよ。行き先は知りません。グラント・ソーントンが勤務している警備会社のスタッフが迎えにきて、ふたりを連れていってしまいました」

ザッカリーはため息をついた。「国際的な犯罪者についてこんなことは言いたくないんだが、どうも彼女のことは憎めない。きみたちのことを英雄だと言われたとき、背後で男の笑い声がした。彼女の夫だろうか？」

「たぶん。怖いもの知らずですよ」マイクが言った。「それに、キツネのことをよくわかってるみたいです」

ザッカリーはまたため息をついた。「なぜものごとは白黒はっきりしていないのかね。まあいい。はっきりしていたら退屈だ。キツネより前に、サビッチからも電話がかかってきた。巨大ハリケーンがワシントンDCに向かっていたのに、不意に消えたのは、きみたちの功績にちがいないと言っていた。気象学者も、まったく説明がつかないと面食らっていたそうだが、まあよかった。言うまでもなく、謎のままだろうな。

さて、こっちで二、三日休んだら、またイタリアへ戻らなければならないぞ。カステル・リゴネの警察とカラビニエリの聴取を受けてこい。きみたちがトンネルに放置してきた死体以外にも、ハイウェイで大破した車両のなかで死体が見つかったそうだ。もうひとつ。カステル・リゴネのナンドという警視から、カラビニエリのルッソ少佐が逮捕されたと、きみに伝えてくれとのことだった。なんのことかよくわからないが、きみに伝えればわかると」

じつにいいニュースだ。こんな世界でも正義が実現することがあるとわかるのは、悪くない気分だ。

ニコラスは言った。「いったん帰国するより、ぼくもアダムもルイーザもマイクも、さっさとカステル・リゴネの警察と話をすませて、ヴェネツィアまで何日かかけてドライブしたいんですが」

ザッカリーは笑い、カナル・グランデに落ちるなよと言って電話を切った。

「ヴェネツィアに行くの、ニコラス？　ほんとに？」

「ケイン捜査官、ぼくはいつかヴェネツィアの夜を楽しもうと約束しただろう？　アダムとルイーザも大賛成だ。もう予約はしてある」

「どこに？」

「それはお楽しみに」

84

土曜日の夜

イタリア　ヴェネツィア

カッレ・ヴァッラレッソ　ハリーズ・バー

〈ハリーズ・バー〉は、一九三一年からカナル・グランデの河畔に凛とたたずむ小さなレストランだ。まちがいなくヴェネツィア一の有名店で、ベリーニで知られている――プロセッコに桃のピュレをくわえたカクテルだ。マイクは楽しみで待ちきれなかった。

ニコラスは洒落たグレーのカシミアのジャケットにパンツ、しわひとつない白いシャツに黒のネクタイを締め、罪深いまでにやわらかい黒のイタリア製ローファーを合わせていた。ホテルにもハリーズ・バーにも近いリアルト橋そばのジョルジオ・アルマーニで、昼間に買い求めたものだ。荷物に入っている服では満足できなかったのだ。しかも、ヴェネツィアにはバーニーズがないから、しかたない。

自分の服をそろえたニコラスと店員にそそのかされ、マイクは黒いドレスを試着した。店員がドレスに合わせて持ってきた十センチのピンヒールを履いてみる。だめだ、絶対にいつものバイカーブーツがいい。

ニコラスは笑いながらそれでいいと言った。ニコラスは反対するだろうか? 合衆国大統領にバイカーブーツで会って問題なかったのなら、ヴェネツィアでも問題ないだろう。

ハリーズ・バーのドアをあけてなかに足を踏み入れたとたん、マダムが飛んできて、映画スターが来たかのようにニコラスを迎えた。マイクは無理もないと思った。マダムはボーイ長を追い払い、店内中央の一番いいテーブルにふたりを案内すると、予約席の札をさっと取り去った。そのあいだずっと、ニコラスがだれか気になるのか、彼のほうを何度もちらちらとうかがっていた。

マイクは、周囲に美しい人もそうでない人もいるが、みんな一様にドレスアップし、ダイヤモンドをきらめかせていることに気づいた。顔を知っている有名人も三人いた。彼らは狭い店内を悠然と突っ切り、二階へ向かっていた。ひとりが立ち止まり、マイクをじっと見てほほえむと、小さく敬礼した。

「いまの、マーク・ラファロじゃない?」

「ああ、たぶん。後ろにスタンリー・トゥッチがいたな。一緒に映画を撮ったばかりだ」

マイクはナプキンをいじった。「やっぱりバイカーブーツにこだわらないで、あの十センチのとんがりヒールを買えばよかった」

「いや、バイカーブーツのおかげで、ラファロはきみによだれを垂らさんばかりだったぞ」

その楽しい映像を追い払うのはもったいないような気がする。「母が——ゴージャス・レベッカがここに座っていたら、ラファロはどうしていたかしら。両手両膝をついて、母の足元で子犬みたいにハアハアあえいだかも」

ニコラスは、ラファロはマイクを肩にかついでベッドに直行したそうな顔をしていたと思ったが、あえて口にしなかった。今夜のマイクはポニーテールではなく、つややかな髪を肩に垂らし、片側を金のクリップでとめている。ニコラスはマイクの手を取り、指にキスをした。一度たりとも彼女から目を離さなかった。「正直言うと、いま思えば、ボートでラファエルが迎えにくるのを待っていたとき——あのときの格好も、すごくよかったよ」

マイクが吹き出したと同時に、ウェイターがベリーニを持ってきた。

ふたりは乾杯し、ひと口含んだ。まさに神々の飲み物の味わいがして、マイクは一気に飲み干し、おかわりを注文したくなった。だが、二杯も飲めば、カナル・グランデを飛び越え、ルイーザとアダムの乗っているゴンドラに降り立ってふたりにキスをしてしまいそうだ。

「ナイジェルに電話して、アルマーニで買い物をしてしまったと告白したんだ。でも、ナイジェルはどうやってきみとぼくがワシントンDCを救ったのかって話ばかりしたがった。世紀末みたいな暴風雨がDCを直撃しそうだというニュースが流れて、みんなパニックになって車で逃げようとしたものだから、ひどい交通渋滞が起きたらしい。ところが、いきなり巨大な雲が消えた。その理由はだれにもわからない。ナイジェルに、どうしてきみとぼくがなにかしたと思ったのか尋ねたら、笑われてしまったよ」

「帰ったら、冒険の話をしてあげるの？」

「そのつもりはないけど、ぼくの執事はなぜか知りたいことをなんでも知ることができるんだ。そうしたら、彼を買収して、両親と祖父には黙っていてくれと頼まなければならないよ」

「あら、わたしはやっぱり家族に話すわ。全部じゃなくて、わたしたちが間抜けに見える部分は省いて、かっこよく見えるところだけね。父は感心するだろうし、母はわたしの爪が無事かどうか知りたがるでしょうね」

ニコラスは、自分とマイクにベリーニのおかわりを注文した。

「アダムとルイーザも一緒に来ればよかったのに。アダムはまだ二十一歳になってないから、ベリーニは出してくれないかな？」

「ここはイタリアだよ、マイク。アダムとルイーザに、一緒に来るか訊いたら、そろって首を振った。ルイーザがアダムと取引していたんだ。アダムがジョギングにつきあってくれたら、ルイーザが夜のゴンドラツアーをおごって、アリアを歌うって契約らしい。携帯電話は部屋に置いていくとまでアダムに約束させたそうだ」

午前零時近くになって、ふたりはハリーズ・バーを出て、手をつないでカナル・グランデのそばのホテルまで歩いた。半月が行く手を照らし、運河の水面を輝かせていた。夜気は暖かくやわらかい。ふたりはほろ酔いで、とてもいい気分だった。こんな遅い時間に歩いている人は少なく、街は静かで、聞こえるのは桟橋に打ち寄せる優しい波の音だけだった。ふたりは火傷も打ち身も忘れ、バミューダ・トライアングルならぬ悪魔の三角地帯《デヴィルズ・トライアングル》――ルイーザが新たに命名した――の島で味わった恐怖すら忘れた。

ニコラスはマイクを引き止めた。

マイクは首をかしげてニコラスの顔を見あげた。ニコラスはパンツのポケットからキーホルダーを取り出し、ジェイソン・コハテのデータが入ったUSBドライブをはずした。「きみのおかげで、これについてもう少し考えてみた。ジェイソンのアイデア、計算式や諸々の手順が、悪質な人間の手に渡らないともかぎらない。この世は欲にまみれた邪悪な人間でいっぱいだ。悪用されてもおかしくない」深呼吸する。「きみはどうすればいいと思う?」

マイクはニコラスの顔から目をそらさなかった。「運河のできるだけ遠くに捨てちゃえばいいと思う」

ニコラスはそのとおりにした。USBドライブは音もたてず、黒い水のなかに消えた。ふたりは、いつかこの街が朽ち果てるまで、それが水底に沈んでいるよう祈った。

ふたりはしばらくなにも言わずに立ちつくしていた。「耳を澄ませて、マイク」

マイクは小首をかしげた。「どうしたの?」

「ルイーザが『蝶々夫人』のアリアを歌っているのが聞こえないか?」

エピローグ

二〇四〇年五月二日
ギリシャに近い某所

今日の釣果はまずまずだ。クリストスの船の生け簀はヒメジでいっぱいだった。幼い息子のアレクシオは、船首で網の上に寝転んでいる。上の息子とちがって、アレクシオは守護女神を怖がらない。

住んでいる小さな島の岬を越えて入江に入る前に、クリストスはいつものように船のスピードを落とし、切り立った花崗岩の崖を見あげる。一日の終わりには、かならず彼女に会って短い祈りを唱えるようにしている。女神さま、どうか家族が安全でありますように。どうかあなたが見守っているものが安全でありますように。

クリストスが子どもだったころから、世界は大きく様変わりしたが、守護女神だけはいつの時代も変わらない。毎夕いつもそこにいる。夕日を背に、ひたいに手をかざして海を眺めている。クリストスは、この美しい女の人は、自分の人生に織りこまれたこの人は、いったいなにをしているのだろうと思う。アレクシオと同じく、クリストスも若いころから父親と漁に出て、毎日彼女の姿を見ていた。守護女神までの距離は遠いが、長年のあいだに、クリストスは彼女がまったく変わらないことを知った――脚にまとわりつく真っ白な長い衣も、太い三つ編みにして結いあげた金髪も、なめらかな白い肌も、ずっと同じだ。子どものころに見ていた彼女の姿も、父の言葉も、クリストスははっきりと覚えている。

最初にあの人が現れたときのことは覚えているぞ。魔法のようだった。いい人だと感じたし、あの人がおれたちを見守るために来たのはわかっていた。神聖な人だと思った。現に、神聖な人なんだ。絶対におれたちを置き去りにしない。

五歳のクリストスは父親の船から彼女にぶんぶんと手を振ったものだが、いまも自分の船から彼女を見あげる。彼女が自分のほうを見おろして、いつもの男の子だとわかってうなずいてくれたときのことは、はっきりと覚えている。温もりを感じ、心から驚嘆し、幸せな気持ちがした。そして、女神さま、とささやきかけた。

それから数十年のあいだに、彼女について多くの噂を聞いた。彼女がだれなのか、なにをしているのか、なにを守っているのか。何年も何十年も彼女がここにいるのはなんらかの理由があるからだと、だれもが知っていた。だが、クリストスはなにも言わなかった。いまでは彼女の話をする者はいない。崖をのぼって彼女に会いにいく者もいない。

クリストスはいつものように彼女に向かってこうべを垂れた。彼女がこっちを見て、自分に気づき、祝福してくれるのがわかる。子どものころは、温もりと驚嘆を覚えた。いまでは、深い敬慕と畏怖の念を抱いている。船首に目をやると、アレクシオが彼女に手を振っていた。彼女は小さな息子にうなずいた。

訳者あとがき

キャサリン・コールターとJ・T・エリソンによるアクション・アドベンチャー『鼓動』（原題“*Devil's Triangle*”）をお届けします。〝FBIのイギリス人〟ニコラス・ドラモンドと、名前にたがわず男勝りな女性捜査官マイク・ケインのふたりが活躍するシリーズも、本書で四作目になりました。

ニコラス・ドラモンドはイギリスの名門貴族の生まれ。もとはロンドン警視庁の警部でしたが、ニューヨークでヴィクトリア女王の王冠を飾るダイヤモンドが盗まれるという事件が起き、ニコラスは現地のFBI捜査官マイクとともに捜査に着手します。ふたりは当初、相手に主導権を奪われまいと警戒しますが、捜査が進むにつれてそれぞれ相手の手腕を認めるようになります。この事件をきっかけに、ニコラスがロンドン警視庁からFBIに転職するまでのいきさつが書かれているのが第一作の『略奪』です。その後、ニコラスとマイクは第二作『激情』、第三作『迷走』で、いずれも世界が滅びかねないような陰謀を阻止しつつ、仕事上のパートナーシップだけでなく、おたがいに対する愛情も育んできました。

事件のスケールの大きさと、ニコラスとマイクの息の合ったアクションが、第一作から変わらない本シリーズの魅力ですが、訳し終えたいま、コールターとエリソンのコンビは最高に脂がのった時期を迎えたのではないかと思います。

そこは主人公のペアも同様です。ニコラスとマイクは、これまでの功績が認められ、FBI内で〈闇の目〉という新設の秘密特捜チームを率いることになりました。新しいオフィスに移った当日、『略奪』でダイヤモンドを盗んだ女怪盗、フォックス（キツネ）から突然電話がかかってきました。

キツネの話はこうです。ある貴重な遺物の盗みを依頼してきた正体不明のクライアントに夫を誘拐された。そのクライアントは、現在北京を壊滅させようとしているすさまじい砂嵐を人工的に発生させた。そうだとすれば、世界のどこでどんな災害が起きるかわからない。彼らがなにを目的にしているにせよ、それを阻止し、夫を救出するために、ニコラスとマイクに協力してほしいと言うのです。

あまりに荒唐無稽に聞こえてしまう話ですが、ニコラスはキツネを信じてマイクを説得し、〈闇の目〉のメンバーとともにヴェネツィアへ飛びました。捜査を進めるうちに、キツネのクライアントが、世界中の気象を思いのままに操作して大災害を起こす技術を持ち、『旧約聖書』に記されている契約の箱――いわゆる〝聖櫃〟を手に入れて世界を支配しようとしている一族だということがわかってきます。

伝説の聖櫃にまつわる謎を軸に、ヴェネツィアからウンブリアの田舎町、そしてバミューダ・トライアングルと舞台を移しながら進んでいくストーリーは、インディ・ジョーンズと『ダ・ヴィンチ・コード』と007を彷彿とさせる疾走感があり、ロマンティック・サスペンスというよりほとんど冒険小説です。もちろん、ニコラスとマイクは相変わらずベストマッチのカップルですが、本書ではとりわけふたりのアクションシーンが際立っています。

もっとも、あなたたち結婚しないの？　と、つい思ってしまうのは訳者だけではないのでしょうが、やはりもうしばらくこのままのふたりを見ていたいような気もします。というのも、英国貴族の洗練と無鉄砲さを持ちあわせたニコラスは大変魅力的ですが、新しいプロジェクトチームの責任者に抜擢されたばかりのマイクは、いまは仕事に専念したいのではないのでしょうか。跳ねっ返りで、危険と背中合わせの捜査官という仕事が大好きなマイクには、とうぶんトレードマークのバイカーブーツで世界中を飛びまわっていてほしいと、差し出がましくも願っています。

ところで、アルマーニのブラックドレスにピンヒールではなくてバイカーブーツって、脚が長くないと決まらない組み合わせですよね。これが似合うマイクを実写化するなら、女優はあの人だな、などと勝手に頭のなかでキャスティングしながら訳すのも楽しい作業でした。

ニコラスとマイクの好敵手と言うべき怪盗キツネも、小股の切れあがった女という表現がぴったりの、マイクに負けず劣らずハンサムなキャラクターです。キツネはかつてニコラスを殺しそうになったのですが、今回は何度も彼の命を救います。命懸けで夫を救出に向かい、極限状態でも冷静さを失わないキツネには、主役級の存在感がありました。もとは敵同士でありながら、キツネとニコラス、キツネとマイクは、それぞれたがいに対する敬意と信頼でつながっています。最初はキツネを信用していなかったマイクが、物語終盤で彼女についてニコラスに言った言葉が印象に残ります。

耳にピアス六個のパンクス捜査官リア、長距離ランナーで大量の炭水化物を燃焼しつづける人間機関車ルイーザなど、脇役もそれぞれおもしろい女性たちですが、敵のカサンドラが、なんというか、キャラの立ったお嬢さんでした。双子の兄エイジャクスよりよほど頭がよく、冷酷でやることに容赦がない。とはいえ、過剰な思いこみに支配されるようになった生い立ちを考えれば、同情の余地もなくはないような……。

とにかく、本書はストーリーの奇想天外さとともに、女性キャラクターたちの活躍ぶりが爽快な一冊でした。忘れてはいけない、『激情』で初登場した若きホワイトハッカーのアダムも、ニコラスのよき弟分として健闘しています。

今年四月には本国アメリカで本シリーズの第五作 *"The Sixth Day"* が刊行される予定です。ニコラスとマイクの次なる冒険を楽しみに待ちたいと思います。

鈴木美朋

ザ・ミステリ・コレクション

鼓動《こどう》

著者　キャサリン・コールター／J・T・エリソン

訳者　鈴木美朋《すずきみほう》

発行所　株式会社 二見書房
東京都千代田区神田三崎町2-18-11
電話 03(3515)2311［営業］
03(3515)2313［編集］
振替 00170-4-2639

印刷　株式会社 堀内印刷所
製本　株式会社 村上製本所

ISBN978-4-576-18021-2
http://www.futami.co.jp/

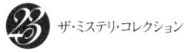

そのドアの向こうで
シャノン・マッケナ
中西和美［訳］
〔マクラウド兄弟 シリーズ〕

亡き父のために十七年前の謎の真相究明を誓う女と、最愛の弟を殺されすべてを捨て去った男。復讐という名の赤い糸が結ぶ、激しくも狂おしい愛。衝撃の話題作！

影のなかの恋人
シャノン・マッケナ
中西和美［訳］
〔マクラウド兄弟 シリーズ〕

サディスティックな殺人者が演じる、狂った恋のキューピッド。愛する者を守るため、元FBI捜査官コナーは人生最大の危険な賭けに出る！ 官能ラブサスペンス！

運命に導かれて
シャノン・マッケナ
中西和美［訳］
〔マクラウド兄弟 シリーズ〕

殺人の濡れ衣をきせられ過去を捨てたマーゴットは、そんな彼女に惚れ、力になろうとする私立探偵のデイビーと激しい愛に溺れる。しかしそれをじっと見つめる狂気の眼が…

真夜中を過ぎても
シャノン・マッケナ
松井里弥［訳］
〔マクラウド兄弟 シリーズ〕

十五年ぶりに帰郷したリヴの書店が何者かに放火され、そのうえ車に時限爆弾が。執拗に命を狙う犯人の目的は？ 彼女を守るため、ショーンは謎の男との戦いを誓う…！

過ちの夜の果てに
シャノン・マッケナ
松井里弥［訳］
〔マクラウド兄弟 シリーズ〕

傷心のベッカが恋したのは孤独な元FBI捜査官ニック。狂おしいほど求めあうふたりに卑劣な罠が……この愛は本物か、偽物か――息をつく間もないラブ＆サスペンス

危険な涙がかわく朝
シャノン・マッケナ
松井里弥［訳］
〔マクラウド兄弟 シリーズ〕

あらゆる手段で闇の世界を生き抜いてきたタマラ。幼女を引き取ることになったのを機に生き方を変えた彼女の前に謎の男が現われる。追っ手だと悟るも互いに心奪われ…

このキスを忘れない
シャノン・マッケナ
幡 美紀子［訳］
〔マクラウド兄弟 シリーズ〕

エディは有名財団の令嬢ながら、特殊な能力のせいで家族にすら疎まれてきた。暗い過去の出来事で記憶をなくしたケヴと出会い…。大好評の官能サスペンス第7弾！

二見文庫 ロマンス・コレクション

朝まではこのままで
シャノン・マッケナ
幡 美紀子［訳］
〔マクラウド兄弟 シリーズ〕

父の不審死の鍵を握るブルーノに近づいたリリー。情報を引き出すため、彼と熱い夜を過ごすが、翌朝何者かに襲われ…。愛と危険と官能の大人気サスペンス第8弾！

その愛に守られたい
シャノン・マッケナ
幡 美紀子［訳］
〔マクラウド兄弟 シリーズ〕

見知らぬ老婆に突然注射を打たれたニーナ。元FBIのアーロと事情を探り、陰謀に巻き込まれたことを知る。そして三日以内に解毒剤を打たないと命が尽きると知り…

夢の中で愛して
シャノン・マッケナ
幡 美紀子［訳］
〔マクラウド兄弟 シリーズ〕

ララという娘がさらわれ、マイルズは夢のなかで何度も彼女と愛を交わす。ついに居所をつきとめ、再会した二人は一緒に逃亡するが…。大人気シリーズ第10弾！

甘い口づけの代償を
ジェニファー・ライアン
桐谷知未［訳］

双子の姉が叔父に殺され、その証拠を追う途中、吹雪の中でゲイブに助けられたエラ。叔父が許可なくゲイブに一家の牧場を売ったと知り、驚愕した彼女は……

失われた愛の記憶を
クリスティーナ・ドット
出雲さち［訳］

四歳のエリザベスの目の前で父が母を殺し、彼女はショックで記憶をなくす。二十数年後、母への愛を語る父を見て疑念を持ち始め、FBI捜査官の元夫と調査を……

ひびわれた心を抱いて
シェリー・コレール
藤井喜美枝［訳］

女性TVリポーターを狙った連続殺人事件が発生。連邦捜査官ヘイデンは唯一の生存者ケイトに接触するが…？若き才能が贈る衝撃のデビュー作〈使徒〉シリーズ降臨！

秘められた恋をもう一度
シェリー・コレール
水川 玲［訳］

検事のグレイスは、生き埋めにされた女性からの電話を受ける。FBI捜査官の元夫とともに真相を探ることになるが…。好評〈使徒〉シリーズ第2弾！